보라색
히비스커스

보라색
히비스커스

치마만다 응고지 아디치에 장편소설

황가한 옮김

Purple Hibiscus

Chimamanda
Ngozi Adichie

민음사

제임스 느워예 아디치에 교수와
그레이스 이페오마 아디치에 여사에게,
나의 부모님, 나의 영웅,
은디 오 가아딜리 음마.

차례

신들 부수기

성지 주의

일러두기

나이지리아 토착어와 피진 잉글리시는 굵은 고딕체로 표기했고,
원문에서 강조 또는 인용을 나타내기 위해 사용한 이탤릭체는 가는 고딕체로
표기했다. 250여 개 부족이 사는 나이지리아에서 실제 사용되는 언어는
500여 가지에 달하며 공용어는 영어다.

우리 집이 풍비박산 나기 시작한 것은 오빠 자자가 영성체를 하지 않아서 아버지가 집어 던진 무거운 미사 경본이 식당을 가로질러 날아가 장식장의 도자기 인형들을 박살 냈을 때부터였다. 그때 우리는 막 성당에서 돌아온 참이었다. 어머니는 성수에 젖은 싱싱한 야자 잎[01]을 식탁에 놓고 옷 갈아입으러 위층에 올라가고 없었다. 나중에 야자 잎을 축 늘어진 십자가 모양으로 묶어서 가족사진이 들어 있는 금테 액자 옆에 걸 터였다. 그리고 쭉 거기에 두었다가 내년 재의 수요일이 되면 성당에 가져가서 재로 만들 것이었다. 아버지는 다른 헌신자[02]들처럼 긴 회색 가운을 입고 매년 재 나눠 주는 것을 도왔다. 아버지 앞에 선 줄이 제일 느리게 움직

---

01 성경에 나오는 종려나무는 사실 대추야자다. 종려나무는 아시아가 원산지이 기 때문이다.

02 수도 서원을 하지는 않았으나 수도 생활에 헌신하는 사람.

였다. 아버지가 이마 하나하나를 꾹꾹 눌러 가며 재 묻은 엄지손가락으로 완벽한 십자가를 그리면서 "먼지는 먼지로 돌아가리라."를 한마디 한마디 천천히, 의미심장하게 발음했기 때문이다.

아버지는 미사 때마다 신도석 맨 앞줄에, 중앙 통로 바로 옆에 앉았고 어머니와 오빠와 나는 그 옆에 앉았다. 아버지는 항상 제일 먼저 나가서 영성체를 했다. 영성체할 때 대부분의 사람들은 등신대의 금발 성모 마리아상이 가까이서 굽어보는 대리석 제단에 무릎 꿇지 않았지만 아버지는 무릎을 꿇었다. 얼굴이 찌푸려질 만큼 눈을 꼭 감고 혀를 최대한 내밀었다. 그러고는 다시 자리로 돌아와 나머지 신도들이 베네딕트 신부가 가르친 대로 두 손바닥을 모로 세운 접시처럼 맞붙이고 앞으로 내민 채 제단을 향해 무리 지어 걸어가는 모습을 지켜봤다. 베네딕트 신부가 성 아녜스 성당에 온 지 칠 년이 됐는데도 사람들은 여전히 그를 "새로 온 신부님"이라고 불렀다. 그가 백인이 아니었다면 아마 그러지 않았을 것이다. 그는 지금도 아프리카에 온 지 얼마 안 된 사람처럼 보였다. 연유색과 가시여지 열매의 속살 색깔을 띤 그의 얼굴은 나이지리아 하마탄[03]의 강렬한 열기를 일곱 번이나 쐤는데도 전혀 까매지지 않았다. 영국산 코는 늘 그랬듯 창백하고 좁았다. 그가 처음 에누구에 왔을 때, 숨을 제대로 못 쉬는 게 아닌가 내가 걱정했던 그대로였다. 베네딕트 신부는 교구의 여러 가지를 바꿨다. 예를 들면 사도 신경과 자비송[04]은 반드시 라틴어로 외워야 한다고

---

03 주로 겨울철에 사하라 사막 남부에서 불어오는, 건조한 모래바람.
04 "주여, 우리를 불쌍히 여기소서."를 뜻하는 기도문.

고집했다. 이보어[05]는 허용되지 않았다. 또 박수는 미사의 엄숙함이 손상되지 않도록 최대한 작게 쳐야 했다. 하지만 봉헌송을 이보어로 부르는 것은 허락했다. 그는 그것을 원주민 노래라고 불렀는데 '원주민'을 발음할 때마다 일자 입술의 양 끝이 아래로 내려가면서 뒤집어진 U 자 모양이 됐다. 강론을 할 때 베네딕트 신부는 대개 교황님, 우리 아버지, 예수님을 (이 순서대로) 언급했다. 복음을 설명하기 위해 아버지를 예로 들었다. "사람들 앞에 우리의 빛을 비추는 것은 그리스도의 예루살렘 입성[06]의 투영입니다." 문제의 성지 주일에 그가 말했다. "유진 형제를 보세요. 그는 이 나라의 다른 거물들처럼 되는 것을 선택할 수도 있었습니다. 쿠데타 이후에 정부가 그의 사업을 위협하지 않도록 집에 가만히 앉아서 아무것도 안 하는 것을 택할 수도 있었습니다. 하지만 그는 《스탠더드》를 통해 진실을 말했지요. 그리하면 광고 판매가 줄어들 줄 알면서도 말입니다. 유진 형제는 자유를 위해 목소리를 드높였습니다. 한데 우리 중에 진실을 위해 분연히 일어난 사람이 몇이나 됩니까? 예루살렘 입성을 투영한 사람이 몇이나 됩니까?"

신도들은 "옳소." 또는 "하느님, 축복하소서." 또는 "아멘."이라고 말했지만 요즘 우후죽순으로 생겨나는 오순절교회처럼 들리지 않기 위해 너무 크게 말하지는 않았다. 그리고 골똘히, 조용히 귀 기울였다. 아기들도 강론을 듣는 양 울음을 멈췄다. 어떤 일요일에는 베네딕트 신부가 이미 다 아는 얘기를 할 때도 열심히 들

---

05 나이지리아의 삼 대 부족 중 하나인 이보족이 사용하는 언어.

06 예수의 예루살렘 입성을 기념하는 날이 성지 주일로, 부활절 바로 전 일요일이다.

었다. 이를테면 아버지가 베드로 성금[07]과 성 빈첸시오 아 바오로 회[08]에 기부금을 가장 많이 냈다는 얘기, 혹은 영성체 포도주 값을 지불했다는 얘기, 수녀들이 성체[09]를 굽는 수녀원에 새 오븐을 여러 대 들여놔 줬다는 얘기, 베네딕트 신부가 병자 성사[10]를 주례하는 성 아네스 병원에 새 병동을 지어 줬다는 얘기 같은 것들이었다. 그럴 때마다 나는 오빠 옆에서 두 무릎을 꼭 붙이고 앉아 무표정을 유지하려고, 의기양양함을 드러내지 않으려고 애쓰곤 했다. 아버지가 겸손이 아주 중요하다고 말했기 때문이었다.

그럴 때 아버지를 쳐다보면 본인도 무표정한 얼굴로 있곤 했다. 《앰네스티 월드》에서 수여하는 인권상을 받은 후에 그 신문에 실린 대대적인 기사의 사진 속에서 본 것과 같은 유의 표정이었다. 아버지가 취재를 수락했던 건 그때뿐이었다. 《스탠더드》편집장인 아데 코커가 사장님에겐 그럴 자격이 있다며, 사장님은 너무 겸손하다며 꼭 하라고 우겼기 때문이었다. 나랑 오빠한테 그 사실을 말해 준 사람은 어머니였다. 아버지는 우리에게 그런 얘기는 하지 않았다. 그 무표정은 베네딕트 신부가 강론을 끝낼 때까지, 영성체가 시작될 때까지 아버지 얼굴에 그대로 남아 있곤 했다. 아버지는 영성체를 마치고 뒤로 기대앉아서 신도들이 제단으로 걸어가는 모습을 지켜보고 있다가 어떤 사람이 두 번 연속으로 주일 영성체를 빠졌을 경우 미사가 끝난 후에 걱정스러워하며 베

---

07 교황 주일에 봉헌하는 특별 헌금.
08 어려운 사람들을 돕는 평신도들의 모임.
09 영성체 때 쓰는, 누룩 없이 만든 둥근 빵.
10 죽음에 임박한 신자가 받는 성사.

네딕트 신부에게 보고했다. 그리고 늘 베네딕트 신부를 독려했다. 그 사람에게 전화해서 돌아오도록 설득하라고. 두 번 연속으로 주일 영성체를 빠질 만한 이유는 대죄뿐이라면서.

그래서 모든 것이 달라진 그 성지 주일에 오빠가 제단으로 가는 모습을 보지 못한 아버지는 집에 도착하자 가죽으로 장정되고 빨간색과 초록색 리본이 삐져나온 미사 경본으로 식탁을 쾅 하고 내리쳤다. 그것은 유리, 무거운 유리로 만든 식탁이었다. 식탁이 흔들리자 그 위에 있던 야자 잎도 흔들렸다.

"자자, 너 영성체 안 했지." 아버지가 조용히, 질문에 가까운 투로 말했다.

그러자 오빠가 식탁 위의 미사 경본에게 말하듯 그것을 응시하며 대답했다. "그 웨이퍼 먹으면 입내 나서요."

나는 오빠를 빤히 쳐다봤다. 어디 나사라도 빠졌나? 아버지는 평소에 그것을 꼭 성체라 부르라고 했다. '성체'라는 표현이, 그리스도의 몸이 가진 본질과 성스러움에 근접하기 때문이었다. '웨이퍼'는 너무 세속적이었다. 웨이퍼는 아버지의 공장들 중 하나에서 생산하는 것 — 초콜릿 웨이퍼, 바나나 웨이퍼 — 이자 사람들이 비스킷보다 좋은 걸 자식에게 주고 싶을 때 사는 것이었다.

"그리고 신부님이 자꾸 제 입을 만져서 구역질 나요." 오빠가 말했다. 내가 자길 쳐다보고 있음을, 충격받은 내 눈이 입 다물라고 애원하고 있음을 알면서도 내 쪽은 보지 않았다.

"그건 주님의 몸이다." 아버지의 목소리는 낮았다. 아주 낮았다. 하얀 고름이 찬 두드러기가 구석구석 퍼진 아버지의 얼굴은 아까부터 부어 보였지만 점점 더 부풀어 오르고 있는 것만 같았다. "주님의 몸을 어느 날부터 갑자기 받지 않을 순 없다. 그건 곧 죽음이야, 너도 알잖니."

"그럼 죽을게요." 오빠는 두려움 때문에 눈동자가 콜타르색으로 변했으면서도 이제 아버지의 얼굴을 똑바로 쳐다봤다. "그럼 죽겠습니다, 아버지."

아버지는 높은 천장에서 뭔가가 떨어졌다는 증거, 절대로 떨어지리라 생각지 않았던 뭔가가 떨어졌다는 증거를 찾듯 식당 안을 휙 둘러봤다. 그러고는 미사 경본을 집어 그것이 식당을 가로지르게끔 오빠를 향해 던졌다. 그것은 완전히 엉뚱한 방향으로 날아가 어머니가 자주 닦는 유리 장식장에 맞았다. 첫 번째 선반을 깨고 손가락만 한 베이지 도자기 인형들, 다양하게 뒤튼 자세를 취한 발레 무용수들을 휩쓸어 단단한 바닥에 떨어뜨리고 나서 안착했다. 아니, 인형 파편 위에 안착했다고 하는 편이 맞을지도 모르겠다. 삼 년 주기의 교회력에 따라 미사를 지내는 데 필요한 모든 글이 담긴, 커다란 가죽 장정 미사 경본은 거기 그렇게 놓여 있었다.

오빠는 움직이지 않았다. 아버지가 옆으로 휘청했다. 나는 문간에 서서 그들을 바라보고 있었다. 천장 팬이 빙글빙글 돌았고 거기 달린 전구들이 서로 부딪쳐서 짤그랑거렸다. 그때 어머니가 고무 슬리퍼로 대리석 바닥을 찰싹찰싹 때리며 들어왔다. 스팽글 달린 나들이용 풀치마와 소매가 부푼 블라우스를 막 갈아입고 온 참이었다. 지금은 평범한 홀치기염색 풀치마를 허리에 느슨하게 묶고 이틀에 한 번 입는 하얀 티셔츠를 입고 있었다. 그 셔츠는 아버지와 함께 참석했던 피정에서 사 온 기념품이었다. "하느님은 사랑입니다."라는 글귀가 처진 가슴 위를 기어갔다. 어머니는 바닥 위의 도자기 조각들을 가만히 보다가 무릎을 꿇고 맨손으로 줍기 시작했다.

정적을 깨는 것은 천장 팬이 고요한 공기를 가르며 내는 윙윙 소리뿐이었다. 넓은 식당에서 더 넓은 거실로 나왔는데도 숨이 막혔다. 외할아버지 사진이 걸린 황백색 벽들이 좁혀 오면서 위협적으로 다가왔다. 유리 식탁까지도 나를 향해 움직이고 있었다.

"은네, 응과. 가서 옷 갈아입으렴." 하고 어머니가 내게 이보어로 말할 때 목소리가 낮고 차분했음에도 나는 화들짝 놀랐다. 어머니는 숨 쉴 틈도 없이 곧바로 아버지에게는 "차 식어요."라고, 오빠에게는 "와서 나 좀 도와다오, 비코."라고 말했다.

아버지는 식탁에 앉은 다음 분홍색 꽃무늬가 가장자리에 둘러진 찻잔 세트의 주전자에서 홍차를 따랐다. 나는 아버지가 늘 하던 대로 오빠와 나에게 한 모금씩 마시라고 권하길 기다렸다. 사랑의 한 모금, 아버지만의 표현이었다. 자기가 사랑하는 소소한 것을 사랑하는 사람과 나누는 것이었기 때문이다. 사랑의 한 모금 해라, 아버지가 말하면 오빠가 먼저 마셨다. 그다음에 내가 두 손으로 찻잔을 들어 입술로 가져가곤 했다. 한 모금. 차가 항상 너무 뜨거웠기에 항상 혀를 뎄고 점심이 매운 음식이었을 때는 화끈거리던 혀가 쓰라리기까지 했다. 하지만 상관없었다. 뜨거운 차에 혀를 델 때 아버지의 사랑이 내게 새겨진다는 것을 알았기 때문이다. 하지만 그날 아버지는 "사랑의 한 모금 해라."라고 말하지 않았다. 아버지가 잔을 들어 입술로 가져가는 것을 내가 지켜보는 동안 아무 말도 하지 않았다.

오빠는 어머니 옆에 무릎을 꿇고는 들고 있던 성당 주보를 평평한 쓰레받기처럼 만들더니 삐죽빼죽한 도자기 조각을 그 위에 올려놓았다. "조심하세요, 어머니, 안 그랬다가는 손가락을 베일 거예요." 오빠가 말했다.

내가 꿈꾸는 것이 아님을 확인하려고 검은 미사보 밑으로 손을 집어넣어 콘로 한 가닥을 잡아당겼다. 왜 그들은, 오빠와 어머니는, 방금 무슨 일이 일어났는지 모르는 사람들처럼 아무렇지도 않게 행동하고 있는 것일까? 그리고 왜 아버지는 방금 오빠가 말대꾸를 하지 않은 것처럼 조용히 차를 마시고 있는 것일까? 나는 천천히 몸을 돌려서 나들이용 빨간 원피스를 갈아입으러 위층으로 향했다.

옷을 갈아입고 난 뒤에는 내 방 창가에 앉았다. 캐슈 나무가 아주 가까워서, 은색 십자꼴들로 이루어진 방충망만 없었어도 손을 뻗어 이파리를 뜯을 수 있었을 것이다. 나른하게 매달린 종 모양의 노란 열매에 꼬인 벌들이 윙윙대며 방충망에 와서 부딪쳤다. 아버지가 낮잠 자러 올라와서 안방으로 가는 소리가 들렸다. 나는 눈을 감고 가만히 앉아 아버지가 오빠를 부르는 소리가 들리길, 오빠가 안방으로 들어가는 소리가 들리길 기다렸다. 하지만 소리 없이 긴 시간이 흘렀고 나는 마침내 눈을 뜨고 이마를 창문 비늘판에 갖다 댄 채 밖을 내다봤다. 우리 집 앞마당은 100명이 **아틸로구** 춤을 춰도 될 만큼 넓고, 그 한 명 한 명이 재주넘기를 해서 다음 사람의 어깨에 올라타도 될 만큼 널찍했다. 꼭대기에 전기가 흐르는 가시철사를 나선형으로 두른 담장은 너무 높아서 앞길을 지나가는 자동차가 보이지 않을 정도였다. 우기가 시작된 지 얼마

안 된 터라 담장 옆에 심은 플루메리아 나무의, 역할 정도로 다디단 꽃향기가 벌써 앞마당에 가득 차 있었다. 뷔페 탁자처럼 매끈하게 일자로 다듬은 보라색 부겐빌레아는 진입로와 울퉁불퉁한 나무들 사이의 경계선 역할을 했다. 진입로를 따라 더 들어오면 생기 넘치는 히비스커스 덤불이 뻗어 나와 서로 꽃잎을 교환하듯 맞닿아 있었다. 보라색 히비스커스도 게으른 봉오리를 틔우기 시작했지만 피어 있는 꽃은 아직 대부분 빨간색이었다. 빨간 히비스커스는 정말 빨리 꽃을 피우는 듯했다. 어머니가 성당 제단을 장식하기 위해 얼마나 자주 자르는지, 또 손님들이 자기 차로 걸어가다가 얼마나 자주 꺾는지를 생각하면 더 그랬다.

꽃을 꺾는 사람은 대부분 어머니의 기도 모임 회원들이었다. 전에 어떤 여자가 귀 뒤에 한 송이 꽂는 것을 내 방에서 똑똑히 봤다. 하지만 정부의 하수인들, 예전에 찾아왔던 검은 양복 차림의 두 남자도 떠나면서 히비스커스를 홱 잡아당기고 갔다. 그들은 연방 정부 번호판을 단 픽업트럭을 타고 와서 히비스커스 덤불 가까이에 주차했다. 오래 머물지는 않았다. 나중에 오빠는 그들이 아버지를 매수하러 왔던 거라고, 픽업트럭에 달러화가 가득 있다고 말하는 걸 들었다고 했다. 나는 오빠가 제대로 들은 것인지 확신이 서지 않았다. 하지만 요즘도 가끔 그 얘기에 대해 생각하곤 했다. 외국 돈 무더기가 가득 든 트럭을 상상했고 돈을 여러 상자에 넣었을까, 아니면 우리 집 냉장고가 들어갈 만큼 커다란 상자 하나에 넣었을까 궁금했다.

어머니가 내 방에 들어왔을 때에도 나는 여전히 창가에 있었다. 매주 일요일 점심 식사 전, 시시한테 수프에는 야자유를 더 넣고 코코넛 밥에는 카레 가루를 조금 덜 넣으라고 말하는 중간에, 그리고 아버지가 낮잠을 자는 동안에, 어머니는 내 머리를 땋아 주곤 했다. 그럴 때면 어머니는 부엌문 근처의 팔걸이의자에 앉고 나는 바닥에 앉아 어머니의 허벅지 사이에 머리를 얹었다. 부엌 창문을 늘 열어 둬서 바람이 잘 통하는데도 내 머리에는 어찌어 찌 양념 냄새가 배어서 나중에 머리끝을 코에 갖다 대면 **에구시 수 프,**[11] **우타지,**[12] 카레 냄새가 났다. 하지만 그날 어머니는 빗과 머릿 기름이 든 가방을 들고 내 방에 와서 아래층으로 내려오라고 말하 지 않았다. 그 대신 이렇게 말했다. "점심 준비됐다, 은네."

나는 '아버지가 도자기 인형을 깨서 유감이에요.'라고 말할 작 정이었지만 실제로 입에서 나온 말은 "도자기 인형이 깨져서 유감 이에요, 어머니."였다.

어머니는 빠르게 고개를 끄덕이다가 인형은 중요치 않다는 뜻으로 고개를 내저었다. 하지만 사실 인형은 중요했다. 내가 아 직 스스로 깨닫지 못했던 몇 해 전, 왜 어머니는 안방에서 뭐가 문 에 부딪히는 듯한 소리가 날 때마다 그 인형을 닦는지가 궁금했 었다. 어머니의 고무 슬리퍼가 계단을 내려가는 소리가 나지 않아 도 식당 문 열리는 소리가 들리면 어머니가 아래층에 내려갔음을 알았다. 그래서 내려가 보면 어머니는 비눗물에 젖은 행주를 들고 장식장 옆에 서 있었다. 춤추는 무용수 인형 하나를 닦는 데는 최

---

11 에구시(멜론이나 박 씨를 말려서 빻은 가루)를 주재료로 하여 토마토, 시금치, 오크라 등의 채소와 고기를 넣고 끓인 수프.

12 호박잎처럼 생긴, 쓴맛 나는 채소.

소 십오 분이 걸렸다. 하지만 그럴 때 어머니의 얼굴에 눈물이 맺혔던 적은 한 번도 없었다. 지난번, 어머니의 부은 눈이 여전히 너무 익은 아보카도처럼 검푸르렀던 이 주 전에 봤을 때는 이미 인형을 다 닦고 재정렬까지 마친 뒤였다.

"네 머리는 점심 먹고 땋아 줄게." 어머니가 돌아서며 말했다.

"네, 어머니."

나는 어머니를 따라 아래층으로 내려갔다. 어머니는 마치 한쪽 다리가 반대쪽 다리보다 짧은 사람처럼 다리를 살짝 절었다. 안 그래도 작은 키를 더 작아 보이게 하는 걸음걸이였다. S 자 모양으로 우아하게 휜 계단을 반쯤 내려갔을 때 복도에 선 오빠가 보였다. 점심 식사 전에는 대개 자기 방에서 책을 읽는 오빠가 오늘은 위층에 올라가지 않았던 것이다. 내내 어머니랑 시시와 함께 부엌에 있었음이 분명했다.

"케 콰누?" 내가 물었다. 오빠 기분이 어떤지는 물어볼 필요도 없었지만. 보기만 해도 알 수 있었으니까. 열일곱 살 먹은 오빠의 얼굴에 주름이 져 있었고, 이마에 지그재그형으로 팬 주름 하나하나 안에는 어두운 긴장감이 도사리고 있었다. 나는 손을 뻗어서 오빠의 손을 살짝 잡았고 우리는 식당 안으로 들어갔다. 아버지 어머니는 이미 식탁에 앉아 있었고 아버지는 시시가 든 물그릇에 손을 씻고 있었다. 아버지는 오빠와 내가 맞은편에 앉을 때까지 기다렸다가 기도를 하기 시작했다. 첫 이십 분 동안은 하느님께 음식을 축복해 달라고 청했다. 그다음에는 아버지가 성모 마리아를 여러 가지 호칭으로 부를 때마다 우리가 "저희를 위해 기도해 주소서."라고 답했다. 아버지가 가장 좋아하는 호칭은 '성모 마리아, 나이지리아 국민의 방패'였다. 본인이 직접 만든 것이었다. 사람들이 이 말을 매일 외치기만 해도 — 아버지가 우리에게 말했다. — 나이지리아가 어린애처럼 가느다란 다리를 가진 거인인 양 비틀거리진 않을 텐데.

점심은 푸푸[13]와 **오누그부** 수프였다. 푸푸는 부드럽고 폭신폭신했다. 시시가 잘 만든 덕이었다. 그녀는 절구에 물을 조금씩 부어 가며 참마를 힘차게 찧었다. 절굿공이를 쿵 쿵 쿵 내리칠 때마다 뺨에 힘이 들어갔다. 걸쭉한 수프에는 삶은 소고기 덩어리와 말린 생선과 진녹색 **오누그부** 잎이 들어 있었다. 우리는 말없이 먹었다. 나는 조금씩 떼어 낸 푸푸를 공 모양으로 빚어서 수프에 담갔다가 꼭 생선 살과 같이 떠내어 입으로 가져갔다. 수프가 맛있으리라 확신했지만 맛보진 않았다. 아니, 맛을 느낄 수 없었다. 혀가 종이처럼 느껴졌다.

"소금 좀 다오." 아버지가 말했다.

우리는 모두 동시에 소금을 향해 손을 뻗었다. 오빠와 내가 크리스털 통을 잡았는데 내가 오빠의 손가락을 부드럽게 쓰다듬자 오빠가 손을 놓았다. 나는 그것을 아버지에게 건네줬다. 정적이 아까보다 더 길게 이어졌다.

"아까 오후에 공장에서 캐슈 열매 주스를 가져왔어요. 맛있어서 잘 팔릴 것 같아요." 한참 만에 어머니가 말했다.

"걔한테 가져오라고 해." 아버지가 말했다.

---

13 아프리카의 주식. 카사바나 참마처럼 점성 있는 작물을 갈아서 익힌 것으로, 밀가루 반죽 같은 형태이다.

어머니가 식탁 위 천장에서 내려온 투명한 줄에 매달린 벨을 누르자 시시가 나타났다.

"네, 사모님?"

"공장에서 가져온 거 두 병 가져와."

"네, 사모님."

나는 시시가 "무슨 병요, 사모님?" 내지는 "그게 어디 있죠, 사모님?"이라고 말하지 않아서 아쉬웠다. 무엇이든 시시와 어머니가 대화를 이어 나가서 초조하게 푸푸를 빚는 오빠의 동작을 가려 줄 말을 했더라면 좋았을 터였다. 시시가 금방 돌아오더니 아버지 옆에 주스 병을 놨다. 거기에는 아버지 공장에서 만드는 다른 모든 제품 — 웨이퍼, 크림 비스킷, 주스, 바나나 칩 — 과 마찬가지로 빛바래 보이는 레이블이 붙어 있었다. 아버지가 노란 주스를 모두가 마실 수 있도록 컵에 따랐다. 나는 재빨리 내 컵으로 손을 뻗어서 한 모금 마셨다. 묽은 맛이 났다. 나는 열심인 것처럼 보이고 싶었다. 내가 그 주스가 얼마나 맛있는지 얘기하면 아버지가 아직 오빠를 벌주지 않았다는 사실을 잊어버릴지도 몰랐다.

"굉장히 맛있어요, 아버지." 내가 말했다.

아버지는 볼을 불룩하게 하고 입안에서 주스를 돌리고 있었다. "그래그래."

"신선한 캐슈 열매 맛이 나네요." 어머니가 말했다.

제발 말 좀 해, 나는 오빠한테 말하고 싶었다. 오빠는 지금쯤 무슨 말이든 했어야 했다. 자기 의견을, 아버지의 신제품을 칭찬하는 말을 했어야 했다. 아버지 공장 직원이 시제품을 가져올 때마다 항상 그랬었기 때문이다.

"꼭 백포도주 같아요." 어머니가 덧붙였다. 긴장했음을 알 수 있었다. 신선한 캐슈 열매의 맛이 백포도주와 비슷하지도 않을뿐더러 어머니의 목소리가 평소보다 더 낮았기 때문이었다. "백포도주." 어머니가 더 잘 음미하려는 듯이 눈을 감으며 다시 한번 말했다. "과일 향 나는 백포도주요."

"맞아요." 내가 말했다. 푸푸 덩어리가 내 손가락 사이로 빠져나가 수프에 빠졌다.

아버지는 오빠를 날카롭게 쳐다보고 있었다. "자자, 너도 우리랑 같이 주스를 마시지 않았니, **그보**? 너는 꿀 먹은 벙어리냐?" 아버지가 이보어로만 물었다. 나쁜 징조였다. 아버지는 평소에 이보어를 거의 쓰지 않았고 오빠랑 내가 집에서 어머니와 얘기할 때 이보어를 쓰긴 했지만 아버지는 우리가 남들 앞에서 이보어로 말하는 것을 싫어했다. 우리는 남들한테 교양인으로 보여야 해, 아버지가 우리에게 말하곤 했다. 영어로 말해야 한다는 뜻이었다. 예전에 아버지의 동생인 이페오마 고모가 너희 아버지야말로 식민지 시대의 산물이라고 말한 적이 있었다. 고모는 아버지에 대해 이렇게 말할 때 부드럽고 너그러운 어투를 사용했다. 마치 아버지 잘못이 아니라는 것처럼, 말라리아를 심하게 앓느라 헛소리하는 사람에 대해 이야기하듯.

"자자, 할 말이 없냐, **그보**?" 아버지가 다시 한번 물었다.

"**음바**, 꿀 먹은 벙어리 맞아요." 오빠가 대답했다.

"뭐?" 아버지의 눈이 그늘져 있었다. 아까는 오빠 눈에 있었던 그늘이었다. 두려움. 그것이 오빠의 눈에서 나와 아버지의 눈에 들어간 것이었다.

"할 말이 없다고요." 오빠가 말했다.

"주스가 맛있⋯⋯." 어머니가 말하던 참이었다.

오빠가 앉아 있던 의자를 뒤로 밀었다. "감사합니다, 주님. 감사합니다, 아버지. 감사합니다, 어머니."

나는 고개를 돌려 오빠를 빤히 쳐다봤다. 오빠는 적어도 올바른 방식, 우리가 식사를 마칠 때마다 하는 방식으로 감사 인사를 하고 있긴 했다. 하지만 동시에 우리가 절대 하지 않는 행동을 하고 있었다. 아버지가 식후 기도를 하기 전에 식탁에서 일어난 것이다.

"자자!" 아버지가 말했다. 그늘이 더욱 자라나 아버지의 흰자까지 뒤덮었다. 오빠는 접시를 들고 식당을 나가고 있었다. 아버지가 일어나려다 다시 의자에 털썩 주저앉았다. 볼살이 불독처럼 축 늘어졌다.

나는 유리컵으로 손을 뻗어 주스를 들여다봤다. 소변처럼 묽은 노란색이었다. 전부 목구멍에 들이붓고 단번에 삼켰다. 달리 어떡해야 할지 몰랐다. 내 평생 이런 일이 일어난 적은 결단코, 단한 번도 없었기 때문이다. 우리 집 담장이 쓰러져서 — 나는 확신했다. — 플루메리아 나무들을 덮칠 것이다. 하늘이 무너질 것이다. 반짝이는 대리석 바닥에 깔린 페르시아 양탄자가 쪼그라들 것이다. 무슨 일이 일어날 것이다. 하지만 실제로 일어난 일은 내가사레들린 것뿐이었다. 기침 때문에 몸이 격하게 흔들렸다. 아버지어머니가 달려왔다. 아버지가 내 등을 두드리는 동안 어머니가 내어깨를 문지르며 말했다. "오 주고, 기침 그만해."

그날 저녁 나는 계속 침대에 누워 있었고 가족들과 저녁 식사를 함께 하지 않았다. 기침도 심해졌고 볼에 손등을 대면 델 듯이 뜨거웠다. 머릿속에서 괴물 수천 마리가 고통스러운 캐치볼을 했는데 그들이 서로를 향해 던진 것은 공이 아니라 갈색 가죽으로 장정된 미사 경본이었다. 아버지가 방에 들어와 침대에 걸터앉자 매트리스가 푹 가라앉았다. 아버지는 내 뺨을 어루만지며 더 필요한 건 없냐고 물었다. 어머니가 이미 나를 위해 **오페 은살라**[14]를 끓이고 있어서 없다고 대답했고 우리는 한참 동안 손을 맞잡은 채 말없이 앉아 있었다. 아버지는 원래 숨소리가 시끄러웠지만 지금은 꼭 숨찬 사람처럼 헐떡이고 있어서 무슨 생각을 하고 있을까, 혹시 마음속으로 달리고 있나, 뭔가로부터 달아나고 있나 생각했다. 아버지 얼굴 구석구석까지 퍼진 두드러기를 보기 싫어서 아버지를 쳐다보지 않았다. 두드러기가 너무 많고, 너무 고르게 퍼진 탓에 피부가 부은 것처럼 보였다.

잠시 후 어머니가 나 먹으라고 **오페 은살라**를 조금 가지고 올라왔지만 향이 강한 수프라 속만 메슥거렸다. 욕실에서 토하고 나서 어머니에게 오빠는 어디 있냐고 물었다. 오빠는 점심 식사 후에 한 번도 나를 보러 오지 않았다.

"제 방에 있어. 저녁 식사 때도 안 내려왔단다." 어머니가 내 콘로를 어루만졌다. 어머니는 내 두피의 서로 다른 곳에서 자라난 머리카락이 서로 맞물려 땋인 결을 따라 쓰다듬는 걸 좋아했다. 내 머리 땋기는 다음 주까지 미뤄질 것이다. 내 머리카락이 너무 굵은 데다 빗기를 마치는 즉시 촘촘한 다발로 늘 되돌아가 버리기

---

14 메기, 참마, 우타지, 말린 가재 가루 등을 넣고 끓인 수프.

때문이었다. 지금 빗으려 든다면 이미 내 머릿속에 자리 잡은 괴물들을 성나게 할 터였다.

"도자기 인형 새것으로 바꾸실 거예요?" 내가 물었다. 어머니 겨드랑이에서 분필 같은 디오더런트 냄새가 났다. 최근 이마에 생긴 지그재그형 흉터를 제외하곤 잡티 하나 없는 갈색 얼굴이 무표정했다.

"크파?" 어머니가 말했다. "새로 바꾸지 않을 거야."

어쩌면 어머니는 자신에게 도자기 인형이 더 이상 필요치 않으리란 걸, 아버지가 오빠를 향해 미사 경본을 던졌을 때 인형만이 아니라 모든 것이 쏟아져 내렸음을 이미 깨달았는지도 몰랐다. 반면에 나는 그제야 겨우 깨닫고 있었다. 이제 막 생각을 그리로 돌리고 있었다.

어머니가 방을 나가고 나서 침대에 누워 과거를, 오빠와 어머니와 내가 입술보다 마음으로 이야기할 때가 더 많았던 세월을 살살이 훑어 보았다. 은수카가 등장하기 전까지. 모든 것이 은수카에서 시작됐다. 이페오마 고모의 은수카 집 베란다 앞에 있는 작은 정원이 침묵을 밀어 내기 시작하면서. 지금 내게 오빠의 반항은 이페오마 고모의 실험적인 보라색 히비스커스처럼 느껴졌다. 희귀하고 향기로우며 자유라는 함의를 품은. 쿠데타 이후에 정부 광장에서 녹색 잎을 흔들던 군중이 외친 것과는 다른 종류의 자유. 원하는 것이 될, 원하는 것을 할 자유.

하지만 내 기억은 은수카에서 시작되지 않았다. 그 전, 우리 앞마당의 모든 히비스커스꽃이 눈부시게 선명한 빨간색이었을 때에서 시작되었다.

마음으로
이야기하기

성지 주얼 전

내가 책상에 앉아 있는데 어머니가 내 교복을 팔에 걸친 채 들어와 침대에 놓았다. 그날 아침 내가 뒷마당 빨랫줄에 널어 두었던 옷을 걷어 온 것이었다. 오빠와 나의 다른 옷은 전부 시시가 빨았지만 교복만은 우리가 직접 빨았다. 우리는 항상 천의 일부를 먼저 비눗물에 담가서 물이 빠지나 확인했다. 빠지지 않는다는 것을 이미 알면서도. 아버지가 교복 세탁에 할당해 준 삼십 분을 마지막 일 분까지 다 쓰고 싶었기 때문이다.

"감사해요, 어머니. 안 그래도 가지고 들어오려던 참이었는데." 내가 옷을 개려고 일어서며 말했다. 연장자에게 자기 뒤치다꺼리를 시키는 것은 잘못이었지만 어머니는 개의치 않았다. 어머니가 개의치 않는 것은 아주 많았다.

"보슬비가 오고 있거든. 네 옷이 안 젖었으면 해서." 어머니가 내 교복을 손으로 쓸어내렸다. 회색 치마인데 조금 더 어두운 색 허릿단이 붙어 있고 아주 길어서 내가 입으면 종아리가 전혀 보이지 않는 옷이었다. "은네, 너한테 남동생이나 여동생이 생길 거야."

나는 빤히 쳐다봤다. 어머니는 무릎을 꼭 붙인 채 내 침대에 앉아 있었다. "아기가 태어나요?"

"그래." 어머니가 계속 내 치마를 쓸어내리며 미소 지었다.

"언제요?"

"10월에. 어제 파크 거리에 있는 병원에 갔었어."

"하느님께 감사를." 오빠와 나는 좋은 일이 있을 때 이렇게 말했다. 우리가 이렇게 말하길 아버지가 바랐기 때문이었다.

"그래." 어머니가 주저하듯 내 치마에서 손을 뗐다. "하느님은 신실하시지. 너도 알다시피 내가 널 낳고 나서 계속 유산을 하니까 마을 사람들이 수군대기 시작했어. **우문나**에서는 아버지한테 사람을 보내서 다른 여자를 얻어 자식을 낳으라고 설득하기도 했지. 적극적인 딸을 가진 사람이 아주 많았고 그 딸들 중에는 대학 졸업자도 많았단다. 그 여자들은 아들을 많이 낳아서 우리 집을 차지하고 우리를 쫓아냈을 거야. 에젠두 씨의 둘째 부인이 그랬던 것처럼. 하지만 아버지는 내 곁을, 우리 곁을 지켰단다." 어머니는 평소에 말을 한 번에 이렇게 많이 하는 사람이 아니었다. 원래는 새가 모이를 먹듯 조금씩 말했다.

"맞아요." 내가 말했다. 물론 아버지는 다른 여자를 얻어서 아들을 더 낳지 않은 것에 대해, 둘째 부인을 들이지 않은 것에 대해 칭송받아야 마땅했다. 하지만 아버지는 애초부터 남들과는 다른 사람이었다. 나는 어머니가 아버지를 에젠두 씨와, 혹은 다른 어느 누구와도 비교하지 않았으면 했다. 그것은 아버지를 격하하고, 아버지의 명예를 더럽히는 일이었기 때문이다.

"사람들은 누군가가 **오구**로 내 자궁을 묶어 버린 거라는 말도 했단다." 어머니가 고개를 내저으며 미소 지었다. 신탁을 믿는 사람들에 대해 얘기할 때, 또는 친척들이 주술사를 만나 보라고 제안할 때, 또는 사람들이 자기네 앞마당을 파 봤더니 누가 그 집이 잘되는 걸 막으려고 천에 싸서 묻은 머리카락 다발과 동물 뼈가 나왔다는 둥의 이야기를 할 때 어머니 얼굴에 퍼지곤 하던 인자한 미소였다. "사람들은 하느님이 신비한 방법으로 역사하신다는 걸 몰라."

"맞아요." 내가 말했다. 나는 개킨 교복의 모서리가 가지런하도록 신경 쓰면서 조심스럽게 옷을 들고 있었다. "하느님은 신비한 방법으로 역사하시죠." 나는 거의 육 년 전의 마지막 유산 후에도 어머니가 계속 임신하려고 했었는지 몰랐다. 주문 제작 해서 일반적인 킹사이즈 침대보다도 큰 안방 침대에 어머니와 아버지가 함께 누운 모습은 상상이 가지 않았다. 두 사람 사이의 애정이라고 하면 미사 때 평화의 인사를 나누는 광경, 서로 손을 맞잡았다가 아버지가 어머니를 다정하게 포용하는 것이 떠올랐다.

"학교에서는 별일 없었니?" 어머니가 일어나며 물었다. 아까 이미 했던 질문이었다.

"네."

"시시랑 나는 자매들을 위해 **모이모이**[15]를 만드는 중이야. 다들 곧 도착할 거다." 어머니가 아래층에 내려가기 전에 말했다. 나는

---

15 강두, 고추, 양파, 육두구, 잔새우에 물을 붓고 곱게 갈아 비닐봉지에 담은 다음 잘게 다진 훈제 생선이나 삶은 달걀 등의 건더기를 넣고 찐 음식.

어머니를 따라 나가서 복도 탁자에 개킨 교복을 놓았다. 그러면 시시가 나중에 가져가서 다릴 것이었다.

　잠시 후 자매들, 기적의 성패(聖牌) 성모 마리아 기도 모임의 회원들이 도착했고 그들의 힘찬 박수 소리를 동반한 이보어 노래가 위층까지 울려 퍼졌다. 그들은 약 삼십 분 동안 기도하고 노래할 것이고 그러고 나면 어머니가, 내 방문을 열어 놔도 위층까지는 거의 들리지 않는 낮은 목소리로 중단시키면서, 그들에게 "간단하게 뭣 좀" 준비했다고 말할 것이다. 시시가 커다란 접시에 담긴 **모이모이**와 졸로프 밥[16]과 닭튀김을 가지고 들어오기 시작하면 여자들은 온화하게 어머니를 힐책할 것이다. "비어트리스 자매, 이게 다 뭐예요? 이런 걸 뭐 하러 준비했어요? 우리가 다른 자매들 댁에 가져갔던 **아나라**[17]만으로도 충분하지 않아요? 이럴 필요 없는데 그랬네, 정말." 그리고 어느 높은 목소리가 "주를 찬양하라!"의 첫 음절을 최대한 길게 늘이며 외칠 것이다. 그 대답인 "알렐루야."가 내 방의 벽들을, 거실의 유리 낀 가구들을 밀 것이다. 그다음에 그들은 기도하면서 하느님에게 비어트리스 자매의 관대함에 상을 내려 달라고, 그녀가 이미 받은 은총에 몇 개를 더해 달라고 청할 것이다. 그다음에는 포크와 숟가락이 접시를 긁는 달그락 달그락 달그락 소리가 집 안에 메아리칠 것이다. 어머니는 손님이 아무리 많이 와도 절대 플라스틱 식기를 쓰지 않았다.

16　서아프리카에서 흔한 음식으로 파에야와 비슷하다. 토마토, 고추, 각종 채소 및 고기를 넣어 만든다.

17　가지.

그들이 식전 기도를 막 시작했을 때 오빠가 계단을 껑충껑충 올라오는 소리가 들렸다. 아버지가 집에 없었으므로 오빠가 내 방에 먼저 들어오리라는 걸 알았다. 아버지가 있었다면 자기 방에 가서 옷부터 갈아입었을 것이다.

"케 콰누?" 내 방에 들어오는 오빠에게 물었다. 오빠의 교복, 파란 반바지와 왼쪽 가슴에서 성 니콜라오 학교 배지가 번쩍이는 하얀 셔츠에는 아직도 앞뒤로 칼주름이 서 있었다. 오빠는 작년에 2학년에서 가장 단정한 학생으로 뽑혔었다. 그때 아버지가 너무 세게 끌어안는 바람에 오빠는 허리가 부러지는 줄 알았다.

"응." 오빠가 내 책상 옆에 서서, 내 앞에 펼쳐진 『기술 과학 입문』 교과서를 심드렁하게 휙휙 넘겼다. "점심에 뭐 먹었어?"

"가리."[18]

점심 같이 먹을 수 있으면 좋을 텐데. 오빠가 눈빛으로 말했다.

"그러게 말이야." 내가 소리 내어 말했다.

예전에는 우리 집 기사 케빈이 성심여학교에서 나를 먼저 태운 다음에 오빠를 데리러 성 니콜라오 학교에 가곤 했었다. 그리고 집에 돌아오면 오빠와 나는 점심을 같이 먹었다. 그런데 지금은 오빠가 성 니콜라오 학교에 새로 생긴 우등반에 들어갔기 때문에 방과 후 수업을 들었다. 아버지가 오빠의 일과표는 고쳤지만 내 것은 고치지 않았으므로 나는 오빠를 기다렸다가 점심을 같이 먹을 수 없었다. 오빠가 집에 올 때쯤에는 점심을 다 먹고 낮잠을

---

18 카사바의 덩이줄기를 갈아서 발효시킨 다음 체질해서 익히면 낟알 모양의 가리가 된다. 이것을 다시 물에 불리거나 삶는 등 여러 방법으로 조리해서 먹는다.

자고 나서 공부까지 시작했어야 했다.

하지만 오빠는 내가 매일 점심에 뭘 먹는지 알았다. 어머니가 한 달에 두 번 바꾸는 식단을 부엌 벽에 붙여 놨기 때문이다. 그래도 오빠는 항상 내게 물었다. 우리는 답을 이미 아는 질문을 서로에게 곧잘 던지곤 했다. 어쩌면 답을 알고 싶지 않은 다른 질문들을 던지지 않기 위해 그랬는지도 몰랐다.

"숙제가 세 개나 있어." 오빠가 방을 나가려고 돌아서며 말했다.

"어머니가 임신하셨어." 내가 말했다.

오빠가 다시 돌아와 내 침대 끄트머리에 앉았다. "어머니가 그러셔?"

"응. 예정일이 10월이래."

오빠가 잠시 눈을 감았다 떴다. "우리가 아기를 돌볼 거야. 녀석을 보호할 거야."

'아버지로부터'라는 뜻인 건 알았지만 나는 아기를 보호하는 것에 대해서는 아무 말도 하지 않았다. 그 대신 이렇게 물었다. "남자애인지 어떻게 알아?"

"감이야. 넌 어떻게 생각하는데?"

"몰라."

오빠는 조금 더 내 침대에 앉아 있다가 점심을 먹으러 아래층으로 내려갔다. 나는 교과서를 옆으로 밀어 놓고 시선을 들어 머리 위 벽에 붙어 있는 내 일과표를 쳐다봤다. 하얀 종이 맨 위에 굵은 글씨로 "캄빌리"라고 적혀 있었다. 오빠 책상 위 일과표에는 "자자"라고 적혀 있는 것처럼. 나는 아버지가 아기의, 내 남동생의 일과표를 언제 짤지, 아기가 태어난 직후에 짤지 아니면 걸음마를 시작할 때까지 기다릴지 궁금했다. 아버지는 질서를 좋아했다. 그 사실은 일과표 자체에서도, 하루 치 일과 안에까지 검은 잉크로 꼼꼼하게 줄을 그은 방식에서도 드러났다. 공부와 낮잠 사이, 낮잠과 가족 시간 사이, 가족 시간과 식사 사이, 식사와 기도 사이, 기도와 잠 사이에. 아버지는 일과표를 자주 고쳤다. 학기 중에는 주말에도 낮잠 시간이 줄고 공부 시간이 늘었다. 반대로 방학 중에는 가족 시간이 조금 늘어서 신문을 읽고, 체스나 모노폴리를 하고, 라디오를 듣는 시간이 조금 늘었다.

쿠데타가 일어난 것은 그다음 날인 토요일의 가족 시간 중이었다. 아버지가 막 오빠에게 장군을 외쳤을 때 라디오에서 군가가, 하던 일을 멈추고 귀 기울이게 만드는 엄숙한 선율이 흘러나왔다. 하우사어 악센트가 강한 영어를 쓰는 어느 장군이 나와서 쿠데타가 있었고 새로운 정부가 수립되었음을 발표했다. 새 국가 원수가 누구인지는 가까운 시일 내에 알리겠다고 했다.

아버지는 체스보드를 옆으로 밀어 놓고 서재에서 통화를 해야겠다며 나갔다. 오빠와 어머니와 나는 말없이 아버지를 기다렸다. 나는 아버지가 편집장인 아데 코커에게, 아마 쿠데타를 보도하는 것에 관해 뭔가 말하려고 전화하는 것임을 알았다. 아버지가 돌아오자 우리는 시시가 키 큰 유리잔에 담아 온 망고 주스를 마셨고 아버지는 그동안 쿠데타에 대해 이야기했다. 아버지는 슬퍼 보였다. 네모난 입술이 처져 보였다. 쿠데타는 쿠데타를 낳아. 아버지가 유혈이 낭자했던 1960년대 쿠데타 얘기를 하며 말했다. 쿠데타가 내전으로 이어진 것은 아버지가 영국 유학을 위해 나이지리아를 떠난 직후였다. 쿠데타는 늘 잔인한 순환을 야기해. 군인들은 늘 서로를 타도하곤 하지. 그럴 힘이 있으니까, 그들 모두가 권력에 취해 있으니까.

물론 —— 아버지가 우리에게 말했다. —— 정치인들도 부패했지. 《스탠더드》는 교사들에게 월급을 주고 도로를 건설하는 데 쓰였어야 할 돈을 외국 은행 계좌에 숨겨 두는 각료들에 대해 여러 차례 보도했어. 하지만 우리 나이지리아인들에게 필요한 건 우리를 다스릴 군인이 아니야. 우리에게 필요한 건 혁신된 민주주의지. 혁신된 민주주의. 이 말은, 그 말을 하는 아버지의 말투 때문에 중요하게 들렸다. 하지만 다시 생각해 보니 원래 아버지가 하는 말은 대부분 중요하게 들렸다. 아버지는 말을 할 때 뒤로 기대서 위를 올려다보길 좋아했다. 마치 공중에서 뭔가를 찾는 사람처럼. 나는 아버지의 입술에, 그 움직임에 집중했고, 때로는 무아지경에 빠졌으며, 때로는 영원히 그대로 있고 싶었다. 아버지의 목소리에, 아버지가 하는 중요한 얘기에 귀 기울이면서. 그것은 아버지가 미소 지을 때, 아버지의 얼굴이 새하얗게 빛나는 속살을 가진 코코넛처럼 활짝 벌어질 때 느껴지는 기분과 똑같았다.

쿠데타 다음 날 성 아녜스 성당에 저녁 축복을 받으러 가기 전에 우리는 거실에 앉아 신문을 읽고 있었다. 동네 노점상이 아버지의 주문에 따라 매일 아침 모든 주요 신문을 네 부씩 우리 집에 배달했다. 우리는 《스탠더드》를 제일 먼저 읽었다. 오직 《스탠더드》에만, 빨리 민주주의 제도로 복귀하라고 새로운 군사 정부에 요구하는 비판적인 사설이 있었다. 아버지가 《나이지리아 투데이》에서 하나를 골라 소리 내어 읽었다. 그 사설의 필자는 정치인들이 통제 불능 지경에 이르렀고 경제가 엉망진창이기 때문에 지금이야말로 군인 대통령이 나와야 하는 시점이라고 주장했다.

"《스탠더드》라면 절대 이런 헛소리를 싣지 않을 텐데." 아버지가 신문을 내려놓으며 말했다. "그자를 '대통령'이라고 부르지도 않을 테고."

"'대통령'에는 선출됐다는 뜻이 담겨 있으니까요." 오빠가 말했다. "'국가 원수'가 맞는 표현이죠."

아버지가 미소 지었고 나는 오빠보다 내가 먼저 그 말을 했더라면 좋았을 텐데 생각했다.

"《스탠더드》사설은 잘 썼네요." 어머니가 말했다.

"아데가 단연 최고지." 아버지가 다른 신문을 훑어보며 무뚝뚝하게 으쓱대는 태도로 말했다. "'수문장 교체'라. 머리기사 하고는. 다들 겁먹었어. 마치 군사 정부는 부패하지 않을 거라고 생각하는 사람들처럼 문민정부가 얼마나 부패했었는지 쓰고 있어. 나라가 완전히 망해 가는군."

"하느님이 도우실 거예요." 내가 말했다. 이렇게 말하면 아버지가 좋아하리란 걸 알았기 때문이다.

"그래그래." 아버지가 고개를 끄덕이며 말하곤 손을 뻗어서 내 손을 잡았다. 내 입안 가득 설탕이 녹고 있는 듯한 기분이 들었다.

그 뒤로 몇 주 동안, 가족 시간에 읽는 신문들의 논조가 달라져서 더 억눌린 어조로 바뀌었다. 《스탠더드》역시 달라졌다. 더 신랄해졌고 전보다 더 많은 의문을 제기했다. 학교 가는 길도 달라졌다. 쿠데타 다음 주에 케빈은 매일 아침 푸른 나뭇가지를 꺾어서 차에도 꽂고 자동차 번호판에도 꽂았다. 그래야 정부 광장의 시위대가 우리를 지나가게 해 줄 것이었기 때문이다. 푸른 나뭇가지는 연대를 뜻했다. 그러나 우리의 나뭇가지는 절대 시위대의 것처럼 빛나 보이지 않았다. 광장을 지날 때 나는 이따금, 그들과 함께 "자유!"를 외치거나 차를 가로막는 것은 과연 어떤 기분일까 생각하곤 했다.

그다음 몇 주 동안은 오구이 길을 지나가다 보면 시장 근처 방벽 앞에서 군인들이 소총을 어루만지며 걸어 다니고 있었다. 때로는 차를 세우고 수색하기도 했다. 한번은 어떤 남자가 자신의 푸조 504 옆 길바닥에 무릎을 꿇고 두 손을 하늘 높이 들고 있는 모습

40

을 본 적도 있었다.

하지만 우리 집은 달라진 게 없었다. 오빠와 나는 여전히 일과 표를 따랐고, 여전히 대답을 이미 아는 질문을 서로에게 던졌다. 유일하게 달라진 것은 서서히 미묘하게 나오기 시작한 어머니의 배뿐이었다. 처음에는 바람 빠진 축구공처럼 보였지만 오순절이 되자 금실로 수놓인 빨간 나들이용 풀치마가 들린 모습이 그 밑에 천 한 겹이나 풀치마를 묶은 매듭만 있는 것은 아님을 드러냈다. 성당 제단도 어머니의 풀치마와 똑같은 빛깔의 빨간색으로 장식 됐다. 빨간색이 오순절의 색깔이었기 때문이다. 방문 신부도 그에 게는 너무 짧아 보이는 붉은 제의를 입고 미사를 진행했다. 이 젊 은이는 복음을 읽는 도중에 자주 시선을 들어 갈색 눈동자로 신도 들을 뚫어져라 쳐다봤다. 그리고 봉독을 마친 후에는 천천히 성경 에 입을 맞췄다. 다른 사람이 했다면 연극적으로 보일 수도 있었 을 텐데 그가 하니 그렇지 않았다. 진심 같아 보였다. 저는 아직 서 품을 받은 지 얼마 안 돼서, 교구를 배정받길 기다리고 있습니다. 그가 우리에게 말했다. 공통의 친구를 통해 베네딕트 신부를 알게 된 그는 미사를 집전해 달라는 부탁을 기쁘게 받아들였다. 하지만 계단이 광낸 각 얼음처럼 번쩍이는 우리 성 아네스 성당의 제단이 정말 아름답다는 말은 하지 않았다. 또 그것이 에누구에서, 어쩌 면 전국에서 가장 훌륭한 제단 중 하나라는 말도 하지 않았다. 다 른 모든 방문 신부가 그랬듯이 성 아네스 성당에서는 하느님의 임 재가 더 강하게 느껴진다고, 바닥에서 천장까지 이르는 스테인드 글라스 창문의 무지갯빛 성인들이 하느님이 떠나는 걸 막았다고 암시하지도 않았다. 그리고 강론 도중에 갑자기 이보어 노래를 부르기 시작했다. "부니에 야 에누……."

신도들은 단체로 헉하고 숨을 들이쉬었고 일부는 한숨을 내쉬었으며 일부는 입을 커다란 O 자 모양으로 벌렸다. 베네딕트 신부의 느슨한 강론과 콧구멍이 막힌 듯한 단조로운 목소리에 익숙했기 때문이다. 사람들이 차차 따라 부르기 시작했다. 나는 아버지가 입술을 앙다무는 것을 지켜봤다. 아버지는 오빠와 내가 노래를 부르나 보려고 고개를 옆으로 돌렸다가 우리의 다문 입을 보고는 만족스러운 듯 고개를 끄덕였다.

미사가 끝난 후에 아버지가 자신에게 몰려든 사람들과 인사하는 동안 우리는 성당 문밖에 서서 기다렸다.

"안녕하세요, 하느님을 찬양합시다." 아버지는 이렇게 말하고 나서 남자들과 악수를 하고, 여자들과 포옹을 하고, 어린애들의 머리를 쓰다듬고, 아기들의 볼을 꼬집었다. 몇몇 남자가 아버지에게 귓속말을 해서 아버지도 귓속말로 답하자 그들은 고맙다며 두 손으로 아버지의 손을 잡고 흔들다가 갔다. 아버지가 마침내 인사를 끝마치고, 입속의 치아처럼 어수선하게 들어차 있던 자동차들이 넓은 성당 마당을 대부분 빠져나갔을 때 우리는 우리 차를 향해 걷기 시작했다.

"그 젊은 신부 말이야, 강론 도중에 노래를 부르다니. 꼭 요즘 사방에서 우후죽순으로 생겨나는 오순절교회의, 하느님을 안 믿는 목회자 같지 않니. 그런 자들이 교회에 문제를 일으키는 법이다. 우리가 그 사람을 위해 기도해야 돼." 아버지가 벤츠 문을 열고 미사 경본과 주보를 좌석에 놓고 나서 사제관을 향해 돌아서며 말했다. 우리는 미사 후에 항상 베네딕트 신부에게 들렀다.

"저는 차에서 기다리게 해 주세요, **비코**." 어머니가 벤츠에 기대며 말했다. "지금 목구멍까지 올라와서요."

아버지가 고개를 돌려 어머니를 빤히 쳐다봤다. 나는 숨을 멈췄다. 긴 시간처럼 느껴졌지만 실제로는 몇 초밖에 안 됐을 것이다.

"정말로 차에 있고 싶은 게 확실해?" 아버지가 물었다.

어머니는 시선을 내리깔았다. 두 손을 배에 얹은 까닭은 풀리려는 풀치마를 잡고 있기 위해서 아니면 아침에 먹은 빵과 홍차를 누르기 위해서였다. "몸이 안 좋아요." 어머니가 우물거렸다.

"정말로 차에 있고 싶은 게 확실하냐고 물었어."

어머니가 눈을 들었다. "같이 갈게요. 그렇게 심하진 않아요."

아버지의 표정은 변하지 않았다. 아버지는 어머니가 자신에게 걸어올 때까지 기다렸다가 뒤돌아섰고 두 사람은 사제관을 향해 걷기 시작했다. 오빠와 내가 뒤따랐다. 나는 걸어가면서 계속 어머니를 지켜봤다. 그 전까지는 어머니가 얼마나 핼쑥한지 깨닫지 못했었다. 평소에는 땅콩버터 같은 부드러운 갈색이던 피부가 수분이 완전히 빠져나간 것처럼 하마탄에 갈라진 땅 색깔 같은 잿빛을 띠었다. 오빠가 눈빛으로 내게 말했다. 어머니가 토하시면 어떡하지? 나는 베네딕트 신부의 집을 너무 엉망으로 만들지 않도록 내 원피스 밑단을 잡고 들어 올려서 어머니가 토하는 것을 받을 작정이었다.

그것은 건축가가 성당이 아니라 주거용 건물을 설계하고 있다는 사실을 너무 늦게 깨달은 것처럼 생긴 집이었다. 식당으로 이어지는 아치는 제단 입구처럼 보였다. 크림색 전화기가 놓인 벽감은 성체를 받아 먹을 준비가 된 입 같았다. 거실에서 좀 떨어진 작은 서재는 성경과 미사용 제의와 여분의 성배가 빼곡히 들어찬 성구(聖具) 보관실이 될 수도 있었을 듯했다.

"유진 형제!" 베네딕트 신부가 말했다. 아버지를 보자 그의 허연 얼굴에 웃음꽃이 피어났다. 그는 식탁에서 식사 중이었다. 얇게 저민 삶은 참마가 있어 점심 식사처럼 보이면서도 그 옆의 달걀프라이가 담긴 접시를 보면 아침 식사에 더 가까워 보이기도 했다. 그는 우리에게 같이 먹자고 말했다. 아버지가 우리를 대표해서 사양한 후 식탁으로 다가가 한껏 낮춘 목소리로 뭐라고 얘기했다.

"몸은 좀 어때요, 비어트리스?" 베네딕트 신부가 거실에 있는 어머니에게 들리도록 목소리를 높여 물었다. "안색이 안 좋아요."

"괜찮아요, 신부님. 날씨 때문에 알레르기가 도져서 그래요. 하마탄에 우기까지 겹쳤잖아요."

"캄빌리랑 자자는 미사 좋았니?"

"네, 신부님." 오빠와 내가 동시에 대답했다.

잠시 후 우리는 평소보다 조금 일찍 나왔다. 아버지는 차 안에서 턱만 이를 갈듯 움직일 뿐 한마디도 하지 않았다. 우리는 모두 말없이 카세트에서 흘러나오는 「아베 마리아」를 들었다. 집에 도착하자 시시가 장식적이고 자그마한 손잡이가 달린 도자기 찻주전자에 아버지의 차를 담아 내왔다. 아버지는 미사 경본과 주보를 식탁에 놓은 뒤 자리에 앉았고 어머니는 그 주위를 서성댔다.

"차, 제가 따라 드릴게요." 지금껏 한 번도 아버지의 차를 따라본 적 없는 어머니가 제안했다.

아버지는 어머니를 무시한 채 차를 따르고는 오빠와 내게 한 모금씩 마시라고 말했다. 오빠가 한 모금 마시고 나서 잔을 다시 받침에 놓았다. 아버지가 잔을 들어서 내게 주었다. 나는 잔을 두 손으로 받아서 설탕과 우유를 탄 립톤 티를 한 모금 마시고는 다시 받침에 올려놨다.

"고맙습니다, 아버지." 내가 사랑에 혀가 데었음을 느끼며 말했다.

우리는, 오빠와 어머니와 나는 옷을 갈아입으러 위층으로 올라갔다. 계단을 밟는 우리의 발걸음은 다른 일요일과 마찬가지로 정연하고 조용했다. 우리가 점심 식사를 할 수 있도록 아버지가 낮잠에서 깰 기다리는 동안의 정적. 아버지가 우리에게 읽고 생각하라며 성서 구절이나 초기 교부(敎父)가 쓴 책을 줬을 때 생각하는 시간의 정적. 저녁 묵주 기도 시간의 정적. 그리고 나서 축복에 참석하러 성당으로 갈 때 차 안의 정적. 일요일에는 가족 시간마저도 조용했다. 안식일에 더 걸맞게끔 체스 두기도, 신문 읽고 토론하기도 없었기 때문이다.

"오늘은 시시 혼자 점심 준비해도 되지 않겠어요?" 우리가 계단 꼭대기에 이르렀을 때 오빠가 말했다. "어머니는 점심 식사 전까지 좀 쉬세요."

어머니가 무슨 말을 하려다 멈추고 손을 잽싸게 입으로 가져가더니 안방으로 뛰어들었다. 나는 가만히 서 있다가 어머니가 목구멍 깊은 곳으로부터 토하면서 내는 날카로운 신음을 듣고 난 뒤에야 내 방으로 들어갔다.

점심은 졸로프 밥과 뼈가 바삭해질 때까지 튀긴, 주먹만 한 아주 생선 덩어리와 **응궈응궈**[19]였다. 아버지는 유리 대접에 담긴 매운 국물을 숟가락으로 퍼내다시피 하면서 **응궈응궈**를 혼자 거의 다 먹었다. 우기가 한창일 때의 검푸른 구름 같은 침묵이 식탁 위에 드리워 있었다. 밖에서 지저귀는 **오치리** 소리만이 정적을 깰 뿐이었다. 그 새들은 매년 첫비가 내리기 전에 와서 식당 창밖의 아보카도 나무에 둥지를 틀었다. 오빠와 나는 때때로 땅에 떨어진 둥지, 뒤엉킨 나뭇가지와 마른 풀과 어머니가 내 머리를 땋을 때 썼던 토막실 ── **오치리**가 뒷마당 쓰레기통에서 꺼낸 ── 로 만든 둥지를 발견하곤 했다.

내가 제일 먼저 식사를 마쳤다. "감사합니다, 주님. 감사합니다, 아버지. 감사합니다, 어머니." 나는 팔짱을 끼고 다른 식구들이 식사를 마쳐서 다 같이 기도할 수 있게 될 때까지 기다렸다. 누구의 얼굴도 쳐다보지 않았다. 그 대신 맞은편 벽에 걸린 외할아버지 사진에 초점을 맞췄다.

기도를 시작하는 아버지의 목소리가 평소보다 떨렸다. 아버지는 먼저 음식에 대해 기도하고 나서 하느님에게 그분의 뜻을 꺾으려던 자들, 이기적인 욕심을 앞세워 미사 후에 그분의 종을 만나러 가고 싶어 하지 않았던 자들을 용서해 달라고 청했다. 어머니의 "아멘!"이 식당에 울려 퍼졌다.

내가 이따가 가족 시간에 병자들에게 성유를 바르는 것의 성경 속 기원에 대해 이야기하려고 점심 식사 후에 내 방에서 야고보서 5장을 읽고 있을 때 그 소리가 들렸다. 안방의 목조(木彫) 문이 짧고 육중하게 쿵 하고 울리는 소리. 나는 그것이 문이 뻑뻑해

---

19 염소 머리와 내장으로 끓인 매운 수프.

서 아버지가 열려고 하는 소리라고 상상했다. 그렇게 열심히 상상하면 사실이 될지도 몰랐다. 나는 자리에 앉아 눈을 감고 숫자를 세기 시작했다. 숫자를 세면 그렇게 길지 않은 것처럼, 그렇게 심하지 않은 것처럼 느껴졌기 때문이다. 때로는 내가 스물까지 세기 전에 끝나기도 했다. 오늘은 열아홉까지 셌을 때 소리가 멈췄다. 문 여는 소리가 들렸다. 계단을 내려가는 아버지의 발소리가 평소보다 무겁고 어색했다.

내가 방에서 나왔을 때 오빠도 자기 방에서 나왔다. 우리는 계단 위에 서서 아버지가 내려가는 모습을 지켜봤다. 어머니가 아버지 공장 인부들이 세메 국경[20]에서 한꺼번에 사 오는 쌀 포대처럼 아버지의 어깨에 걸쳐져 있었다. 아버지가 식당 문을 열었다. 그다음에 현관문 열리는 소리가 들리고 아버지가 문지기 아다무에게 뭐라고 말하는 소리가 들렸다.

"바닥에 피가 있어." 오빠가 말했다. "내가 욕실에서 솔 가져올게."

우리는 핏자국을 지웠다. 마치 누가 빨간 수채 물감이 새는 병을 들고 계단을 내려간 것처럼 핏방울이 이어져 있었다. 오빠는 문지르고 나는 닦았다.

어머니는 그날 밤 돌아오지 않았고 오빠와 나는 단둘이 저녁

---

20 밀수품을 운반하거나 인권 운동가, 부패한 정치가, 쿠데타 주동자 등을 탈출시키는 경로로 이용되기 때문에 위험하기로 악명 높은, 베냉과 나이지리아 사이의 국경.

을 먹었다. 어머니 얘기는 하지 않았다. 그 대신 이틀 전에 마약 밀
매죄로 공개 처형 당한 세 남자 얘기를 했다. 오빠는 학교에서 몇
몇 아이들이 이야기하는 것을 들었다. 텔레비전에도 나왔다. 기둥
에 묶인 그 사내들의 몸은 더 이상 총알이 날아와 꽃히지 않게 된
후에도 계속 움찔거렸다. 나는 오빠한테 우리 반 애가 한 말을 들
려줬다. 그 애의 어머니가 텔레비전을 끄면서, 왜 내가 다른 사람
이 죽는 광경을 봐야 하냐고, 처형장에 모여든 인간들은 도대체
어디가 잘못된 거냐고 물었다는 것이었다.

저녁 식사 후에는 오빠가 기도를 했고 마지막에 어머니를 위
한 짧은 기도를 덧붙였다. 아버지가 왔을 때 우리는 일과표에 따
라 각자 자기 방에서 공부하고 있었다. 내가 『중학 농학 입문』 책
날개에 동그라미와 작대기로 임신부를 그리고 있는데 아버지가
방에 들어왔다. 빨갛게 부은 눈 때문인지 왠지 모르게 실제보다
젊고 연약해 보였다.

"어머니는 내일 오실 거야, 네가 학교에서 돌아올 때쯤. 괜찮
으실 거다." 아버지가 말했다.

"네, 아버지." 나는 그의 얼굴에서 시선을 떼어 다시 책으로 향
했다.

아버지가 양손으로 내 어깨를 잡고 부드럽게 원을 그리며 문
질렀다.

"일어나 봐라." 아버지가 말했다. 내가 일어서자 아버지가 나
를 꼭 끌어안았고 아버지의 푹신한 가슴 속에서 뛰는 심장 박동이
느껴졌다.

어머니는 다음 날 오후에 돌아왔다. 케빈이 푸조 505에 태워서 왔다. 조수석 문에 아버지의 공장 이름이 선명히 새겨진 그 차는 우리 학교에 왔다 갔다 할 때도 자주 썼다. 오빠와 나는 현관문 뒤에서 어깨가 맞닿을 정도로 바짝 붙어 서서 기다리고 있다가 어머니가 문 앞에 채 다다르기도 전에 문을 열었다.

"우무 음." 어머니가 우리를 그러안으며 말했다. "내 새끼들." 어머니는 앞에 "하느님은 사랑입니다."가 적힌 똑같은 하얀 티셔츠를 입고 있었다. 녹색 풀치마는 평소보다 낮게 허리에 걸렸고 매듭은 옆에서 대충 지어져 있었다. 두 눈이 텅 빈 것이, 마치 자기 인생의 파편이 든 더럽고 찢어진 캔버스 가방을 질질 끌며 시내 길가의 쓰레기덤 주위를 어슬렁거리는 미친 사람들의 눈 같았다.

"사고가 있었어. 아기가 없어졌단다." 어머니가 말했다.

나는 조금 뒤로 물러나서 어머니의 배를 바라봤다. 여전히 불룩했고, 여전히 풀치마를 들어 올려 완만한 굴곡을 이뤘다. 아기가 없어졌다는 게 확실한 얘기일까? 시시가 나타났을 때에도 나는 여전히 어머니의 배를 쳐다보고 있었다. 시시의 얼굴은 광대뼈가 너무 높이 솟은 탓에 늘 날카롭고 묘하게 재밌어하는 듯한 표정을 띠었다. 나를 조롱하고 비웃는 것처럼 느껴지는데 왜인지는 전혀 모르겠는, 그런 표정이었다. "안녕하세요, 사모님, 은노." 시시가 말했다. "지금 식사하시겠어요, 아니면 목욕부터 하실래요?"

"응?" 어머니는 잠시 시시가 무슨 말을 했는지 모르는 것처럼 보였다. "이따가, 시시, 이따가. 지금은 일단 물이랑 행주 가져와."

어머니는 시시가 물이 담긴 플라스틱 그릇과 행주를 가져올 때까지 거실 한가운데 놓인 유리 탁자 옆에 흐뭇한 표정으로 서 있었다. 장식장에는 얇은 유리 선반 세 개가 있고 각각에 발레 무용수 모양의 베이지 도자기 인형들이 있었다. 어머니는 제일 아래 칸부터 선반과 인형을 모두 닦기 시작했다. 나는 제일 가까운, 손을 뻗으면 어머니 풀치마의 주름을 펼 수 있을 만큼 가까운 가죽 소파에 앉았다.

"은네, 지금은 공부 시간이잖니. 위층으로 가렴." 어머니가 말했다.

"여기 있고 싶어요."

어머니는 인형 위에서, 공중으로 높이 쳐든 성냥개비만 한 다리 위에서 행주를 천천히 움직이다가 이렇게 말했다. "은네, 어서 가."

그래서 나는 위층으로 올라가서 의자에 앉아 교과서를 쳐다봤다. 검은 활자가 흐릿해지고 글자들이 서로 뒤섞이더니 선홍색, 선혈의 빨간색으로 변했다. 묽은 피가 어머니에게서, 내 눈에서 흘러나왔다.

그날 저녁 식사 자리에서 아버지는 우리가 앞으로 열여섯 가지 구 일 기도"를 암송할 거라고 말했다. 어머니의 용서를 빌기 위해서. 그리고 일요일, 첫 번째 기도일이었던 삼위일체 주일에 우리는 미사 후에 남아서 구일 기도를 시작했다. 베네딕트 신부가 우리에게 성수를 뿌려 줬다. 일부가 내 입술에 떨어져서 기도할 때 텁텁한 짠맛을 느꼈다. 아버지는 오빠나 내가 성 다대오를 향

---

21 특별한 은혜를 청하기 위해 구 일 동안 하는 기도로, 구 일 연속으로 할 수도 있고 일주일에 하루씩 구 주 동안 할 수도 있다.

한 열세 번째 간구에서 졸기 시작한다고 느낄 때마다 처음부터 다시 하라고 말했다. 우리는 그것을 제대로 해야만 했다. 하지만 나는 생각하지 않았다. 생각할 생각조차 하지 않았다. 어머니가 무엇 때문에 용서받아야 하는지를.

교과서 속 단어들은 내가 읽으려 할 때마다 피로 변했다. 기말 시험이 다가오는 동안에도, 학교에서 시험 대비 복습이 시작됐을 때도, 나는 여전히 책을 읽을 수 없었다.

첫 시험 며칠 전, 내가 한 번에 한 단어에만 집중하려 애쓰며 방에서 공부하고 있는데 문득 초인종이 울렸다. 편집장의 아내 예완데 코커였다. 그녀는 울고 있었다. 내 방이 거실 바로 위여서, 그렇게 큰 소리로 우는 사람은 처음이어서, 그녀의 말소리를 들을 수 있었다.

"놈들이 끌고 갔어요! 놈들이 끌고 갔다고요!" 그녀가 쉰 목소리로 흐느끼는 중간중간에 말했다.

"예완데, 예완데." 아버지가 말했다. 아버지의 목소리는 훨씬 낮았다.

"이제 어떡할까요, 사장님? 저는 자식이 둘이에요! 하나는 아직 젖도 안 뗐다고요! 저 혼자 어떻게 걔들을 키우겠어요?" 그다음은 알아듣기 힘들었다. 그 대신 선명하게 들린 것은 뭔가가 목구멍에 걸린 듯한 소리였다. 그때 아버지가 말했다. "예완데, 그런 말 하지 마요. 아데는 무사할 거요, 내가 장담하지. 아데는 무사할 거요."

오빠가 방에서 나오는 소리가 났다. 오빠는 아래층으로 내려가 물 마시러 부엌에 가는 척하면서 한동안 거실 문 근처에 서서 엿들을 것이었다. 오빠가 다시 위층으로 올라오더니 아데 코커가 《스탠더드》 편집부 사무실에서 차를 몰고 나오던 길에 군인들에게 체포되었다고 말해 줬다. 차는 앞문이 활짝 열린 채 길가에 버려져 있었다. 나는 아데 코커가 차에서 끌어내져 다른 차, 아마도 검은색 스테이션왜건 ─ 가득 탄 군인들이 차창에 총구를 걸치고 있는 ─ 에 욱여넣어지는 상상을 했다. 그의 손이 공포로 부들부들 떨리고 바지가 한가운데부터 서서히 젖어 나가는 상상을 했다.

나는 그의 체포가 지난 호 《스탠더드》의 머리기사, 즉 국가 원수 부부가 사람들에게 돈을 주고 헤로인 밀반출을 지시했다는 이야기, 최근 있었던 삼 인의 처형에 의문을 표하고 진짜 마약왕은 누구냐고 묻는 이야기 때문임을 알았다.

오빠는 자기가 열쇠 구멍으로 들여다봤더니 아버지가 예완데의 손을 잡고 기도하더라고, "그분을 믿는 자는 누구도 홀로 남겨지지 않으리라."를 복창하라고 시키더라고 말했다.

바로 이 문장을 나는 그다음 주에 시험 보면서 속으로 되뇌었다. 방학 날 케빈이 집에 데려다줄 때도, 통지표를 가슴에 꼭 붙인 채 반복했다. 수녀들은 통지표를 봉하지 않은 채로 줬다. 나는 반에서 2등을 했다. 숫자로 "2/25"라고 적혀 있었다. 담임인 클래라 수녀는 "캄빌리는 나이에 비해 총명하며 조용하고 책임감이 강합니다."라고 적었다. 교장인 루시 수녀는 "똑똑하고 순종적인 학생이자 자랑스러워할 만한 딸"이라고 적었다. 하지만 나는 아버지가 자랑스러워하지 않으리란 걸 알고 있었다. 아버지는 오빠와 내게, 다른 애들이 1등 하는 걸 보려고 성심여학교와 성 니콜라오 학교에 그렇게 많은 돈을 기부하는 것이 아니라고 자주 말하곤 했다. 아버지의 학업에 돈을 쓴 사람은 아무도 없었는데도 — 특히 그의 불신자 아버지, 우리 파파은누쿠는 말할 것도 없고 — 아버지는 늘 1등을 했다. 나는 아버지를 자랑스럽게 만들고 싶었고, 아버지만큼 공부를 잘하고 싶었다. 아버지가 내 목덜미를 어루만지며 하느님의 뜻에 합당한 존재라고 말하는 것을 들어야만 했다. 나를 꼭 끌어안고, 많은 것을 받은 자에게는 많은 기대가 따르기 마련이라고 말하는 것을 들어야만 했다. 얼굴을 환하게 밝히며, 내 안의 뭔가를 따뜻하게 만드는 표정으로 내게 미소 짓는 것을 봐야만 했다. 하지만 나는 2등을 했다. 실패로 더럽혀졌다.

케빈이 진입로에 차를 세우기도 전에 어머니가 문을 열고 나왔다. 원래 방학 날에는 늘 현관문 뒤에서 기다리고 있다가 이보어 찬가를 부르며 오빠와 나를 안아 주고 나서 우리 통지표를 손에 들고 어루만지곤 했다. 어머니가 유일하게 집에서 큰 소리로 노래를 부르는 때였다.

"오 메 음마, 치네케, 오 메 음마……." 어머니가 노래를 시작했다가 내가 인사하자 곧 그쳤다.

"다녀왔어요, 어머니."

"은네, 성적은 잘 나왔니? 표정이 어둡구나." 내가 지나가도록 어머니가 비켜섰다.

"2등 했어요."

어머니는 잠시 말이 없었다. "들어와서 밥 먹어라. 시시가 코
코넛 밥을 했어."

아버지가 집에 왔을 때 나는 책상에 앉아 있었다. 아버지는 무
거운 한 걸음 한 걸음으로 내 머릿속을 쿵쿵 울리며 느릿느릿 계
단을 올라와서 오빠 방으로 들어갔다. 오빠는 늘 그랬듯 1등을 했
으니 아버지가 자랑스러워하고, 오빠를 끌어안고, 어깨동무를 할
것이었다. 아버지는 오빠 방에 꽤 오래 머물렀다. 나는 아버지가
과목별 점수를 살펴보면서 한 과목이라도 지난 학기보다 1점 혹은
2점이 떨어졌는지 확인하고 있음을 알았다. 그때 갑자기 뭔가에
의해 방광에 소변이 쏟아져 들어와서 급히 화장실로 달려갔다. 내
가 화장실에서 나왔을 때 아버지는 내 방에 있었다.

"다녀오셨어요, 아버지, 은노."

"학교에서는 별일 없었니?"

나는 아버지가 곧바로 알게끔, 나 스스로 실패를 받아들이게
끔 2등 했다고 말하고 싶었지만 그 대신 "네."라고 답하고는 통지
표를 건넸다. 아버지가 그것을 펼치는 데 영겁의 시간이 걸리고,
또 읽는 데는 더 오랜 시간이 걸리는 것만 같았다. 나는 기다리면
서 숨을 고르려 애썼다. 결국은 못할 것임을 내내 알고 있었으면
서도.

"1등은 누가 했니?" 마침내 아버지가 물었다.

"친웨 지데제요."

"지데제? 지난 학기에 2등 했던 애 말이냐?"

"네." 내가 말했다. 배 속에서 소리가 나고 있었다. 그 꾸르륵 꾸르륵 소리는 너무 큰 듯했고 배에 힘을 줘도 멈춰지지 않았다.

아버지가 다시 한동안 내 통지표를 쳐다봤다. 그러고는 이렇게 말했다. "내려가서 저녁 먹자."

나는 아래층으로 내려갔다. 두 다리가 긴 나무 막대기처럼 관절이 없는 것같이 느껴졌다. 새로 나온 비스킷 시제품을 집에 가져온 아버지가 저녁 식사를 시작하기 전에 녹색 포장에 싸인 그것을 한 바퀴 돌렸다. 나는 비스킷을 한 입 깨물었다. "아주 맛있어요, 아버지."

아버지가 한 입 베어 물어 씹다가 오빠를 쳐다봤다.

"신선한 맛이네요." 오빠가 말했다.

"아주 훌륭해요." 어머니가 말했다.

"하느님의 은총으로 잘 팔릴 거야." 아버지가 말했다. "우리 웨이퍼가 지금 선두인데 이것도 곧 그렇게 될 거다."

나는 아버지가 말할 때 얼굴을 쳐다보지 않았다. 쳐다볼 수가 없었다. 삶은 참마와 매운맛 나는 녹색 채소는 내 목구멍을 넘어가길 거부했다. 유치원 입구에서 아이들이 엄마 손에 매달리듯 내 입에 매달렸다. 억지로 내려보내려고 물을 몇 잔이나 들이켰더니 아버지가 식후 기도를 시작할 때쯤에는 물배가 불룩해졌다. 기도를 마치자 아버지가 말했다. "캄빌리, 위층으로 올라와."

나는 아버지를 뒤따랐다. 빨간 실크 잠옷 차림으로 계단을 올라가는 아버지의 엉덩이가 **아카무**,[22] 제대로 만든 **아카무**처럼, 젤

22　옥수수 전분 앙금을 하룻밤 발효시켜 차갑게 굳혀 두었다가 설탕, 연유를 넣

리같이 떨리고 출렁였다. 안방의 크림색 인테리어는 매년 바뀌었지만 항상 약간 다른 빛깔의 크림색으로만 바뀌었다. 발을 디디면 푹 꺼지는 플러시 깔개는 평범한 크림색이었다. 커튼은 가장자리에만 약간 갈색빛 도는 자수가 있었다. 크림색 가죽 팔걸이의자 두 개는 마치 두 사람이 앉아서 은밀한 대화를 하고 있는 것처럼 서로 바짝 붙어 있었다. 그 모든 크림색이 뒤섞이면서 방을 더 넓어 보이게, 끝없이 이어지는 것처럼, 도망치고 싶어도 도망칠 곳이 없어서 도망칠 수 없는 것처럼 보이게 만들었다. 어린 시절 천국을 상상할 때 나는 머릿속에 안방을, 그 부드러움과 크림색과 무한함을 그렸다. 하마탄 폭풍우가 밖에서 사납게 몰아치며 창문 방충망에 망고를 집어 던지고 전선줄을 서로 부딪어서 밝은 주황색 불꽃이 튀게 만들 때 나는 아버지 품으로 파고들곤 했다. 아버지는 나를 무릎 사이에 끼우거나 안전함의 냄새를 풍기는 크림색 담요로 싸 주곤 했다.

지금 나는 비슷한 담요 위에, 침대 끄트머리에 걸터앉아 있었다. 슬리퍼를 벗고 두 발을 깔개에 파묻고는 내 발가락이 푹신함을 느끼도록, 나의 일부나마 안전하다고 느끼도록 계속 그러고 있기로 결심했다.

"캄빌리." 아버지가 깊은 한숨을 쉬며 말했다. "넌 이번 학기에 최선을 다하지 않았어. 네가 2등을 한 건 네가 그러려고 했기 때문이야." 아버지의 눈이 슬퍼 보였다. 깊고 슬퍼 보였다. 아버지의 얼

고 뜨거운 물에 갠다. 이 새콤달콤한 아카무를 모이모이나 튀긴 참마 등에 곁들여 아침 식사로 먹는다.

굴을 만지고, 그 탱탱한 볼을 쓰다듬고 싶었다. 아버지의 눈에는 내가 결코 알지 못할 이야기가 담겨 있었다.

그때 전화벨이 울렸다. 아데 코커가 체포된 뒤로는 전보다 더 자주 울렸다. 아버지가 전화를 받더니 낮은 목소리로 이야기했다. 나는 앉아서 기다리다가 아버지가 시선을 들어 날 보며 나가라는 손짓을 하길래 밖으로 나왔다. 아버지는 다음 날도, 그다음 날도 나를 부르지 않았다. 통지표 이야기를 해야 하고, 내가 어떤 벌을 받아야 할지 결정해야 하는데도. 아버지가 아데 코커 일에 너무 정신이 팔려 있지 않나 하는 생각이 들었다. 하지만 일주일 후 그를 감옥에서 꺼내 온 뒤에도 아버지는 통지표 얘기를 하지 않았다. 아데 코커를 꺼내 왔다는 말도 하지 않았다. 우리는《스탠더드》에 사설이 다시 실리기 시작한 것을 보고 알았을 뿐이다. 그는 자유의 가치에 대해 쓰고 나서 자신의 펜은 진실을 알리길 멈추지 않을 것이며, 멈출 수도 없다고 적었다. 하지만 자신이 어디에 갇혀 있었는지, 누가 자신을 체포했는지, 자신이 어떤 일을 당했는지는 언급하지 않았다. 이탤릭체로 인쇄된 추신에서 그는 발행인에게 감사했다. "고결한 사람, 내가 아는 가장 용감한 사람." 나는 가족 시간에 어머니 옆에 앉아 그 문장을 읽고 또 읽은 후에 눈을 감고 어떤 울컥하는 감정이 온몸으로 퍼져 나가는 것을 느꼈다. 베네딕트 신부가 미사 중에 아버지 얘기를 할 때와 똑같은 느낌, 재채기한 뒤와 똑같은 느낌. 또렷하면서도 따끔따끔한 감각.

"아데가 무사하다니, 하느님 감사합니다." 어머니가 양손으로 신문을 어루만지며 말했다.

"놈들이 아데의 등에 담배를 비벼 껐어." 아버지가 고개를 내

저으며 말했다. "얼마나 많이 비벼 껐는지 몰라."

"반드시 응당한 벌을 받겠지만 이생에서는 아니겠죠, **음바.**" 어머니가 말했다. 아버지가 어머니에게 미소를 지어 보이진 않았지만 ― 미소를 짓기엔 너무 슬퍼 보였다. ― 그 말을 내가 어머니보다 먼저 떠올렸더라면 얼마나 좋았을까 생각했다. 나는 어머니가 그 말을 해서 아버지가 기뻐한다는 것을 알았다.

"《스탠더드》는 이제 지하신문이 될 거야." 아버지가 말했다. "직원들이 더 이상 안전하지 않으니까."

지하신문이 비밀 장소에서 만드는 신문이라는 뜻인 건 알고 있었다. 하지만 나는 지하 사무실에 있는 아데 코커와 나머지 직원들, 어둡고 축축한 방을 가득 채운 형광등 불빛, 책상 위로 허리를 숙이고 진실을 쓰는 사람들을 상상했다.

그날 밤 기도할 때 아버지는 전보다 더 긴 구절을 덧붙이면서 하느님에게 우리 나라를 다스리는 불신자들을 빨리 몰락시켜 달라고 재촉하고는 "성모 마리아, 나이지리아 국민의 방패여, 우리를 위해 기도해 주소서."를 몇 번이나 읊조렸다.

방학은 짧았다. 이 주밖에 안 됐다. 학기가 다시 시작되기 전 토요일에 어머니는 오빠와 나를 데리고 새 샌들과 책가방을 사러 시장에 갔다. 사실 그 물건들이 필요하진 않았다. 지금 쓰는 책가방과 갈색 가죽 샌들도 지난 학기에 산 거라 아직 새것이었기 때문이다. 하지만 그것은 우리만의 유일한 의례였다. 매 학기 시작 전에 시장에 가는 것, 케빈이 우리를 거기까지 태워다 주는 동안 아버지한테 허락을 구하지 않고 차창을 내리는 것은. 시장 바깥쪽에서 우리는 쓰레기덤 가까이 있는 반라의 미치광이들, 아무렇지도 않게 멈춰 서서 바지 지퍼를 내리고 구석에서 소변을 보는 남자들, 녹색 채소 더미 뒤에서 상인이 고개를 삐죽 내밀 때까지 큰 소리로 흥정하는 듯한 여자들을 빤히 쳐다봤다.

시장 안에서는 컴컴한 통로로 우리를 잡아끌면서 "찾으시는 물건 저한테 있어요." 혹은 "일단 따라오세요, 여기 있으니까."라고, 우리가 뭘 사려는지도 모르면서 말하는 장사꾼들을 뿌리쳤다. 신선한 고기의 피 냄새와 퀴퀴한 건어물 냄새에 코를 움츠렸고 꿀장수의 매대 위에서 두꺼운 구름처럼 윙윙대는 벌 떼를 피하기 위해 고개를 수그렸다.

어머니가 산 옷감과 샌들을 가지고 시장을 떠나려는데 아까 지나쳤던, 길가에 늘어선 채소 가판대 주위에 모인 작은 인파가 보였다. 군인들이 몰려다니고 있었다. 시장 여자들은 소리를 질렀고 그중 다수가 절망이나 충격을 표현할 때처럼 두 손으로 머리를 짚고 있었다. 한 여자가 땅바닥에 드러누워 울부짖으며 짧은 아프로 머리를 쥐어뜯었다. 풀치마가 풀어져서 하얀 속옷이 보였다.

"어서 가자." 어머니가 오빠와 나에게 다가오며 말했다. 우리가 군인들과 여자들을 못 보길 바란다는 걸 느꼈다. 나는 서둘러 지나가면서 한 여자가 군인에게 침 뱉는 걸 봤다. 그 군인이 채찍을 공중으로 들어 올리는 것을 봤다. 채찍은 길었다. 그것은 공중에서 한 번 감겼다가 여자의 어깨에 내려앉았다. 또 다른 군인은 과일 쟁반을 걷어찬 다음 땅에 떨어진 파파야를 군화로 짓밟으며 웃었다. 차에 도착하자 케빈이 어머니에게, 채소 가판대는 불법 구조물이므로 철거하라는 명령이 군인들에게 내려왔다고 말했다.

어머니는 아무 말도 하지 않았다. 그 여자들의 마지막 모습을 놓치기 싫은 양, 창밖만 내다보고 있었다.

집에 가는 동안 나는 땅바닥에 누워 있던 여자를 생각했다. 얼굴은 보지 못했지만 내가 아는 사람인 것처럼, 아주 옛날부터 아는 사람이었던 것처럼 느껴졌다. 내가 가서 그녀를 일으키고 풀치마에서 빨간 진흙을 털어 주었더라면 얼마나 좋았을까 생각했다.

월요일에 아버지가 학교에 데려다줄 때도 그 여자 생각을 했다. 아버지는 오구이 길에서 속도를 늦추더니 길가에, 껍질 벗긴 오렌지를 파는 행상꾼 아이들 근처에 대자로 누워 있는 거지에게 빳빳한 나이라 지폐 몇 장을 던져 줬다. 거지는 지폐를 빤히 쳐다보다가 벌떡 일어나 우리에게 손을 흔들고는 박수를 치면서 펄쩍펄쩍 뛰었다. 그가 절름발이일 거라는 내 추측은 빗나갔다. 나는 백미러로 그를 지켜봤다. 시야에서 사라질 때까지 눈을 떼지 않았다. 그는 땅바닥에 누워 있던 시장 여자를 연상시켰다. 주체할 수 없는 감정이라는 점에서, 그의 기쁨은 그 여자의 절망과 같은 종류의 것이었다.

성심여학교를 둘러싼 담장은 우리 집 담장과 비슷할 정도로 아주 높았지만 꼭대기에는 전기가 흐르는 가시철사 대신 삐죽삐죽한 녹색 유리 조각들이, 뾰족한 쪽이 튀어나오도록 박혀 있었다. 아버지는 내가 초등학교를 졸업했을 때 이 담장이 자신의 결정을 바꿔 놨다고 말했다. 훈육은 중요해, 아버지가 말했다. 어린 애들이 학교 담을 넘고 시내에 가서 미쳐 날뛰게 놔둬선 안 돼, 국립 학교에서 그러는 것처럼.

"이 사람들이 운전을 못하네." 아버지가 투덜거렸다. 교문에 다다라 보니 차들이 서로 대가리를 들이밀고 선 채로 경적을 울리고 있었다. "학교 부지에 먼저 들어간다고 상 주는 것도 아닌데."

도붓장수들, 나보다 훨씬 어린 여자애들이 학교 수위들 말을 어기고 자동차에 슬금슬금 다가가서 껍질 벗긴 오렌지와 바나나와 땅콩을 팔았다. 그들의 좀먹은 블라우스가 어깨에서 흘러내렸다. 마침내 널찍한 학교 부지 안에 진입한 아버지가 배구장 근처, 바짝 깎은 잔디밭 뒤에 주차했다.

"너희 반은 어디냐?" 아버지가 물었다.

나는 옆에 망고 나무가 쭉 심긴 건물을 가리켰다. 아버지는 나랑 같이 차에서 내렸고 나는 아버지가 지금 뭘 하는 건지, 왜 여기 있는 건지, 왜 나를 학교에 직접 데려오고 케빈에게는 오빠를 태워다 주라고 한 건지 궁금했다.

교실을 향해 걸어가는데 마거릿 수녀가 아버지를 봤다. 그녀는 학생들과 몇몇 학부모 사이에서 명랑하게 손을 흔들더니 빠르게 뒤뚱거리며 우리 쪽으로 왔다. 그녀의 입에서 말이 아낌없이 쏟아져 나왔다. 잘 지내셨어요? 우리 성심여학교에서 따님의 학업 성취도에 만족하시나요? 다음 주 주교님 환영회에는 참석하실 건가요?

아버지는 베네딕트 신부에게 말할 때처럼 악센트를 영국식으로 바꿨다. 성직자들, 특히 백인 성직자들과 있을 때 늘 그러듯 상대방 마음에 들고 싶어 안달 나 보이면서도 품위가 있었다. 성심여학교 도서관을 재단장하라고 수표를 써 줄 때만큼 품위 있었다. 아버지가 교실을 보러 왔을 뿐이라고 말하자 마거릿 수녀는 혹시 뭐 필요한 게 있으면 알려 달라고 했다.

"친웨 지데제는 어디 있냐?" 교실 앞에 도착하자 아버지가 물었다. 아이들 무리가 문 앞에 서서 얘기하고 있었다. 나는 주위를 둘러보면서 관자놀이 주위가 묵직해지는 것을 느꼈다. 아버지가 뭘 하려고 그러지? 친웨의 하얀 얼굴은 늘 그렇듯 무리의 중심에 있었다.

"가운데 있는 애예요." 내가 말했다. 아버지가 친웨한테 말을 걸 작정인가? 1등 했다고 그 애의 귀를 잡아당길까? 나는 땅이 갈라져서 학교를 통째로 삼켜 버리길 바랐다.

"쟤를 봐." 아버지가 말했다. "머리가 몇 개냐?"

"하나요." 그 사실을 알기 위해 친웨를 볼 필요는 없었지만 그래도 봤다.

아버지가 주머니에서 파우더 콤팩트 크기의 작은 거울을 꺼냈다. "거울을 봐."

나는 아버지를 빤히 쳐다봤다.

"거울을 보라니까."

거울을 받아서 들여다봤다.

"네 머리가 몇 개냐, **그보**?" 아버지가 처음으로 이보어를 섞어서 물었다.

"하나요."

"저 애도 머리가 하나지 두 개가 아니잖니. 그런데 왜 쟤가 1등을 하도록 놔뒀지?"

"다시는 그런 일 없을 거예요, 아버지." 가벼운 먼지 **이쿠쿠**가 스프링이 풀리듯 갈색 소용돌이를 일으키며 불어왔다. 입술에 앉은 모래 맛을 느낄 수 있었다.

"너는 내가 왜 그렇게 너랑 오빠한테 최고만 주기 위해 열심히 일한다고 생각하니? 너는 이 모든 특권을 누리는 만큼 뭔가를 해야만 해. 하느님이 너에게 많은 것을 주셨으니 기대하시는 것 또한 많단 말이다. 하느님은 완벽을 기대하셔. 나한테는 제일 좋은 학교에 보내 주는 아버지가 없었다. 우리 아버지는 나무와 돌을 신으로 섬기며 세월을 보냈지. 선교단 신부님들과 수녀님들이 아니었다면 난 오늘날 아무것도 아니었을 거야. 나는 이 년 동안 교구 사제의 심부름꾼이었다. 그래, 심부름꾼. 학교에 데려다주는 사람은 없었어. 초등학교를 졸업할 때까지 매일 13킬로를 걸어서 니모에 갔지. 성 그레고리오 중등학교를 다니는 동안에는 여러 사제들의 정원사였고 말이야."

전에 다 들은 얘기였다. 아버지가 얼마나 열심히 일했으며 우상을 숭배하는 자기 아버지, 즉 우리 파파은누쿠에게서는 절대 배울 수 없었을 것들을 선교단의 수녀들과 사제들이 얼마나 많이 가르쳐 줬는지에 대한 이야기. 하지만 나는 고개를 끄덕이며 열심히 듣는 척했다. 속으로는 우리 반 아이들이 왜 아버지와 내가 학교에 와서 교실 앞에 서 가지고 기나긴 대화를 나누기로 했는지 궁금해하지 않기를 바랐다. 마침내 아버지가 이야기를 멈추고 거울을 도로 가져갔다.

"집에 갈 때는 케빈이 데리러 올 거다." 아버지가 말했다.

"네, 아버지."

"잘 있어라. 공부 잘하고." 아버지가 옆에서 나를 살짝 껴안았다.

"안녕히 가세요, 아버지." 꽃 없는 녹색 덤불이 양옆으로 늘어선 길을 따라 아버지가 걸어가는 모습을 보고 있을 때 조회 시작을 알리는 종이 울렸다.

조회가 하도 어수선해서 루시 수녀가 몇 번이나 "자, 여러분, 이제 조용히 할까요!"라고 말해야 했다. 나는 평상시처럼 맨 앞에 섰다. 뒤쪽은 패거리에 속하는 애들, 키득거리며 서로 귓속말을 속삭이고 선생님 눈으로부터 가려 주는 아이들을 위한 공간이었기 때문이다. 선생님들은 높은 단상에 서 있어서 마치 흰색과 파란색의 수녀복을 입은 키 큰 조각상 같았다. 우리가 가톨릭 성가집에서 환영가를 한 곡 부르고 나서 루시 수녀가 마태복음 5장을 11절까지 읽고 그다음에 다시 우리가 국가를 불렀다. 국가 부르기는 성심여학교에 비교적 최근 생긴 규칙이었다. 몇몇 부모가 자기 자식이 국가나 국기에 대한 맹세를 모른다고 걱정해서 작년부터 시작된 것이다. 나는 노래하면서 수녀들을 지켜봤다. 나이지리아인 수녀들만이 까만 피부와 대조되는 하얀 이를 번쩍이며 따라 부르고 있었다. 백인 수녀들은 팔짱을 끼거나 허리에서 대롱거리는 묵주의 유리알을 살짝 만지면서 모든 학생의 입술이 움직이는지를 주의 깊게 보고 있었다. 노래가 끝나자 루시 수녀가 두꺼운 안경 렌즈 너머의 눈을 가늘게 뜨고서 학생들의 얼굴을 한 줄씩 훑었다. 그녀는 늘 한 학생에게 국기에 대한 맹세를 선창하도록 시키고 중간부터 나머지 학생들도 같이 외게 했다.

"캄빌리 아치케, 국기에 대한 맹세를 시작하세요." 그녀가 말했다.

루시 수녀는 지금껏 한 번도 나를 지목했던 적이 없었다. 입을 벌렸지만 말이 나오지 않았다.

"캄빌리 아치케?" 루시 수녀와 전교생이 고개를 돌려 나를 빤히 처다봤다.

나는 헛기침을 한 다음, 말이 나오게 하려고 애썼다. 맹세 내용은 알고 있었으므로 머릿속에 떠올렸다. 하지만 아무 말도 나오지 않았다. 땀 때문에 겨드랑이가 따뜻하고 축축해졌다.

"캄빌리?"

마침내 더듬거리며 내가 말했다. "나는 조국 나이지리아에 맹세합니다 / 충실하고 충성스럽고 정직한 사람이 되겠노라고……."

전교생이 제창하기 시작한 뒤에 나는 입만 뻐끔거리면서 숨을 고르려 애썼다. 조회가 끝나자 우리는 줄지어 교실로 향했다. 우리 반은 평소처럼 자리에 앉고, 의자를 끌고, 책상 먼지를 털고, 칠판의 신학기 시간표를 베껴 적으며 일과를 시작했다.

"방학 동안 어떻게 지냈니, 캄빌리?" 에진네가 몸을 앞으로 기울이며 물었다.

"잘 지냈어."

"해외여행 갔었어?"

"아니." 내가 말했다. 달리 뭐라고 해야 할지는 몰랐지만, 어색하게 굴고 말도 잘 못하는 내게 늘 친절한 에진네한테 감사하고 있음을 그 애가 알아 주길 바랐다. 나를 비웃지도 않고 다른 애들처럼 "재수탱이"라고 부르지도 않아 줘서 고맙다고 말하고 싶었지만 내 입에서 나온 말은 "너는 여행 갔었어?"였다.

에진네가 웃었다. "나? **오 디 에구**. 여행은 너나 개브리엘라나 친웨 같은 애들이나 가는 거지, 부잣집 애들 말이야. 나는 그냥 시골 할머니 댁에 갔었어."

"아." 내가 말했다.

"오늘 아침에 너희 아버지는 왜 오셨던 거야?"

"난…… 난…….." 나는 말을 멈추고 심호흡을 했다. 그렇게 하지 않으면 말을 더 더듬을 것임을 알았기 때문이다. "우리 교실을 보고 싶다고 하셔서."

"넌 아빠 많이 닮았더라. 내 말은, 아버지처럼 체격이 크진 않지만 이목구비랑 피부색이 똑같더라고." 에진네가 말했다.

"응."

"지난 학기에는 친웨가 널 제치고 1등을 했다며. 아비?"

"응."

"그래도 너네 부모님은 괜찮으셨겠다. 아! 아! 넌 1학년 때부터 항상 1등이었으니까 말이야. 친웨는 아버지가 런던에 데려가 주셨다고 하더라."

"아."

"난 5등 했지만 그 전 학기에는 8등 했었으니까 발전한 거야. 너도 알다시피 우리 반은 경쟁이 아주 치열해. 나도 초등학교 때는 항상 1등 했었다고."

그때 친웨 지데제가 에진네의 자리에 왔다. 그 애의 목소리는 꼭 높은 새소리 같았다. "이번 학기에도 내가 반장 하고 싶으니까, 에지 나비[蝶]야, 너도 꼭 나한테 투표해." 친웨가 말했다. 교복 치마 허리가 꽉 째서 둥그런 덩어리 두 개로 나눠진 그 애의 몸은 꼭 숫자 8 같았다.

"물론이지." 에진네가 말했다.

친웨가 나를 지나쳐 다음 책상에 앉은 애에게 가서 똑같은 말을, 자기가 지은 새로운 별명만 집어넣어서 반복했을 때 나는 놀라지 않았다. 친웨는 한 번도 나에게 말을 건 적이 없었다. 심지어 농학 시간에 한 조가 되어 연감에 실릴, 잡초 뽑는 사진을 찍어야 했을 때에도. 짧은 쉬는 시간이면 아이들이 친웨의 책상 주위에 모여들었고 웃음소리가 자주 울려 퍼지곤 했다. 그들의 머리 모양은 대개 친웨의 복사판이었다. 친웨가 그 주에 **이시 오우**[23]를 하고 오면 그들의 머리는 까만 실로 덮인 여러 개의 막대기가 됐고, **슈쿠**[24]를 하고 오면 지그재그형 콘로가 정수리에서 포니테일이 되면서 끝났다. 친웨는 발밑에 뜨거운 물체라도 있는 것처럼 한 발이 바닥에 닿는 것과 거의 동시에 반대쪽 다리를 들면서 걸었다. 긴 쉬는 시간이면 폴짝폴짝 걷는 그 애와 뒤따르는 무리가 매점에 비스킷과 콜라를 사러 갔다. 에진네의 말에 따르면 친웨가 모두의 음료수 값을 냈다. 나는 긴 쉬는 시간은 대개 도서관에서 책을 읽으며 보냈다.

"친웨는 그냥 네가 먼저 말 걸어 주길 바라는 거야." 에진네가 속삭였다. "걔가 너를 재수탱이라고 부르기 시작한 것도 네가 아무한테도 말을 걸지 않기 때문이라고. 친웨는 너희 아버지가 신문사랑 공장 몇 개를 갖고 있다고 해서 네가 스스로 대단한 애라고 생각하면 안 된다고 했어. 걔네 아빠도 부자니까."

"난 내가 대단하다고 생각지 않아."

"오늘 조회 시간에만 해도 말이야, 친웨는 네가 스스로 너무

---

23 이보족의 전통 머리 모양. 머리카락을 한 움큼씩 잡고 뿌리부터 끝까지 까만 실을 촘촘히 감으면 철사처럼 마음대로 구부릴 수 있게 된다.

24 요루바족의 전통 머리 모양. 머리를 콘로로 땋은 다음 정수리에서 하나로 모아 포니테일로 늘어뜨리거나 틀어 올린다.

잘났다고 생각해서 루시 수녀님이 처음 부르셨을 때 국기에 대한 맹세를 외지 않은 거라고 말했어.”

"루시 수녀님이 처음 부르셨을 때는 못 들었어.”

"네가 잘난 척한다는 게 아니야. 내 말은, 친웨랑 다른 아이들 대부분이 그렇게 생각한다는 거지. 네가 걔한테 말을 한번 걸어 봐. 학교 끝나고 나서 그렇게 쏜살같이 뛰어가지 말고 우리랑 같이 교문까지 걸어가든지. 근데 왜 항상 뛰어가는 거야?”

"그냥 달리기가 좋아서.” 내가 말했다. 그리고 다음 토요일에 고해 성사를 할 때 이것도 거짓말에 넣을까, 루시 수녀가 처음 불렀을 때 못 들었다는 거짓말에 이것도 추가할까 말까 생각했다. 케빈은 항상 학교 끝나는 종이 울린 직후에 푸조 505를 교문 앞에 갖다 댔다. 케빈에게는 아버지가 시킨 다른 할 일도 많아서 기다리게 해선 안 됐으므로 나는 항상 마지막 수업이 끝나자마자 냅다 뛰었다. 반 대항 체육 대회 200미터 달리기에 나가기라도 한 양 돌진했다. 한번은 케빈이 아버지에게 내가 몇 분 늦게 나왔다고 말하자 아버지가 내 왼뺨과 오른뺨을 동시에 때려서 며칠 동안 똑같이 생긴 커다란 손자국이 얼굴에 남고 귀가 왕왕 울린 적도 있었다.

"왜?” 에진네가 물었다. "네가 남아서 다른 애들이랑 얘기하면 사실은 잘난 척하는 애가 아니라는 걸 알게 될지도 모르는데.”

"그냥 달리기가 좋아서.” 내가 다시 한번 말했다.

나는 그 학기가 끝날 때까지 반 아이들 대부분에게 재수탱이로 남았다. 하지만 내게는 더 큰 짐이 있었기에 별로 신경 쓰이지 않았다. 이번 학기에는 반드시 1등을 해야 한다는 걱정이었다. 그것은 마치 매일 학교에서 머리에 자갈 자루를 이고 중심을 잡는데 손을 대서는 안 되는 것과 같았다. 여전히 교과서의 글자는 붉은 얼룩으로 보였고, 여전히 가느다란 핏줄기에 묶인 내 동생의 영혼이 보였다. 나중에 혼자 공부하려고 하면 교과서를 읽지 못할 것임을 알았으므로 선생님들이 하는 말을 외웠다. 한 과목 시험이 끝날 때마다 잘못 만든 푸푸 같은 거칠거칠한 덩어리가 목구멍 안에 생겨서, 공책을 돌려받을 때까지 사라지지 않았다.

12월 초에 학교는 크리스마스 연휴 때문에 방학에 들어갔다. 나는 케빈이 운전하는 차를 타고 집에 돌아오는 동안 통지표를 들여다봤고 1/25를 봤다. 너무 기울여 써서 7/25가 아닌 걸 확인하기까지 한참 봐야 했다. 그날 밤 나는 환해진 아버지 얼굴의 이미지와 내가 자랑스럽다고, 하느님의 뜻을 충족했다고 말하는 아버지의 목소리를 꼭 끌어안고 잠들었다.

하마탄의 먼지바람이 12월과 함께 왔다. 그것은 사하라 사막과 크리스마스의 향기를 가져왔고, 플루메리아 나무의 가느다란 달걀형 잎과 목마황 나무의 바늘 같은 잎을 잡아 뜯었으며, 모든 것을 얇은 갈색 막으로 덮었다. 우리는 매년 크리스마스를 고향에서 보냈다. 버라니카 수녀는 그것을 이보족의 민족 대이동이라고 불렀다. 그녀는 이해하지 못했다. 그래서 단어를 혀끝까지 굴려 보내는 아일랜드식 악센트로 이렇게 말했다. 왜 수많은 이보족 사람들은 고향에 거대한 저택을 지어서 12월에 일이 주밖에 안 쓰고 나머지는 일 년 내내 도시의 좁아터진 집에서 사는 것으로 만족하느냐고. 하지만 나는 버라니카 수녀가 왜 굳이 이해하려 하는지 의아할 때가 많았다. 그냥 원래 그런 것일 뿐인데.

우리가 떠나던 날, 아침 바람이 빠른 속도로 불어 대며 목마황을 당겼다 밀었다 한 탓에 그 줄기는 먼지의 신에게 절하듯 휘거나 뒤틀렸고, 그 잎과 가지는 축구 심판의 호루라기와 똑같은 소리를 냈다. 차들은 문과 트렁크가 열린 채, 짐이 실리길 기다리며 진입로에 주차되어 있었다. 아버지는 벤츠를 운전하고 어머니는 조수석에, 오빠와 나는 뒤에 탈 것이었다. 케빈은 공장 차에 시시를 태워서 가고, 케빈이 일 년에 한 번 일주일 동안 휴가 갈 때 대신하곤 하는 공장 운전사 선데이는 볼보를 몰 예정이었다.

아버지는 히비스커스 나무 옆에 서서 지시를 내리고 있었다. 한 손은 하얀 튜닉[35] 주머니 깊숙이 찔러 넣고, 다른 한 손으로 물건을 어느 차에 실을지 가리켰다. "여행 가방은 벤츠에 실어, 저 채소도 같이. 참마는 푸조 505에 들어갈 거고, 레미 마르탱 코냑이랑 주스도 마찬가지야. **옥포로코**[26]도 거기 들어가나 봐 봐. 쌀이랑 가리랑 콩이랑 플랜틴[27] 포대는 볼보에 실어."

짐 쌀 것이 많아서 문지기 아다무가 선데이와 케빈을 도우러 왔다. 참마만 해도 굵은 덩이뿌리 하나가 새끼 강아지만 해서 푸조 505의 트렁크를 꽉 채웠고 볼보 앞좌석에는 콩 포대가 비스듬하게 놓여 있어 흡사 잠든 사람처럼 보였다. 케빈과 선데이가 앞장서고 우리 차가 뒤따랐다. 그래야 바리케이드에서 군인들에게 검문을 당하더라도 아버지가 보고 차를 세울 수 있었기 때문이다.

아버지는 우리 주택 단지를 벗어나기도 전부터 묵주 기도를 외기 시작했다. 그리고 자신이 첫 성모송 10회를 마치자 어머니가 다음 10회를 이어가게 했다. 그리고 오빠가 다음 10회를 외웠다. 그다음은 내 차례였다. 아버지는 차를 느긋하게 몰았다. 고속 도로 차선이 하나뿐이었는데 우리가 트럭 뒤에 서게 되자 앞지르기를 하지 않은 채 길이 위험하다고, 아부자[28] 인간들이 고속 도로를 두 차선으로 만드는 데 쓰였어야 할 돈을 다 훔쳐 갔다고 투덜거리기만 했다. 많은 차들이 경적을 울리며 우리를 앞질러 갔다. 어떤 차들은 크리스마스를 위한 참마와 쌀 포대와 탄산음료 상자를 너무 많이 실어서 트렁크가 거의 땅에 끌리다시피 했다.

---

25 엉덩이 아래까지 내려오는 셔츠.
26 노르웨이산 건대구.
27 바나나의 일종이지만 반드시 불에 익혀 먹는다.
28 나이지리아의 수도.

나인스마일에서 아버지는 빵과 **옥파**[29]를 사기 위해 차를 세웠다. 행상인들이 우리 차로 몰려들어서 삶은 달걀, 볶은 캐슈너트, 생수, 빵, **옥파**, 아기디[30]를 모든 창문에 들이밀며 외쳐 댔다. "제 걸 사세요, 잘해 드릴게요." 또는 "절 보세요, 찾으시는 사람이 저예요."

아버지는 빵과 뜨거운 바바나 잎에 싸인 **옥파**밖에 안 샀지만 다른 행상인들에게도 20나이라씩 줬고 그들이 "고맙습니다, 사장님. 신의 은총을."이라고 연호하는 소리는 우리 차가 한참을 달려 아바에 다다를 때까지 내 귓가에서 메아리쳤다.

고속 도로 분기점에 있는 녹색의 "어서 오십시오. 여기서부터 아바입니다." 표지판은 못 보고 지나치기 십상일 만큼 작았다. 차가 흙길로 접어들고 얼마 안 가서부터 벤츠 밑바닥이 태양에 뜨겁게 달궈진 울퉁불퉁한 길에 긁힐 때 나는 끼익 끼익 끼익 소리가 들리기 시작했다. 우리 차가 지나가는 것을 본 사람들이 손을 흔들며 아버지의 칭호[31]인 "오멜로라!"를 외쳤다. 진흙과 이엉으로 지은 오두막들이, 화려하게 장식된 철제문 안에 들어앉은 삼층집들과 나란히 서 있었다. 벌거벗거나 반쯤 벌거벗은 아이들이 쭈그러

---

29 밤바라땅콩 가루에 야자유, 잘게 썬 빨간 피망을 넣고 뜨거운 물에 개어 바나나 잎으로 만든 주머니에 붓고 삶아 만든 빵. 에누구주(州), 특히 나인스마일의 특산품이다.

30 발효시킨 옥수수 전분에 물을 붓고 걸쭉해질 때까지 끓였다가 식힌 것.

31 나이지리아에서 칭호는 세습되거나 지역 사회에 기여한 자에게 수여된다. 그런데 상당액의 기부금만 내면 누구나 칭호를 가질 수 있어 오늘날 칭호는 부와 권력의 상징이 되었다.

진 축구공을 가지고 놀았다. 남자들은 나무 밑 벤치에 앉아 뿔잔과 뿌연 유리 머그잔에 야자주를 담아 마셨다. 시골집의 커다란 검은 대문 앞에 다다랐을 때쯤 우리 차는 뽀얀 먼지로 덮여 있었다. 대문 옆의 외로운 **우콰** 나무[32] 밑에 서 있던 노인 셋이 손을 흔들며 외쳤다. "은노 누! 은노 누! 자네 돌아왔는가? 좀 이따 환영 인사 하러 가겠네!" 우리 문지기가 대문을 활짝 열었다.

"무사히 여행하게 해 주셔서 감사합니다, 주님." 차가 우리 집 마당에 들어설 때 아버지가 성호를 그으며 말했다.

"아멘." 우리가 말했다.

우리 집은 여전히 숨 멎을 만큼 멋있었다. 하얀 사층집이 갖는 웅장함, 그 앞에서 물을 뿜는 분수, 집 양옆으로 늘어선 야자수, 앞마당에 점점이 심은 오렌지 나무까지. 꼬마 남자애 셋이 마당으로 뛰어들어 아버지에게 인사했다. 아까 흙길에서부터 우리 차를 쫓아온 아이들이었다.

"오멜로라! 굿 아프타눈, 썰!" 그들이 입 맞추어 외쳤다. 반바지만 입은 그들의 배꼽은 작은 풍선만 했다.

"케두 누?" 아버지가 더플백에서 꺼낸 돈뭉치에서 10나이라짜리 지폐 세 장을 빼서 하나씩 줬다. "부모님께 안부 전해라. 이 돈도 꼭 보여 드리고."

"옛썰! 탱큐, 썰!" 그들은 큰 소리로 웃으며 마당 밖으로 뛰어나갔다.

케빈과 선데이가 식료품을 내리는 동안 오빠와 나는 벤츠에

---

32 빵나무의 일종. 씨, 열매, 잎 모두 식용이다.

서 여행 가방을 꺼냈다. 어머니는 주철 삼발이를 놓으러 시시와 함께 뒷마당으로 갔다. 우리가 먹을 음식은 부엌에서 가스레인지로 요리할 거지만 금속 삼발이는 손님들이 먹을 밥과 스튜와 수프를 요리할 가마솥을 받치기 위한 것이었다. 가마솥 몇 개는 염소 한 마리가 통째로 들어갈 만큼 컸다. 그 요리는 어머니와 시시가 하는 것이 아니었다. 그들은 그저 옆에 있다가 소금이나 마기[33]고형 육수나 조리 도구가 모자라면 더 갖다주기만 했다. 우리 **우문나** 쪽 친척 아주머니들이 요리하러 왔기 때문이다. 그들 말에 따르면, 그들은 도시에서 스트레스 받는 어머니가 쉬길 바랐다. 그리고 매년 남은 음식 — 커다란 고깃덩어리, 밥과 콩, 탄산음료와 말티나[34]와 맥주 — 을 집에 갈 때 가져갔다. 우리는 크리스마스 때마다 항상 온 마을을 먹일 준비가 되어 있었다. 우리 집에 온 어느 누구도, 아버지의 표현에 따르면, 충분히 만족할 만큼 먹고 마시지 않은 채로는 떠나지 않게 할 준비가 항상 되어 있었다. 안 그래도 아버지의 칭호는 '고장을 위해 일하는 자' **오멜로라**가 아니던가. 하지만 손님을 받는 사람은 아버지만이 아니었다. 마을 사람들은 큰 대문이 있는 큰 집이라면 빠짐없이 모여들었고 때로는 튼튼한 뚜껑이 달린 플라스틱 통을 가져가기도 했다. 크리스마스였으니까.

오빠와 내가 위층에서 짐을 풀고 있는데 어머니가 와서 말했다. "아데 코커가 크리스마스 인사를 하러 식구들이랑 같이 왔단

---

33 스위스의 식품 회사.

34 나이지리아 양조 사(社)에서 생산하는 무알코올성 맥아음료.

다. 라고스 가는 길이래. 내려와서 인사하렴."

아데 코커는 작고 둥글고 잘 웃는 사내였다. 나는 그를 볼 때마다《스탠더드》에 실린 사설을 쓰는 모습을 상상하려 했다. 군인들에게 저항하는 모습을 상상하려 했다. 하지만 할 수 없었다. 그는 솜 인형처럼 생긴 데다 항상 웃고 있었기 때문에 푹신한 볼에 패는 깊은 보조개가 붙박이처럼 보였다. 마치 누가 그의 뺨에 막대기를 꽂기라도 한 양. 안경도 인형한테나 어울리는 것이었다. 렌즈는 비늘판보다도 두껍고 묘한 파란색이 입혀져 있었으며, 테는 하얀 플라스틱이었다. 우리가 거실에 들어섰을 때 그는 자신의 완벽하게 동그란 복사판인 아기를 공중으로 던져 올리고 있었다. 그의 딸은 옆에 서서 자기도 던져 올려 달라고 말하고 있었다.

"자자, 캄빌리, 잘 있었니?" 그가 말하고는 우리가 채 대답하기도 전에 쩌렁쩌렁하게 웃으면서 아기를 가리키며 말했다. "그런 말이 있잖니. 애가 어렸을 때 높이 던지면 던질수록 하늘을 나는 방법을 배울 가능성이 더 높다고!" 아기가 분홍빛 잇몸을 보이며 까르르 웃더니 제 아빠의 안경을 향해 손을 뻗었다. 아데 코커는 고개를 뒤젖혀 아기의 손을 피하면서 다시 던져 올렸다.

그의 아내 예완데는 우리를 포옹하며 잘 지냈냐고 묻고는 아데 코커의 어깨를 장난스럽게 찰싹 때리면서 아기를 받아 안았다. 나는 예완데를 보면서 그녀가 꼴딱거리며 아버지에게 큰 소리로 울부짖던 것을 떠올렸다.

"너희는 시골에 오는 게 좋니?" 아데 코커가 우리에게 물었다.

우리는 동시에 아버지를 쳐다봤다. 아버지는 소파에 앉아 크리스마스카드를 읽으며 미소 짓고 있었다. "네." 우리가 말했다.

"엥? 이런 촌구석에 오는 게 좋다고?" 그의 눈이 연극적으로 커졌다. "여기 친구가 있니?"

"아뇨." 우리가 답했다.

"그럼 이 오지보다 더한 곳에서 뭘 하는데?" 그가 농담했다.

오빠와 나는 웃기만 하고 아무 말도 하지 않았다.

"얘들은 항상 이렇게 말이 없네요." 그가 아버지를 돌아보며 말했다. "참 조용하다니까요."

"시끄러운 요즘 애들이랑은 다르니까. 요즘은 부모들이 가정 교육이라고는 안 하고 하느님을 경외하게 키우지도 않으니 원." 아버지가 말했다. 나는 아버지의 입술이 펴지고 눈이 밝아진 것이 자부심 때문이라고 확신했다.

"우리가 다 조용한 사람들이었다면 《스탠더드》는 어떻게 됐을까요."

그것은 농담이었다. 아데 코커도 웃고 있었고, 그의 아내 예완데도 웃고 있었다. 하지만 아버지는 웃지 않았다. 오빠와 나는 돌아서서 말없이 계단을 다시 올라갔다.

코코야자 잎사귀가 바스락거리는 소리에 잠이 깼다. 높은 대문 밖에서 염소가 매애 하는 소리, 수탉이 꼬끼오 하는 소리, 사람들이 흙담 너머로 아침 인사를 외치는 소리가 들려왔다.

"굿드 모닝으. 이제 잠 깼어, 웅? 잘 일어났어?"

"굿드 모닝으. 그 집 식구들도 잘 일어났어?"

내가 손을 뻗어 미닫이창을 열자 그 소리들이 더 잘 들렸고 염소 똥내와 오렌지 익어 가는 냄새가 섞인 신선한 공기가 흘러들었다. 오빠가 내 방문을 두드리더니 열고 들어왔다. 이 집의 우리 방은 붙어 있었다. 에누구 집에서는 멀리 떨어져 있었다.

"일어났어?" 오빠가 물었다. "아버지가 부르시기 전에 기도하러 내려가자."

나는 따뜻했던 지난밤에 얇은 이불 대신 덮고 잤던 풀치마를 잠옷 위에 두르고 겨드랑이에서 매듭지은 다음 오빠를 따라 아래층으로 내려갔다.

이 집은 널찍한 복도 때문에 호텔처럼 느껴졌다. 거의 일 년 내내 잠겨 있는 방문, 사용하지 않는 욕실과 부엌과 화장실, 사람이 묵지 않는 방에서 사람 냄새가 나지 않기 때문이기도 했다. 우리는 1층과 2층만 썼다. 나머지 두 층을 마지막으로 사용했던 것은 수년 전, 아버지가 치프[35]가 되어 **오멜로라** 칭호를 받았을 때였다. 우리 **우문나** 쪽 친척들은 오래전부터, 아버지가 첫 공장을 사기도 전, 레벤티스[36]의 부장에 불과할 때부터 칭호를 받으라고 종용했다. 그 정도면 충분히 부유하다고 우겼다. 게다가 우리 **우문나**에는 지금껏 칭호를 받은 사람이 아무도 없었다. 그래서 아버지가 교구 사제와 몇 번이나 폭넓은 대화를 하고 자신의 칭호 수여식에서 이교도적인 색깔은 완전히 배제하도록 고집한 끝에 마침내 수락했을 때 그것은 소규모 햇참마 축제 같았다. 아바를 통과하는 흙길이 자동차로 빼곡히 들어찼다. 3층과 4층은 사람들로 북적였다. 요즘은 우리

---

35 칭호를 가진 사람. 칭호 가진 사람의 이름을 부르거나 표기할 때는 '미스터 ○○' 가 아니라 '치프 ○○'라고 쓴다. 족장이나 촌장을 부르던 호칭에서 유래했다.

36 나이지리아의 대기업 A. G. 레벤티스 그룹을 가리킨다.

담장 바로 앞 길보다 먼 곳을 보고 싶을 때만 거기에 올라갔다.

"아버지는 오늘 사목 평의회를 주재하실 거야." 오빠가 말했다. "어머니한테 말씀하시는 거 들었어."

"그게 언젠데?"

"오전." 그리고 눈으로 이렇게 덧붙였다. 그러니까 그때 우리가 같이 있을 수 있어.

아바에서는 오빠도 나도 따라야 할 일과표가 없었다. 그래서 각자 자기 방에 앉아 있는 시간보다 둘이 얘기하는 시간이 많았다. 아버지가 끝없이 몰려드는 손님들을 상대하고 새벽 5시에 사목 평의회, 자정까지 읍회에 참석하느라 바빴기 때문이다. 아니면 아바가 에누구와 다르기 때문에, 사람들이 우리 집 마당에 마음대로 들어오기 때문에, 우리가 숨 쉬는 공기가 더 천천히 움직이기 때문인지도 몰랐다.

아버지 어머니는 아래층 주 거실에서 갈라져 나온 작은 거실들 중 하나에 있었다.

"안녕히 주무셨어요, 아버지. 안녕히 주무셨어요, 어머니." 오빠와 내가 말했다.

"너희도 잘 잤니?" 아버지가 물었다.

"네." 우리가 대답했다.

아버지는 눈이 반짝반짝했다. 몇 시간 전부터 깨어 있었음이 분명했다. 아버지는 윤나는 검은 가죽으로 장정된 성경을, 제2 정경37이 포함된 가톨릭 성경을 팔락팔락 넘기고 있었다. 어머니는

37　정경(구약과 신약)에 속하지 않는 「토빗기」, 「유딧기」, 「마카베오상(上)」, 「마

졸려 보였다. 우리에게 잘 잤냐고 물으며 떼꾼한 눈을 비볐다. 주 거실에서 여러 사람의 목소리가 들려왔다. 이곳에서는 새벽부터 손님이 왔다. 우리가 성호를 긋고 거실 탁자 주위에 무릎을 꿇었을 때 누가 문을 두드렸다. 해진 티셔츠를 입은 중년 남자가 문을 빼꼼 열고 들여다봤다.

"오멜로라!" 사내가 사람들이 칭호를 부를 때 쓰는 강한 어조로 말했다. "이제 가 보려고요. 오예 아바가나에서 애들 크리스마스 선물 몇 개 살 수 있나 봐야겠어요." 그의 영어는 이보어 악센트가 너무 강해서 아주 짧은 단어에도 모음을 막 덧붙였다. 아버지는 마을 사람들이 자기 주위에서 영어로 말하려고 하는 것을 좋아했다. 그들이 양식 있는 사람이라는 뜻이라고 말했다.

"오그부남발라!" 아버지가 말했다. "기다려요. 내가 지금 가족들과 기도하는 중이라. 약소하지만 그 집 애들한테 뭘 좀 주고 싶군요. 나하고 같이 차랑 빵도 꼭 들고 가야죠."

"헤이! 오멜로라! 감사합니다! 올해는 우유를 한 번도 못 먹었네요." 사내는 계속 문가를 서성였다. 이 방을 나가면 밀크티를 주기로 한 아버지의 약속이 사라져 버릴 거라고 생각하는 모양이었다.

"오그부남발라! 저쪽 거실에 앉아서 나를 기다리세요."

남자가 물러갔다. 아버지는 시편에서 몇 구절을 읽은 다음 주

카베오하(下)」, 「지혜서」, 「집회서」, 「바룩서」 등을 말한다. 가톨릭에서는 정경의 일부로 간주하여 제2 정경이라 하나 개신교에서는 인정하지 않고 외경이라 칭한다.

기도문, 성모송, 영광송, 사도 신경을 외웠다. 아버지가 먼저 몇 마디를 말하면 우리도 소리 내어 같이 외긴 했지만 바깥의 정적이 우리 모두를 감싸고 뒤덮었다. 하지만 아버지가 "이제 우리 각자의 언어로 성령님께 기도하겠나이다. 성령님께서는 그분의 뜻대로 간구하시나니."라고 말했을 때 정적이 깨졌다. 우리의 목소리는 시끄러운 불협화음처럼 들렸다. 어머니는 평화와 우리 나라의 지도자들을 위한 기도로 시작했다. 오빠는 사제들과 교인들을 위해 기도했다. 나는 교황님을 위해 기도했다. 마지막으로, 아버지는 이십 분 동안 우리를 사악한 자들과 세력으로부터 보호해 달라고, 나이지리아와 나이지리아를 다스리는 불신자들을 구원해 달라고, 우리가 계속 공정함 속에서 자라게 해 달라고 기도했다. 마지막으로, 아버지는 우리 파파은누쿠가 지옥에 가지 않도록 파파은누쿠의 개종을 위해 기도했다. 아버지는 꽤 시간을 들여 지옥을 묘사했다. 지옥 불이 영원하고 맹렬하고 사납다는 걸 하느님이 모르는 양. 끝으로 우리는 소리 높여 말했다. "아멘!"

아버지가 성경을 덮었다. "캄빌리, 자자, 너희는 오늘 오후에 할아버지 댁에 가서 인사드리도록 해. 케빈이 데려다줄 거다. 잊지 마라. 어떤 음식에도 손대지 말고, 아무것도 마시지 마. 그리고 늘 그랬듯이 십오 분 이상 있으면 안 된다. 십오 분이야."

"네, 아버지." 우리는 파파은누쿠 댁을 방문하기 시작한 이후로 지난 몇 년 동안 크리스마스 때마다 이 말을 들어 왔다. 파파은누쿠는 **우문나** 모임을 소집해서 친척들에게 자신도 손주들을 모르고 우리도 할아버지를 모른다고 하소연했다. 아버지는 우리에게 그런 얘기를 해 주지 않으므로 파파은누쿠가 오빠랑 나한테 얘기

해 줘서 안 사실이다. 파파은누쿠는 자신이 개종하고 뒷마당 초가에 있는 치만 치우면 아버지가 집도 지어 주고, 차도 사 주고, 운전사도 고용해 주겠다고 제안했다고 우문나에 이야기했다. 파파은누쿠는 껄껄 웃으면서 자신은 그저 볼 수 있을 때 손주들을 보고 싶을 뿐이라고 말했다. 할아버지는 치를 갖다 버릴 생각이 없었다. 이미 여러 번 아버지에게 그렇게 말했다. 우리 우문나 쪽 친척들은 아버지 편을 들었다. 늘 그랬다. 하지만 우리를 파파은누쿠 댁에 보내라고, 인사드리게 하라고 아버지에게 종용했다. 할아버지라고 불릴 나이가 된 사람은 누구나 손주들의 인사를 받을 자격이 있기 때문이었다. 아버지 본인은 한 번도 파파은누쿠에게 인사를 드린 적도, 집을 방문한 적도 없었다. 하지만 케빈이나 우문나 쪽 친척을 통해 얇은 나이라 뭉치, 케빈에게 주는 크리스마스 보너스보다도 얇은 뭉치를 보내곤 했다.

"너희를 이교도의 집에 보내고 싶지는 않다만 하느님이 보호해 주실 거다." 아버지가 말했다. 아버지는 성경을 서랍에 넣고 오빠와 나를 양옆으로 끌어당겨 우리의 팔 바깥쪽을 부드럽게 문질렀다.

"네, 아버지."

아버지가 큰 거실로 들어갔다. 아까보다 더 많은 목소리가 들렸다. 더 많은 사람들이 들어와 "은노 누."라고 말하면서, 사는 게 힘들다거나 이번 크리스마스에 애들한테 새 옷 사 줄 돈이 없다고 불평했다.

"너랑 오빠는 위층에서 아침을 먹도록 해. 내가 가져다주마. 아버지는 손님들이랑 같이 드실 거야." 어머니가 말했다.

"도와 드릴게요." 내가 제안했다.

"아니다, 은네, 위층으로 올라가. 오빠랑 같이 있어."

나는 어머니가 절룩이는 걸음걸이로 부엌으로 향하는 모습을 지켜봤다. 어머니의 땋은 머리는 산타 모자처럼 폭이 점점 좁아지다가 골프공 같은 덩어리로 끝나는 망 속에 들어 있었다. 어머니는 피곤해 보였다.

"파파은누쿠 댁은 가까우니까 오 분이면 걸어갈 수 있어. 케빈이 태워다 줄 필요가 없다고." 위층에 올라가면서 오빠가 말했다. 오빠는 매년 그렇게 말했지만 결국엔 매번 차에 올라탔다. 케빈이 우리를 데려다줄 수 있도록, 감시할 수 있도록.

그날 아침 케빈이 운전하는 차가 마당을 빠져나갈 때 나는 우리 집의 빛나는 하얀 벽과 기둥, 분수의 은빛 물이 그리는 완벽한 포물선을 다시 한번 눈으로 쓰다듬을 수 있도록 뒤를 돌아봤다. 파파은누쿠는 한 번도 이 집에 발을 들인 적이 없었다. 아버지가 자기 땅에 이교도의 출입은 허락지 않는다고 정할 때 자기 아버지 또한 예외가 아니었기 때문이다.

"아버지가 십오 분만 있으라고 하셨다." 케빈이 파파은누쿠 댁을 둘러싼 울타리 근처 길가에 주차하며 말했다. 나는 차에서 내리기 전에 케빈의 목에 있는 흉터를 빤히 쳐다봤다. 몇 년 전 휴가 중에 나이저 삼각주 지역의 고향에서 야자수에 올라갔다 떨어져 생긴 상처였다. 그 흉터는 머리 한가운데서 시작해 목덜미까지 이어졌다. 단도 같은 모양이었다.

"우리도 알아요." 오빠가 말했다.

오빠가 삐걱거리는 목문을 홱 열어젖혔다. 그 문은 폭이 너무 좁아서 혹 아버지가 이 집에 오게 된다면 게걸음으로 지나가야 할 정도였다. 부지는 우리 에누구 집 뒷마당의 4분의 1도 안 됐다. 염소 두 마리와 닭 몇 마리가 한가로이 거닐면서 말라 가는 풀 줄기를 야금야금 뜯거나 쪼고 있었다. 부지 한가운데 있는 집은 작고 주사위처럼 생겨서 아버지와 이페오마 고모가 여기서 자라는 모습을 상상하기 힘들었다. 내가 유치원 때 그린 그림 속 집이랑 비슷했다. 가운데에 정사각형 문이 있고 양옆에 정사각형 창문이 하나씩 있는 정사각형 집. 유일한 차이점은 파파은누쿠 집에는 녹슨 금속 난간을 두른 베란다가 있다는 것이었다. 그 집에 처음 갔을 때 나는 화장실을 찾으러 집 안으로 들어갔다. 그러자 파파은누쿠가 껄껄 웃더니 별채를 가리켰다. 그 옷장만 한 건물은 페인트칠도 안 한 시멘트 벽돌로 지었고, 문 없이 뻥 뚫린 입구에는 야자 잎을 엮어 만든 발이 쳐져 있었다. 그날 나는 할아버지와 눈이 마주칠 때마다 시선을 피하면서 할아버지에게 어떤 차이나 불신자의 징후가 없나 살폈다. 결국 아무것도 못 찾았지만 그래도 어딘가에 있으리라 확신했다. 있어야만 했다.

파파은누쿠는 베란다의 낮은 민걸상에 앉아 있었고 그 앞에는 라피아[38] 깔개에 음식 사발들이 놓여 있었다. 우리가 들어서자 할아버지가 일어났다. 한때 흰색이었던 러닝셔츠는 지금은 낡아서 전체적으로는 갈색, 겨드랑이 부분은 누렇게 변해 있었고 그 위에 느슨하게 걸친 풀치마는 목 뒤에서 매듭지어져 있었다.

"네케! 네케! 네케! 캄빌리랑 자자가 늙은 할아비에게 인사하러

38　라피아야자 잎에서 뽑아 낸 섬유. 모자, 가방, 깔개 등의 소재로 쓰인다.

왔구나!"할아버지가 말했다. 지금은 나이 들어 등이 굽었지만 예전에는 얼마나 키가 컸을지 쉽게 알 수 있었다. 파파은누쿠는 오빠와는 악수를 하고 나와는 포옹을 했다. 나는 조금 더, 다정하게 할아버지를 꼭 안았다. 할아버지에게 들러붙은, 지독하고 불쾌한 카사바 냄새 때문에 숨은 참아야 했지만.

"와서들 먹어라."할아버지가 라피아 깔개 쪽으로 손짓하며 말했다. 법랑 사발에는 푸석푸석한 푸푸와 생선이나 고기 건더기라고는 전무한 묽은 수프가 담겨 있었다. 예의상 물어봤지만 파파은누쿠는 우리가 사양하길 기대하고 있었다. 눈이 장난기로 반짝였다.

"아뇨, 고맙습니다, 할아버지." 우리가 말했다. 우리는 파파은누쿠 옆의 나무 장의자에 앉았다. 나는 나무 덧창에 머리를 대고 뒤로 기대앉았다. 덧창에는 가로로 평행한 구멍들이 뚫려 있었다.

"어제 도착했다고 들었다."파파은누쿠가 말했다. 아랫입술이 목소리와 마찬가지로 떨렸다. 나는 가끔 할아버지가 말하고 나서 일이 초가 지나야 무슨 뜻인지 이해할 때가 있었다. 말씨가 너무 옛날식이었기 때문이다. 할아버지 말투에는 우리 같은 영어식 활용이 전혀 없었다.

"네."오빠가 말했다.

"캄빌리, 너도 이제 다 컸구나. 성숙한 **아그보그호**가 됐어. 곧 구혼자들이 찾아오기 시작하겠구나."할아버지가 농담했다. 왼눈은 실명해 가고 있었고 색깔과 농도가 우유 희석액과 비슷한 얇은 막에 덮여 있었다. 파파은누쿠가 손을 뻗어 내 어깨를 토닥이길래 나는 미소를 지었다. 손에 점점이 박힌 검버섯은 원래 피부색인

흙색보다 훨씬 옅어서 도드라졌다.

"파파은누쿠 건강은 괜찮으세요? 몸은 좀 어떠세요?" 오빠가
물었다.

괜찮지 않지만 도리 없는 게 많다고 말하듯 파파은누쿠가 어
깨를 으쓱했다. "난 괜찮다, 얘야. 늙은이가 조상님 만날 때까지 괜
찮지 않으면 어쩌겠니?" 할아버지는 말을 멈추고 손가락으로 푸
푸 덩어리를 빚었다. 나는 할아버지를 바라봤다. 그 얼굴의 미소
를, 바싹 마른 허브가 산들바람에 흔들리는 정원으로 작은 푸푸
조각을 무심하게 던지는 모양을, 그러면서 토지신 아니에게 같이
식사하자고 하는 것을. "다리가 자주 아파. 너희 고모 이페오마가
돈을 모을 수 있을 때는 약을 갖다준다만. 하지만 나는 노인이잖
니. 다리가 아프지 않으면 손이 아플 거다."

"이페오마 고모랑 애들이 올해 올까요?" 내가 물었다.

파파은누쿠가 대머리에 끈질기게 달라붙어 있는 하얀 머리카
락 다발을 벅벅 긁었다. "에히에, 내일 올 거다."

"작년에는 안 왔잖아요." 오빠가 말했다.

"돈이 없어서 못 온 거지." 파파은누쿠가 고개를 내저었다. "애
들 아빠가 죽은 뒤로는 어렵게 살고 있잖니. 하지만 올해는 애들
데리고 올 거다. 너희도 만나게 될 거야. 너희가 걔들, 사촌들을 잘
모르는 건 잘못된 일이야. 옳지 않아."

오빠와 나는 아무 말도 하지 않았다. 우리는 이페오마 고모나
그 아이들을 그리 잘 알지 못했다. 고모와 아버지가 파파은누쿠
문제로 다퉜기 때문이었다. 어머니가 그렇게 말했다. 파파은누쿠
가 우리 집에 오는 것을 아버지가 금한 후로 이페오마 고모는 아

버지와 말을 하지 않았고 몇 년이 지난 뒤에야 마침내 다시 대화하기 시작했다.

"수프에 고기가 있으면……" 파파은누쿠가 말했다. "너희한테 줄 텐데."

"괜찮아요, 파파은누쿠." 오빠가 말했다.

파파은누쿠는 천천히 음식을 삼켰다. 나는 음식이 할아버지 목구멍으로 미끄러져 내려가 주름진 호두처럼 목에서 불쑥 튀어나와 있는, 축 늘어진 울대뼈를 힘겹게 통과하는 것을 지켜봤다. 할아버지 옆에는 아무런 마실 것도, 물조차 없었다. "내 심부름을 해 주는 치니엘루가 곧 올 거야. 걔더러 이치에네 가게에 가서 너희 둘이 마실 탄산음료를 사 오라고 하마." 할아버지가 말했다.

"아니에요, 파파은누쿠. 말씀만으로도 감사해요." 오빠가 말했다.

"에지 오쿠? 내가 조상님께 음식을 바친다고 네 아비가 너희한테 여기서 아무것도 먹지 말라고 했으리란 건 안다만 탄산음료도 안 되니? 남들 다 사는 가게에서 사는 것 아니냐?"

"파파은누쿠, 저희는 여기 오기 직전에 밥을 먹었어요." 오빠가 말했다. "혹시라도 목이 마르게 되면 여기서 음료수를 마실게요."

파파은누쿠가 씩 웃었다. 이가 누렜고 빠진 데가 많아 듬성듬성했다. "넌 말재주가 좋구나, 얘야. 꼭 우리 아버지 오그부에피 올리오케가 살아 돌아오신 것 같아. 그분도 말씀을 지혜롭게 하셨지."

나는 법랑 접시에 담긴 푸푸를 빤히 쳐다봤다. 접시의 연두색

테두리가 이가 빠져 있었다. 하마탄 바람에 딱딱하게 마른 푸푸가 파파은누쿠의 목구멍 안을 할퀴며 넘어가는 것을 상상했다. 그때 오빠가 팔꿈치로 나를 쿡 찔렀다. 하지만 나는 가고 싶지 않았다. 파파은누쿠가 목에 푸푸가 걸려서 숨이 막히면 뛰어가서 물을 떠 올 수 있도록 여기 계속 있고 싶었다. 물이 어디 있는지는 몰랐지만. 오빠가 또 내 옆구리를 찔렀지만 여전히 일어날 수가 없었다. 장의자가 나를 붙들고 빨아들였다. 나는 회색 수탉 한 마리가 마당 구석에 있는 신당으로 걸어 들어가는 것을 지켜봤다. 파파은누쿠의 신이 있는 곳, 아버지가 오빠와 나더러 절대 가까이 가지 말라고 한 곳이었다. 신당은 나지막하고 문이 없는 오두막이었으며 흙으로 만든 지붕과 벽은 마른 야자 잎으로 덮여 있었다. 그것은 성 아녜스 성당 뒤에 있는, 루르드 성모[39]를 모신 그로토[40]처럼 보였다.

"이만 가 볼게요, 파파은누쿠." 마침내 오빠가 일어나며 말했다.

"그래." 파파은누쿠가 말했다. "뭐? 벌써?"나 "내 집이 너희를 쫓아내냐?" 같은 말은 하지 않았다. 첫 방문 때부터 반복되어 온 이별의 순간에 익숙했기 때문이다. 할아버지가 구부러진 나뭇가지로 만든 지팡이에 의지하여 우리를 차까지 바래다줄 때 케빈이 차에서 내려 인사하며 얇은 현금 뭉치를 건넸다.

"오? 유진한테 고맙다고 전해 주게." 파파은누쿠가 미소 지으

---

39 1858년 프랑스 루르드에 나타났던 성모를 가리킨다. 로마 가톨릭교회에서 기적으로 공식 인정 했으며 이 마사비엘 동굴의 물에는 치유 효과가 있는 것으로 알려져 있다.

40 공원이나 정원에 일종의 조형물로서 만든 인공 동굴.

며 말했다. "고맙다더라고."

할아버지는 떠나가는 우리 차를 향해 손을 흔들었다. 나는 마주 손을 흔들면서, 할아버지가 발을 질질 끌며 다시 마당 안으로 들어가는 동안 눈을 떼지 않았다. 파파은누쿠가 자기 아들이 쥐꼬리만 한, 인간미 없는 돈을 운전사 편에 보냈다는 데 개의했는지 어쩐지는 모르겠지만 적어도 겉으로는 내색하지 않았다. 작년 크리스마스에도, 그 전 크리스마스에도 내색하지 않았다. 한 번도 내색한 적 없었다. 그것은 아버지가 우리 외할아버지를, 오 년 전 세상을 떠날 때까지 대했던 방식과 너무 달랐다. 예전에는 매년 크리스마스에 아바에 도착하면 우리 집에 가기 전에 이쿠 은네, 어머니 고향에 있는 외가부터 들렀었다. 외할아버지는 백색증에 가까울 정도로 피부가 하얬는데 그것이 선교사들이 외할아버지를 총애한 이유 중 하나라고들 했다. 외할아버지는 항상 고집스럽게, 이보어 악센트가 강한 영어로 말했다. 라틴어도 할 줄 알아서 1차 바티칸 공의회[41] 헌장을 자주 인용했고 대부분의 시간을, 자신이 최초의 교리 교사로 일했던 성 바오로 성당에서 보냈다. 우리한테는 자신을 파파은누쿠나 은나오치에 대신 그랜드파더라고 영어로 부르게 시켰다. 아버지는 요즘도 마치 외할아버지가 자기 아버지인 것처럼 자랑스러운 눈빛으로 외할아버지 얘기를 자주 했다. 너희 할아버지는 대부분의 나이지리아인보다 일찍 눈뜬 분이셨지,

---

41 공의회란 교황이 전 세계의 성직자, 신학자 등을 소집하여 교리나 규율에 관해 토의하고 규정하는 회의를 말한다. 1869∼1870년에 열린 1차 바티칸 공의회에서는 교황의 무류지권과 수위권을 확립했다.

아버지는 말하곤 했다. 선교사들을 환영한 극소수 중 한 명이었으니까. 할아버지가 영어를 얼마나 빨리 배우셨는지 아니? 그리고 통역사가 된 후에는 몇 명을 개종시켰는지도? 아바 주민이 거의 다 할아버지 때문에 개종했다 해도 과언이 아니란다! 그분은 올바른 방식, 백인들의 방식을 따르셨어. 요즘 나이지리아인들과는 다르게 말이야! 아버지는 성 요한 기사단[42] 예복을 완벽하게 차려입은 외할아버지의 사진을 갖고 있었는데 그 사진은 짙은 적갈색 액자에 넣어져 에누구 집 벽에 걸려 있었다. 하지만 나는 그 사진을 보지 않고도 외할아버지를 떠올릴 수 있었다. 할아버지가 돌아가셨을 때 나는 겨우 열 살이었지만 백색증처럼 녹색에 가까웠던 눈동자와 거의 모든 문장에 죄인이라는 단어를 넣어 말했던 것을 기억했다.

"파파은누쿠가 작년보다 건강이 나빠지신 것 같아." 돌아가는 차 안에서 오빠의 귀에 대고 속삭였다. 케빈이 듣길 원치 않았기 때문이다.

"노인이시니까." 오빠가 말했다.

집에 도착하자 시시가 점심을, 밥과 소고기 튀김을 우아한 황갈색 접시에 담아 가지고 올라와서 오빠랑 나 단둘이 식사를 했다. 사목 평의회가 시작한 뒤여서 가끔 언쟁하느라 높아진 남자 목소리가 들렸고 마찬가지로 뒷마당에서는 오르락내리락하는 억양의 여자 목소리가 들렸다. 우리 **우문나** 아주머니들이 나중에 씻

---

42 중세 기사단을 본따 1886년 미국에서 만들어진 가톨릭교도 단체로, 신도 간의 결속을 도모하고 유해한 비밀 결사에 대항하는 것이 목적이다.

기 편하라고 솥에 기름을 바르고, 나무절구에 향신료를 빻고, 삼발이 밑에 불을 피우고 있었던 것이다.

"아버지한테 털어놓을 거야?" 내가 밥 먹으면서 오빠한테 물었다.

"뭘?"

"오빠가 오늘 한 말, 목마르면 파파은누쿠 댁에서 음료수 마시겠다는 말. 파파은누쿠 댁에서는 뭐 마시면 안 되는 거 알잖아." 내가 말했다.

"할아버지 기분이 나아질 만한 말을 하고 싶었을 뿐이야."

"할아버지는 늘 침착하시지."

"속마음을 잘 숨기시니까." 오빠가 말했다.

그때 아버지가 문을 열고 들어왔다. 나는 누가 계단 올라오는 소리를 듣지 못했던 데다 아버지가 올라오리란 생각은 못 했던 터였다. 아직 아래층에서 사목 평의회가 열리는 중이었기 때문이다.

"다녀왔습니다, 아버지." 오빠와 내가 말했다.

"케빈 말로는 너희가 할아버지와 이십오 분이나 같이 있었다더구나. 내가 그러라고 하더냐?" 아버지의 목소리는 낮았다.

"제가 시간을 지체했어요. 제 잘못이에요." 오빠가 말했다.

"거기서 뭘 했어? 우상에게 바쳤던 음식을 먹었니? 신실한 혀를 더럽힌 거냐?"

나는 얼어붙은 듯 앉아 있었다. 혀도 신실할 수 있는지는 지금껏 몰랐었다.

"아뇨." 오빠가 말했다.

아버지가 오빠를 향해 걸어갔다. 이제는 완전히 이보어로만 말하고 있었다. 나는 아버지가 오빠의 귀를 잡아당길 거라고, 말하는 것과 똑같은 속도로 잡아당길 거라고, 아버지의 손바닥이 오빠의 뺨을 때리면 학교 도서관 선반에서 두꺼운 책이 떨어질 때와 같은 소리가 날 거라고 생각했다. 그다음에는 아버지가 후추 통을 향해 손을 뻗듯 아무렇지 않게 반대 방향으로 팔을 뻗어 내 뺨을 때릴 거라고 생각했다. 하지만 아버지는 "다 먹고 나면 각자 방으로 가서 용서 구하는 기도를 해라."라는 말만 하고 돌아서서 아래층으로 내려갔다. 아버지가 남기고 간 정적은 무겁지만 편안했다. 마치 추운 아침의 낡고 까끌까끌한 카디건처럼.

"네 접시에 아직 밥 남았어." 한참 만에 오빠가 말했다.

나는 고개를 끄덕이고 포크를 집었다. 하지만 그때 창밖에서 아버지의 높은 목소리가 들려와 포크를 다시 내려놨다.

"저자가 내 집에서 뭐 하는 거야? 아니퀜와가 내 집에서 뭘 하고 있는 거냐고!" 아버지의 목소리에 담긴 화난 기색에 내 손끝이 차갑게 식었다. 오빠와 나는 창가로 뛰어갔지만 아무것도 보이지 않아서 다시 베란다로 뛰어나가 기둥 옆에 섰다.

아버지는 앞마당의 오렌지 나무 근처에 서서, 찢어진 하얀 러닝셔츠를 입고 허리에 풀치마를 두른 쭈글쭈글한 노인을 향해 소리치고 있었다. 그리고 남자 몇 명이 아버지 주위에 서 있었다.

"아니퀜와가 내 집에서 뭘 하는 거야? 우상 숭배자가 내 집에서 뭘 하고 있는 거냐고! 당장 나가!"

"내가 자네 부친과 동년배인 건 아나, **그보?**" 노인이 물었다. 그가 허공에서 흔드는 손가락은 아버지의 얼굴을 가리킬 의도였지만 가슴께에서만 맴돌다 그쳤다. "자네 아버지가 엄마 젖을 먹을 때 나도 엄마 젖을 먹었다는 걸 아는가?"

"내 집에서 나가!" 아버지가 대문을 가리켰다.

두 남자가 천천히 아니퀜와를 마당 밖으로 안내했다. 그는 저항하지 않았다. 그러기엔 너무 늦었던 것이다. 하지만 계속 뒤돌아보면서 아버지를 향해 말을 던졌다. "**이푸콰 기**! 자네는 시체를 따라 무덤 속까지 들어가는 파리 같아!"

나는 그가 대문 밖으로 걸어 나갈 때까지 노인의 휘청거리는 걸음걸이를 눈으로 좇았다.

이페오마 고모는 다음 날 저녁 오렌지 나무들이 일렁이는 긴 그림자를, 앞마당 분수를 가로지르게 드리우기 시작할 때 왔다. 고모의 웃음소리가 내가 책을 읽고 있던 위층 거실까지 흘러들었다. 이 년 만에 듣는 소리였지만 나는 그 깔깔대는 따듯한 웃음소리를 어디서든 구분해 냈을 것이다. 이페오마 고모는 아버지만큼이나 키가 컸고 비율이 좋았다. 그리고 자기가 지금 어디를 가고 있고 거기서 무엇을 할 것인지 정확하게 아는 사람처럼 빠르게 걸었다. 말할 때도 걸을 때와 마찬가지였다. 최단 시간에 가능한 한 많은 말을 입에서 끄집어내야만 하는 사람 같았다.

"어서 오세요, 고모, **은노.**" 내가 고모와 포옹하려고 일어나며 말했다.

고모는 평소처럼 옆에서 살짝 안지 않고 나를 부둥켜안더니 푹신한 자기 품에 꼭 끌어안았다. 고모가 입은 파란색 A라인 원피스의 넓은 옷깃에서 라벤더 향이 났다.

"캄빌리, 케두?" 고모의 까만 얼굴이 함박웃음을 짓자 앞니 사이의 벌어진 틈이 드러났다.

"잘 지냈어요, 고모."

"정말 많이 컸구나. 어디 보자, 어디 봐." 고모가 손을 뻗어서 내 왼쪽 가슴을 잡아당겼다. "여기가 얼마나 빨리 자라고 있나 보자!"

나는 말을 더듬지 않기 위해 시선을 돌리고 심호흡을 했다. 이런 유의 장난기에는 어떻게 반응해야 할지 몰랐기 때문이다.

"오빠는 어디 있니?" 고모가 물었다.

"자요. 머리 아프대요."

"크리스마스 사흘 전에 머리가 아프다고? 말도 안 돼. 내가 깨워서 낫게 해 줘야겠구나." 이페오마 고모가 웃었다. "우리는 정오 전에 도착했어. 은수카에서 정말 일찍 출발해서 사실 더 일찍 올 수도 있었는데 차가 길에서 퍼져 버렸지 뭐니. 그래도 다행히 나인스마일 근처라 수리공을 쉽게 찾았지."

"하느님께 감사를." 내가 말했다. 그리고 잠시 쉬었다가 물었다. "사촌들은 어떻게 지내요?" 공손한 질문이었지만 잘 알지도 못하는 사촌들에 대해 묻는 것이 여전히 어색하게 느껴졌다.

"곧 이리로 올 거야. 지금 파파은누쿠랑 같이 있는데 할아버지가 좀 전에 옛날이야기를 시작하셨거든. 할아버지가 이야기하기 좋아하시는 거 알잖니."

"아." 내가 말했다. 나는 파파은누쿠가 이야기하길 좋아하는지 몰랐다. 옛날이야기를 한다는 사실조차 몰랐다.

그때 어머니가 탄산음료와 맥아음료 병을 눕혀서 높이 쌓은 쟁반을 들고 들어왔다. **친친**[43] 한 접시가 음료수 더미 위에서 균형을 잡고 있었다.

"**누니에 음**, 그건 누구 거예요?" 이페오마 고모가 물었다.

"이페오마랑 애들요." 어머니가 말했다. "애들 곧 올 거라고 하지 않았어요, **오퀴아**?"

"안 그래도 되는데, 정말로. 오다가 **옥파** 사 먹은 지 얼마 안 됐거든요."

"그럼 **친친** 좀 싸 줄게요." 어머니가 말하고는 거실을 나가려고 돌아섰다. 어머니가 입은 풀치마는 노란 무늬가 날염된 외출복이었고, 그와 어울리는 블라우스의 짧고 부푼 소매에는 노란 레이스가 박음질되어 있었다.

"**누니에 음**." 이페오마 고모가 부르자 어머니가 돌아봤다.

몇 년 전 이페오마 고모가 우리 어머니를 "**누니에 음**"이라고 부르는 걸 처음 들었을 때는 한 여자가 다른 여자를 '내 아내'라고 부른다는 데 경악했다. 내가 묻자 아버지는 그것이 불경한 전통, 결혼은 남자 혼자 하는 게 아니라 가족 전체가 하는 것이라는 생각의 잔재라고 말했다. 나중에 어머니는, 내 방에 단둘이 있을 때였는데도, 이렇게 속삭였다. "나는 아버지의 아내이니까 고모의 아내이기도 한 거야. 그 호칭은 고모가 나를 받아들인다는 뜻이란다."

"**누니에 음**, 이리 와서 앉아요. 피곤해 보여요. 몸은 괜찮은 거예요?" 이페오마 고모가 물었다.

43　밀가루 반죽을 정사각형 모양으로 잘라 튀긴 것. 애피타이저로 먹는다.

어머니의 얼굴에 딱딱한 미소가 피어올랐다. "괜찮아요, 정말 괜찮아요. **우문나** 쪽 부인들이 요리하는 거 돕고 있었어요."

"이리 와서 앉으세요." 이페오마 고모가 다시 한번 말했다. "앉아서 좀 쉬어요. **우문나** 쪽 부인들도 소금 정도는 스스로 찾을 수 있어요. 어차피 그 사람들은 이 집 음식 가져가려고 온 거잖아요. 아무도 안 볼 때 바나나 잎에 고기 싸 놨다가 슬쩍 집에 가져가려고." 이페오마 고모가 웃었다.

어머니가 내 옆에 앉았다. "오빠는 바깥에 의자를 더 내놓을 생각이에요. 특히 크리스마스 당일에는요. 지금까지 온 사람만 해도 너무 많은데 말이에요."

"우리 나라 사람들은 크리스마스에 남의 집 돌아다니는 것 말고는 달리 할 일 없는 거 알잖아요." 이페오마 고모가 말했다. "하지만 그렇다고 하루 종일 그 사람들 시중만 들 순 없죠. 우린 내일 애들 데리고 아바가나에서 열리는 아로 축제에 가서 **음무오**를 봐야 돼요."

"애들이 이교도 축제에 가는 건 오빠가 허락하지 않을 거예요." 어머니가 말했다.

"이교도 축제요, **콰**? 누구나 **음무오**를 보러 아로 축제에 가는 걸요."

"그건 나도 알지만 이페오마도 오빠가 어떤지 알잖아요."

이페오마 고모가 천천히 고개를 저었다. "제가 오빠한테 드라이브 갈 거라고 말할게요. 그러면 우리 다 같이, 특히 애들이 시간을 같이 보낼 수 있어요."

어머니는 손가락을 꼼지락거리며 한동안 아무 말이 없었다.

그러다 이렇게 물었다. "애들 아빠 고향에는 언제 갈 거예요?"

"아마 오늘요. 지금은 이페디오라네 식구들 상대할 기력이 없긴 하지만요. 그 인간들은 해가 갈수록 더 지독해져요. **우문나** 사람들은 남편이 어딘가에 돈을 남겼는데 제가 숨기고 있대요. 작년 크리스마스에는 그 집 여자 한 명이 저한테, 제가 남편을 죽였다는 말까지 했어요. 그 여자 입에 흙을 처넣고 싶었죠. 다음 순간에는 그 여자를 앉혀 놓고, 에, 자기가 사랑하는 남편을 죽이는 여자는 없다, 남편 차가 트레일러에 받히는 교통사고를 꾸미는 여자는 없다고 설명해야겠다고 생각했어요. 하지만 다시 생각해 보니까, 내가 왜 내 시간을 낭비해야 하죠? 그 인간들은 하나같이 닭대가리예요." 이페오마 고모가 큰 소리로 쓰읍 하고 숨을 들이마셨다. "언제까지 애들을 거기 데려갈지 모르겠어요."

어머니가 동감한다는 뜻으로 혀를 쯧쯧 찼다. "사람들이 항상 말 되는 소리를 하진 않죠. 하지만 아이들이 거기 가는 건 좋은 일이에요, 특히 남자애들은. 자기 아버지의 고향이랑 **우문나** 사람들을 알아 둘 필요가 있으니까요."

"전 솔직히 그런 **우문나**에서 어떻게 이페디오라 같은 사람이 나왔는지 모르겠어요."

나는 두 사람이 말할 때 입술이 움직이는 것을 지켜봤다. 아무것도 바르지 않은 어머니의 입술은 반짝이는 구리색 립스틱을 바른 이페오마 고모의 입술과 비교하니 창백해 보였다.

"**우문나** 사람들은 항상 상처 되는 말을 할 거예요." 어머니가 말했다. "우리 **우문나** 사람들도 오빠한테 아내를 하나 더 들이라고 말했잖아요? 그 정도 지위에 있는 남자가 자식을 둘만 둬서는 안 된다고. 이페오마 같은 사람들이 내 편을 들어 주지 않았다면……."

"그만, 감사 인사는 그만해요. 오빠가 그랬다면 언니가 아니라 오빠 손해였을 텐데요 뭘."

"이페오마나 그렇게 말하죠. 자식은 있는데 남편은 없는 여자, 그게 뭐겠어요?"

"저요."

어머니가 고개를 저었다. "딴청 피우지 말고요, 이페오마. 내 말뜻 알잖아요. 여자가 어떻게 그렇게 살아요?" 어머니의 눈이 똥그래지면서 얼굴에서 차지하는 면적이 늘어났다.

"**누니에 음**, 때로는 결혼이 끝나면서 인생이 시작되는 경우도 있어요."

"또 뜻 모를 유식한 소리네요. 대학에서 학생들한테 그렇게 가르쳐요?" 어머니는 미소 짓고 있었다.

"네, 진짜로. 하지만 애들이 결혼하는 나이가 갈수록 어려지고 있어요. 학생들은 저한테 물어요, 졸업해도 일자리를 찾을 수가 없는데 학위가 무슨 소용이죠?"

"결혼하면 적어도 자기를 돌봐 줄 사람은 생기니까요."

"누가 누굴 돌보게 될지는 모르죠. 1학년 토론 수업의 여학생 여섯 명이 결혼했는데 주말마다 남편들이 벤츠나 렉서스를 타고 와서 오디오랑 교과서랑 냉장고를 사 줘요. 학생들이 졸업하면 걔들도, 걔들 학위도 남편 소유가 되죠. 모르겠어요?"

어머니가 고개를 저었다. "또 유식한 소리네요. 여자의 인생은 남편이 있어야 완성되는 거예요, 이페오마. 그게 여자들이 원하는 거라고요."

"원한다고 생각하는 거죠. 하지만 제가 어떻게 걔들을 욕하겠어요? 군사 독재 정부가 우리 나라에 하고 있는 짓을 봐요." 이페오마 고모가 사람들이 불쾌한 것을 떠올리고 싶을 때 그러듯 눈을 감았다. "지난 석 달간 은수카[44]에는 기름이 없었어요. 지난주에는 기름을 기다리느라 주유소에서 밤새우기도 했죠. 하지만 결국 기름은 오지 않았어요. 어떤 사람들은 집까지 돌아갈 기름이 없어서 주유소에 차를 두고 갔고요. 그날 밤에 어찌나 모기한테 물어뜯겼던지, 에, 물린 자국이 캐슈너트만 했다니까요."

"저런." 어머니가 동정하듯 고개를 내저었다. "그런데 학교는 대체적으로 어때요?"

"얼마 전에 또 파업을 철회했어요. 지난 두 달 동안 급료를 받은 교수가 한 명도 없는데 말이에요. 학교 측에서는 연방 정부가 돈이 없다고 하더라고요." 이페오마 고모가 약간 익살스럽게 쿡쿡 웃었다. "**이푸콰**, 사람들이 이 나라를 떠나고 있어요. 필리파는 두 달 전에 떠났죠. 제 친구 필리파 기억나요?"

"몇 년 전 크리스마스에 이페오마랑 같이 왔던 사람요. 까맣고 통통한 친구 맞죠?"

"네. 걔는 지금 미국에서 가르치고 있어요. 좁아터진 연구실을 다른 부교수랑 같이 쓰지만 적어도 거기는 월급이 나온대요." 이페오마 고모가 말을 멈추고 손을 뻗어서 어머니 블라우스에 붙은 뭔가를 떨어냈다. 나는 고모의 동작 하나하나를 지켜봤다. 귀를

---

44 은수카에는 국립대인 나이지리아 대학교가 있다.

닫으려야 닫을 수가 없었다. 고모한테는, 고모가 말할 때 하는 몸짓에는, 미소 지을 때 드러나는 넓은 잇새에는 어떤 용감무쌍함이 있었다.

"옛날에 쓰던 풍로를 꺼냈어요." 고모가 말을 계속했다. "지금은 그거로 요리해요. 이제는 부엌에서 등유 냄새 나는 것도 못 느낀다니까요. 부탄가스 한 통에 얼마인지 알아요? 정말 터무니없는 가격이에요!"

어머니가 소파에서 자세를 고쳐 앉았다. "오빠한테 말하지 그래요? 공장에 부탄가스 많은데……."

이페오마 고모가 웃으며 다정하게 어머니의 어깨를 토닥였다. "**누니에 음**, 사는 게 팍팍하긴 해도 아직 죽을 정도는 아니에요. 언니한테니까 이런 얘기도 하는 거고요. 다른 사람 앞이었으면 배고픈 얼굴에 윤기가 돌 때까지 바셀린이나 발랐겠죠."

그때 아버지가 안방으로 가기 위해 지나가느라 거실에 들어왔다. 나는 아버지가 **이그바 크리스마스**를 위해 손님들에게 나눠 줄 나이라 지폐 뭉치를 더 가지러 온 거라고 확신했다. 돈을 주고 나서 그들이 감사 인사를 노래하기 시작하면 "이건 제가 아니라 하느님이 주시는 겁니다."라고 말할 셈으로.

"오빠." 이페오마 고모가 불렀다. "자자랑 캄빌리가 내일 나랑 우리 애들하고 시간 좀 같이 보내야겠다는 얘기를 하던 중이었어."

아버지는 끙 하고 앓는 소리를 내면서 계속 문을 향해 걸어갔다.

"오빠!"

이페오마 고모가 아버지한테 말을 할 때마다 내 심장은 한번 멈췄다가 다시 빠르게 뛰기 시작했다. 가벼운 말투가 문제였다. 고모는 상대방이 아버지라는 걸, 다른 사람과 다르다는 걸, 특별하다는 걸 깨닫지 못하는 것 같았다. 나는 손을 뻗어 고모의 입을 틀어막아서 그 반짝이는 구리색 립스틱이 내 손가락에 묻었으면 좋겠다고 생각했다.

"어디 데려가려고?" 아버지가 문가에 서서 물었다.

"그냥 여기저기 둘러보려고."

"관광을 한다고?" 아버지가 물었다. 아버지는 영어로 말하는데 이페오마 고모는 이보어로 답했다.

"오빠, 애들 우리랑 외출하게 해 줘!" 이페오마 고모는 짜증 난 말투였다. 언성이 살짝 높아졌다. "지금 우리가 축하하고 있는 게 크리스마스 아냐, 응? 근데 얘들은 사촌끼리 제대로 시간을 보낸 적이 없잖아. **이마콰**? 우리 막내 치마는 캄빌리 이름도 몰라."

아버지는 나를 봤다가 어머니를 보며 우리 얼굴을 살폈다. 마치 우리 코밑에서, 이마 위에서, 입술에서, 자기 마음에 들지 않을 어떤 단어의 일부를 찾기라도 하듯이. "알았다. 같이 가도 좋아. 하지만 우리 애들이 불경한 것 근처에 가면 절대 안 되는 거 알지? 네 차가 **음무오** 옆을 지나갈 때는 창문을 꼭 닫도록 해."

"잘 알아들었습니다요, 오라버니." 이페오마 고모가 과장되게 격식을 차리며 말했다.

"크리스마스에 다 같이 점심 식사를 하는 건 어때?" 아버지가 물었다. "그러면 애들이 시간을 같이 보낼 수 있잖아."

"우리 애들이랑 나는 파파은누쿠랑 크리스마스 보내는 거 알잖아."

"우상 숭배자가 크리스마스에 대해 뭘 아는데?"

"오빠……" 이페오마 고모가 한숨을 쉬었다. "알았어, 애들이랑 크리스마스에 올게."

아버지가 다시 아래층으로 내려간 뒤에도 내가 계속 소파에 앉아서 이페오마 고모가 어머니에게 얘기하는 모습을 쳐다보고 있는데 사촌들이 도착했다. 아마카는 십 대이고 말랐다는 점만 빼면 제 엄마의 판박이였다. 그 애는 이페오마 고모보다도 더 빠르고 결단력 있게 걷고 또 말했다. 눈만 달랐다. 아마카의 눈에는 이페오마 고모 같은 무조건적인 따스함이 없었다. 그것은 호기심 어린 눈, 많은 질문을 하지만 많은 대답을 받아들이지는 않는 눈이었다. 오비오라는 한 살 어린 남동생으로, 피부가 굉장히 하얗고 벌꿀색 눈동자에 두꺼운 안경을 썼으며 늘 웃는 것처럼 입꼬리가 올라가 있었다. 치마는 탄 밥솥 바닥처럼 피부가 까맣고 일곱 살 남자애치고는 키가 컸다. 그들은 모두 똑같이 웃었다. 열정적으로 깔깔대고 터져 나오는, 칼칼한 웃음소리.

그들은 아버지에게 인사했다. 아버지가 이그바 크리스마스를 위해 돈을 주자 아마카와 오비오라는 두꺼운 나이라 지폐 뭉치 두 개를 내미는 아버지에게 감사 인사를 했다. 그들의 눈은 공손하게 놀란 표정이었다. 건방진 게 아니라 정말로 돈을 예상치 못했음을 알 수 있었다.

"이 집은 위성 방송 나오지?" 아마카가 내게 물었다. 우리가 서로 인사한 후에 처음 한 말이었다. 그 애의 머리는 짧게 잘라서 앞은 높이 세우고 뒤로 갈수록 활 모양으로 점차 낮아져서 뒤통수에 다다르면 거의 빡빡머리에 가까웠다.

"응."

"CNN 봐도 돼?"

나는 헛기침을 했다. 내가 말을 더듬지 않길 바랐다.

"지금 말고 내일쯤." 아마카가 말을 계속했다. "지금은 욱포 친가에 갈 것 같거든."

"우리는 텔레비전 많이 안 봐." 내가 말했다.

"왜?" 아마카가 물었다. 우리가 열다섯 살 동갑이라는 게 믿어지지 않았다. 아마카가 훨씬 더 나이 들어 보였다. 이페오마 고모와 깜짝 놀랄 만큼 닮아서, 아니면 내 눈을 똑바로 쳐다보는 태도 때문인지도 몰랐다. "질려서 그래? 집집마다 위성 방송이 나오면 다들 그렇게 질릴 수 있을 텐데."

나는 미안하다고, 위성 방송 안 본다고 우리를 싫어하지는 말라고 말하고 싶었다. 에누구나 이곳의 주택들 꼭대기에는 커다란 위성 안테나 접시가 나른하게 올라앉아 있지만 우리는 텔레비전을 보지 않는다고 말하고 싶었다. 아버지가 일과표에 텔레비전 시청 시간을 적어 넣지 않기 때문이었다.

하지만 아마카는 이미 자기 엄마에게로, 구부정하게 앉아서 우리 어머니와 얘기 중인 이페오마 고모에게로 몸을 돌린 뒤였다. "엄마, 욱포에 갈 거면 빨리 가야 돼. 그래야 파파은누쿠 주무시기 전에 돌아오지."

이페오마 고모가 일어섰다. "그래, 은네, 가야겠다."

그들이 다 같이 계단을 내려갈 때 고모는 치마의 손을 잡았다. 아마카가 지나치게 세밀하게 조각된 우리 집 나무 난간을 가리키며 뭐라고 말하자 오비오라가 웃었다. 아마카와 달리 남자애들은 뒤돌아서 내게 작별 인사를 했고 이페오마 고모는 손을 흔들며 이렇게 말했다. "내일 자자랑 같이 보자."

이페오마 고모의 차가 우리 집 마당에 들어섰을 때 우리는 막 아침 식사를 끝낸 참이었다. 위층 식당에 불쑥 들어오는 고모를 보고 나는 당당한 조상(祖上)을 상상했다. 집에서 만든 단지에 물을 떠 오기 위해 몇 킬로미터를 걷고, 아기들이 걷고 말할 수 있을 때까지 키우고, 햇볕에 따뜻해진 숫돌에 간 대도로 전쟁에서 싸우는 조상님. 고모가 들어온 것만으로 방이 꽉 찼다. "자자, 캄빌리, 준비됐니?" 고모가 물었다. "누니에 음, 언니도 같이 갈래요?"

어머니가 고개를 저었다. "오빠는 내가 집에 있는 걸 좋아하잖아요."

"캄빌리, 바지를 입는 게 더 편할 것 같은데." 차를 향해 걸어갈 때 이페오마 고모가 말했다.

"괜찮아요, 고모." 내가 말했다. 그러고 나서 내가 왜 고모에게 말하지 않았을까 생각했다. 내 치마는 전부 무릎 한참 밑에서 끝난다고, 여자가 바지를 입는 것은 죄악이라서 나는 바지가 하나도 없다고.

고모의 푸조 504 스테이션왜건은 흰색이었지만 흙받기는 녹슬어서 기분 나쁜 갈색을 띠었다. 아마카가 앞에 앉았다. 오비오라와 치마는 맨 뒤에 앉았다. 오빠와 나는 가운데 줄에 앉았다. 어머니는 차가 시야에서 사라질 때까지 계속 서서 보고 있었다. 내가 이 사실을 아는 이유는 그때 어머니의 시선을, 존재를 느꼈기 때문이다. 이 차에서는 마치 나사 몇 개가 풀려서 울퉁불퉁한 길의 요철을 지날 때마다 흔들리는 것처럼 덜거덕 소리가 났다. 계기판의 에어컨 통풍구가 있어야 할 자리에 직사각형 구멍이 입을 떡 벌리고 있어서 모든 차창이 열려 있었다. 먼지가 내 입 위를 가로지르고 눈코로 들어갔다.

"지금 파파은누쿠를 태워서 같이 갈 거야." 이페오마 고모가 말했다.

나는 배 속이 움찔하는 것을 느끼고 오빠를 곁눈질했다. 우리 둘의 시선이 부딪쳤다. 아버지한테 뭐라고 말해? 오빠가 시선을 돌렸다. 오빠도 대답을 알지 못했다.

이페오마 고모가 흙담을 두른 마당 앞에서 엔진을 채 끄기도 전에 아마카가 문을 열고 튀어 나갔다. "내가 파파은누쿠 모셔 올게!"

남자애들도 차에서 내려서 아마카를 따라 작은 목문으로 들어갔다.

"너희는 내리고 싶지 않니?" 이페오마 고모가 오빠와 나를 돌아보며 물었다.

나는 시선을 피했다. 오빠도 나만큼이나 가만히 앉아 있었다.

"파파은누쿠네 마당에 들어가기 싫어? 하지만 이틀 전에도 인사드리러 오지 않았었니?" 이페오마 고모가 눈을 크게 뜨고 우리를 빤히 쳐다봤다.

"인사드린 다음에는 여기 오면 안 돼요." 오빠가 말했다.

"그건 또 무슨 억지니, 응?" 하더니 이페오마 고모가 말을 멈췄다. 그 규칙을 우리가 정한 게 아니라는 사실을 떠올렸는지도 몰랐다. "너희 생각에는, 너희가 여기 있는 걸 아버지가 왜 싫어하는 것 같니?"

"모르겠어요." 오빠가 말했다.

내가 혀를 풀기 위해 침을 삼키자 흙먼지 맛이 느껴졌다. "파파은누쿠는 이교도니까요." 내가 이 말을 한 걸 알면 아버지가 자랑스러워할 터였다.

"파파은누쿠는 이교도가 아니야, 캄빌리. 할아버지는 전통주의자란다." 이페오마 고모가 말했다.

나는 고모를 빤히 쳐다봤다. 이교도든 전통주의자든 무슨 상관인가? 파파은누쿠는 가톨릭이 아니었고, 그거면 충분했다. 할아버지는 신자가 아니었다. 할아버지는 영원한 지옥 불에서 고통받지 않도록 개종하라고 우리가 기도하는 사람 중 한 명이었다.

우리가 말없이 앉아 있는데 문이 활짝 열리면서 아마카가 나왔다. 필요할 때 파파은누쿠를 부축하기 위해 가까이서 걷고 있었다. 남자애들은 그 뒤를 따랐다. 파파은누쿠는 헐렁한 날염 셔츠와 무릎까지 오는 카키색 반바지를 입고 있었다. 할아버지가 우리가 찾아갈 때마다 늘 걸치고 있던 낡은 풀치마 이외의 옷을 입은 모습은 여태껏 본 적이 없었다.

"저 반바지 내가 사 드렸어." 이페오마 고모가 웃으며 말했다. "정말 젊어 보이시지 않니? 여든이라고 하면 누가 믿겠어?"

아마카는 파파은누쿠가 조수석에 타도록 도운 다음 우리와 함께 가운데 줄에 앉았다.

"파파은누쿠, 안녕하세요." 오빠와 내가 인사했다.

"캄빌리, 자자, 너희가 도시로 돌아가기 전에 다시 보다니. 에

히에, 내가 곧 조상님들을 뵙게 될 징조로구나."

"은나 아니, 본인이 죽을 날 예언하기 지겹지도 않아요?" 이페오마 고모가 시동을 걸면서 말했다. "새로운 얘기 좀 들려주세요!" 고모는 할아버지를 은나 아니, 우리의 아버지라고 불렀다. 아버지도 예전엔 할아버지를 그렇게 불렀을까, 지금 그들이 대화하게 된다면 뭐라고 부를까 궁금했다.

"할아버지는 금방 죽는다는 얘기 하는 걸 좋아하신다니까." 아마카가 재밌어하는 투의 영어로 말했다. "그래야 우리가 심부름을 해 줄 거라고 생각하시거든."

"금방 죽는 건 맞지. 우리가 지금 할아버지 나이가 됐을 때도 살아 계실 거니까." 오비오라가 똑같이 재밌어하는 투의 영어로 말했다.

"쟤들이 뭐라고 하는 거냐, 그보, 이페오마?" 파파은누쿠가 물었다. "내 금과 많은 땅을 나눠 가지려고 수작하는 거냐? 내가 먼저 갈 때까지 안 기다릴 작정이야?"

"아버지한테 금과 땅이 있었으면 우리가 벌써 옛날에 죽였을 거예요." 이페오마 고모가 말했다.

사촌들이 웃음을 터뜨렸다. 아마카는 오빠와 나를 곁눈질했다. 우리가 왜 웃지 않나 의아했을 것이다. 나는 씩 웃어 보이고 싶었지만 바로 그때 차가 우리 집 앞을 지나갔고 검은 철문과 하얀 벽이 어렴풋이 보이기 시작하자 입술이 굳어 버렸다.

"우리 부족은 최고신 추쿠에게 이렇게 말하지." 파파은누쿠가 말했다. "제게 부와 자식을 주십시오. 하나만 골라야 한다면 자식을 주십시오. 자식이 자라나면 부도 늘어날 테니까." 파파은누쿠는 말을 멈추고 우리 집을 보기 위해 뒤돌아봤다. "네케넴, 날 봐라. 내 아들이 아바 사람이 다 들어갈 수도 있는 저 집의 주인인데도 접시에 담을 음식이 없을 때가 많지. 걔가 선교사들을 따라가게 두는 게 아니었어."

"은나 아니." 이페오마 고모가 말했다. "선교사들 탓이 아니에요. 저는 미션 스쿨 안 나왔나요?"

"너는 여자잖아. 여자는 자식이 아니야."

"에? 자식이 아니라고요? 오빠가 언제 아버지 다리 아프시냐고 물어본 적 있어요? 제가 자식이 아니면 앞으로는 아침에 잘 일어나셨냐고 안 물어볼게요."

파파은누쿠가 빙그레 웃었다. "그러면 내가 조상님 곁에 있게 됐을 때 내 영혼이 너를 따라다니면서 괴롭힐 거다."

"오빠부터 따라다니겠죠."

"농담이다, **느와 음**. 내 **치**가 딸을 점지해 주지 않았으면 내가 지금 어디 있었겠냐?" 파파은누쿠가 말을 멈췄다. "내 영혼은 **추쿠**께 너랑 애들을 돌봐 줄 좋은 남자를 보내 달라고 간청할 거다."

"**추쿠**한테는 저를 빨리 부교수로 승진이나 시켜 달라고 하세요. 제 부탁은 그것뿐이에요." 이페오마 고모가 말했다.

파파은누쿠는 한동안 대답이 없었다. 나는 자동차 라디오에서 흘러나오는 하이라이프 음악[45]과 헐거운 나사의 덜거덕거림과 하마탄 연무가 뒤섞여서 할아버지가 편안히 잠들었나 생각했다.

---

45 20세기 초 가나에서 시작된 재즈 댄스 음악. 아칸족 전통 음악을 기반으로 하나 서양 악기로 연주한다.

"그래도 나는 선교사들이 내 아들을 잘못된 길로 이끌었다고 하겠다." 할아버지가 불쑥 말해서 깜짝 놀랐다.

"그 얘기는 여러 번 들었어요. 다른 얘기 좀 해 보세요." 이페오마 고모가 말했다. 하지만 파파은누쿠는 못 들은 척 계속했다.

"아바에 처음 왔던 선교사가 생각나. 화더 존이라 불리는 자였지. 얼굴이 야자유처럼 빨갰어. 뭐, 백인 땅의 태양은 우리 것처럼 빛나지 않는다고들 하니까. 그에게는 조수가 있었어. 니모 출신의 주드라는 자였지. 오후가 되면 그들은 선교관 **우콰** 나무 밑에 애들을 모아 놓고 자기네 종교를 가르쳤어. 나는 **크파** 거기 함께하지는 않았지만 가끔 뭘 하나 보러 갔지. 어느 날 나는 그들에게 말했어. 당신들이 숭배하는 신은 어디 있소? 그들이 말하길, 자기네 신은 **추쿠**와 같아서 하늘에 있다고 했어. 그래서 내가 물었지. 그러면 살해당한 사람, 선교관 밖 나무에 매달려 있는 사람은 누구요? 그는 그분의 아들이라고. 하지만 아들과 아버지가 동등하다더군. 그때 그 백인이 미쳤다는 걸 알았지. 아버지와 아들이 동등하다고? **투피아!** 모르겠니? 그래서 유진이 나를 무시할 수 있는 거야. 우리가 동등하다고 생각하기 때문에."

사촌들이 빙그레 웃었다. 이페오마 고모도 같이 웃다가 곧 웃음을 멈추고는 파파은누쿠에게 이렇게 말했다. "이제 됐어요. 입다물고 쉬세요. 거의 다 왔는데 애들한테 **음무오**를 설명해 주려면 기운을 아끼셔야죠."

"파파은누쿠, 자리는 불편하지 않으세요?" 아마카가 조수석 뒤를 향해 몸을 기울이며 물었다. "자리가 넓어지게 좌석을 조절할까요?"

"아니, 괜찮다. 난 이제 노인이라 키가 줄어들고 없어. 한창때였으면 이 차에 타지도 못했을 거다. 그때는 손만 뻗어도 **이체쿠** 나무에서 열매를 딸 수 있었지. 나무에 올라갈 필요가 없었어."

"어련하시겠어요." 이페오마 고모가 또 웃으며 말했다. "그때는 손을 뻗으면 하늘에도 닿지 않았어요?"

고모는 너무나 쉽게, 너무나 자주 웃었다. 그 가족 전부가 그랬다. 막내 치마까지도.

우리가 에지이체케에 도착했을 때는 도로에 차들이 꼬리에 꼬리를 물고 서 있었다. 주위를 둘러싼 인파가 너무 빽빽해서 사람 사이에 공간이 전혀 없었고 서로가 서로에게 섞여 들었다. 풀치마가 티셔츠와 섞이고, 바지가 치마와 섞이고, 드레스가 셔츠와 섞였다. 이페오마 고모가 마침내 적당한 데를 찾아 끼어들었다. **음무오** 행렬이 이미 시작된 후라 길게 늘어선 차들이 한 **음무오**가 완전히 지나갈 때까지 기다렸다가 다시 출발하는 일이 잦았다. 행상꾼은 모퉁이마다 있었다. 아카라[46]와 **수야**[47]와 구운 닭 다리가 담긴 유리 용기를 든 장수, 껍질 벗긴 오렌지가 든 쟁반을 든 장수, 월스바나나 아이스크림이 가득 든 욕조만 한 아이스박스를 가진 장수. 활기찬 그림 속 장면이 현실이 된 듯한 모습이었다. 나는 **음무오**를 보러 가 본 적도, 하나같이 **음무오**를 보러 온 수천 명의 행렬과 나란히 서서 움직이지 않는 차 안에 앉아 있어 본 적도 없었다. 몇 년

---

46 강두 반죽을 공 모양으로 빚어 야자유에 튀긴 다음 반으로 갈라 새우와 토마토 등으로 만든 매콤한 페이스트를 발라 먹는 나이지리아의 길거리 음식.

47 나이지리아의 꼬치 요리. 쇠고기, 생선 혹은 닭고기를 양념한 뒤 구워서 만든다.

전 아버지가 운전하는 차를 타고 에지이체케의 인파 앞을 지나간 적이 한 번 있었는데 아버지는 이교도 가장행렬이라는 의식에 참가하는 무식한 사람들에 대해 투덜거렸다. 그리고 **음무오**에 관한 이야기, 그들이 개미구멍에서 기어 나온 영혼이라든가 의자를 달리게 하거나 바구니에 물을 담을 수 있다는 이야기는 전부 불경한 민속일 뿐이라고 말했다. 불경한 민속. 그 말은 아버지의 말투 때문에 위험하게 들렸다.

"이걸 봐라." 파파은누쿠가 말했다. "이건 여자 영혼인데 여자 **음무오**는 해롭지 않아. 축제에서도 큰 **음무오** 옆에는 가지도 않지." 할아버지가 가리킨 **음무오**는 작았다. 나무를 깎아 만든 얼굴은 이목구비가 뾰족하고 예뻤으며 입술은 붉게 칠했다. 그것은 자주 걸음을 멈추고 이리저리 씰룩대며 춤을 춰서 허리에 두른 구슬꿰미가 흔들리고 물결쳤다. 주위의 인파가 환호했고 몇몇은 돈을 던져 줬다. 꼬마 남자애들 ── **오게네**[48]와 **이차카**[49]로 음악을 연주하는 **음무오**들을 따라다니는 ── 이 구겨진 나이라 지폐를 주웠다. 그들이 우리 차 옆을 다 지나가기도 전에 파파은누쿠가 외쳤다. "보지 마! 여자들은 이걸 보면 안 된다!"

이쪽으로 걸어오는 **음무오**가 그것의 걸음에 맞춰 쨍그랑쨍그랑 종을 치는 노인 몇 명에게 둘러싸여 있었다. 그 가면은 눈구멍이 뻥 뚫린, 찡그린 표정을 한 진짜 해골이었다. 이마에는 꿈틀거

---

[48] 이보족 전통 악기. 길쭉하고 납작한 종 두 개가 붙어 있는 형태로, 바깥에서 막대기로 두드린다.

[49] 이보족 전통 악기. 구슬을 꿴 그물을 박에 씌워서 흔들면 딸랑이 같은 소리가 난다.

리는 남생이가 묶여 있었다. 풀로 뒤덮인 몸에는 뱀 한 마리와 죽은 닭 세 마리가 매달려 있어 **음무오**가 걸을 때 흔들렸다. 길 가까이 있던 인파가 겁먹고 재빨리 뒷걸음쳤다. 몇몇 여자는 뒤돌아서 가까운 마당으로 냅다 뛰어들었다.

이페오마 고모는 재밌어하면서도 고개를 돌렸다. "여자들은 보지 마. 할아버지 비위를 맞춰 드리자꾸나." 고모가 영어로 말했다. 아마카는 이미 고개를 돌리고 있었다. 나도 우리 차 주위에서 바글거리는 사람들에게로 시선을 돌렸다. 이교도 가장행렬을 인정하는 것은 죄였다. 하지만 적어도 나는 아주 잠깐만 봤으니까 엄밀히 말해 이교도 가장행렬을 인정한 게 아닐 터였다.

"저게 우리 **아궈나툼베**다." 그 **음무오**가 지나간 다음에 파파은누쿠가 자랑스럽게 말했다. "우리 지역에서 가장 강한 **음무오**라 저것 때문에 모든 이웃 마을이 아바를 두려워하지. 작년 아로 축제에서는 **아궈나툼베**가 지팡이를 들어 올리기만 했는데도 다른 모든 **음무오**가 뒤돌아서 도망쳤단다! 무슨 일이 일어날 때까지 기다리지도 않았지!"

"저기 봐!" 오비오라가 이쪽으로 다가오는 또 다른 **음무오**를 가리켰다. 그것은 공중에 뜬 하얀 천 같았는데 평평했고 우리 에누구 집 마당의 커다란 아보카도 나무보다도 컸다. 그 **음무오**가 지나갈 때 파파은누쿠는 뭐라고 툴툴거렸다. 그것을 보고 있는 것만으로도 으스스했다. 그때 나는 네 다리가 다 같이 땅바닥을 두들기며 달리는 의자, 바구니에 담긴 물, 개미구멍에서 기어 나오는 사람 형태를 한 것들에 대해 생각했다.

"어떻게 저렇게 하는 거예요, 파파은누쿠? 저 안에 사람들이 어떻게 들어간 거예요?" 오빠가 물었다.

"쉿! 이것들은 **음무오**, 영혼이야! 계집애처럼 말하지 마라!" 파파은누쿠가 쏘아붙이더니 고개를 돌려 오빠를 째려봤다.

이페오마 고모가 웃으며 영어로 말했다. "자자, 저 안에 사람이 있다고 말하면 안 돼. 몰랐니?"

"네." 오빠가 말했다.

고모가 오빠를 쳐다보며 말했다. "너는 **이마 음무오** 안 했지? 오비오라는 이 년 전에 제 아빠 고향에서 했단다."

"네, 안 했어요." 오빠가 우물거렸다.

나는 오빠를 보면서 그 눈에 어린 그늘이 수치심일까 생각했다. 불현듯 오빠가 **이마 음무오**, 영계(靈界) 입문 의식을 했더라면 좋았을 텐데 하는 생각이 들었다. 나는 그것에 대해 아는 게 거의 없었다. **이마 음무오**는 성인 남자가 되기 위한 첫 단계였기 때문에 여자들은 아무것도 알아선 안 됐다. 하지만 남자애들이 조롱하는 군중 앞에서 매 맞고 목욕을 해야 한다더라고 오빠가 말해 준 적이 있긴 했다. 아버지가 유일하게 **이마 음무오**에 대해 얘기했을 때는, 자기 아들한테 그걸 시키는 기독교인들은 혼란에 빠진 거라고, 결국 지옥 불에 떨어질 거라고 말했을 때뿐이었다.

잠시 후 우리는 에지이체케를 떠났다. 이페오마 고모는 졸린 파파은누쿠를 먼저 내려 줬다. 할아버지의 멀쩡한 눈은 반쯤 감겨 있었지만 멀어 가는 눈은 뜨여 있었는데 그것을 덮은 얇은 막이 연유색으로, 전보다 더 두꺼워 보였다. 이페오마 고모가 우리 마당에 차를 세우고 애들한테 집 안에 들어가고 싶냐고 묻자 아마카가 자기 동생들도 똑같이 대답하라고 유도하듯 큰 소리로 아니라고 말했다. 이페오마 고모는 우리를 데리고 들어가서 회의 중인 아버지에게 손 흔들어 인사하고 오빠와 나를 꼭 안아 준 다음 떠났다.

　그날 밤 내가 웃고 있는 꿈을 꿨다. 내 웃음소리가 원래 어땠는지는 확실치 않았지만 내 웃음소리처럼 들리지 않았다. 이페오마 고모처럼 깔깔대는, 칼칼하고 열정적인 웃음소리였다.

아버지는 우리를 태우고 성 바오로 성당의 크리스마스 미사에 갔다. 우리 차가 들쭉날쭉한 모양의 성당 부지에 들어섰을 때 이페오마 고모와 애들은 막 스테이션왜건에 올라타던 참이었다. 그들은 아버지가 벤츠를 세울 때까지 기다렸다가 와서 우리에게 인사했다. 이페오마 고모가 이른 미사에 참석하고 가는 길이라며 점심때 보자고 말했다. 빨간 풀치마를 입고 하이힐을 신은 고모는 전보다 더 키도 크고 한층 더 용감무쌍해 보였다. 아마카는 자기 엄마와 똑같이 밝은 빨간색 립스틱을 바르고 있어서, 웃으며 "메리 크리스마스."라고 말할 때 이가 더 하얘 보였다.

나는 미사에 집중하려 했지만 아마카의 립스틱이 계속 생각났고 입술에 색깔을 칠하는 기분은 과연 어떨지 궁금했다. 집중하기가 더 힘들었던 이유는 미사 내내 이보어로만 말한 신부가 강론 시간에 복음 얘기는 안 하고 그 대신 함석과 시멘트 얘기만 했기 때문이었다. "여러분은 제가 함석 살 돈을 꿀꺽했다고 생각하실 겁니다, 오퀴아?" 그가 신도들을 비난하듯 삿대질하며 소리쳤다. "솔직히 여러분 중에 몇 명이나 이 성당에 기부하십니까, 그보? 여러분이 기부를 안 하는데 어떻게 집을 짓겠어요? 함석이랑 시멘트가 겨우 10코보[50] 하는 줄 아십니까?"

아버지는 신부가 다른 얘기, 구유 속 아기 이야기나 양치기들과 베들레헴의 별 이야기를 하길 바랐다. 아버지가 미사 경본을 너무 꽉 쥐고 있는 것, 신도석에서 엉덩이를 자주 달싹이는 것을 보고 알았다. 우리는 맨 앞줄에 앉아 있었다. 성당에 들어섰을 때 하얀 면 원피스를 입고 성모 마리아 패를 목에 건 안내인이 득달같이 달려와서, 중요한 분들을 위해 앞줄을 비워 뒀다고 아버지에게 큰 소리로 다급하게 속삭였기 때문이었다. 아바에서 유일하게 우리 집보다 큰 집을 가진 치프 우메아디가 우리 왼쪽에 앉았고 이궤, 즉 전하가 오른쪽에 앉았다. 평화의 인사 시간에 이궤가 아버지에게 와서 악수를 청하며 말했다. "은노 누, 정식으로 인사할 수 있게 이따가 들르겠네."

미사 후에 우리는 아버지와 함께 성당 옆 다목적 홀에서 열린 모금 행사에 갔다. 새 사제관을 짓기 위한 모금이었다. 이마에 스카프를 질끈 묶은 안내인이 낡은 사제관 사진, 지붕이 새는 곳과 흰개미가 문틀을 갉아 먹은 곳을 애매하게 화살표가 가리키는 사진이 실린 소책자를 나눠 줬다. 아버지는 수표를 써서 안내인에게 건네주며 연설은 하고 싶지 않다고 말했다. 사회자가 아버지의 기부액을 발표하자 신부가 자리에서 일어나 엉덩이를 이쪽저쪽으로

---

50 100코보=1나이라. 현재 환율로 1나이라는 약 3원.

흔들면서 춤을 추기 시작했다. 관중이 일어나 환호하는 소리가 어찌나 컸던지 우기가 끝날 무렵의 우르릉대는 천둥소리 같았다.

"가자." 드디어 사회자가 다음 기부금 소개로 넘어갔을 때 아버지가 말했다. 아버지는 앞장서 출구로 향하면서, 마치 아버지를 만지면 모든 병이 낫기라도 할 것처럼 하얀 튜닉을 잡으려고 뻗은 수많은 손들을 향해 웃으며 손 흔들었다.

우리가 집에 도착했을 때 거실의 모든 소파는 이미 가득 차 있었다. 협탁에 걸터앉은 사람도 몇 있었다. 아버지가 들어서자 남녀 모두가 일어났고 "오멜로라!" 연호가 공기를 채웠다. 아버지는 돌아다니면서 악수하고 포옹하고 "메리 크리스마스."나 "신의 축복을."이라고 말했다. 누가 뒷마당으로 통하는 문을 열어 놓은 탓에 장작이 타며 나는 청회색 연기가 거실 안에 무겁게 드리워서 손님들의 이목구비가 흐릿해 보였다. **우문나** 쪽 아주머니들이 뒷마당의 불 위에서 끓고 있는 커다란 솥에서 수프와 스튜를 떠서 사람들에게 갖다주려고 대접에 담으며 재잘대는 소리도 들렸다.

"이리 와서 **우문나** 아주머니들께 인사드려라." 어머니가 오빠와 나에게 말했다.

우리는 어머니를 따라 뒷마당으로 나갔다. 오빠와 내가 "**은노누**.", 환영한다고 말하자 여자들이 손뼉을 치며 폭소를 터뜨렸다.

그들은 외모가 모두 비슷비슷했다. 몸에 안 맞는 블라우스, 해진 풀치마, 머리에 두른 스카프. 다들 똑같은 함박웃음을 지었고, 똑같은 분필색 치아에, 똑같이 햇볕에 마른 피부는 색깔도 촉감도 땅콩 겉껍질 같았다.

"네케네, 제 아버지 재산 다 물려받을 이 집 아들 좀 봐!" 한 여자가 더 큰 소리로 웃으며 말했다. 그녀의 입은 좁은 터널 모양이었다.

"우리가 같은 피가 흐르는 사이만 아니었어도 내 딸을 너한테 팔았을 텐데." 또 다른 여자가 오빠에게 말했다. 그녀는 불 옆에 도두앉아 삼발이 밑의 장작을 정리하고 있었다. 다른 여자들이 웃음을 터뜨렸다.

"딸은 다 큰 아그보그호네! 좀 있으면 건장한 청년이 우리한테 야자주를 가져오겠어!"[51] 또 다른 여자가 말했다. 그녀의 더러운 풀치마는 제대로 매듭짓지 않아서 그녀가 소고기 튀김 조각이 한무더기 쌓인 쟁반을 들고 걸을 때 한끝이 땅에 끌렸다.

"올라가서 옷 갈아입어라." 어머니가 양팔로 오빠와 내 어깨를 감싸며 말했다. "너희 고모랑 사촌들이 곧 올 거야."

위층 식탁에는 시시가 넓적한 캐러멜색 접시와 빳빳한 세모로 다림질한, 어울리는 색 냅킨으로 여덟 명 자리를 세팅해 놓았다. 내가 아직 나들이옷을 벗고 있을 때 이페오마 고모와 아이들이 도착했다. 고모의 큰 웃음소리가 들리더니 메아리치고 한동안 계속됐다. 그것이 저희 엄마의 웃음소리를 닮은 사촌들의 웃음소리였음은 거실에 들어선 후에야 알았다. 어머니는 여전히 성당 갈 때 입었던, 스팽글이 무겁게 달린 분홍색 풀치마 차림으로 이페오마 고모와 함께 소파에 앉아 있었다. 오빠는 장식장 근처에서 아마카랑 오비오라와 얘기 중이었다. 나는 그들을 향해 걸어가는 동

---

51 이보족 남자는 결혼을 허락받으러 예비 처가에 갈 때 야자주를 가져가는 풍습이 있다.

안 말을 더듬지 않기 위해 숨을 고르기 시작했다.

"저거 전축이지? 음악 안 틀어? 아니면 전축도 싫증 났니?"아마카가 차분한 시선을 오빠에게서 내게로 홱 돌리며 물었다.

"응, 전축 맞아."오빠가 말했다. 오빠는 우리가 전축을 트는 일은 없다고, 그럴 엄두도 내 본 적 없다고, 우리가 듣는 것은 가족 시간에 아버지의 라디오에서 나오는 뉴스뿐이라고 말하지 않았다. 아마카가 전축으로 다가가서 LP판이 든 서랍을 열었다. 오비오라가 가세했다.

"왜 전축을 안 트는지 알겠네. 전부 구린 것만 있잖아!"아마카가 말했다.

"그렇게까지 구리진 않아."오비오라가 LP판을 훑어보며 말했다. 그 애는 콧날 위의 두꺼운 안경을 추켜올리는 버릇이 있었다. 마침내 오비오라가 하나를, 아일랜드 성가대가 부른 「어서 가 경배하세」를 틀었다. 그 애는 전축에 홀린 듯한 표정이었고, 노래가 흘러나오는 동안, 전축을 뚫어져라 쳐다보면 내부의 비밀을 알 수 있는 양 계속 서서 보고 있었다.

치마가 거실에 들어왔다."여기 화장실 너무 좋아, 엄마. 큰 거울도 있고 크림이 유리병에 들어 있어."

"네가 아무것도 안 깼어야 할 텐데."이페오마 고모가 말했다.

"안 깼어."치마가 말했다."텔레비전 켜도 돼?"

"안 돼."이페오마 고모가 말했다."좀 이따 삼촌 오시면 점심 먹을 거야."

시시가 음식과 양념 냄새를 풍기며 들어와서 어머니에게 이궤가 도착했다고, 아버지가 다들 내려와서 인사하란다고 말했다.

어머니는 소파에서 일어나 풀치마를 졸라매고는 이페오마 고모가 앞장서길 기다렸다.

"이궤는 자기 궁전에서 손님을 받기만 하는 줄 알았지, 다른 사람 집에 찾아가기도 하는 줄은 몰랐어." 아래층으로 내려가는 도중에 아마카가 말했다. "너네 아버지가 거물이어서 그런가 봐."

나는 아마카가 "너네 아버지" 대신 '삼촌'이라고 했으면 더 좋았을 거라고 생각했다. 아마카는 그 말을 할 때 나를 쳐다보지도 않았다. 그 애를 보고 있으니 소중한 아맛빛 모래가 손가락 사이로 빠져나가는 것을 무력하게 쳐다보고 있는 듯한 기분이 들었다.

이궤의 궁전은 우리 집에서 몇 분 거리에 있었다. 하지만 몇 년 전에 한 번 갔다 온 뒤로는 다시 간 적이 없었다. 이궤가 개종하긴 했지만 여전히 이교도 친척들이 궁전 안에서 희생제를 올리도록 내버려 둔다고 아버지가 말했기 때문이었다. 궁전에 갔을 때 어머니는 여자들의 전통 방식에 따라, 이궤가 부드러운 짚색 꼬리털 부채로 톡톡 두드릴 수 있도록, 허리를 깊이 숙여서 이궤에게 등을 보였다. 그날 밤 집에 돌아온 후에 아버지는 어머니에게 그것이 죄악이라고 했다. 다른 인간한테 절을 하면 안 됐다. 이궤한테 절하는 것은 불경한 전통이었다. 그래서 며칠 뒤 주교님을 만나러 아우카에 갔을 때 나는 무릎 꿇고 그의 반지에 입 맞추지 않았다. 아버지가 나를 자랑스러워하길 바랐기 때문이다. 하지만 아버지는 차 안에서 내 귀를 잡아당기며 내가 분별력이 없다고 말했다. 주교님은 하느님의 사람이지만 이궤는 전통적인 통치자에 불과하다는 것이었다.

"안녕하세요, 은노." 아래층에 내려갔을 때 나는 이궤에게 이렇게 인사했다. 이궤가 내게 미소 지으며 "우리 딸아, 케두?"라고 말할 때 그의 넓적한 코에서 삐져나온 코털이 파르르 떨렸다.

그들을 위해 비워 둔 작은 응접실에 이궤와 그의 아내와 조수 넷이 있었다. 에어컨이 나오는데도 조수 한 명은 금박 입힌 부채로 이궤에게 부채질하고 있었고 또 다른 조수는 그의 아내에게 부채질하고 있었다. 그 여자는 피부가 노랬고 황금 펜던트와 구슬과 산호로 만든 보석 목걸이를 몇 겹이나 목에 치렁치렁 감고 있었다. 머리에 두른 스카프는 앞부분이 확 솟아오르면서 바나나 잎처럼 넓적해져서 성당에서 그녀 뒤에 앉은 사람은 제단을 보기 위해 일어나야 했으리라고 상상이 됐다.

나는 이페오마 고모가 한쪽 무릎을 꿇고 공경을 표하는 높은 목소리로 "이궤!"라고 말하는 것을, 이궤가 고모의 등을 톡톡 치는 것을 지켜봤다. 그의 튜닉을 뒤덮은 금색 스팽글이 오후의 햇빛을 받아 반짝였다. 아마카는 허리를 깊이 숙여 절했다. 어머니, 오빠, 오비오라는 그의 한 손을 공손하게 두 손으로 감싸면서 악수를 했다. 나는 남들보다 조금 더 문가에 서 있었다. 내가 절해야 할 정도로 이궤에게 가까이 가지 않았다는 것을 아버지가 확실히 보게 하기 위해서였다.

위층에 돌아오자 어머니와 이페오마 고모는 안방으로 들어갔다. 치마와 오비오라는 깔개에 누워 오비오라가 자기 주머니 속에서 발견한 왓 카드[52] 놀이를 했다. 아마카는 오빠가 가져왔다는 책

---

52 하트, 다이아몬드, 클로버, 스페이드로 이루어진 일반 카드와 달리 동그라미, 세모, 네모, 십자가, 별로 이루어진 카드. 가지고 있는 카드를 제일 먼저 다 버

을 보고 싶어 해서 둘이 오빠 방으로 갔다. 나는 소파에 앉아 사촌 동생들이 카드놀이 하는 것을 보고 있었다. 나는 게임 규칙도 몰랐고 왜 중간중간에 둘 중 한 명이 깔깔대면서 "당나귀!"라고 외치는지도 몰랐다. 전축은 멈춰 있었다. 일어나서 복도로 나가 안방 문 앞에 섰다. 안에 들어가서 어머니와 이페오마 고모랑 같이 있고 싶었지만 들어가는 대신 가만히 서서 귀 기울였다. 어머니는 속삭이고 있었다. "공장에 굴러다니는 새 가스통 많아요."를 겨우 알아들었다. 어머니는 아버지한테 가스 좀 달라고 부탁하라고 이페오마 고모를 설득하려 했다.

이페오마 고모도 속삭이고 있었지만 고모가 하는 말은 잘 들렸다. 고모의 속삭임은 꼭 자기 자신 같았다. 크고, 활기차고, 겁없고, 시끄럽고, 허풍스러웠다. "이페디오라가 죽기 전에도 오빠가 저한테 차 사 준다고 했던 거 잊었어요? 하지만 일단 성 요한 기사단에 가입부터 하라고 했잖아요. 오빠는 아마카도 수녀회 학교에 보내길 바랐어요. 저한테는 화장 그만하라고까지 했다니까요! 누니에 음, 저는 새 차도 갖고 싶고, 가스레인지도 다시 쓰고 싶고, 새 냉동고도 갖고 싶고, 돈이 있어서 치마가 키가 크더라도 걔 바짓단을 뜯어서 길이를 늘릴 필요가 없었으면 좋겠어요. 하지만 그런 걸 얻기 위해 오빠한테 사타구니 긁어 줄 테니까 다리 좀 벌려 달라고 부탁하진 않을 거예요."

"이페오마, 만약에⋯⋯." 어머니의 부드러운 목소리가 또 점점 작아졌다.

리는 사람이 이긴다.

"오빠가 왜 이페디오라랑 사이가 안 좋았는 줄 알아요?" 또다시 들리는 이페오마 고모의 속삭임은 아까보다 더 사납고 시끄러웠다. "이페디오라가 오빠 면전에 대고 자기 생각을 말했기 때문이에요. 이페디오라는 진실을 말하는 걸 두려워하지 않았죠. 하지만 오빠는 자기 마음에 안 드는 진실에 대해서는 꼭 싸우려 들잖아요. 우리 아버지는 죽어 가고 있어요, 알겠어요? 죽어 간다고요. 노인네가 사실 날이 얼마나 남았겠어요, **그보**? 그런데 오빠는 아버지를 이 집에 오지도 못하게 하고 인사드리러 가지도 않죠. **오조카**! 오빠는 하느님 행세를 그만둬야 해요. 하느님은 다 큰 어른이니까 당신 일은 당신이 하실 수 있어요. 아버지가 조상님 방식을 따르기로 한 것에 대해 하느님이 벌하실 거라면 오빠가 아니라 하느님이 벌하시게 놔두란 말이에요."

그다음에 **우문나**라는 단어가 얼핏 들렸다. 그리고 이페오마 고모가 칼칼한 소리로 웃더니 이렇게 대답했다. "우리 **우문나** 사람들은, 사실은 아바 사람 전부가, 오빠가 듣고 싶어 하는 말만 한다는 거 알잖아요. 설마 생각이 없어서 그러겠어요? 언니 같으면 자기한테 밥 주는 손의 손가락을 꼬집겠냐고요."

나는 아마카가 말 걸기 전까지, 그 애가 오빠 방에서 나와 내게 걸어오는 소리를 듣지 못했다. 복도가 너무 넓어서 그랬는지도 몰랐다. 그 애는 숨결이 내 목에 닿을 정도로 가까이 다가와서 말했다. "너 뭐 해?"

나는 소스라쳤다. "아무것도 아냐."

아마카는 내 두 눈을 똑바로 보면서 나를 이상하게 쳐다봤다. 그러다 마침내 "너네 아버지가 점심 식사 하러 올라오셨어."라고 말했다.

아버지는 우리가 모두 자리에 앉을 때까지 지켜보고 있다가 기도를 시작했다. 평소보다 조금 길게, 이십 분을 넘긴 후에 마침내 "우리 주 그리스도를 통해."로 마무리 짓자 이페오마 고모가 혼자 튀도록 목소리를 높여서 "아멘."이라고 말했다.

"밥 식으라고 일부러 그런 거야, 오빠?" 고모가 투덜거렸다. 아버지는 못 들은 척 냅킨 펴는 동작을 계속했다.

포크랑 접시가 부딪치는 소리, 국자와 대접이 부딪치는 소리가 식당을 가득 채웠다. 아직 대낮인데도 시시는 커튼을 치고 샹들리에를 켜 뒀다. 노란 전등 빛 때문에 오비오라의 눈이 한층 더 진한 황금색, 다디단 벌꿀색으로 보였다. 에어컨이 켜져 있는데도 나는 더웠다.

아마카는 가까운 시일 내에 다시 밥 먹을 기회가 없는 사람처럼 거의 모든 음식 — 졸로프 밥, 푸푸와 두 가지 수프, 닭튀김과 소고기 튀김, 샐러드와 드레싱 — 을 자기 접시에 쌓아 올렸다. 접시에서 삐져나온 양상추 이파리가 식탁에 닿았다.

"너네 집은 졸로프 밥 먹을 때 항상 포크랑 나이프랑 냅킨 써?" 그 애가 고개를 돌려 나를 쳐다보며 물었다.

나는 밥에서 시선을 떼지 않은 채 고개를 끄덕였다. 그리고 아마카가 계속 낮은 목소리로 말하길 바랐다. 식사 중에 이런 대화를 하는 데는 익숙지 않았다.

"오빠, 애들이 은수카에 오는 거 허락해 줘." 이페오마 고모가 말했다. "우리 집이 저택은 아니지만 적어도 사촌들하고 친해질 수는 있잖아."

"우리 애들은 집 떠나는 걸 싫어해." 아버지가 말했다.

"그거야 집을 떠나 본 적이 없으니까 그렇지. 분명 은수카에 와 보고 싶을걸. 자자, 캄빌리, 안 그렇니?"

나는 접시를 향해 웅얼거리다가 진짜처럼 기침을 하기 시작했다. 마치 기침만 아니었으면 내 입에서 분별력 있는 말이 나왔을 것처럼.

"아버지가 괜찮다고 하시면요." 오빠가 말했다. 아버지가 오빠를 향해 웃어 보였고 나는 내가 그 말을 했더라면 좋았을 텐데 하고 생각했다.

"다음 방학 때 봐서." 아버지가 단호하게 말했다. 그리고 이페오마 고모가 그쯤에서 그만두리라 생각했다.

"오빠, 비코, 애들 우리 집에서 일주일 동안 있게 해 줘. 어차피 개학은 1월 말 돼야 하잖아. 기사 시켜서 은수카까지 태워다 줘."

"응과누, 봐서." 아버지가 말했다. 아버지가 이보어로 말한 건 처음이었고 얼굴을 확 찌푸리는 바람에 눈썹이 맞닿을 지경이었다.

"이페오마가 얼마 전에 교수 파업이 철회됐다는 얘기를 하고 있었어요." 어머니가 말했다.

"은수카는 조금이라도 나아지고 있니?" 아버지가 다시 영어로 돌아와 물었다. "요즘 그 대학은 과거의 영광을 먹고 살고 있지."

이페오마 고모가 눈살을 찌푸렸다. "오빠가 한 번이라도 수화기 들고 전화해서 그렇게 물어본 적 있어, 응? 하루 날 잡아서 수화기 들고 동생한테 전화 걸면 손이 떨어져 나가기라도 하나, 그보?" 각각의 이보어 단어에는 장난치는 듯한 가락이 있었지만 싸늘한 말투 때문에 내 목구멍이 죄어들었다.

"전화했잖아, 이페오마."

"그게 언제 적 얘긴데? 내가 묻잖아, 그게 언제 적 얘기냐고."
이페오마 고모가 포크를 내려놨다. 긴장되는 긴 순간 동안 고모는
가만히 앉아 있었고 아버지도 그만큼 가만히, 우리 모두가 그만큼
가만히 있었다. 한참 만에 어머니가 헛기침을 하더니 아버지에게
주스 병이 비었냐고 물었다.

"그렇네." 아버지가 말했다. "걔한테 주스 좀 더 가져오라고
해."

어머니가 일어나서 시시를 부르러 갔다. 시시가 가져온 긴 병
들은 마치 그 안에 우아한 액체가 들어 있는 듯한 생김새였다. 허
리가 잘록한 것이 꼭 날씬하고 몸매 좋은 여자 같았다. 아버지가
모두에게 주스를 따라 주고 나서 건배를 제안했다. "크리스마스
정신과 하느님의 영광을 위하여."

우리는 합창하듯 아버지의 말을 따라 했다. 오비오라는 문장
끝을 올리는 바람에 질문처럼 되어 버렸다. "하느님의 영광을 위하
여?"

"그리고 우리를 위해, 가족 정신을 위해." 이페오마 고모가 덧
붙이고는 주스를 마셨다.

"이거 삼촌네 공장에서 만드는 거예요?" 아마카가 병에 적힌
글씨를 보려고 눈을 가늘게 뜨며 물었다.

"그래." 아버지가 대답했다.

"좀 지나치게 달아요. 당분을 줄이면 더 좋을 것 같아요." 아
마카의 말투는 어른하고 일상적인 대화를 할 때처럼 공손하고 평
범했다. 나는 아버지가 고개를 끄덕인 건지, 아니면 그냥 음식 씹

다가 고개를 움직인 건지 알 수가 없었다. 또다시 목구멍이 죄어들어서 밥 한 술 삼킬 수가 없었다. 내가 주스 잔을 잡으려다 넘어뜨리자 핏빛 주스가 하얀 레이스 식탁보 위를 기어갔다. 어머니가 얼른 그 위에 냅킨을 놨다. 어머니가 빨개진 냅킨을 집어 들었을 때 나는 계단 위의 핏방울을 떠올렸다.

"아옥페 얘기 들으셨어요, 삼촌?" 아마카가 물었다. "베누에주(州)에 있는 작은 마을인데 거기 성모 마리아가 나타나신대요."

나는 아마카가 어떻게 그러는 건지, 어쩜 그렇게 쉽게 입을 열고 말을 쏟아 내는지가 신기했다.

아버지는 한동안 음식을 씹다가 삼키더니 이렇게 말했다. "그래, 들었다."

"애들 데리고 거기 참배 갈 생각이야." 이페오마 고모가 말했다. "캄빌리랑 자자가 같이 가도 좋고."

아마카가 놀란 표정으로 고개를 홱 쳐들었다. 그리고 뭔가를 말하려다 입을 다물었다.

"뭐, 아직 교회에서 발현의 진위를 확인한 건 아니니까." 아버지가 생각에 잠겨 접시를 쳐다보며 말했다.

"우리 다 죽고 난 후는 돼야 교회에서 공식 발표 할 거 알잖아." 이페오마 고모가 말했다. "교회에서 가짜라고 한다 해도 중요한 건 우리가 왜 가느냐지. 믿음 때문에 가는 거잖아."

이페오마 고모의 말에 아버지는 뜻밖에 기쁜 듯한 표정을 했다. 아버지가 천천히 고개를 끄덕였다. "언제 갈 계획인데?"

"1월 중에, 애들 개학하기 전에."

"알았어. 에누구에 돌아가서 전화할 테니까 자자랑 캄빌리가 하루 이틀 가 있게 약속을 잡자."

"일주일이라고, 오빠, 애들은 일주일 있을 거야. 우리 집에 사람 머리를 먹는 괴물은 없어!" 이페오마 고모가 웃었고, 애들도 똑같이 칼칼한 소리로 웃었다. 그들의 치아가 야자 씨앗의 쪼개진 틈처럼 새하얗게 빛났다. 아마카만이 웃지 않았다.

다음 날은 일요일이었지만 일요일처럼 느껴지지 않았다. 크리스마스 날 성당에 갔었기 때문인지도 몰랐다. 어머니가 내 방에 들어와 나를 살살 흔들며 끌어안자 박하 향 디오더런트 냄새가 났다.

"잘 잤니? 오늘은 아버지가 바로 회의에 가셔야 해서 이른 미사에 갈 거야. **쿠니에.** 욕실로 들어가. 7시 넘었다."

나는 하품을 하며 일어앉았다. 매트리스에, 펼쳐진 공책처럼 넓고 붉은 얼룩이 있었다.

"생리구나." 어머니가 말했다. "생리대 가져왔니?"

"네."

나는 지체하지 않으려고 몸에 물을 묻히는 둥 마는 둥 하고 샤워에서 나왔다. 파란색과 흰색이 섞인 원피스를 고르고 파란 스카프를 머리에 둘렀다. 목 뒤에서 두 번 매듭짓고 남은 머리를 스카프 안에 집어넣었다. 예전에 아버지가 나를 자랑스럽게 껴안고 이마에 입 맞춘 적이 있었다. 베네딕트 신부가 아버지한테 내가 미사 때마다 항상 머리를 제대로 가린다고 말했기 때문이었다. 그는 내가 성당의 다른 여자애들과 다르다고, 그 애들은 성당에서 머리카락을 보이는 것이 불경한 일인 줄 모르는 것처럼 머리카락 일부를 내보인다고 말했다.

방에서 나와 보니 오빠와 어머니는 옷을 차려입고 위층 거실에서 기다리고 있었다. 생리통 때문에 배가 아팠다. 나는 웬 뻐드렁이가 박자에 맞춰 내 위벽을 꽉 물었다 놨다 하는 상상을 했다.

"파나돌 진통제 있어요, 어머니?"

"생리통이 아비아?"

"네. 게다가 빈속이고요."

어머니가 타원형 벽시계를 쳐다봤다. 아버지가 기부하는 자선 단체에서 받은 선물로, 아버지 이름이 금박 양각으로 새겨져 있었다. 7시 37분이었다. 공복재에 따르면 신자는 미사 한 시간 전부터 물이나 약 외엔 아무것도 먹어서는 안 됐다. 우리는 한 번도 공복재를 어긴 적이 없었다. 식탁에는 아침 식사를 위한 찻잔과 콘플레이크 그릇이 나란히 놓여 있었지만 미사를 마치고 돌아올 때까지 식사하지 않을 것이었다.

"얼른 콘플레이크 좀 먹어라." 어머니가 거의 속삭이듯 말했다. "파나돌을 먹으려면 배 속에 뭐가 있어야 돼."

오빠가 식탁 위 박스를 들어 콘플레이크를 그릇에 붓고 티스푼으로 분유와 설탕을 떠 넣은 다음 물을 부었다. 투명한 유리그릇이라 분유가 물에 뭉쳐서 생긴 석회 같은 덩어리가 바닥에 보였다.

"아버지는 지금 손님들이랑 계시니까 올라오실 때 소리가 들릴 거야." 오빠가 말했다.

나는 선 채로 게걸스레 먹기 시작했다. 어머니가 파나돌이 든 알루미늄 판을 주길래 뒷면의 은박지를 구기면서 뜯었다. 오빠가 그릇에 부은 콘플레이크의 양이 그리 많지 않아 거의 다 먹었을 때 문이 열리더니 아버지가 들어왔다.

아버지의 하얀 셔츠는 완벽하게 재단되었음에도 거대한 살덩어리, 불룩한 배를 축소하는 효과는 별로 없었다. 아버지가 내 손에 들린 유리그릇을 빤히 쳐다보는 동안 나는 분유 덩어리 사이를 떠다니는 눅눅한 콘플레이크 몇 조각을 내려다보면서 아버지가 어떻게 소리 없이 계단을 올라왔을까 생각했다.

"뭐 하는 거냐, 캄빌리?"

나는 침을 꿀꺽 삼켰다. "저…… 저…….".

"미사 십 분 전에 음식을 먹고 있는 거냐? 미사 십 분 전에?"

"애 생리가 시작됐는데 생리통이 있어서……." 어머니가 말했다.

오빠가 말허리를 잘랐다. "제가 캄빌리한테 파나돌 먹기 전에 콘플레이크 먹으라고 했어요, 아버지. 제가 부어 줬어요."

"악마가 셋 다한테 심부름해 달라고 한 거야?" 아버지의 입에서 이보어가 튀어나왔다. "악마가 내 집에 텐트를 쳤나?" 아버지가 어머니를 돌아봤다. "당신은 가만 앉아서 애가 공복재 어기는 걸 보고만 있었어, 마카 은디?"

아버지가 천천히 벨트 버클을 풀었다. 몇 겹의 갈색 가죽으로 만든 무거운 벨트에 차분한 색 가죽을 씌운 버클이 달린 것이었다. 그것은 먼저 오빠에게, 어깨를 가로질러 내려앉았다. 그다음에는 두 손을 들어 막는 어머니의 위팔, 성당 갈 때 입는 블라우스의 스팽글 달린 부푼 소매로 싸인 위팔에 내려앉았다. 그리고 내가 그릇을 내려놓는 순간 내 등에 내려앉았다. 나는 때때로 바람에 하얀 젤라바[53]를 다리에 철썩이는 풀라니족 유목민이 회초리로 내는 찰싹찰싹 소리로 소 떼를 몰며 에누구에서 길 건너는 모습을 쳐다보곤 했다. 그들의 회초리 휘두르기는 매번 날쌔고 정확했다. 아버지도 꼭 풀라니족 유목민 같았다. (그들처럼 마르고 키 크진 않았지만) 악마가 이기게 두지 않겠다고 중얼거리면서 어머니와 오빠와 나에게 벨트를 휘두를 때는. 우리는 공중에서 쉭쉭 소리를 내는 가죽 벨트로부터 두 걸음 이상 도망가지 않았다.

그리고 벨트가 멈추자 아버지는 자기 손안의 가죽을 가만히 쳐다봤다. 얼굴은 구겨졌고 눈꺼풀은 축 처졌다. "왜 죄악 속으로 걸어 들어가는 거야?" 아버지가 물었다. "왜 죄악을 좋아하는 거야?"

어머니가 아버지에게서 벨트를 받아 식탁에 놨다.

아버지가 오빠와 나를 확 끌어안았다. "많이 아팠니? 살갗이 터졌니?" 아버지가 우리 얼굴을 살피며 물었다. 나는 등이 욱신거렸지만 아니라고, 아프지 않다고 말했다. 죄악을 좋아하는 것에 대해 얘기하며 고개를 흔드는 아버지는 마치 뭔가에, 떨쳐 낼 수 없는 뭔가에 짓눌린 듯한 모습이었다.

우리는 늦은 미사에 갔다. 하지만 그 전에 아버지까지 포함해, 옷부터 갈아입고 세수를 했다.

우리는 새해 첫날 직후에 아바를 떠났다. **우문나** 아주머니들은 남은 음식을, 어머니가 상했다고 한 밥과 콩까지 싹 다 가져갔

---

53 북아프리카의 남녀 공용 전통 의상. 후드가 달리고 발목까지 내려오는 긴소매 가운이며 면 또는 양털로 만든다.

다. 그리고 아버지 어머니에게 감사하다며 뒷마당 흙바닥에 무릎 꿇고 절을 했다. 문지기는 우리 차가 떠날 때 양손을 머리 위로 들고 흔들었다. 자기 이름은 하루나라고, 떠나기 며칠 전에 오빠와 나에게 가르쳐 줬다. 그리고 P와 F를 바꿔 발음하는, 하우사어 악센트가 강한 영어로 우리에게 말했다. 우리 아버지는 자기가 본 최고의 거물이자 자기가 일해 본 최고의 고용주라고. 너희 아버지가 우리 애들 등록금 내 주신 건 아니? 우리 집사람이 지방 정부 사무실에 우편 배달원으로 취직하도록 도와주신 건 아니? 그런 아버지 밑에 태어나다니 너희는 정말 운이 좋은 거야.

고속 도로에 접어들자 아버지는 묵주 기도를 시작했다. 그렇게 삼십 분도 안 달렸을 때 검문소가 나왔다. 차가 막히는 가운데 평소보다 훨씬 많은 경찰관들이 총을 흔들면서 교통정리를 하고 있었다. 사고 차량은 교통 체증 한가운데 다다라서야 봤다. 한 차가 검문소에서 멈춰 섰는데 다른 차가 뒤에서 들이받은 것이었다. 두 번째 차는 찌그러져서 크기가 반으로 줄었고 피투성이 시체, 청바지 차림의 남자가 길가에 누워 있었다.

"평안히 잠들길." 아버지가 성호를 그으며 말했다.

"보지 마." 어머니가 우리를 돌아보며 말했다.

하지만 오빠와 나는 이미 시체를 보고 있었다. 아버지는 경찰관들에 대해 얘기했다. 운전자들에게 위험한데도 굳이 나무가 우거진 곳에 바리케이드를 친 이유는 여행자들에게서 갈취한 돈을 수풀에 숨기기 위해서라는 것이었다. 하지만 나는 아버지의 말을 제대로 듣고 있지 않았다. 청바지 차림의 남자, 죽은 남자에 대해 생각하고 있었다. 그가 어디로 가는 중이었으며 거기서 뭘 할 계획이었을지 궁금했다.

아버지는 이틀 후에 이페오마 고모에게 전화를 걸었다. 만약 그날 우리가 고해 성사를 하러 가지 않았다면 전화하지 않았을지 도 모른다. 그랬다면 우리는 은수카에 가지 않았을 테고 모든 것이 그대로였을 것이다.

그날은 의무 축일인 주님 공현 대축일[54]이라 아버지가 출근하지 않았다. 우리는 아침 미사에 갔고 보통 의무 축일에는 베네딕트 신부를 따로 만나지 않았지만 이날은 미사 후에 사제관에 갔다. 아버지가 우리가 베네딕트 신부에게 고해 성사 하길 원했기 때문이다. 아바에서는 아버지가 이보어로 고해 성사를 하고 싶어 하지 않았기 때문에 가지 않았다. 게다가 아버지는 아바의 교구 사제가 충분히 영적이지 못하다고 말했다. 우리 국민들은 그게 문제야, 아버지가 우리에게 말했다. 우선순위가 틀렸어. 거대한 교회 건물과 웅장한 조각상에 너무 신경 써. 백인들이 그러는 건 절대 볼 수 없을 거다.

베네딕트 신부의 집에서 어머니와 오빠와 내가 거실에 앉아 관처럼 생긴 낮은 탁자에 진열품 모양 늘어놓인 신문과 잡지를 읽는 동안 아버지는 바로 옆 서재에서 베네딕트 신부와 얘기를 나눴다. 다음 순간 아버지가 나타나더니 우리에게 고해 성사 할 준비를 하라고 일렀다. 본인이 제일 먼저였다. 아버지가 문을 꽉

---

54 1월 2일과 8일 사이의 주일. 동방 박사들이 아기 예수에게 경배하러 왔던 일을 기념하는 날.

닫았는데도 내게는 아버지 목소리가 들렸다. 마치 회전 속도를 높인 자동차 엔진처럼 단어들이 끝없이 부르릉대며 서로 섞여 들었다. 다음 차례는 어머니였다. 문이 빼꼼히 열려 있었지만 목소리는 들리지 않았다. 오빠가 제일 짧게 걸렸다. 오빠는 마치 너무 다급하게 그 방에서 나와야만 했던 것처럼 성호 긋기를 하면서 나왔다. 내가 눈빛으로, 파파은누쿠에게 했던 거짓말 기억하고 있었냐고 묻자 오빠가 고개를 끄덕였다. 나는 책상 하나와 의자 두 개만으로 꽉 찬 방에 들어가서 문이 제대로 닫히는 것까지 확인했다.

"제가 범한 모든 죄를 전능하신 하느님과 신부님께 고백합니다." 내가 의자 끝에 걸터앉으며 말했다. 나는 고해실이, 사제와 고백자를 갈라 놓는 녹색 커튼과 나무 칸막이가 주는 안정감이 간절했다. 무릎 꿇을 수 있으면 좋을 텐데, 그다음에는, 베네딕트 신부의 책상에 있는 서류철로 내 얼굴을 가릴 수 있으면 좋을 텐데 하고 생각했다. 얼굴을 맞대고 하는 고해 성사에 나는 미리 다가온 심판의 날을 떠올렸고 내가 준비되지 않았다는 느낌을 받았다.

"그래, 캄빌리." 베네딕트 신부가 말했다. 그는 의자에 꼿꼿이 앉아서 어깨에 걸친 보라색 영대를 만지작거리고 있었다.

"고해한 지 삼 주 됐습니다." 내가 말했다. 나는 시선을 벽에, 아랫부분에 휘갈긴 서명이 있는 교황님 사진 액자 바로 밑에 고정하고 있었다. "제 죄는 이렇습니다. 거짓말을 두 번 했습니다. 공복재를 한 번 어겼습니다. 묵주 기도 중에 주의가 세 번 흐트러졌습니다. 이 밖에 알아내지 못한 죄도 모두 용서하여 주십시오."

베네딕트 신부가 자세를 고쳐 앉았다. "그럼 계속해 봐라. 고해 성사 때 일부러 뭔가를 감추는 건 성령에 대한 죄인 거 알고 있지?"

"네, 신부님."

"그럼 계속해 봐."

나는 벽에서 시선을 떼어 베네딕트 신부를 흘끗 봤다. 그의 눈은 예전에 본 적 있는, 히비스커스 덤불 근처에서 마당을 기어가던 뱀과 똑같은 녹색이었다. 정원사는 그것이 위험하지 않은 가터뱀이라고 말했다.

"캄빌리, 네 죄를 남김없이 고백해야 된다."

"네, 신부님. 다 말했어요."

"주님께 숨기는 것은 잘못이야. 잠깐 생각할 시간을 주마."

나는 고개를 끄덕이고 다시 벽을 쳐다봤다. 내가 했던 일 중에 베네딕트 신부는 아는데 나는 모르는 게 있나? 아버지가 뭔가 말한 걸까?

"할아버지 댁에 십오 분 넘게 있었어요." 마침내 내가 말했다. "할아버지는 이교도세요."

"우상에게 바쳤던 그곳 음식을 조금이라도 먹었니?"

"아뇨, 신부님."

"이교도 의식에 참여한 적은?"

"없어요, 신부님." 나는 잠시 말을 멈췄다. "하지만 음무오를 봤어요. 가장행렬요."

"그래, 재밌게 봤니?"

나는 벽에 걸린 사진을 올려다보면서 정말로 교황님 본인이 저기에 서명했을까 생각했다. "네, 신부님."

"이교도 의식에서 기쁨을 얻는 것이 잘못이라는 건 너도 알 거다. 1계명[55]을 깨는 것이니 말이야. 이교도 의식은 근거 없는 미신이기 때문에 지옥으로 가는 지름길이란다. 이제 알겠니?"

"네, 신부님."

"보속으로 주기도문을 열 번 외고 성모송은 여섯 번, 사도 신경은 한 번 외워라. 그리고 이교도 풍습을 즐기는 이들은 모두 개종시키도록 네가 의식적으로 노력해야 해."

"네, 신부님."

"좋아, 그럼 통회의 기도를 해라."

내가 통회의 기도를 외는 동안 베네딕트 신부는 사죄경을 중얼거리면서 성호를 그었다.

방에서 나와 보니 아버지 어머니는 여전히 고개를 숙인 채 소파에 앉아 있었다. 나는 오빠 옆에 앉아서 고개를 숙이고 보속을 행했다.

집으로 돌아가는 차 안에서 아버지가 「아베 마리아」 노랫소리 위로 말했다. "이제 나는 완전무결해. 우리 모두 완전무결하지. 하느님이 지금 당장 우리를 부르신다면 우리는 곧장 천국으로 갈 거다. 곧장 천국으로. 연옥의 정화는 필요 없을 거야." 아버지는 눈을 반짝이며 미소 지었고 한 손으로는 부드럽게 박자에 맞춰 핸들을 두드렸다. 그리고 집에 돌아온 직후에, 차를 마시기 전에, 이페오마 고모한테 전화할 때도 여전히 미소를 짓고 있었다.

"베네딕트 신부님과 상의했는데 애들이 아옥페에 참배 가도 된다고 하시는구나. 하지만 지금 거기서 일어나고 있는 일은 교회

---

55   너는 나 외에는 다른 신들을 네게 두지 말라.(출애 20:3)

의 승인을 받지 않았다는 점을 확실히 해야 한다." 침묵. "우리 기사 케빈이 태워다 줄 거야." 침묵. "내일은 너무 빨라. 모레." 긴 침묵. "아, 알았어. 너랑 애들한테 하느님의 축복이 있길."

아버지가 수화기를 내려놓고 우리를 돌아봤다. "내일 떠날 거니까 올라가서 짐을 싸도록 해. 닷새 치 짐이다."

"네, 아버지." 오빠와 내가 동시에 대답했다.

"근데, 아남 아시……" 어머니가 말했다. "이페오마네 집에 빈손으로 보내면 안 될 것 같아요."

어머니가 말을 했다는 사실 자체에 놀란 사람처럼 아버지가 어머니를 빤히 쳐다봤다. "물론 차에 음식 좀 실어 보낼 거야, 참마랑 쌀이랑." 아버지가 말했다.

"이페오마가 은수카에는 가스가 별로 없다더라고요."

"가스?"

"네, 부탄가스요. 지금은 등유 화로를 쓴대요. 당신도 불순물 섞인 등유 때문에 화로가 폭발해서 사람들 죽은 얘기 기억나죠? 그래서 공장에 있는 가스통 한두 개 보내면 어떨까 싶은데."

"당신이랑 이페오마랑 말을 맞춘 거야?"

"크파, 그냥 제안하는 거예요. 결정은 당신 몫이죠."

아버지는 한동안 어머니의 얼굴을 살폈다. "알았어." 아버지가 말했다. 그리고 오빠와 나를 향해 돌아섰다. "올라가서 짐 싸라. 공부 시간 중에 이십 분은 써도 좋아."

우리는 S 자 계단을 천천히 올라갔다. 오빠의 아랫배도 나처럼 부글거리는지 궁금했다. 난생처음 집 아닌 곳에서 아버지 없이 자게 되었기 때문이었다.

"오빠는 은수카에 가고 싶어?" 계단 꼭대기에 다다랐을 때 내가 물었다.

"응." 오빠가 말했고 오빠의 눈이 나도 그렇다는 것을 안다고 말해 주었다. 하지만 나는 오빠한테 아버지의 목소리 없이, 계단을 올라오는 발소리 없이 닷새를 보낸다는 생각에 목이 메어 온다고 눈으로 말할 방법을 찾을 수가 없었다.

다음 날 아침 케빈이 아버지 공장에서 새 가스통 두 개를 가져와서 볼보 트렁크에 쌀과 콩 포대, 참마 몇 개, 파란 플랜틴 몇 송이, 파인애플과 나란히 실었다. 오빠와 나는 히비스커스 덤불 옆에 서서 기다렸다. 정원사가 부겐빌레아를 다듬으면서 평평한 꼭대기 부분에서 반항적으로 튀어나온 꽃들을 손보고 있었다. 그가 플루메리아 밑을 갈퀴질해서 여기저기 만들어 둔 낙엽과 분홍 꽃더미는 외바퀴 손수레를 맞이할 준비가 돼 있었다.

"너희가 은수카에 가 있는 일주일 동안의 일과표다." 아버지가 말했다. 내 손에 욱여넣은 종이는 위층 책상 위에 붙어 있는 일과표와 비슷했다. 다른 점은 아버지가 연필로 "사촌들과의 시간"을 매일 두 시간씩 적어 넣었다는 것이었다.

"이 일과표를 지키지 않아도 되는 유일한 날은 너희 고모랑 아옥페에 갈 때야." 아버지가 말했다. 오빠를 껴안고 나서 나를 껴안을 때 아버지의 손은 떨리고 있었다. "너희 둘이랑 하루 이상 떨어져 지내 본 적이 없는데."

나는 뭐라고 해야 할지 몰랐지만 오빠가 고개를 끄덕이며 말했다. "일주일 후에 봬요."

"케빈, 운전 조심해. 알겠나?" 우리가 차에 탈 때 아버지가 말했다.

"네, 사장님."

"휘발유는 돌아올 때 나인스마일에서 넣고 영수증 꼭 가져오게."

"네, 사장님."

아버지는 우리한테 다시 차에서 내리라고 했다. 우리 둘을 다시 한번 껴안고, 목덜미를 어루만지고, 은수카까지 가는 동안 묵주 기도 열다섯 단을 잊지 말고 다 외라고 했다. 어머니가 우리를 한 번 더 껴안고 나서 우리는 다시 차에 올라탔다.

"아버지가 아직도 손을 흔들고 계셔." 차가 진입로를 빠져나갈 때 오빠가 말했다. 오빠는 머리 위의 백미러를 보고 있었다.

"울고 계셔." 내가 말했다.

"정원사 아저씨도 손을 흔들고 있어." 오빠가 말했다. 나는 오빠가 정말로 내 말을 못 들은 걸까 생각했다. 그리고 주머니에서 묵주를 꺼내어 십자고상에 입 맞춘 다음 기도를 시작했다.

차 타고 달리는 동안 나는 창밖을 내다보면서 길가의 시커멓게 탄 차체를 셌다. 그중 몇 대는 방치된 지 너무 오래돼서 붉은 녹으로 덮여 있었다. 나는 그 안에 있었던 사람들에 대해 생각했다. 사고 직전에, 유리가 박살 나고 차체가 구겨지고 불길이 치솟기 전에 그들의 기분이 어땠을지 궁금했다. 나는 묵주 기도 중 영광의 신비에 전혀 집중하지 못했고 오빠도 그렇다는 것을 알았다. 자기가 새 단을 시작할 차례인데 자꾸 잊어버렸기 때문이다. 사십 분쯤 달렸을 때 길가에 "나이지리아 대학교 은수카 캠퍼스"라고 적힌 표지판이 보이길래 케빈에게 거의 다 왔냐고 물었다.

"아니." 그가 말했다. "좀 더 가야 돼."

오피 근처에서 — 먼지로 뒤덮인 교회와 학교 간판에 "오피"라는 글자가 있었다. — 경찰 검문소가 나타났다. 낡은 타이어와 못이 튀어나온 통나무로 길을 거의 다 막아서 아주 좁은 공간만 남아 있었다. 우리 차가 다가가자 경찰관이 차를 세우라는 손짓을 했다. 케빈이 신음 소리를 냈다. 그리고 속도를 늦추면서 글러브 박스로 손을 뻗어 10나이라 지폐 한 장을 꺼내어 창밖으로, 경찰관을 향해 내밀었다. 경찰관은 미소 띤 얼굴로 엉터리 경례를 하면서 지나가라고 손짓했다. 아버지가 차에 타고 있었다면 케빈은 그러지 않았을 것이다. 경찰관이나 군인이 차를 세우면 아버지는 시간이 아무리 오래 걸려도 온갖 서류를 보여 주고 차를 수색하라고 하는 등 뇌물 주기를 제외한 모든 것을 했다. 우리가 싸우는 대상과 똑같은 짓을 할 수는 없어, 아버지가 우리한테 자주 하는 말이었다.

"여기서부터 은수카야." 몇 분 후 케빈이 말했다. 우리는 시장을 지나가고 있었다. 사람이 바글거리는 길가 가게들의 듬성듬성한 선반에 쌓인 물건이 당장이라도 도로 위로 쏟아질 것만 같았다. 도로는 이미 이중 주차 한 자동차, 머리에 쟁반을 인 행상꾼, 오토바이, 참마를 가득 실은 외바퀴 수레를 미는 소년, 바구니를 든 여자, 깔개에 앉아 위를 올려다보며 손을 흔드는 거지로 가득해서 아주 좁은 부분밖에 남아 있지 않았다. 케빈은 이제 천천히 운전했다. 길 한가운데에 움푹 파인 곳이 자꾸 나타났기 때문에 앞차가 이리저리 꺾는 대로 똑같이 따라갔다. 시장을 벗어나자마자 도로 양쪽 가장자리가 침식으로 유실돼서 길이 좁아지는 곳에 다다랐을 때는 잠시 정차하고 다른 차들이 먼저 지나가게 양보했다.

"대학교에 도착했다." 마침내 그가 말했다.

우리 머리 위로 높이 솟은 거대한 아치에는, 주물이 아니라 금속을 잘라 만든 "나이지리아 대학교 은수카 캠퍼스"라는 검은 글자가 붙어 있었다. 그 아치 밑의 교문은 활짝 열려 있었고 짙은 갈색 제복과 그에 어울리는 색 베레모 차림의 수위들이 지키고 있었다. 케빈이 차를 세우고 창문을 내렸다.

"안녕하세요. 마거리트카트라이트로(路)로 가려면 어떻게 가야 되죠?" 그가 물었다.

가장 가까운 곳에 있던, 얼굴 피부가 구겨진 드레스처럼 쭈글쭈글한 수위가 "안녕하세요?"라고 인사하고는 마거리트카트라이트로는 아주 가깝다고 케빈에게 말했다. 똑바로 가다가 첫 번째 사거리에서 우회전하자마자 좌회전하기만 하면 된다는 것이었다. 케빈은 그에게 고맙다고 하고 차를 출발시켰다. 시금치색 잔디가 도로 가장자리까지 침범해 있었다. 나는 고개를 돌려 잔디밭 가운데 있는 조각상을 쳐다봤다. 그 검은 사자는 뒷다리로 일어서서 꼬리 끝을 하늘을 향해 구부린 채 가슴을 한껏 앞으로 내밀고 있었다. 나랑 같은 것을 보고 있는지도 몰랐던 오빠가 갑자기 조각상 받침대에 새겨진 말을 소리 내어 읽었다. "'인간 존엄성을 회복하기 위하여.'" 그러고는 마치 내가 모른다는 양 "이 학교 교훈이야."라고 덧붙였다.

마거리트카트라이트로 양쪽에는 키 큰 너도밤나무가 심겨 있었다. 나는 우기 폭풍우 때 나무들이 바람에 휘고 서로를 향해 가지를 뻗어서 이 길을 어두운 터널로 만드는 상상을 했다. 진입로가 자갈로 포장되고 앞마당에 "개 조심" 표지판이 있는 이층집이 늘어선 블록은 곧 차 두 대 길이의 진입로가 있는 단층집 블록으로 바뀌었다가 다시 진입로 대신 널찍한 공간이 있는 연립 주택 블록으로 바뀌었다. 케빈은 천천히 운전하면서 이페오마 고모네 번지수를 중얼거렸다. 그러면 더 빨리 찾을 수 있는 것처럼. 고모네 집은 네 번째 블록에 있는 높고 특징 없는 건물로, 외벽의 파란색 페인트가 벗어지고 베란다마다 텔레비전 안테나가 삐죽 나와 있었다. 한 층에 두 집씩 있는 삼 층 건물에서 이페오마 고모네는 1층 왼쪽 집이었다. 앞에 보이는 밝은 색조들의 둥그런 폭발 — 정원 — 에는 가시철조망이 둘려 있었다. 장미와 히비스커스와 나리와 익소라와 파두가 옹기종기 자란 모습이 꼭 손으로 칠한 화환 같았다. 그때 이페오마 고모가 반바지 차림으로 양손을 티셔츠 앞에 닦으면서 나왔다. 무릎의 피부가 새까맸다.

"자자! 캄빌리!" 고모는 우리가 차에서 완전히 내릴 때까지 기다리지 못하고 우리 둘을 껴안으며 한꺼번에 끌어당겨서 품 안에 쏙 들어오게 했다.

"안녕하세요, 사모님." 케빈이 인사하고는 차 뒤로 가서 트렁크를 열었다.

"어머! 어머!" 이페오마 고모가 말했다. "오빠는 우리가 굶는 줄 아는 거야? 쌀까지 보냈어?"

케빈이 미소 지었다. "오가가 인사로 보내는 거라고 하셨습니다, 사모님."

"헤이!" 고모가 트렁크 안을 들여다보더니 소리를 꽥 질렀다. "가스통까지? 아, 누니에 음이 이렇게까지 안 해도 되는데." 그러고는 춤을 추기 시작했다. 두 팔을 노 젓듯 돌리면서 다리를 번갈아 앞으로 뻗어 쿵 하고 땅바닥을 굴렀다.

케빈은 옆에 서서 마치 자기가 이 깜짝 선물을 준비한 양 기쁘게 손을 맞비볐다. 그가 트렁크에서 가스통을 꺼내자 오빠가 그를 도와 집 안까지 옮겼다.

"너희 사촌들은 곧 올 거야. 아마디 신부님 생일 축하하러 갔거든. 우리 가족의 친구이자 여기 예배당 사제이신 분이지. 나는 요리 중이었어. 너희 둘을 위해 닭도 잡았단다!" 이페오마 고모가 웃으면서 나를 잡아당겼다. 고모에게서 육두구 냄새가 났다.

"이걸 다 어디 둘까요, 사모님?" 케빈이 물었다.

"그냥 베란다에 두세요. 아마카랑 오비오라가 나중에 치울 거예요."

이페오마 고모는 거실에 들어갈 때까지도 계속 나를 잡고 있었다. 제일 먼저 눈에 띈 것은 천장이었다. 너무 낮아서 손을 뻗으면 닿을 것만 같았다. 천장이 높아서 바람이 잘 통하고 고요한 우리 집과는 사뭇 달랐다. 등유 연기의 매캐한 냄새가 부엌에서 나는 카레와 육두구 향이랑 뒤섞였다.

"졸로프 밥 타나 봐야겠다!" 이페오마 고모가 부엌으로 뛰어갔다.

나는 갈색 소파에 앉았다. 쿠션 솔기가 해져서 뜯어지고 있었다. 거실에 소파는 그것 하나뿐이었다. 그 옆에는 갈색 쿠션으로 푹신하게 만든 등의자 두 개가 있었다. 거실 탁자도 등나무로 만든 것이었고 그 위에는 기모노를 입고 춤추는 여자들 그림이 있는 동양풍 꽃병이 있었다. 그리고 그 안에는 너무 새빨개서 플라스틱이 아닌가 싶은 길쭉한 장미 세 송이가 꽂혀 있었다.

"은네, 손님처럼 굴지 말고 어서 들어와, 들어와." 이페오마 고모가 부엌에서 나오며 말했다.

나는 고모를 따라 책이 빽빽이 꽂힌 책꽂이가 늘어선 짧은 복도를 걸어갔다. 한 권만 더 얹어도 회색 판자가 주저앉을 것처럼 보였다. 책 한 권 한 권이 깨끗해 보이는 것이, 모든 책을 자주 읽거나 자주 먼지를 터는 게 분명했다.

"여기가 안방이야. 여기서 치마랑 같이 자." 이페오마 고모가 첫 번째 문을 열며 말했다. 문 옆 벽에는 박스와 쌀자루가 잔뜩 쌓여 있고 쟁반에는 엄청나게 큰 분유와 본비타[56] 통이 여러 개 놓여 있었으며 조금 떨어진 책상에는 스탠드와 약병, 책이 있었다. 다른 구석에는 여행 가방이 켜켜이 쌓여 있었다. 이페오마 고모가 안내한 다음 방에는 한쪽 벽에 침대 두 개가 나란히 놓여 있었다. 두 명 이상이 잘 수 있도록 붙여 놓은 모양새였다. 그리고 서랍장 두 개, 거울, 책상과 의자가 어찌어찌 들어가 있었다. 오빠랑 내가 어디서 잘지 궁금하다고 생각한 순간 이페오마 고모가 마치 내 생각을 읽은 것처럼 말했다. "너랑 아마카는 여기서 잘 거야, 은네. 오비오라는 거실에서 자니까 자자는 거기서 같이 자면 되고."

케빈과 오빠가 집 안으로 들어오는 소리가 들렸다.

"물건은 다 옮겼습니다, 사모님. 이제 가 볼게요." 케빈이 말했다. 거실에서 말하고 있었지만 집이 너무 작아서 목소리를 높일 필요가 없었다.

"사장님한테 고맙다고 전해 줘요. 우린 잘 있다고도 하고. 운전 조심해요."

"네, 사모님."

케빈이 가는 것을 보고 있으니 갑자기 가슴이 죄어들었다. 케빈을 쫓아가고 싶었다. 내가 짐을 싸서 다시 차에 탈 때까지 기다

---

56 영국의 캐드버리 사에서 만든 초콜릿 맛 맥아 가루로 우유에 타 먹는다.

리라고 말하고 싶었다.

"은네, 자자, 너희 사촌들이 올 때까지 나랑 부엌에 있자." 이페오마 고모의 말투는 우리의 방문이 완전히 일상인 양, 전에도 몇 번이나 왔었던 양 태평했다. 오빠가 먼저 부엌으로 들어가서 낮은 나무 민걸상에 앉고 나는 문가에 섰다. 고모가 밥물을 개수대에 버리고, 불 위에 있는 고기를 확인하고, 절구에 토마토를 으깨는 동안 내가 부엌 안에 있으면서 길을 막지 않기란 거의 불가능했기 때문이다. 하늘색 부엌 타일은 낡고 귀퉁이가 깨졌지만 잘 닦아서 깨끗했다. 냄비들도 뚜껑이 안 맞아서 한끝이 냄비 안으로 빠졌지만 마찬가지로 깨끗했다. 등유 화로는 창가 나무 탁자에 있었는데 연기 때문에 창문 주위의 벽과 해진 커튼이 검회색으로 변해 있었다. 이페오마 고모는 밥을 다시 화로에 올리고 자색 양파 두 개를 채 썰면서 수다를 떨었다. 청산유수 같은 문장을 늘 칼칼한 웃음소리로 끝맺었다. 고모가 양파 때문에 나는 눈물을 손등으로 닦으려고 자주 손을 들어 올려서 꼭 웃는 동시에 우는 것처럼 보였다.

몇 분 뒤 아이들이 왔다. 그들은 달라 보였다. 파파은누쿠 댁 손님이었던 아바에서가 아닌 그 애들 집에서 보는 것은 처음이었기 때문인지도 몰랐다. 안으로 들어올 때 오비오라가 검은 선글라스를 벗어서 반바지 주머니에 집어넣었다. 그 애가 나를 보고 방긋 웃었다.

"자자 형이랑 캄빌리 누나 왔네!" 치마가 높은 목소리로 외쳤다.

우리는 모두 서로 껴안으며 인사했다. 아주 짧은 포옹이었다. 아마카는 나랑 옆구리가 채 닿기도 전에 몸을 뗐다. 그 애는 립스틱을 바르고 있었는데 지난번과 다른 색이었고 갈색보다는 빨간색에 가까웠다. 원피스는 그 애의 날씬한 몸에 풀 바른 듯 딱 달라붙었다.

"여기까지 오는 거 힘들지 않았어?" 아마카가 오빠를 쳐다보며 물었다.

"응." 오빠가 말했다. "생각보다 오래 걸리지 않더라고."

"아, 에누구는 여기서 그렇게 안 멀어." 아마카가 말했다.

"우리 탄산음료 아직 안 샀어, 엄마." 오비오라가 말했다.

"내가 그것부터 사 놓고 나가라고 했지, **그보**?" 이페오마 고모가 양파채를 뜨거운 기름에 쓸어 넣고 뒷걸음쳤다.

"지금 갈게. 자자 형, 나랑 같이 갈래? 그냥 옆집에 있는 구멍가게에 가는 거야."

"빈 병 가져가는 거 잊지 마라." 이페오마 고모가 말했다.

나는 오빠가 오비오라와 함께 나가는 모습을 쳐다봤다. 얼굴이 보이지 않아서 오빠도 나만큼이나 어리둥절한지 알 수가 없었다.

"난 가서 옷 갈아입을게, 엄마. 플랜틴은 내가 튀길게." 아마카가 돌아서며 말했다.

"은네, 네 사촌 따라가렴." 이페오마 고모가 내게 말했다.

나는 아마카를 따라 방까지 두려운 걸음을 한 발 한 발 내딛었다. 시멘트 바닥은 거칠어서 우리 집의 매끈한 대리석 바닥처럼 발을 미끄러뜨릴 수가 없었다. 아마카는 귀걸이를 빼서 서랍장 위에 놓은 다음 전신 거울에 자기 모습을 비춰 봤다. 나는 침대 끄트머리에 걸터앉아 그 애를 쳐다보면서 내가 자기를 따라왔다는 걸 아마카가 알기는 할까 생각했다.

"넌 분명 에누구에 비해 은수카가 후지다고 생각하겠지." 아마카가 여전히 거울을 보면서 말했다. "그래서 엄마한테 억지로 오게 하지 말라고 했는데."

"난…… 우린…… 오고 싶었어."

아마카가 거울을 향해 설핏 웃었다. 자기한테까지 거짓말할 필요 없다고 말하는 듯한, 동정 어린 미소였다. "은수카에는 잘나가는 데가 없어, 네가 아직 모를까 봐 하는 말이지만. 은수카에는 제네시스도 니케 호수도 없다고."

"응?"

"제네시스랑 니케 호수, 에누구에서 잘나가는 데 말이야. 너는 맨날 갈 거 아냐, 안 그래?"

"아닌데."

아마카가 이상하다는 표정으로 나를 쳐다봤다. "가끔은 가지?"

"난…… 응." 나는 제네시스 레스토랑에는 가 본 적도 없었고 니케 호수 호텔에 딱 한 번 갔던 것은 아버지의 사업 파트너가 거기서 피로연을 열었을 때뿐이었다. 우리는 아버지가 신랑 신부와 사진을 찍고 선물을 전달하자마자 그곳에서 나왔다.

아마카가 빗을 집어서 엉킨 머리끝을 빗었다. 그러다 갑자기 나를 돌아보며 물었다. "너는 왜 목소리를 낮춰?"

"응?"

"말할 때 목소리를 낮추잖아. 속삭인단 말이야."

"아." 내가 말했다. 내 눈은 책, 금 간 거울, 사인펜 같은 물건으로 가득한 책상 위를 보고 있었다.

아마카가 빗을 내려놓더니 원피스를 머리 위로 벗었다. 하얀 레이스 브래지어와 하늘색 팬티 차림의 그 애는 길고 날씬한 갈색 하우사 염소 같았다. 나는 얼른 시선을 돌렸다. 나는 남이 옷 벗는 모습을 본 적이 한 번도 없었다. 다른 사람의 나체를 보는 것은 죄악이었다.

"이건 네 방에 있는 오디오랑은 비교도 안 되겠지만." 아마카가 말하면서 서랍장 밑에 있는 작은 카세트를 가리켰다. 나는 아마카에게 내 방에는 아무런 오디오도 없다고 말하고 싶었지만 내가 오디오가 있다고 하면 그 애가 불쾌해할 만큼, 그런 게 없다는 말을 했을 때 기뻐하리라 확신할 수가 없었다.

아마카는 카세트를 틀고 여러 가지 드럼 소리가 만드는 화음에 고개를 까딱이기 시작했다. "나는 거의 우리 나라 음악만 들어. 문화적 자의식이 있거든. 음악에 진짜 메시지가 있달까. 내가 제일 좋아하는 음악가는 펠라[57]랑 오사데베[58]랑 오니에카[59]야. 아, 너는 당연히 누군지 모르겠지. 너는 다른 십 대들처럼 미국 팝을 좋아할 거 아냐." 아마카는 마치 자기는 십 대가 아닌 것처럼, 십 대가 문화적 자의식이 있는 음악을 듣지 않기 때문에 자기보다 한 수 낮은 유형을 가리키는 말인 것처럼 "십 대"라고 말했다. 그리고

[57] 펠라 쿠티(1938~1997). 나이지리아의 음악가·사회 운동가. 서양 대중음악과 아프리카 음악을 혼합한 아프로비트의 창시자.

[58] 치프 스티븐 오시타 오사데베(1936~2007). 나이지리아의 이보족 하이라이프 음악가.

[59] 오니에카 온웨누(1952~). 나이지리아의 가수·배우·언론인·정치인. 보건, 세계 평화, 여권 신장, 아동 복지 등에 관한 가사를 쓴다.

"문화적 자의식"이라는 말은, 어떤 단어를 배우기 전까지는 자기가 그런 말을 배우게 될 줄도 몰랐던 사람들이 그러듯 의기양양해하며 말했다.

나는 양손을 꽉 마주 잡고 침대 끄트머리에 가만히 앉아서 아마카에게 나는 카세트가 없다고, 팝 뮤직은 장르를 구분할 줄도 모른다고 말하고 싶다는 생각을 했다.

"이거 네가 그린 거야?" 하지만 그 대신 이렇게 물었다. 여자와 아기를 그린 그 수채화는 우리 집 안방에 걸린 성모와 아기 예수의 유화와 아주 비슷했지만 아마카 그림 속의 여자와 아기는 피부가 검다는 점이 달랐다.

"응, 가끔 그려."

"멋있다." 나는 사촌이 사실적인 수채화를 그린다는 사실을 미리 알았더라면 좋았을 거라고 생각했다. 아마카가 마치 내가 분석하고 분류해야 하는 신기한 실험실 동물인 것처럼 계속 쳐다보지 않으면 좋겠다고 생각했다.

"왜 이렇게 오래 걸리니?" 이페오마 고모가 부엌에서 불렀다.

나는 아마카를 따라 다시 부엌으로 가서 그 애가 플랜틴을 썰어서 튀기는 것을 지켜봤다. 잠시 후 오빠와 남동생들이 탄산음료병이 담긴 까만 비닐봉지를 들고 돌아왔다. 이페오마 고모가 오비오라에게 상을 차리라고 말했다. "오늘은 캄빌리랑 자자를 손님 대접 하겠지만 내일부터는 가족이니까 같이 하는 거다." 고모가 말했다.

나무 식탁은 건조한 날씨 탓에 갈라져 있었다. 제일 바깥층이 귀뚜라미가 허물을 벗듯 벗어져서 갈색 조각들이 표면에서 돌돌 말려 일어나고 있었다. 식탁 의자는 짝짝이였다. 네 개는 우리 교실 의자처럼 평범한 나무로 만든 것이었고 나머지 두 개는 검은색에 푹신한 패드가 달려 있었다. 오빠와 나는 나란히 앉았다. 이페오마 고모가 기도를 했고 사촌들이 "아멘."이라고 말한 후에도 나는 계속 눈을 감고 있었다.

"은네, 기도는 끝났어. 우리는 너희 아버지처럼 기도한다면서 미사를 드리지 않는단다." 이페오마 고모가 싱긋 웃으며 말했다.

눈을 떴을 때 마침맞게 나를 보고 있던 아마카와 눈이 마주쳤다.

"매일 이렇게 먹게 캄빌리 누나랑 자자 형이 매일 왔으면 좋겠다. 닭고기랑 탄산음료라니!" 오비오라가 안경을 추켜올리며 말했다.

"엄마! 나 닭 다리 먹을래." 치마가 말했다.

"요새 공장에서 콜라를 전보다 조금 담는 것 같아." 아마카가 자기 콜라 병을 집어서 자세히 들여다보며 말했다.

나는 내 접시에 담긴 졸로프 밥과 튀긴 플랜틴과 닭 다리 반 개를 내려다보면서 집중하려, 음식을 내려보내려 애썼다. 접시도 짝짝이였다. 치마와 오비오라는 플라스틱 접시였고 나머지 사람은 귀여운 꽃무늬나 은줄 따위는 없는 평범한 유리 접시였다. 웃음소리가 내 머리 위를 떠다녔다. 대개 대답을 구하지도 않고 얻지도 못하는 말들이 모두에게서 뿜어져 나왔다. 우리 집에서는, 특히 우리 집 식탁에서는 항상 목적 있는 말만 했지만 사촌들은 그냥 말하고 말하고 또 말하는 것 같았다.

"엄마, **비코**, 닭 모가지 나 줘." 아마카가 말했다.

"저번에는 이제 모가지 먹지 말고 버리라지 않았니, **그보**?" 이페오마 고모가 묻더니 자기 접시에 있던 닭 모가지를 집은 다음 팔을 쭉 뻗어서 아마카의 접시에 놔 줬다.

"우리가 마지막으로 닭 먹은 게 언제지?" 오비오라가 물었다.

"오비오라, 염소처럼 씹지 마!" 이페오마 고모가 말했다.

"염소는 되새김할 때랑 먹을 때랑 씹는 게 달라, 엄마. 어느 쪽을 말하는 거야?"

나는 오비오라가 어떻게 씹는지 보려고 고개를 들었다.

"캄빌리, 음식이 입에 안 맞니?" 이페오마 고모가 이렇게 물어서 깜짝 놀랐다. 그 자리에 내가 없는 것처럼, 그저 아무 때나 누구한테나 아무 말이나 할 수 있는 식탁, 자기가 원하는 만큼 숨 쉴 수 있는 식탁을 내가 관찰 중이라고 느끼고 있었기 때문이다.

"졸로프 밥이 맛있어요, 고모, 감사합니다."

"밥이 마음에 들면 밥을 먹으렴." 이페오마 고모가 말했다.

"자기 집에서 먹던 고급한 밥만큼 맛있진 않은가 보지." 아마카가 말했다.

"아마카, 사촌 괴롭히지 마." 이페오마 고모가 말했다.

나는 그때부터 점심 식사가 끝날 때까지 아무 말도 하지 않았지만 모든 말에 귀 기울였고, 모든 깔깔대는 웃음소리와 농담의 흐름을 좇았다. 대부분의 말은 사촌들이 했고 이페오마 고모는 뒤로 기대앉아 천천히 식사를 하며 그들을 보고 있었다. 고모는 선수들을 잘 훈련시켜 놓고 페널티 박스 옆에 서서 바라보는 것으로 만족하는 축구 감독처럼 보였다.

점심 식사 후에 나는 화장실이 아마카 방 맞은편인 걸 알면서도 아마카에게 볼일은 어디서 보면 되냐고 물었다. 그 애는 내 질문에 짜증 난 듯한 얼굴로 대충 복도 쪽을 가리키면서 "저기 아니면 어디겠니?"라고 물었다.

화장실은 너무 좁아서 두 팔을 뻗으면 양쪽 벽을 동시에 만질 수 있었다. 우리 집처럼 바닥에 깔린 푹신한 깔개나 변좌와 변기 뚜껑에 씌운 털 덮개는 없었다. 그리고 변기 옆에는 빈 플라스틱 양동이가 있었다. 소변본 후에 물을 내리려 했지만 물탱크가 비어 있었다. 레버가 힘없이 내려갔다 올라왔다. 나는 몇 분 동안 그 좁은 공간에 서 있다가 이페오마 고모를 찾으러 갔다. 고모는 부엌에서 비눗물 적신 스펀지로 등유 화로 옆면을 닦고 있었다.

"새로 받은 가스는 아주아주 아껴 쓸 거야." 이페오마 고모가 나를 보더니 웃으며 말했다. "특별 요리를 할 때만 써서 오래오래 써야지. 그러니까 이 등유 화로를 당장 집어넣지는 않을 거란다."

내가 하려는 말이 가스레인지랑 등유 화로와는 너무 거리가 멀어서 잠시 말문이 막혔다. 베란다에서 오비오라의 웃음소리가 들려왔다.

"고모, 변기 물탱크에 물이 없어요."

"소변봤니?"

"네."

"우리 집은 아침에만 물이 나와, **오 디 에구.** 그래서 소변봤을 때는 물을 안 내리고 정말 물을 내려야 할 게 있을 때만 내린단다. 가끔 며칠 동안 물이 안 나올 때는 온 식구가 다 볼일을 볼 때까지 뚜껑을 닫아 놨다가 한 동이 부어서 한꺼번에 내려보내지. 그래야 물이 절약되거든." 이페오마 고모가 슬픈 미소를 짓고 있었다.

"아." 내가 말했다.

이페오마 고모가 말하는 도중에 아마카가 들어왔다. 나는 그 애가 냉장고를 향해 걸어가는 것을 지켜봤다. "물론 너네 집에서는 물탱크의 물을 신선하게 유지하기 위해 한 시간마다 물을 내리겠지만 여기서는 그렇게 안 해." 그 애가 말했다.

"아마카, 오 기니? 말본새가 그게 뭐니!" 이페오마 고모가 말했다.

"잘못했어요." 아마카가 플라스틱 병에서 유리잔으로 찬물을 따르며 중얼거렸다.

나는 등유 연기 때문에 시커메진 벽으로 다가가면서 그 속에 섞여 들어 사라져 버리고 싶다고 생각했다. 아마카한테 사과하고 싶었지만 뭐에 대해 사과해야 할지 몰랐다.

"내일은 캄빌리랑 자자한테 캠퍼스를 구경시켜 줄 거야." 이페오마 고모의 목소리가 너무 차분해서 방금의 격앙된 목소리는 내 상상이었나 생각했다.

"볼 게 뭐 있다고. 지루해할 거야."

그때 전화벨이 큰 소리로 따르릉따르릉 울렸다. 최대한 줄여 놓은 우리 집 벨 소리와는 달랐다. 이페오마 고모가 전화를 받기 위해 안방으로 뛰어갔다. "캄빌리! 자자!" 잠시 후 고모가 외쳤다. 예상대로 아버지 전화였다. 나는 같이 들어가려고 오빠가 베란다에서 들어올 때까지 기다렸다. 전화기 앞에 다다르자 오빠는 뒤에 서서 나더러 먼저 받으라고 손짓했다.

"여보세요, 아버지. 안녕하셨어요." 내가 말했다. 그리고 내가 밥 먹기 전에 기도를 너무 짧게 한 걸 아버지가 눈치챌까 생각했다.

"별일 없니?"

"네, 아버지."

"너희가 없으니 집이 텅 빈 것 같구나."

"아."

"뭐 필요한 건 없고?"

"없어요, 아버지."

"필요한 게 있으면 바로 전화해라, 케빈을 보낼 테니까. 내가 매일 전화하마. 공부랑 기도 하는 것 잊지 말고."

"네, 아버지."

전화 바꿨을 때 어머니의 목소리는 평소의 속삭임보다 크게 느껴졌다. 아니면 전화로 들어서 그런지도 몰랐다. 어머니는 시시가 우리가 없다는 걸 잊어버리고 점심을 사 인분 요리했다고 말했다.

그날 저녁 식사를 하기 위해 오빠와 식탁에 앉았을 때 나는 아버지 어머니가 단둘이 우리 집 거대한 식탁에 앉아 있는 모습을 상상했다. 저녁은 점심때 먹다 남은 밥과 닭고기였다. 음료수는 점심에 산 탄산음료가 이제 없어서 물을 마셨다. 나는 코카-콜라와 환타와 스프라이트가 항상 가득 들어 있는, 우리 집 식료품 저장실의 궤짝을 생각했다가 얼른 그 생각을 씻어 내리려는 양, 물을 꿀꺽꿀꺽 삼켰다. 만약 아마카가 남의 생각을 읽을 수 있다면 내가 방금 한 생각이 마뜩지 않을 터였다. 저녁밥을 먹을 때는 점심때보다 이야기와 웃음소리가 적었다. 텔레비전을 켜 놔서 사촌들이 전부 자기 접시를 들고 거실에 가 있었기 때문이다. 큰 애 둘은 소파와 의자를 내버려 두고 바닥에 앉았지만 치마는 소파에 응

크리고 앉아 무릎에 플라스틱 접시를 올려놓고 있었다. 이페오마 고모가 오빠랑 나한테도, 텔레비전이 잘 보이게 거실에 가서 앉으라고 말했다. 나는 내가 고개를 끄덕여 버리기 전에 오빠가 아니라고, 식탁에 앉아 있어도 괜찮다고 말하길 기다렸다.

이페오마 고모는 우리와 식탁에서 밥을 먹으면서도 자주 텔레비전을 흘끗거렸다.

"왜 방송국들은 하루 종일 이류 멕시코 프로만 틀어 주고 우리 나라 사람들이 가진 잠재력은 무시하나 몰라." 고모가 툴툴거렸다.

"엄마, 제발 밥 먹을 때까지 강의하지 마." 아마카가 말했다.

"멕시코 연속극을 수입하는 게 더 싸니까 그렇지." 오비오라가 텔레비전 화면에서 눈을 떼지 않은 채 말했다.

이페오마 고모가 일어났다. "자자, 캄빌리, 우리는 보통 매일 자기 전에 묵주 기도를 한단다. 물론 기도하고 난 다음에는 텔레비전을 보든 뭘 하든 너희가 깨어 있고 싶은 만큼 깨어 있어도 돼."

오빠가 의자에서 엉덩이를 달싹이더니 주머니에서 일과표를 꺼냈다. "고모, 아버지 일과표에 따르면 저희는 매일 저녁에 공부를 해야 돼요. 책도 가져왔어요."

이페오마 고모가 오빠 손에 쥐어진 종이를 빤히 쳐다봤다. 그러고는 바람 심한 날의 목마황 나무처럼 긴 몸을 푹 꺾더니 비틀거리면서 자지러지게 웃어 대기 시작했다. "아버지가 여기 있을 때 지킬 일과표를 줬다고? 네콰누 아냐, 그게 대체 무슨 소리니?" 이페오마 고모는 조금 더 웃더니 손을 내밀면서 종이를 달라고 했다. 그러고 나서 고모가 나를 돌아보길래 4분의 1로 빳빳하게 접은 내 것을 치마 주머니에서 꺼냈다.

"이건 너희가 돌아갈 때까지 내가 갖고 있을게."

"고모……." 오빠가 입을 떼었다.

"너희가 아버지한테 말 안 하면, 일과표대로 안 한 줄 어떻게 알겠니, **그보**? 너희는 여기 놀러 왔고 여기는 내 집이니까 내 규칙에 따라."

나는 이페오마 고모가 우리의 일과표를 가지고 방으로 걸어 들어가는 것을 바라봤다. 입이 바싹 말랐고 혀가 입천장에 달라붙었다.

"집에서도 매일 지켜야 하는 일과표가 있어?" 아마카가 물었다. 그 애는 의자에 놓여 있던 쿠션 하나로 머리를 받친 채 바닥에 누워 있었다.

"응." 오빠가 말했다.

"재밌네. 그러니까 이제 부자들은 매일매일 뭘 해야 할지도 결정을 못해서 그걸 가르쳐 줄 일과표가 필요하구나."

"누나!" 오비오라가 소리를 꽥 질렀다.

이페오마 고모가 파란 구슬과 금속 십자고상으로 이루어진 커다란 묵주를 들고 나왔다. 제작진 명단이 화면 위에서 내려오기 시작하자 오비오라가 텔레비전을 껐다. 오비오라와 아마카가 묵주를 가지러 방에 간 동안 오빠와 나는 주머니에서 묵주를 꺼냈다. 우리가 등의자 옆에 무릎을 꿇자 이페오마 고모가 묵주 기도의 첫 단을 외기 시작했다. 그런데 마지막 성모송 암송을 마쳤을 때 웬 또랑또랑한 가락이 들리는 바람에 깜짝 놀라 뒤로 넘어갈 뻔했다. 아마카가 노래하고 있었던 것이다!

"카 음 부니에 아파 기 에누······."

이페오마 고모와 오비오라가 합세했고 그들의 목소리가 뒤섞였다. 나와 오빠의 눈이 마주쳤다. 오빠의 젖은 눈에는 수많은 말이 담겨 있었다. 안 돼! 내가 힘껏 눈을 깜빡여서 오빠에게 말했다. 옳지 않았다. 묵주 기도 중에 갑자기 노래를 불러선 안 됐다. 나는 노래하지 않았고, 오빠도 안 했다. 아마카는 한 단이 끝날 때마다 밝은 이보어 노래를 불렀다. 그리고 이페오마 고모는 배 속 깊은 곳에서부터 가사를 뽑아 내는 성악가처럼 왕왕 울리는 목소리로 따라 불렀다.

묵주 기도가 끝난 후에 이페오마 고모가, 아는 노래가 한 곡도 없었냐고 물었다.

"저희 집에서는 노래를 안 불러서요."오빠가 대답했다.

"그래? 우리는 부른단다."이페오마 고모가 말했다. 나는 고모의 눈썹이 아래로 내려간 이유가 짜증이 났기 때문일까 생각했다.

이페오마 고모가 잘 자라고 인사하고 방으로 들어가자 오비오라가 텔레비전을 켰다. 나는 오빠와 나란히 소파에 앉아서 화면에서 움직이는 이미지를 쳐다봤지만 올리브색 피부의 인물들이 누가 누군지 구분할 수가 없었다. 지금 이페오마 고모와 그 가족을 방문하고 있는 것은 내 그림자고 진짜 나는 에누구 집의 내 방, 일과표가 머리 위에 붙어 있는 방에서 공부하고 있는 듯한 기분이 들었다. 나는 잠시 후 자리에서 일어나 방으로 들어가서 잘 준비를 했다. 일과표가 없어도 아버지가 취침 시간을 몇 시로 적었는지 알았기 때문이다. 나는 아마카가 언제 들어올지, 내가 자고 있는 걸 보면 입꼬리를 밑으로 내리며 비웃을지 생각하다 잠이 들었다.

꿈속에서 아마카가 나를 녹갈색 덩어리로 가득 찬 변기에 처박았다. 머리가 먼저 들어간 후 변기가 커지면서 전신이 다 들어갔다. 내가 빠져나가려고 버둥거리는 동안 아마카는 "물을 내려, 내려, 내려."라고 계속 외쳤다. 잠에서 깼을 때도 나는 여전히 버둥거리고 있었다. 아마카는 벌써 침대에서 일어나 잠옷 위에 풀치마를 두르고 매듭짓는 중이었다.

"수돗가에 물 받으러 갈 거야." 그 애가 말했다. 같이 가자는 말은 없었지만 일어나서 풀치마를 묶고 따라나섰다.

오빠와 오비오라는 좁은 뒷마당의 수돗가에 이미 나와 있었다. 낡은 타이어와 자전거 부품과 고장 난 여행 가방이 마당 한구석에 쌓여 있었다. 오비오라는 쏟아지는 물과 입구가 나란하게 물통을 수도꼭지 밑에 늘어놓았다. 첫 번째 통이 가득 차자 오빠가 부엌으로 가져가겠다고 제안했지만 오비오라가 걱정 말라며 들고 갔다. 다음 통을 아마카가 가져가는 동안 오빠는 작은 통을 수도꼭지 밑에 놓고 물을 받았다. 오빠가 말하길, 어젯밤 거실에서 잘 때 오비오라가 돌돌 말려 있던 매트리스를 방문 안쪽에서부터 펼치더니 그 위에 풀치마를 깔더라고 했다. 오빠의 말을 듣는 동안 나는 그 목소리에 담긴 경이감에, 옅어진 눈동자 색깔에 놀랐다. 그다음 통은 내가 들고 가겠다고 했지만 아마카가 웃으며, 나는 뼈가 물러서 못 든다고 말했다.

물 떠 오기를 마치고 나서 우리는 거실에서 아침 기도를 드렸다. 짧은 기도 사이사이에 계속 노래가 끼어들었다. 이페오마 고모는 대학교를 위해, 교수들과 정부를 위해, 나이지리아를 위해 기도하고 마지막으로 우리가 오늘 평안과 웃음을 찾게 해 달라고 기도했다. 성호를 그을 때 나는 고개를 들고 오빠의 얼굴을 찾았다. 오빠도 이페오마 고모와 그 가족이 하고많은 것 중에서 웃음을 달라고 기도한 데에 나처럼 당황했는지 보기 위해서였다.

우리는 번갈아 가며 좁은 욕실에서 목욕을 했다. 뜨거운 코일을 빠뜨려서 한동안 데운 물 반 동이를 사용했다. 티끌 하나 없이 깨끗한 욕조 한구석에 있는 세모난 구멍은 물이 빠질 때 고통스러워하는 남자 같은 신음 소리를 냈다. 나는 집에서 가져온 스펀지와 비누로 ─ 어머니가 내 세면용품을 세심하게 싸 줬다. ─ 비누칠을 했고, 작은 컵으로 물을 떠서 천천히 온몸에 부었는데도 씻기를 마치고 바닥에 깔린 낡은 수건에 올라섰을 때에는 몸이 여전히 미끌미끌하다고 느꼈다.

내가 욕실에서 나왔을 때 이페오마 고모는 식탁에서 물병에 담긴 찬물에 분유 몇 숟갈을 녹이고 있었다. "쟤들이 분유 타게 놔뒀다간 일주일도 못 갈 거야." 이렇게 말하고는 카네이션 표 분유통을 안전한 안방으로 가져갔다. 나는 아마카가 너네 어머니도 저러시냐고 묻지 않길 바랐다. 우리 집에서는 각자 원하는 만큼 피크 표 분유를 마음껏 먹는다고 대답하게 된다면 내가 말을 더듬을 것이었기 때문이다. 아침 식사는 오비오라가 부리나케 나가 근처 어딘가에서 사 온 **옥파**였다. 나는 한 번도 옥파를 식사로 먹어 본 적이 없었다. 아바 가는 길에 가끔 사는, 밤바라땅콩과 야자유로 만든 찐빵은 간식으로만 먹어 봤을 뿐이었다. 나는 아마카와 이페오마 고모가 촉촉한 노란 찐빵을 자르는 모습을 보고 있다가 똑같이 따라 했다. 이페오마 고모가 서두르라고 말했다. 오빠와 나한테 캠퍼스 구경을 시켜 주고 나서 저녁 요리를 시작해도 늦지 않게 돌아오고 싶었기 때문이다. 고모는 아마디 신부를 저녁 식사에 초대한 터였다.

"차에 기름이 충분한 게 확실해, 엄마?" 오비오라가 물었다.

"적어도 캠퍼스 한 바퀴 돌 정도는 돼. 다음 주에는 꼭 기름이 들어오면 좋겠다. 안 그러면 개학했을 때 강의실까지 걸어가야 할 판이야."

"아니면 **오카다**를 타든지." 아마카가 웃으며 말했다.

"이런 식으로 가다간 곧 그렇게 되겠어."

"**오카다**가 뭐야?" 오빠가 물었다. 나는 깜짝 놀라 오빠를 돌아봤다. 오빠가 그런 질문을, 아니, 질문 자체를 하리라고 생각지 않았기 때문이었다.

"오토바이." 오비오라가 말했다. "요즘은 택시보다 많이 타."

차를 향해 걷던 중에 이페오마 고모가 발걸음을 멈추더니 정원수의 누런 잎을 뜯으면서 하마탄이 자신의 나무들을 죽이고 있다고 중얼거렸다.

아마카와 오비오라가 신음 소리를 내며 말했다. "지금 정원 손질하지 마, 엄마."

"저건 히비스커스죠, 고모?" 오빠가 철조망에서 가까운 나무를 쳐다보며 물었다. "보라색 히비스커스가 있는지 몰랐어요."

이페오마 고모가 웃으면서, 아주 진해서 거의 파란색에 가까운 보라색을 띤 꽃을 만졌다. "다들 처음엔 그렇게 반응해. 내 친구 필리파가 식물학 교수인데 여기 살 때 실험을 많이 했단다. 봐, 이

건 하얀 익소라꽃인데 빨간색만큼 활짝 피지 않아."

오빠는 이페오마 고모 옆으로 갔고, 우리는 뒤에서 그들을 쳐
다보며 서 있었다.

"오 마카, 정말 예뻐요." 오빠가 말했다. 오빠는 손가락으로 꽃
잎을 쓰다듬고 있었다. 이페오마 고모의 웃음소리가 몇 음절 더
길어졌다.

"그래, 맞아. 철조망을 친 이유도 옆집 애들이 자꾸 들어와서
희귀한 꽃을 너무 많이 따 가서 그런 거야. 지금은 우리 성당이나
개신교 교회에서 심부름 온 여자애들만 들어오게 하지."

"엄마, 오 주고. 가자." 아마카가 말했다. 하지만 이페오마 고모
가 조금 더 오빠에게 꽃구경을 시켜 준 뒤에야 우리는 스테이션왜
건으로 우르르 몰려갔고 고모는 차를 출발시켰다. 다음에 접어든
길이 가파르자 고모는 엔진을 끄고 차가 저절로 굴러가게 했다.
헐거운 나사가 덜그럭거렸다. "기름 아끼려고." 고모가 오빠와 나
를 살짝 돌아보며 말했다.

우리가 지나친 집들에는 해바라기 울타리가 있었는데 야자만
한 꽃들이 커다랗고 노란 물방울무늬처럼 군데군데 박혀 있어 녹
색 잎들까지 환하게 느껴졌다. 그리고 울타리에 숭숭 뚫린 커다란
구멍으로 뒷마당이 들여다보였다. 페인트칠하지 않은 시멘트 벽
돌 위에 놓인 금속 물탱크. 구아바 나무에 매달린, 폐타이어로 만
든 그네. 나무 사이에 매어 놓은 빨랫줄에 널린 옷들. 그 블록 끝에
서 길이 평평해졌기 때문에 이페오마 고모가 다시 시동을 걸었다.

"저기가 부설 초등학교야." 고모가 말했다. "치마가 다니는 데
지. 옛날에는 훨씬 좋았는데 지금은 비늘판 빠진 창문 좀 보렴. 저

더러운 건물들 좀 봐."

　잘 다듬은 목마황 나무 울타리로 둘러싸인 널찍한 운동장에는 무계획하게 제멋대로 자라난 것만 같은 길쭉한 건물들이 들어차 있었다. 이페오마 고모가 학교 옆 건물을 가리켰다. 고모의 연구실이 있고 대부분의 수업을 하는 아프리카학 연구소였다. 그 건물이 낡았다는 사실은 건물 색깔과 몇 겹의 하마탄 먼지로 뒤덮여서 다시는 반짝이지 않을 것 같은 창문으로 알 수 있었다. 이페오마 고모가 로터리를 통과했다. 그 가운데에는 분홍색 일일초가 심겨 있고 그 주위에 검은색과 흰색을 번갈아 칠한 벽돌이 둘려 있었다. 도로 바깥쪽으로 초록색 침대보처럼 펼쳐진 풀밭에는 건조한 바람에 대항하여 제 색을 지키려 애쓰는 누런 잎이 달린 망고 나무가 점점이 있었다.

　"저기가 우리 바자회를 여는 풀밭이야." 이페오마 고모가 말했다. "그리고 저쪽에 있는 건 여자 기숙사들. 메리 슬레서[60] 홀도 있고, 저쪽에 있는 건 옥파라[61] 홀이고, 이건 제일 유명한 벨로[62] 홀이야. 아마카가 대학 들어가서 사상운동을 시작하면 꼭 저기서 살

60　1848~1915. 스코틀랜드 출신 선교사. 이십 대 후반부터 나이지리아에 살면서 원주민 언어를 배워 선교와 교육에 힘썼다. 쌍둥이 영아 살해 풍습을 철폐한 것으로 가장 유명하다.

61　마이클 옥파라(1920~1984). 나이지리아의 의사·정치인. 나이지리아 카메룬인 협의회 당수와 동나이지리아 수상을 역임했으며 나이지리아 훈장 중 두 번째로 높은 GCON을 받았다.

62　아마두 벨로(1910~1966). 나이지리아의 정치인. 북나이지리아 수상을 역임했으며 북부인 회의 당수로서 나이지리아 카메룬인 협의회와 연합하여 나이지리아 독립을 이끌어 냈다.

거라고 맹세한 곳이지."

아마카는 웃었지만 이페오마 고모의 말에 반박하진 않았다.

"너희 둘 다 저기서 살게 될지도 모르겠구나, 캄빌리."

나는 뻣뻣하게 고개를 끄덕였지만 그 모습을 이페오마 고모
는 볼 수 없었다. 나는 한 번도 대학에 대해, 어느 학교에 가고 무
엇을 전공할지에 대해 생각해 본 적이 없었다. 때가 되면 아버지
가 결정할 것이었기 때문이다.

이페오마 고모가 우회전을 하다가 홀치기염색 한 셔츠를 입
고 모퉁이에 서 있는 대머리 남자 둘에게 경적을 울리더니 손을
흔들었다. 그다음에는 또다시 엔진을 끄고 차가 돌진하게 내버려
뒀다. 길 양옆에 너도밤나무와 인도멀구슬나무가 굳건히 서 있었
다. 인도멀구슬나무 잎의 톡 쏘는 향기가 차 안을 채우자 아마카
는 깊은숨을 들이마시면서 그것이 말라리아 치료제라고 말했다.
이제 사택 단지에 접어들어 장미 덤불과 누런 잔디밭과 과일나무
가 있는 널찍한 마당이 딸린 단층집들을 지나쳤다. 거리에서 포장
도로의 매끄러움과 잘 다듬어진 산울타리가 점차 사라지면서 집
들이 낮고 좁아졌다. 현관문이 서로 너무 가까워서 한 집 문 앞에
서서 손을 뻗으면 옆집 문에 닿을 정도였다. 이곳은 울타리가 있
는 척하지 않았다. 구분이나 사생활이 존재하는 척하지 않았다.
그저 듬성듬성 자라난 키 작은 관목과 캐슈 나무 사이에 낮은 건
물들이 다닥다닥 붙어 있을 뿐이었다. 여기는 사무원들과 운전기
사들이 사는 구역이라고 이페오마 고모가 설명했고 거기에 아마
카가 덧붙였다. "여기 살 만큼 운이 좋다면 말이지."

그 건물들을 지나자마자 이페오마 고모가 오른쪽을 가리키며

말했다. "저쪽에 오딤 언덕이 있어. 꼭대기 전망이 정말 끝내줘서 거기에 서면 하느님이 언덕과 계곡을 어떻게 만들어 놓으셨는지 볼 수 있단다, 에지 오쿠."

고모가 유턴해서 왔던 길을 되돌아갈 때 나는 몽상에 빠져 하느님이 크고 하얀 손, 베네딕트 신부처럼 손톱 밑에 초승달 모양 속손톱이 있는 손으로 은수카의 언덕들을 늘어놓는 것을 상상했다. 우리는 공대 교수 사택을 둘러싼 굵직한 나무들을 지나치고 여자 기숙사를 둘러싼, 망고 나무로 가득한 널찍한 풀밭을 지나쳤다. 집 앞에 거의 다 오자 이페오마 고모가 핸들을 반대 방향으로 꺾었다. 우리한테 마거리트카트라이트로의 반대쪽 — 정교수들이 사는 곳 — 자갈 깔린 진입로로 둘러싸인 이층집들이 있는 곳을 보여 주고 싶었기 때문이다.

"이 집들을 처음 지을 때 일부 백인 교수들이 — 그때는 모든 교수가 백인이었어. — 굴뚝이랑 벽난로를 설치해 달라고 했었대." 이페오마 고모가 말하며 웃었다. 어머니가 주술사를 찾아가는 사람들 얘기를 할 때 짓는 것과 같은 유의 너그러운 웃음이었다. 그러고는 부총장 사택을, 그 집을 둘러싼 높은 담장을 가리키면서, 예전에는 벚나무랑 익소라 떨기나무로 이루어진 잘 다듬은 산울타리가 있었는데 시위하던 학생들이 울타리를 넘어가서 차에 불을 지른 후로 저렇게 바뀌었다고 말했다.

"뭣 때문에 시위를 했는데요?" 오빠가 물었다.

"전기랑 물." 오비오라의 말에 나는 그 애를 쳐다봤다.

"한 달째 전기랑 물이 끊긴 상태였어." 이페오마 고모가 덧붙였다. "학생들이 공부를 할 수 없으니 시험을 연기해 달라고 했는데 거절당했지."

"흉측한 담장이야." 아마카가 영어로 말했고 나는 아마카가 혹시 우리 에누구 집에 오게 된다면 담장을 보고 어떻게 생각할까 궁금했다. 부총장네 담은 그렇게 높지는 않아서 녹황색 잎이 우거진 나무들 밑에 자리 잡은 널찍한 이층집이 보였다. "담장을 세우는 건 어차피 미봉책일 뿐이야." 아마카가 말을 계속했다. "내가 부총장이라면 학생들은 시위하지 않을 거야. 물과 전기가 있을 테니까."

"아부자의 어떤 거물이 돈을 훔쳤으면 부총장이 은수카를 위해 돈을 토해 내야 돼?" 오비오라가 물었다. 나는 고개를 돌려 그 애를 빤히 쳐다보면서 열네 살 때 나의 모습을, 지금 나의 모습을 상상했다.

"나는 지금 당장 누가 날 위해 돈을 토해 내도 상관없는데." 이페오마 고모가 말하더니 축구팀을 보며 뿌듯해하는 감독처럼 웃었다. "시장에 괜찮은 값의 **우베**[63]가 있나 보러 시내에 갈 거야. 아마디 신부님이 **우베**를 좋아하시고 집에 같이 먹을 옥수수가 좀 있으니까."

"기름이 될까, 엄마?" 오비오라가 물었다.

"**아마롬**, 한번 해 보지 뭐."

이페오마 고모가 대학교 정문으로 이어지는 길에서 차가 굴러 내려가게 했다. 뽐내는 사자상 앞을 지날 때 오빠는 그쪽을 돌아보며 소리 없이 입술을 움직였다. 인간 존엄성을 회복하기 위하여.

---

63 아보카도 비슷한 과일. 보통 구운 옥수수와 같이 먹는다.

오비오라도 현판을 읽고 있었다. 그 애가 짧게 키득거리더니 물었다. "근데 언제 인간이 존엄성을 잃었어?"

교문을 통과한 후에 이페오마 고모가 다시 시동을 걸었다. 그런데 차가 시동은 안 걸리고 부르르 떨기만 하자 고모는 "성모님, 제발, 지금은 안 돼요."라고 중얼거리며 다시 한번 시도했다. 자동차는 징징대기만 했다. 누가 뒤에서 경적을 울리길래 고개를 돌리니 노란 푸조 504에 탄 여자가 보였다. 그녀가 차에서 내려 우리를 향해 걸어왔다. 치마바지가 찰싹찰싹 때리는 종아리가 고구마처럼 울퉁불퉁했다.

"제 차도 어제 이스턴 숍 슈퍼 근처에서 멈췄었어요." 여자는 이페오마 고모 쪽 차창 앞에서 정신없이 꼬불거리게 파마한 머리를 바람에 휘날리며 서 있었다. "나 시장 가라고 오늘 아침에 우리 아들이 남편 차에서 1리터 뽑아서 넣어 줬다니까요. 오 디 에구. 기름이 빨리 와야 할 텐데요."

"기다려 보죠. 식구들은 잘 지내요?" 이페오마 고모가 물었다.

"우린 잘 있어요. 그럼 잘 가요."

"내려서 밀자." 오비오라가 차 문부터 열면서 제안했다.

"잠깐만." 이페오마 고모가 다시 한번 열쇠를 돌리자 차가 부르르 떨더니 시동이 걸렸다. 고모는 다시 속도가 낮아져서 차가 서는 상황은 만들지 않겠다는 듯 끼익 소리가 나게 액셀을 밟았다.

우리는 길가의 우베 행상인 옆에 차를 갖다 댔다. 그녀의 푸르스름한 과일은 법랑 쟁반에 피라미드형으로 쌓여 있었다. 이페오마 고모가 지갑에서 꼬깃꼬깃한 지폐 몇 장을 꺼내 아마카에게 줬다. 아마카는 한동안 장사꾼과 흥정을 하더니 미소를 지으면서 자기가 원하는 피라미드를 가리켰다. 저런 일을 하는 건 어떤 기분일지 궁금했다.

집에 돌아온 후 오빠가 오비오라와 윗집 애들이랑 축구를 하러 나간 동안 나는 부엌에 있는 이페오마 고모와 아마카에게 갔다. 이페오마 고모가 우리 집에서 가져온 커다란 참마 하나를 꺼냈다. 아마카는 참마를 썰기 위해 바닥에 신문지를 깔았다. 무거운 참마를 조리대까지 들어 올리는 것보다 바닥에서 써는 편이 쉬웠기 때문이다. 아마카가 숭덩숭덩 썬 참마를 플라스틱 볼에 담았을 때 나도 껍질 벗기는 걸 돕겠다고 하자 아마카가 말없이 칼을 건네줬다.

"너도 아마디 신부님을 좋아하게 될 거다, 캄빌리." 이페오마 고모가 말했다. "우리 예배당에 새로 오신 신부님인데 벌써 캠퍼스 사람 모두한테 인기 폭발이야. 식사 초대를 안 한 집이 없단다."

"그래도 우리 집이랑 제일 친하실걸." 아마카가 말했다.

이페오마 고모가 웃었다. "신부님 얘기만 나오면 아마카는 팔소매를 걷어붙인다니까."

"너 참마 속살을 다 썰어 버리고 있잖아, 캄빌리." 아마카가 쏘아붙였다. "하! 하! 너네 집에서는 참마 껍질을 그렇게 벗기니?"

나는 놀라서 움찔하다 칼을 놓쳤다. 칼은 내 발 바로 옆에 떨어졌다. "미안해." 이렇게 말하면서도 내가 칼을 떨어뜨려서 미안한 건지 참마 껍질을 너무 두껍게 벗겨서 미안한 건지 확신이 서지 않았다.

이페오마 고모가 우리를 쳐다보고 있었다. "아마카, **응과**, 어떻게 벗기는 건지 캄빌리한테 가르쳐 줘."

아마카는 입꼬리를 내리고 눈썹을 치켜세운 채, 참마 껍질을 제대로 벗기는 방법을 가르쳐 줘야 아는 사람이 존재한다는 것을 믿을 수 없다는 듯이 자기 엄마를 쳐다봤다. 그 애는 칼을 집어 들고 갈색 껍질만 벗겨지게끔 참마 조각을 깎았다. 나는 그 손의 정확한 움직임과 점점 길어지는 껍질을 보면서 사과할 수 있다면, 나도 제대로 할 줄 알았더라면 좋았을 텐데 하고 생각했다. 아마카가 너무 잘해서 껍질이 끊기지 않고 하나로 이어진, 흙 묻은 나선형 리본이 됐다.

"네 일과표에 넣어야 할지도 모르겠네, 참마 껍질 벗기는 법 배우기를." 아마카가 투덜거렸다.

"아마카!" 이페오마 고모가 꽥 소리쳤다. "캄빌리, 바깥 물탱크에 가서 물 좀 떠 오렴."

나는 이페오마 고모한테, 부엌과 아마카의 찡그린 얼굴로부터 벗어나게 해 준 데 대해 고마움을 느끼며 양동이를 집어 들었다. 아마카는 그때부터 오후 내내 거의 말이 없었다. 그리고 마침내 아마디 신부가 흙내 같은 향수 냄새를 훅 끼치며 도착했다. 치마가 폴짝 뛰어올라 신부에게 매달렸다. 오비오라는 그와 악수를 했다. 이페오마 고모와 아마카는 짧게 포옹했다. 그러고 나서 고모가 오빠와 나를 소개했다.

"안녕하세요."라고 한 뒤에 나는 덧붙였다. "신부님." 이 소년 같은 사내 — 목 단추를 푼 티셔츠와 물이 너무 빠져서 원래 검은 색이었는지 남청색이었는지 알 수 없는 청바지를 입은 — 를 신부님이라 부르는 것은 거의 신성 모독처럼 느껴졌다.

"캄빌리, 자자." 그가 전에도 우리를 만난 적 있는 사람처럼 말했다. "은수카를 처음으로 방문한 소감이 어떠니?"

"끔찍하게 싫대요." 아마카가 말했고 나는 곧바로, 그러지 말지 하고 생각했다.

"은수카에도 그 나름의 매력이 있단다." 아마디 신부가 미소 지으며 말했다. 그는 가수의 목소리를 가지고 있었다. 그 목소리가 내 귀에 가져온 효과는, 어머니가 내 머리카락에 바른 페어스 표 베이비오일이 두피에 가져오는 효과와 똑같았다. 저녁 식사 때 나는 그의 영어 섞인 이보어 문장들을 완전히 이해하지 못했다. 내 귀가 말뜻이 아니라 말소리를 좇았기 때문이다. 그는 참마와 채소를 씹으면서 고개를 끄덕였고, 입에 든 음식을 삼키고 나서 물을 홀짝이기 전까지는 말을 하지 않았다. 이페오마 고모의 집이 자기 집인 양 편안해했다. 어느 의자에 못이 튀어나왔는지 알았고 남의 옷에서 실밥을 떼어 줄 수 있었다. "그 못은 내가 저번에 박아 넣은 줄 알았는데." 그가 이렇게 말하더니 오비오라와는 축구 얘기를, 아마카와는 정부가 얼마 전에 구속한 기자 얘기를, 이페오마 고모와는 가톨릭 여성 단체 얘기를, 치마와는 이웃집 비디오 게임 얘기를 했다.

사촌들은 어제만큼이나 재잘댔지만 아마디 신부가 먼저 무슨 말을 할 때까지 기다렸다가 거기에 달려들듯 대답을 쏟아 냈다. 나는 아버지가 봉헌 행렬[64]을 위해 가끔 사는 살찐 닭을 생각했다. 우리가 영성체 포도주와 참마와 가끔 바치는 염소와 함께 제단에

---

[64] 성찬식 절차 중 하나로 예물이나 헌금을 줄지어 제단에 바치는 행위.

가져가는, 일요일 아침이 될 때까지 뒷마당에서 뛰놀게 놔두는 닭을. 그 닭들은 시시가 던져 주는 빵 조각을 향해 앞뒤 안 가리고 미친 듯이 몰려들었다. 사촌들이 아마디 신부의 말을 향해 덤벼드는 모습도 그와 같았다.

아마디 신부는 오빠와 나도 대화에 끼워 주려고 우리에게 질문을 했다. 그 질문이 우리 둘 다한테 한 것임을 알았던 이유는 그가 이인칭 단수인 **기** 대신 복수인 **우누**를 사용했기 때문이었다. 하지만 나는 오빠가 먼저 대답한 데 고마움을 느끼며 아무 말도 하지 않았다. 그는 우리에게 어느 학교에 다니냐고, 어떤 과목을 좋아하냐고, 할 줄 아는 운동이 있냐고 물었다. 에누구에서는 어느 성당에 다니냐는 질문에 오빠가 대답을 했다.

"성 아녜스? 거기서 미사 진행한 적이 한 번 있는데." 아마디 신부가 말했다.

그때 기억났다. 강론 도중에 갑자기 노래를 부르기 시작했던, 아버지가 그런 사람들이 교회에 문제를 일으키니까 우리가 그를 위해 기도해야 한다고 말했던 젊은 방문 신부가. 그 무렵 몇 달 동안 여러 방문 신부가 다녀갔지만 나는 그가 아마디 신부임을 알았다. 그냥 알았다. 그리고 그가 불렀던 노래도 기억했다.

"그랬어요?" 이페오마 고모가 물었다. "우리 오빠 유진이 거의 혼자서 그 성당을 먹여 살리잖아요. 아름다운 성당이죠."

"**첼루콰**, 잠깐만요. 오빠분이 유진 아치케 씨세요? 《스탠더드》 발행인요?"

"네, 유진이 우리 오빠예요. 전에 얘기한 줄 알았는데." 이페오마 고모가 미소 지었지만 얼굴이 별로 환해지지는 않았다.

"에지 오쿠? 몰랐어요." 아마디 신부가 고개를 흔들었다. "편집부의 결정에 깊이 관여하신다고 들었어요. 요즘 용감하게 진실을 말하는 신문은 《스탠더드》뿐이죠."

"그래요." 이페오마 고모가 말했다. "그리고 오빠한테는 훌륭한 편집장 아데 코커가 있죠. 영영 감옥에 갇히기 전까지 얼마나 더 버틸 수 있을지 모르겠지만. 오빠 돈으로도 모든 걸 살 수는 없을 테니까요."

"《앰네스티 월드》에서 오빠분한테 상을 준다고 어디서 읽었어요." 아마디 신부가 말했다. 그는 천천히, 감탄하듯 고개를 주억거렸고 나는 자랑스러움으로, 아버지와 연관되고 싶다는 욕망으로 온몸이 뜨거워지는 것을 느꼈다. 뭔가를, 아버지가 이페오마 고모의 오빠이자 《스탠더드》 발행인일 뿐만 아니라 우리 아버지이기도 하다는 사실을 상기시킬 수 있는 뭔가를 이 잘생긴 신부에게 말하고 싶었다. 아마디 신부의 눈에 담긴 구름 같은 따스함의 일부가 내게 옮아오길, 내려앉길 바랐다.

"상요?" 아마카가 눈을 반짝이며 물었다. "엄마, 우리도 가다가 한 번씩은 《스탠더드》를 사야겠어. 그래야 세상이 어떻게 돌아가는지 알지."

"아니면 자존심 버리고 삼촌한테 공짜로 보내 달라고 부탁하든가." 오비오라가 말했다.

"상에 대해서는 몰랐어요." 이페오마 고모가 말했다. "어차피 오빠가 저한테 말할 리도 없지만요, 이가시콰. 우리는 제대로 된 대화도 할 수가 없어요. 이번에도 애들을 우리 집에 보내게 하려고 아옥페로 참배 간다는 평계를 대야 했을 정도니까요."

"그래서 아옥페에 갈 계획이세요?" 아마디 신부가 물었다.

"원래는 정말 갈 생각은 아니었어요. 하지만 이제는 안 갈 수가 없게 된 것 같아요. 다음 발현일이 언제인지 알아봐야겠어요."

"발현이네 어쩌네 하는 건 다 사람들이 지어내는 거야. 지난번에는 성모님이 섀너핸 주교 기념 병원에 나타나셨다고 하지 않았어? 그러더니 이번에는 트랜스에쿨루에 나타나신다고?" 오비오라가 물었다.

"아옥페는 달라. 루르드에서 나타났던 징후가 다 있어." 아마카가 말했다. "게다가 이제는 성모님이 아프리카에 나타나실 때도 됐잖아. 왜 항상 유럽에만 나타나시는지 이상하다고 생각지 않아? 성모님은 원래 중동 출신이시라고."

"뭐야, 이제는 성모님이 정치적인 동정녀라도 된다는 거야?" 오비오라가 물었고 나는 또다시 그 애를 쳐다봤다. 오비오라는 내가 열네 살 때 절대 될 수 없었고 지금도 여전히 되지 못한 무엇의 대담한 남성 버전이었다.

아마디 신부가 웃었다. "하지만 이집트에는 나타나셨잖니,[65] 아마카. 적어도 사람들이 몰려들긴 했지. 지금 아옥페에 모여드는 것처럼. **오 부고디**, 마치 이동하는 메뚜기 떼처럼 말이야."

"신부님은 안 믿으시나 봐요." 아마카가 그를 쳐다보며 말했다.

"성모님을 만나러 아옥페에든 다른 어디에든 갈 필요는 없다

---

65 1968년부터 약 삼 년 동안 이집트 카이로의 엘제이툰 지역에 성모가 발현했다. 바티칸은 이 사건의 조사를 콥트 교회에 일임했고 콥트 교회는 기적으로 인정했다.

고 생각해. 성모님은 여기, 우리 안에서 우리를 그분의 아들에게로 인도하고 계시니까." 그는 너무나 편안하게 말했다. 마치 입이 만지거나 열기만 하면 저절로 소리 나는 악기인 것처럼.

"하지만 우리 안의 도마[66]는 어떡해요, 신부님? 눈으로 봐야 믿을 수 있는 부분은요?" 아마카가 물었다. 진담인지 아닌지 헷갈리게 만드는, 예의 그 표정을 짓고 있었다.

아마디 신부는 대답 대신 이상하게 얼굴을 쭈그러뜨렸다. 아마카가 웃음을 터뜨리자 이페오마 고모보다 더 넓고 더 삐뚤게 벌어진 ― 마치 누가 금속 도구로 억지로 벌리기라도 한 양 ― 앞니의 잇새가 드러났다.

저녁 식사 후에 우리는 모두 거실로 자리를 옮겼고 이페오마 고모가 오비오라에게, 아마디 신부가 있을 때 기도할 수 있게끔 텔레비전을 끄라고 했다. 아까부터 소파에 잠들어 있는 치마에게 오비오라는 묵주 기도 내내 기대어 있었다. 아마디 신부가 먼저 첫 단의 암송을 마치더니 이보어 찬송가를 부르기 시작했다. 그들이 노래하는 동안 나는 눈을 뜨고 벽을, 치마의 세례식 때 찍은 가족사진을 쳐다봤다. 그 옆에는 피에타[67] 사진의 조악한 복사본이, 귀퉁이가 깨진 나무 액자에 들어 있었다. 나는 입술을 앙다물고 아랫입술을 깨물었다. 내 입이 제멋대로 노래에 동참하지 않도록, 내 입이 나를 배신하지 않도록 하기 위해서.

---

66 십이 사도 가운데 한 명으로, 예수가 십자가에 못 박혔을 때 생긴 상처를 직접 보기 전까지 예수의 부활을 믿지 않았다.

67 예수의 시체를 무릎에 놓고 슬퍼하는 성모 마리아를 표현한 그림이나 조각.

우리는 묵주를 치우고 거실에 앉아 옥수수와 **우베**를 먹으며 텔레비전에서 하는 「뉴스라인」을 봤다. 문득 눈을 들었다가 아마디 신부가 나를 보고 있다는 걸 깨닫자 갑자기 **우베** 씨앗에 붙은 과육을 핥을 수가 없었다. 혀를 움직일 수도 없었고, 침을 삼킬 수도 없었다. 그의 시선을, 그가 나를 쳐다보고 있다는 사실을 너무 의식했기 때문이었다. "오늘 네가 웃거나 미소 짓는 걸 한 번도 못 봤구나, 캄빌리." 마침내 그가 말했다.

나는 고개를 숙이고 내 옥수수만 쳐다봤다. 미소 짓거나 웃지 않아서 죄송하다고 말하고 싶었지만 말이 나오지 않았고 한동안은 귀에도 아무런 소리도 들리지 않았다.

"애가 수줍어서 그래요." 이페오마 고모가 말했다.

나는 스스로도 말도 안 되는 소리임을 아는 말을 웅얼거린 뒤에 일어나서 방으로 들어간 다음, 복도로 연결되는 문을 꼭 닫았다. 아마디 신부의 노래하는 듯한 목소리가 잠들 때까지 귓가에 메아리쳤다.

이페오마 고모네 집에서는 늘 웃음소리가 울려 퍼졌다. 그 웃음소리가 어디서 시작됐건 간에 모든 벽과 모든 방에서 반사되어 증폭됐다. 언쟁은 빨리 달아오르는 만큼이나 빨리 사그라들었다. 아침 기도와 저녁 기도 중간중간에 늘 끼어드는 노래, 이보어 찬송가에는 대개 박수가 따라왔다. 식사에 고기는 거의 안 나왔다. 한 명당 주어지는 고기의 너비는 바싹 붙인 손가락 두 개, 길이는 손가락 반 개만 했다. 집에서는 항상 광이 났다. 아마카가 뻣뻣한 솔로 바닥을 박박 닦고, 오비오라가 비질을 하고, 치마가 의자에 놓인 쿠션을 팡팡 두들겼기 때문이다. 설거지는 모두 돌아가면서 했다. 이페오마 고모가 오빠랑 나도 설거지 담당에 집어넣었는데 내가 점심때 먹은 가리가 두껍게 묻은 접시를 씻어서 식기 건조대에 놓자 아마카가 집어 들어서 다시 물에 담갔다.

"너네 집에서는 접시를 이렇게 닦니?" 그 애가 물었다. "아니면 접시 닦기는 네 잘난 일과표에 들어 있지 않은 거야?"

나는 거기 서서 그 애를 쳐다보며, 이페오마 고모가 지금 여기 있어서 나를 대변해 줬다면 얼마나 좋았을까 생각했다. 아마카는 나를 조금 더 노려보다 가 버렸다. 그리고 그날 오후에 자기 친구들이 놀러 올 때까지 나한테 한마디도 안 했다. 그 애의 친구들이 도착했을 때 이페오마 고모랑 오빠는 정원에 있었고 동생들은 집 앞에서 축구를 하고 있었다. "캄빌리, 이쪽은 내 학교 친구들이야." 아마카가 가볍게 말했다.

　여자애 둘이 안녕이라고 말했지만 나는 말없이 미소만 지었다. 그 애들은 아마카만큼 머리가 짧았고, 반짝이는 립스틱을 발랐으며, 너무 꽉 쩨는 바지를 입어서 만약 더 편한 옷을 입었다면 걸음걸이가 달랐을 것임을 알 수 있었다. 나는 그 애들이 거울 속 자기 모습을 찬찬히 뜯어보고, 표지에 갈색 피부와 벌꿀색 머리카락을 가진 여자가 나온 미국 잡지를 연구하고, 자기가 낸 시험 문제 답도 모르는 수학 선생님과 종아리에 굵은 참마가 들었는데도 저녁 수업에 미니스커트를 입고 오는 여학생과 괜찮은 남학생에 대해 얘기하는 것을 지켜봤다. "괜찮은데, 샤, 매력적이진 않아." 한 명이 강조했다. 그 애는 한쪽 귀에는 달랑거리는 귀걸이를, 반대쪽 귀에는 도금 스터드 귀걸이를 하고 있었다.

　"그거 다 네 머리야?" 다른 한 명이 물었지만 나는 아마카가 "캄빌리!"라고 외치기 전까지 그것이 나한테 한 질문인 줄 몰랐다.

　다 내 머리라고, 붙임 머리는 없다고 대답하고 싶었지만 말이 나오지 않았다. 그 애들이 계속 머리에 대해, 내 머리가 얼마나 길고 굵어 보이는지에 대해 얘기하고 있음을 알았다. 나도 같이 얘기하고 웃고 싶어서 그 애들처럼 한자리에서 방방 뛸 지경이었지만 내 입술은 고집스럽게 딱 붙어 있었다. 말을 더듬고 싶지 않아서 일부러 기침하다가 화장실로 뛰쳐나갔다.

그날 저녁 내가 식탁을 차리는데 아마카의 말소리가 들렸다. "저 둘이 비정상이 아닌 게 확실해, 엄마? 캄빌리는 내 친구들이 왔을 때 완전히 **아툴루**처럼 굴었다고." 평소보다 높이지도 낮추지도 않은 아마카의 목소리가 부엌으로부터 선명하게 들려왔다.

"아마카, 의견을 갖는 건 네 자유다만 사촌들을 존중해야지. 알겠니?" 이페오마 고모가 영어로, 단호한 목소리로 대답했다.

"그냥 물어본 거잖아."

"사촌을 양(羊)⁶⁸이라고 부르는 건 존중하는 게 아니야."

"걔가 이상하게 굴잖아. 자자 오빠도 이상해. 둘 다 어디가 좀 잘못됐어."

나는 식탁 표면이 갈라져서 단단하게 돌돌 말린 부분을 떨리는 손으로 펴려 했다. 그 옆에서 작은 생강색 개미들이 일렬로 행진했다. 고모는 개미를 내버려 두라고, 남한테 피해를 주지도 않고 어차피 완전히 없앨 수도 없으니까, 그 개미들은 이 건물만큼이나 오래됐다고 말했었다.

나는 오빠가 텔레비전 소리 위로 아마카가 한 말을 들었나 보려고 거실 쪽을 내다봤다. 하지만 오빠는 오비오라 옆 바닥에 누워 화면 속 영상에 푹 빠져 있었다. 평생 거기 누워서 텔레비전을 봐 온 사람 같았다. 다음 날 아침에 이페오마 고모의 정원을 구경할 때도 마찬가지였다. 우리가 여기 머문 며칠 동안이 아니라 아

---

68 바보, 멍청이라는 뜻.

주 오랫동안 그 일을 해 온 사람 같았다.

고모는 나한테도 정원으로 나오라고, 시들기 시작한 파두 잎을 조심스레 따라고 말했다.

"예쁘지 않니?" 이페오마 고모가 물었다. "저것 좀 봐. 꼭 하느님이 붓으로 장난치신 것처럼 초록색, 분홍색, 노란색이 섞인 잎을."

"네." 내가 말했다. 이페오마 고모가 나를 계속 쳐다보길래 나는 고모가 정원 얘기를 할 때 내 목소리에 오빠 같은 열의가 없었다고 생각하는 걸까 궁금했다.

위층에 사는 애 몇 명이 내려와서 우리를 빤히 쳐다봤다. 다섯명쯤 됐는데 다들 음식 얼룩이 묻은 옷과 빠른 말씨가 두루뭉술하게 버무려진 인상이었다. 그들은 서로 혹은 이페오마 고모에게 말을 걸다가 문득 한 명이 나를 돌아보며 에누구 어느 학교에 다니냐고 물었다. 나는 말을 더듬다가 멀쩡한 파두 잎 몇 장을 꼭 쥐는 바람에 잡아 뜯고는 줄기에서 점액이 뚝뚝 떨어지는 것을 지켜봤다. 그 뒤에 이페오마 고모가 나한테 안으로 들어가고 싶으면 들어가라고 말했다. 그리고 자신이 얼마 전에 읽은 책 얘기를 하면서, 그 책이 자기 책상 위에 있는데 내가 분명 좋아할 거라고 말했다. 그래서 나는 안방에 가서 빛바랜 파란색 표지의 『에퀴아노의 여행기 혹은 아프리카인 구스타부스 배사[69]의 생애』라는 책을 가

---

69 본명 올라우다 에퀴아노(1745?~1797). 나이지리아 이보족으로 태어나 노예로 영국에 팔려 갔으나 재산을 모아 스스로 자유인의 권리를 샀으며 평생 노예제 폐지 운동가로 일했다. 이 책은 그의 자서전으로, 노예제의 참상을 널리 알린 베스트셀러다.

지고 나왔다.

나는 베란다에 앉아 책을 무릎에 놓고는 윗집 애가 앞마당에서 나비 쫓는 것을 쳐다봤다. 나비는 꼬마를 놀리기라도 하듯 검은 점이 박힌 노란 날개를 천천히 파닥이며 오르락내리락했다. 털실 타래처럼 정수리에 얹힌 머리카락이 여자애가 뛸 때마다 달랑거렸다. 오비오라도 베란다에 앉아 있었지만 그늘 밖에 있어서 햇빛이 눈에 들어오지 않게 하려고 두꺼운 안경 속 눈을 찌푸렸다. 그 애는 꼬마랑 나비를 쳐다보면서 "자자"를 천천히 되뇌고 있었다. 강세를 두 음절에 모두 뒀다가, 첫 음절에 뒀다가, 둘째 음절에 뒀다가 하면서. "아자는 모래나 신관이라는 뜻이지만 **자자**? 무슨 이름이 그래? 그건 이보어가 아니야." 오비오라가 마침내 선언했다.

"내 이름은 사실 추쿠카야. 자자는 어렸을 때 별명이고." 오빠는 무릎을 꿇고 있었다. 윗옷 없이 데님 반바지만 입어서 자기가 지금 잡초를 뽑고 있는 이랑처럼 부드럽고 긴 등 근육이 굼닐었다.

"아기 때 할 줄 아는 말이 '자자'뿐이었거든. 그래서 다들 자자라고 불렀어." 이페오마 고모가 말했다. 그리고 오빠를 돌아보며 덧붙였다. "난 너희 엄마한테 자자는 아주 적절한 별명이라고, 네가 오포보의 자자 왕⁷⁰을 닮게 될 거라고 했지."

"오포보의 자자 왕? 고집쟁이 왕 말이야?" 오비오라가 물었다.

---

70 본명 음바나소 우콰라오주룸바(1821~1891). 이보족 거상으로, 오포보라는 도시 국가를 세워 스스로 왕이 됐다. 1884년 베를린 회의에서 유럽 열강이 오포보를 영국 영토로 선언하자 끝까지 저항했다. 영국은 그를 납치해서 유배했다가 사 년 후 고국으로 돌려보냈는데 귀향길에 사망했다. 독살설이 있다.

"저항자." 이페오마 고모가 말했다. "그 왕은 저항자였어."

"저항자가 뭔데, 엄마? 왕이 뭘 했는데?" 치마가 물었다. 그 애도 정원에서 무릎 꿇고 뭔가를 하고 있었지만 이페오마 고모가 자꾸 "쿠시아, 하지 마." 또는 "한 번만 더 그러면 꿀밤 맞을 줄 알아."라고 말했다.

"그는 오포보인들의 왕이었어." 이페오마 고모가 말했다. "영국인들이 왔을 때 그들이 무역을 독점하지 못하게 했지. 다른 왕들처럼 화약 한 줌에 영혼을 팔지 않았어. 그래서 영국인들에 의해 서인도 제도로 추방당했고 영영 오포보에 돌아오지 못했지." 고모는 가지런히 정렬된, 다발로 뭉쳐서 자라는 작은 바나나색 꽃에 계속 물을 줬다. 금속 물뿌리개를 손에 들고 앞으로 기울여서 주둥이로 물이 흘러나오게 했다. 우리가 아침에 떠 온 제일 큰 통의 물을 이미 다 쓴 뒤였다.

"불쌍하다. 저항자 하지 말았어야 했던 거 아냐?" 치마가 말하더니 오빠 옆으로 가서 도두앉았다. 나는 그 애가 '추방'과 '화약 한 줌에 영혼을 팔았다'는 말이 무슨 뜻인지 알까 궁금했다. 이페오마 고모는 그 애가 안다고 생각하는 투로 말했다.

"저항은 때때로 좋은 것일 수도 있어." 고모가 말했다. "저항은 대마초 같은 거거든. 제대로만 쓰면 나쁜 게 아니야."

고모가 한 말의 신성 모독성보다 그 진지한 말투에 나는 고개를 들었다. 고모는 치마랑 오비오라와 대화하고 있었지만 시선은 오빠를 향했다.

오비오라가 씩 웃으며 안경을 추켜올렸다. "오포보의 자자 왕도 어차피 성자는 아니었어. 자기 백성을 노예로 팔아넘긴 데다 결국은 영국인들이 이겼잖아. 그리 대단한 저항은 못 되지."

"영국인들이 전쟁에선 이겼지만 수많은 전투에서 졌어."라고 오빠가 말하는 바람에 내 눈은 읽고 있던 페이지에서 몇 줄을 건너뛰었다. 어떻게 한 거지? 어떻게 그렇게 쉽게 말할 수 있는 거야? 나랑 똑같이 목구멍 속에 공기 방울이 있어서 기껏해야 단어를 집어삼키거나 더듬으면서 내뱉을 수만 있는 것 아니었어? 나는 눈을 들어 오빠를 바라봤다. 햇빛을 받아 반짝이는 땀방울로 뒤덮인 오빠의 까만 피부를 쳐다봤다. 그 팔이 그런 식으로 움직이는 것을 한 번도 본 적이 없었다. 이페오마 고모의 정원에 있을 때 그 눈에 떠오른 꿰뚫는 듯한 빛을 한 번도 본 적이 없었다.

"형 새끼손가락은 왜 그래?" 치마가 물었다. 오빠가 마른 나뭇가지처럼 뒤틀린, 옹이 진 손가락을 자기도 막 알아챘다는 듯이 내려다봤다.

"사고가 있었어." 이페오마 고모가 재빨리 말했다. "치마, 가서 물통 좀 가져와라. 거의 비었으니까 너도 들 수 있을 거야."

나는 이페오마 고모를 쳐다보다 눈이 마주치자 시선을 돌려 버렸다. 고모는 알았다. 무슨 일이 있었는지를 알고 있었다.

오빠는 열 살 때 교리 문답에서 두 문제를 틀려 첫 영성체 수업에서 1등으로 호명되지 못했다. 아버지는 오빠를 위층으로 데려가 문을 잠갔다. 방에서 나올 때 오빠는 울면서 오른손으로 왼손을 받치고 있었고 아버지는 오빠를 성 아녜스 병원에 데려갔다. 오빠를 아기처럼 안고 가서 차에 태우는 아버지도 울고 있었다. 나중에 오빠는 아버지가, 글씨 쓰는 손이라 오른손은 피한 거라고 말했다.

"이 꽃은 곧 피겠다." 이페오마 고모가 익소라꽃 봉오리를 가리키며 오빠에게 말했다. "이틀 후면 세상을 향해 눈을 뜰 거야."

"그럼 전 아마 못 보겠네요." 오빠가 말했다. "저희가 돌아간 뒤일 테니까요."

이페오마 고모가 미소 지었다. "행복할 때는 시간이 빨리 간다 잖니."

그때 전화벨이 울리자 고모가 나더러 받으라고 했다. 내가 현관에서 제일 가까웠기 때문이다. 어머니였다. 나는 뭔가가 잘못됐음을 직감했다. 원래 전화를 거는 사람은 항상 아버지였기 때문이다. 게다가 오후에 전화하는 법도 없었다.

"아버지는 지금 안 계셔." 어머니가 말했다. 코를 풀어야 하는 사람처럼 코맹맹이 소리가 났다. "아침에 일이 있어서 나가셨어."

"아버지는 괜찮으세요?" 내가 물었다.

"괜찮으셔." 어머니가 말을 멈추고 시시에게 말하는 소리가 들렸다. 어머니가 다시 수화기를 들더니 어제 군인들이 《스탠더드》 사무실로 쓰는, 작고 간판도 없는 방에 들이닥쳤다고 말했다. 그들이 사무실 위치를 어떻게 알아냈는지는 아무도 몰랐다. 그 블록 주민들은 아버지한테, 군인이 너무 많이 와서 내전 때 전선을 찍은 사진이 생각난다고 말했다. 군인들은 인쇄해 둔 신문을 전부 가져가고, 가구와 인쇄기를 부수고, 사무실을 잠그고, 열쇠를 뺏고, 문과 창문을 판자로 막았다. 아데 코커는 또다시 구금됐다.

"아버지가 걱정이다." 오빠를 바꾸기 전에 어머니가 말했다. "아버지가 걱정이야."

이페오마 고모도 걱정돼 보였다. 통화가 끝난 후에 밖에 나가서《가디언》을 사 왔기 때문이다. 고모는 평소 신문을 절대 사지 않았다. 너무 비싸서, 시간 날 때 신문 가판대 앞에 서서 읽었다. 군인들이《스탠더드》사무실을 폐쇄했다는 기사는 중간 면에, 이탈리아 수입 여성화 광고 옆에 끼워 넣어져 있었다.

"삼촌이었다면 1면에 실었을 텐데." 아마카가 말했다. 그 애의 목소리가 자부심 때문에 격앙된 것인지 궁금했다.

나중에 아버지가 전화해서 이페오마 고모를 먼저 바꾸라고 말했다. 그러고 나서 오빠랑, 그다음에 나랑 통화했다. 자기는 괜찮다고, 아무 일도 없다고, 우리가 보고 싶고 많이 사랑한다고 말했다.《스탠더드》나 사무실에 있었던 일은 언급하지 않았다. 전화를 끊고 나서 이페오마 고모가 말했다. "아버지가 너희가 여기 며칠 더 있었으면 한대." 그때 오빠가 어찌나 활짝 웃던지 이때껏 있는 줄도 몰랐던 오빠의 보조개가 보였다.

아침 일찍 전화벨이 울렸다. 아직 샤워를 한 사람이 아무도 없을 만큼 이른 시간이었다. 아버지와 관련된 전화라고, 아버지에게 무슨 일이 있다고 확신한 나는 입이 바짝 말랐다. 군인들이 집에 쳐들어온 것이리라. 아버지가 다시는 아무것도 발행하지 못하게 쏴 죽인 것이리라. 나는 이페오마 고모가 오빠와 나를 부르길 기다리면서도 한편으로는 주먹을 꼭 쥐고 제발 부르지 말라고 속으로 빌었다. 짧은 통화를 마치고 방에서 나온 고모는 시선을 내리깔고 있었다. 그날 하루 종일 웃음소리가 평소만큼 자주 울려 퍼지지도 않았고, 치마가 옆에 앉고 싶어 하자 "엄마 좀 내버려 둬! 네콰 아냐, 네가 아직도 아기니?" 하고 쏘아붙였다. 아랫입술의 반이 입안으로 사라졌고 음식을 씹는 턱이 떨렸다.

저녁 식사 중에 아마디 신부가 잠깐 들렀다. 그는 거실에서 의자를 가져와 앉더니 아마카가 가져다준 유리잔의 물을 홀짝였다.

"경기장에서 축구 좀 하고 애들 몇 명 데리고 시내에 가서 아카라랑 참마 튀김을 사 먹었지." 그는 아마카가 오늘 뭘 했냐고 묻자 이렇게 답했다.

"왜 오늘 축구 할 거란 얘기 안 하셨어요, 신부님?" 오비오라가 물었다.

"깜빡해서 미안해. 다음 주말에 너랑 자자 데리러 올 테니까 같이 하자." 사과하느라 목소리 가락이 낮아졌다. 나는 그를 쳐다보지 않을 수 없었다. 그의 목소리가 나를 끌어당겼기 때문에, 사제가 축구를 해도 되는지 몰랐기 때문이었다. 너무 불경하고 저속하게 느껴졌다. 식탁 맞은편에 앉은 아마디 신부와 눈이 마주치자 나는 얼른 시선을 돌렸다.

"어쩌면 캄빌리도 우리랑 같이 할지도 모르겠네." 그가 말했다. 그의 목소리에, 그 가락에 실린 내 이름을 들으니 배 속이 당겼다. 나는 입안 가득 음식을 욱여넣었다. 마치 내가 음식을 씹어야 하지 않았으면 무슨 말이라도 했을 것처럼. "내가 여기 처음 왔을 때는 아마카도 같이 했었는데 요즘은 아프리카 음악을 듣거나 비현실적인 꿈을 꾸느라 바쁘지."

사촌들이 웃었다. 아마카가 제일 크게 웃었고 오빠도 미소 지었다. 하지만 이페오마 고모는 웃지 않았다. 음식을 깨작깨작 먹었고 눈빛은 멍했다.

"이페오마, 무슨 일 있어요?" 아마디 신부가 물었다.

자기가 혼자 있는 게 아니라는 사실을 방금 깨달은 사람처럼 고모가 고개를 저으며 한숨을 내쉬었다. "오늘 연락이 왔어요. 아버지가 편찮으시다고. 사흘 연속으로 아침에 못 일어나셨대요. 여기 모셔 오고 싶어요."

"에지 오쿠?" 아마디 신부가 눈썹을 찌푸렸다. "그래요, 모셔 와야겠네요."

"파파은누쿠 편찮으셔?" 아마카가 새된 소리로 물었다. "엄마, 그걸 언제 알았어?"

"오늘 아침에. 옆집 사람이 전화했어. 좋은 여자야, 느왐그바는. 전화하려고 욱포까지 갔다더라."

"우리한테 말했어야지!" 아마카가 소리 질렀다.

"오 기니? 지금 말했잖아!" 이페오마 고모가 쏘아붙였다.

"우리 언제 아바에 갈 수 있어, 엄마?" 오비오라가 차분하게 물었다. 그 순간, 여기 온 후로 목격한 많은 순간에 그랬듯이, 그 애가 우리 오빠보다도 훨씬 어른 같아 보였다.

"지금 내 차에는 나인스마일까지 갈 기름도 없고 다음 기름이 언제 들어올지도 몰라. 택시 대절할 돈도 없고. 대중교통을 이용하면, 아픈 노인을 어떻게 버스에 태워서 모시고 오겠니? 하도 복작거려서 냄새나는 옆 사람 겨드랑이에 얼굴을 처박아야 할 지경인데." 이페오마 고모가 고개를 저었다. "피곤해. 너무 피곤해……."

"예배당에 비상 연료 보관해 둔 게 좀 있어요." 아마디 신부가 조용히 말했다. "4리터 정도는 갖다 드릴 수 있을 거예요. 그러니까 에쿠지나, 그런 말씀 마세요."

이페오마 고모가 고개를 끄덕이며 아마디 신부에게 감사를 표했지만 얼굴이 밝아지진 않았다. 나중에 묵주 기도를 올리다가 노래할 때도 고모의 목소리는 높아지지 않았다. 나는 환희의 신비를 욀 때 명상하려 애쓰면서도 파파은누쿠가 오면 어디서 주무실까만 내내 생각했다. 이 작은 집에는 선택의 여지가 거의 없었다. 거실은 이미 남자애들로 꽉 찼고 안방은 식료품 저장고에, 서재에, 고모와 치마의 침실 역할까지 하느라 너무 복잡했다. 그러니 나머지 방, 아마카와 나의 방이 될 수밖에 없었다. 나는 집에 돌아가면 이교도와 방을 같이 썼다고 고백해야 하나 궁리했다. 그래서 명상을 잠시 멈추고 파파은누쿠가 고모네 집에 왔었다는 걸, 내가 할아버지와 방을 같이 썼다는 걸 아버지가 절대 모르게 해 달라고 기도했다.

환희의 신비 다섯 단이 끝나고 살베 레지나를 시작하기 전에 이페오마 고모가 파파은누쿠를 위해 기도했다. 하느님에게는 사도 베드로의 장모에게 치유의 손을 뻗었듯 파파은누쿠에게도 손을 뻗어 달라고 부탁했고, 성모 마리아에게는 할아버지를 위해 기도해 달라고 청했으며, 천사들에게는 할아버지를 돌봐 달라고 부탁했다.

나의 "아멘."은 조금 놀라서 조금 늦게 나왔다. 아버지가 파파은누쿠를 위해 기도할 때는 하느님에게 할아버지를 개종시켜 지옥 불에서 구해 달라고만 했기 때문이다.

다음 날 아침 일찍 아마디 신부가 왔다. 전보다 더 사제답지 않게 무릎 바로 밑까지 오는 카키색 반바지 차림이었다. 면도를 하지 않아 화창한 아침 햇빛을 받은 짧은 수염이 마치 턱에 그린 작은 점들처럼 보였다. 그는 이페오마 고모의 스테이션왜건 옆에 주차하고 난 뒤에 차에서 기름통과 4분의 1 길이로 자른 호스를 꺼냈다.

"빠는 건 제가 할게요, 신부님." 오비오라가 말했다.

"삼키지 않게 조심해." 아마디 신부가 말했다. 오비오라가 호스 한끝을 기름통에 넣고 반대쪽 끝을 입으로 감쌌다. 나는 그 애의 볼이 풍선처럼 부풀었다가 다시 꺼지는 것을 쳐다봤다. 오비오라가 호스를 재빨리 입에서 빼어 스테이션왜건 주유구에 넣고는 퉤퉤거리며 기침했다.

"많이 삼켰니?" 아마디 신부가 오비오라의 등을 토닥이며 물었다.

"아뇨." 오비오라가 기침하며 대답했다. 뿌듯해 보였다.

"잘했어. 이마나, 요즘은 기름 빨아올릴 줄도 알아야 한단다." 아마디 신부가 말했다. 씁쓸한 미소를 짓는데도 도자기 빚은 듯한 이목구비가 전혀 망가지지 않았다. 이페오마 고모가 검정 단색 부부[71]를 입고 나왔다. 반짝이는 립스틱을 바르지 않은 입술이 튼 것 같아 보였다. 고모가 아마디 신부와 포옹했다. "고마워요, 신부님."

"오늘 오후에 일과 끝난 뒤에는 제가 아바까지 태워다 드릴 수 있는데요."

"괜찮아요, 신부님. 고맙습니다. 오비오라랑 같이 갈게요."

---

71 나이지리아의 여성용 부부는 폭이 양팔을 벌린 것만큼 넓고 길이는 발목까지 오는, 소매 없는 원피스를 말한다.

이페오마 고모는 오비오라를 조수석에 태운 채 떠나갔고 아
마디 신부도 잠시 후에 떠났다. 치마는 윗집에 놀러 갔다. 아마카
는 자기 방에 가서 음악을 틀었다. 소리가 어찌나 큰지 베란다에
있는 나한테도 또렷이 들릴 정도였다. 이제는 나도 그 애의, 문화
적 자의식이 있는 음악가들을 구분할 수 있었다. 오니에카 온웨누
의 청아한 목소리와 펠라의 자신만만한 박력과 오사데베의 진정
시켜 주는 지혜를 구별할 수 있었다. 오빠는 정원에서 이페오마
고모의 전지가위를 들고 있었고 나는 거의 다 읽은 책을 무릎에
놓은 채 오빠를 보고 있었다. 오빠가 양손으로 가위를 들어 올려
머리 위 가지를 잘랐다.

　　"우리가 비정상이라고 생각해?" 내가 속삭이듯 물었다.

　　"기니?"

　　"아마카가 우리더러 비정상이래."

　　오빠는 나를 쳐다봤다가 앞마당에 늘어선 차고들 쪽으로 시
선을 돌렸다. "비정상이 뭔데?" 그렇게 대답을 필요로 하지도, 원
하지도 않는 질문을 던지고는 다시 나무를 다듬기 시작했다.

　　오후 늦게 정원에서 윙윙대는 벌 소리에 내가 잠이 들락말락
하고 있을 때 이페오마 고모가 돌아왔다. 오비오라가 차에서 내리
는 파파은누쿠를 부축했고 파파은누쿠는 그 애에게 기대어 이쪽
으로 걸어왔다. 아마카가 집에서 뛰쳐나오더니 자기 옆구리를 파
파은누쿠의 옆구리에 살짝 갖다 댔다. 할아버지의 눈은 축 처져서
눈꺼풀에 추라도 달린 것처럼 보였지만 할아버지가 싱긋거리며
뭐라고 말하자 아마카가 깔깔대고 웃었다.

　　"파파은누쿠, 은노." 내가 말했다.

"캄빌리구나." 할아버지가 힘없이 말했다.

이페오마 고모는 파파은누쿠를 아마카의 침대에 눕히고 싶었지만 할아버지는 바닥이 더 좋다고 말했다. 침대는 너무 꿀렁꿀렁하다는 것이었다. 오비오라와 오빠가 여분 매트리스에 커버를 씌워 바닥에 놓자 고모가 파파은누쿠를 부축해서 매트리스에 눕혔다. 할아버지는 거의 눕자마자 눈을 감았지만 멀어 가는 한쪽 눈은 살짝 뜨고 있어 마치 피곤하고 불편한 잠의 나라에서 우리 모두를 훔쳐보는 것만 같았다. 할아버지가 누우니 매트리스가 꽉 차서 서 있을 때보다 키가 커 보였고, 나는 할아버지가 젊었을 땐 손만 뻗으면 **이체쿠** 나무에서 열매를 딸 수 있었다는 말을 떠올렸다. 내가 본 유일한 **이체쿠** 나무는 가지가 이층집 지붕에 닿을 정도로 거대했지만 그래도 나는 파파은누쿠를 믿었다. 손만 뻗으면 가지에서 까맣고 딱딱한 **이체쿠** 깍지를 딸 수 있었다는 말을 믿었다.

"저녁으로는 내가 **오페 은살라**를 끓일 거야. 파파은누쿠가 좋아하시니까." 아마카가 말했다.

"드셔야 할 텐데. 치니엘루가 그러는데 이틀 전부터는 물 삼키는 것도 힘들어하셨대." 이페오마 고모가 파파은누쿠를 지긋이 쳐다보며 말했다. 그리고 허리를 굽혀 할아버지 발에서 거칠고 하얀 각질을 살살 떨어냈다. 벽이 갈라져 생긴 금처럼 가는 줄들이 할아버지 발바닥을 가로질렀다.

"엄마, 할아버지 병원은 오늘 모시고 갈 거야, 내일 아침에 갈 거야?" 아마카가 물었다.

"잊어버렸니, **이마로지**? 크리스마스 직전부터 의사들 파업 중이잖아. 아까 떠나기 전에 은두오마 선생님한테 전화했더니 오늘 저녁에 와 주신댔어."

은두오마 선생은 같은 마거리트카트라이트로의 반대쪽에, "개 조심"이라는 표지판과 널찍한 잔디밭이 있는 이층집에 살았다. 선생님은 원래 대학 보건소장이셔, 아마카가 오빠와 나에게 말했다. 몇 시간 뒤에 빨간 푸조 504에서 내리는 그를 쳐다보고 있을 때였다. 하지만 그도 의사 파업이 시작된 후로는 시내에서 개인 병원을 운영하고 있었다. 그 병원은 너무 좁아, 아마카가 말했다. 지난번에 자기가 말라리아에 걸렸을 때 거기서 클로로퀸 주사를 맞았는데 간호사가 시커먼 연기가 나는 등유 화로에서 물을 끓이더라고 했다. 아마카는 은두오마 선생이 왕진을 와서 기뻐했다. 그 답답한 병원에서 나는 연기만으로도 파파은누쿠는 숨 막히실 수 있어, 그 애가 말했다.

은두오마 선생은 꼭 틀로 찍어 낸 듯한 미소를 띠고 있어서 환자한테 나쁜 소식을 전할 때도 웃고 있을 것만 같았다. 그는 아마카와 포옹하며 인사한 후에 오빠와 나랑 악수했다. 아마카는 그를 따라 파파은누쿠를 보러 자기 방으로 들어갔다.

"파파은누쿠가 너무 마르셨어." 오빠가 말했다. 우리는 베란다에 나란히 앉아 있었다. 해는 졌고 미풍이 불었다. 연립 주택에 사는 아이 여럿이 건물 앞에서 축구를 하고 있었다. 위층에서 어른이 외쳤다. "네에 아냐, 너희 공놀이하다가 차고 벽에 자국 남기면 귀를 잘라 버릴 줄 알아!" 축구공이 차고 벽에 맞자 아이들이 웃음을 터뜨렸다. 흙투성이 공이 벽에 갈색 물방울무늬를 남겼다.

"아버지가 알게 되실 것 같아?" 내가 물었다.

"뭘?"

나는 양손을 깍지 꼈다. 어떻게 내가 무슨 말 하는지 모를 수가 있지? "파파은누쿠가 여기, 우리랑 한집에 계시다는 거."

"몰라."

그 말투에 오빠를 돌아보지 않을 수 없었다. 오빠의 눈썹은 걱정으로 찌푸려져 있지 않았다. 내 눈썹은 틀림없이 찌푸려져 있을 터였는데 말이다. "오빠가 고모한테 손가락 얘기 했어?" 내가 물었다. 묻지 말았어야 했다. 내버려 뒀어야 했다. 하지만 어쩌랴, 이미 뱉어 버린 것을. 내 목구멍 속의 공기 방울이 내가 말하는 걸 방해하지 않을 때는 오빠랑 단둘이 있을 때뿐이었다.

"고모가 물어보길래 말했어." 오빠는 활기찬 박자에 맞춰 발로 베란다 바닥을 두드리고 있었다.

나는 내 손을, 어렸을 때 아버지가 바짝 깎아 주던 짧은 손톱을 쳐다봤다. 아버지는 나를 다리 사이에 앉혀 놓고 뺨을 내 뺨에 비비면서, 내가 스스로 할 수 있는 나이가 될 때까지 손톱을 깎아 줬었다. 그래서 나는 지금도 손톱을 바짝 깎았다. 오빠는 우리가 절대 말하지 않는다는 걸, 우리가 절대 말하지 않는 게 너무나 많다는 걸 잊어버렸나? 사람들이 물으면 오빠는 늘 집에서 있었던 "어떤 일" 때문에 손가락이 그렇게 됐다고 말했다. 그러면 거짓말하지 않으면서도 사람들이 사고를, 아마 무거운 문에 의한 사고를 상상하게 만들 수 있었다. 나는 오빠한테 왜 이페오마 고모에게 말했냐고 묻고 싶었지만 그럴 필요가 없음을, 오빠 자신도 그 대답을 모른다는 것을 알았다.

"고모 차를 걸레로 닦아야겠어." 오빠가 일어나며 말했다. "물이 나오면 물청소를 할 텐데. 너무 더러워."

나는 안으로 걸어 들어가는 오빠를 쳐다봤다. 오빠는 우리 차는 한 번도 세차해 본 적이 없었다. 갑자기 오빠의 어깨가 넓어 보여서 십 대 소년의 어깨가 일주일 만에 넓어질 수도 있나 생각했다. 바람에서 먼지내와 오빠가 자른, 멍 든 나뭇잎 냄새가 진하게 났다. 부엌에서 풍겨 오는 아마카의 **오페 은살라** 양념 냄새가 내 코를 간질였다. 그때 깨달았다. 아까 오빠가 발장단을 맞췄던 것은 이페오마 고모랑 사촌들이 저녁 묵주 기도 때 부르는 이보어 노래였음을.

은두오마 선생이 떠날 때도 나는 여전히 베란다에 앉아서 책을 읽고 있었다. 그는 이페오마 고모가 차까지 배웅하는 동안 계속 웃으면서 이야기하다가 지금 자기가 병원에서 기다리는 환자들의 존재를 무시하고 고모의 저녁 식사 초대를 얼마나 받아들이고 싶은지 모른다고 말했다. "수프 냄새로 봐서는 아마카가 요리하기 전에 손을 아주 잘 씻었을 것 같네요." 그가 말했다.

이페오마 고모는 베란다로 돌아와서 그가 떠나가는 뒷모습을 쳐다봤다.

"고맙다, **은나 음**." 고모가 건물 앞에 주차된 고모 차를 닦고 있는 오빠에게 외쳤다. 그 전까지는 고모가 오빠를 "**은나 음**", 즉 '내 아버지'라고 부르는 걸 한 번도 들은 적이 없었다. 그것은 고모가 자기 아들을 부를 때 가끔 쓰는 말이었다.

오빠가 베란다로 왔다. "별거 아니에요, 고모." 오빠는 치수가 안 맞는 옷을 입고 뽐내는 사람처럼 어깨를 추켜올리고 섰다. "의사 선생님이 뭐래요?"

"몇 가지 검사를 받는 게 좋겠대. 내일 파파은누쿠를 보건소에 모셔 갈 거야. 검사실은 아직 하니까."

아침에 파파은누쿠를 대학 보건소에 데려갔다 금방 되돌아온 이페오마 고모는 입이 한껏 나와 있었다. 검사실도 파업 중이라 파파은누쿠가 검사를 받지 못했기 때문이었다. 고모는 먼 데를 보며 시내 사설 검사소를 찾아야겠다고 하고는 낮은 목소리로, 사설 검사소는 바가지를 하도 씌워서 간단한 장티푸스 검사가 치료제보다 더 비싸다고 말했다. 고모가 정말로 모든 검사를 다 받을 작정이라면 은두오마 선생에게 부탁해야 할 터였다. 대학 보건소에서 검사했다면 1코보도 내지 않았을 것이기 때문이다. 교수라서 받는 그 혜택만은 아직 남아 있었다. 이마에 깊은 주름이 팬 고모는 파파은누쿠를 쉬게 두고 은두오마 선생이 처방해 준 약을 사러나갔다.

하지만 그날 저녁 파파은누쿠가 식탁에 앉을 수 있을 만큼 상태가 좋아지자 이페오마 고모의 찌푸린 얼굴도 약간 풀어졌다. 우리는 어제 먹다 남은 **오페 은살라**와 오비오라가 끈적끈적하고 부드러워질 때까지 찧은 가리를 먹었다.

"밤에 가리를 먹는 건 잘못이야." 아마카가 말했다. 하지만 평소 불평할 때처럼 인상을 쓰진 않았다. 그 대신 벌어진 앞니가 보이는 산뜻한 미소, 파파은누쿠 옆에 있을 때는 늘 띠는 듯한 미소를 짓고 있었다. "밤에 먹으면 배 속이 계속 묵직하다고."

파파은누쿠가 혀를 찼다. "우리 조상님은 밤에 뭘 드셨겠냐, **그보**? 카사바를 그대로 드셨어. 가리는 요즘 애들을 위한 거지. 카사바 맛도 하나도 안 나."

"그래도 아버지 몫은 다 드셔야 해요, **은나 아니**." 이페오마 고모가 손을 뻗어서 파파은누쿠의 가리를 한 움큼 떼어 갔다. 그러고는 한 손가락으로 속을 파서 하얀 알약 하나를 집어넣은 다음 궁굴려서 매끈한 공 모양으로 만들었다. 고모는 그것을 파파은누쿠의 접시에 놓았다. 나머지 알약 네 개도 똑같이 했다. "내가 이렇게 안 하면 약을 안 드실 거야." 고모가 영어로 말했다. "약이 쓰다고 하시는데 할아버지가 씹기 좋아하는 콜라 씨를 너희가 한번 먹어 봐야 해. 담즙 맛이 난다니까."

사촌들이 웃었다.

"도덕도 맛도 상대적인 거야." 오비오라가 말했다.

"응? 너희 무슨 얘기 하는 거냐, 내 얘기 하지, **그보**?" 파파은누쿠가 물었다.

"**은나 아니**, 아버지가 그거 삼키시는 걸 봐야겠어요." 이페오마 고모가 말했다.

파파은누쿠가 순순히 가리 덩어리를 하나씩 집어서 수프에 담갔다가 입에 넣고 삼켰다. 다섯 개가 모두 사라지자 이페오마 고모는 할아버지한테, 물을 좀 마셔야 알약이 녹아서 몸이 빨리 낫기 시작할 거라고 말했다. 할아버지가 물을 한 모금 마시고 유리잔을 내려놨다. "사람이 나이가 들면 애 취급을 한다니까." 할아버지가 툴툴거렸다.

바로 그때 텔레비전에서 마른 모래를 종이에 붓는 것 같은 소리가 나더니 불이 나갔다. 어둠의 담요가 식당을 덮었다.

"헤이." 아마카가 탄식했다. "이 시간에 나이지리아 전력 공사가 정전시키면 안 되지. 텔레비전에 볼 거 있었는데."

오비오라가 어둠을 가로질러 구석에 있는 키 큰 등유 램프 두 개로 가서 불을 붙였다. 곧바로 등유 냇내가 났다. 눈에서 눈물이 났고 목구멍이 깔깔했다.

"파파은누쿠, 그럼 옛날이야기 해 주세요. 아바에서 늘 하는 것처럼요." 오비오라가 말했다. "어차피 그게 텔레비전보다 더 재미있어요."

"오 디 음마. 하지만 그 전에 너희가 나한테, 텔레비전 속에 사람들이 어떻게 들어가는지 말해 줘야지."

사촌들이 웃었다. 그것은 파파은누쿠가 아이들을 웃기기 위해 자주 하는 말이었다. 할아버지의 말이 채 끝나기도 전에 사촌들이 웃기 시작하는 것을 보니 알 수 있었다.

"남생이 등딱지가 갈라지게 된 얘기 해 주세요!" 치마가 불쑥 말했다.

"나는 우리 부족 설화에 남생이가 왜 그렇게 많이 나오는지가 궁금한데." 오비오라가 영어로 말했다.

"남생이 등딱지가 갈라지게 된 얘기 해 주세요!" 치마가 또 말했다.

파파은누쿠가 헛기침을 했다. "옛날 옛날, 동물이 말을 하고 도마뱀이 거의 없던 시절에 동물들이 사는 땅에 큰 기근이 들었단다. 밭은 마르고 땅은 갈라졌지. 많은 동물이 굶어 죽었지만 살아남은 동물들도 기운이 없어서 장례식에서 애도의 춤을 출 수 없었어. 하루는 온 마을이 굶어 죽기 전에 어떻게 해야 할지를 정하기 위해 수컷들이 모두 모였단다.

그들은 하나같이 마르고 약해져서 비틀거리며 모임에 왔어.

사자의 으르렁 소리도 생쥐의 낑낑거림 같았지. 남생이는 제 등딱지를 옮기기도 버거웠어. 건강해 보이는 건 개뿐이었단다. 털에서는 윤기가 흐르고 가죽 속 뼈는 살에 파묻혀 보이지 않았거든. 이렇게 기근이 심한데 너는 어찌 그리 건강해 보이냐고 동물들이 개에게 물었어. '늘 그랬듯이 똥을 먹고 지냈지.' 개가 대답했어.

예전에는 똥을 먹는다는 이유로 다른 동물들이 개를 비웃었단다. 누구도 자기가 똥을 먹는 모습은 상상할 수 없었지. 그때 사자가 앞으로 나서며 말했어. '우리가 개처럼 똥을 먹을 수는 없으니 다른 방법을 생각해 내야만 해.'

동물들은 한참을 곰곰이 생각했고 마침내 토끼가 모든 동물의 어미를 죽여서 그 고기를 먹자고 제안했어. 많은 동물이 반대했지. 아직도 어미젖의 달콤함을 기억했거든. 하지만 결국은 그것이 최선책이라는 데 동의했단다. 아무것도 하지 않으면 어차피 죽을 터였으니까."

"난 절대 엄마를 먹을 수 없을 거야." 치마가 킥킥대며 말했다.

"엄마를 먹는 건 별로 좋은 생각이 아닐지도 몰라. 가죽이 질기거든." 오비오라가 말했다.

"어미들은 희생을 마다하지 않았어." 파파은누쿠가 이야기를 계속했다. "그래서 매주 한 어미를 죽이고 그 고기를 다 같이 나눠 먹었지. 그들은 곧 다시 건강해졌단다. 그런데 개의 어미가 죽기로 한 날 며칠 전에 개가 집에서 뛰쳐나오더니 어미의 죽음을 슬퍼하는 노래를 부르기 시작하는 거야. 그러고는 어미가 병으로 죽었다고 했지. 다른 동물들은 개를 불쌍해하며 무덤 파는 것을 돕겠다고 제안했어. 병으로 죽은 동물을 먹을 수는 없었으니까. 하지만 개는 모든 도움을 거절하고 혼자서 어미를 묻겠다고 했어. 제 어미가, 마을을 위해 희생한 다른 어미들처럼 죽을 영예를 누리지 못해 몹시 괴로워했지.

며칠 뒤 남생이가 말라 죽은 채소라도 거둬들일 수 있지 않을까 해서 자기 밭에 가던 중이었단다. 볼일을 보고 싶어 수풀 근처에서 멈췄지만 수풀이 시들어서 가림막 구실을 제대로 하지 못했지. 수풀 너머가 훤히 보이는데 개가 하늘을 향해 노래하는 모습이 눈에 들어왔어. 남생이는 개가 너무 슬퍼서 미쳐 버렸나 생각했지. 저 녀석이 왜 하늘을 향해 노래하는 거야? 귀 기울이던 남생이는 개가 노래하는 가사를 들었단다. '은네, 은네, 어머니, 어머니.'"

"은제만제!" 사촌들이 합창했다.

"'은네, 은네, 제가 왔어요.'"

"은제만제!"

"'은네, 은네, 줄을 내려 주세요. 제가 왔어요.'"

"은제만제!"

"남생이가 수풀 뒤에서 나와 따지자 개는, 실은 제 어미가 죽지 않았고 하늘로 올라가서 부자 친구들과 함께 살고 있다고 털어놓았단다. 어미가 매일 개를 하늘로 데려가 음식을 먹였기 때문에 그렇게 건강했던 거였지. '가증스러운 녀석!' 남생이가 고함쳤어. '똥을 먹는다더니! 네가 한 짓을 온 마을이 알게 될 때까지 기다려.'

물론 남생이는 언제나 그랬듯이 교활했지. 녀석은 다른 동물들에게 말할 생각이 전혀 없었단다. 개가 너도 하늘에 데려가 주겠다고 제안하리라는 걸 알았거든. 실제로 개가 그렇게 말했을 때 남생이는 수락하기 전에 잠시 고민하는 척했지만 이미 침이 뺨을 흘러내리고 있었지. 개가 다시 노래를 부르자 하늘에서 밧줄이 내려왔고 두 녀석은 올라갔단다.

개의 어미는 아들이 친구를 데려온 것이 마뜩잖았지만 어쨌든 진수성찬을 차려 줬어. 남생이는 가정 교육이라고는 받은 적이 없는 짐승처럼 게걸스럽게 먹어 댔지. 푸푸와 **오누그부** 수프를 혼자서 거의 다 먹고 입에 음식을 가득 문 채로 뿔잔에 담긴 야자주를 들이부었단다. 식사가 끝난 후 그들은 줄을 타고 내려왔어. 남생이는 개에게 비가 다시 오고 기근이 끝날 때까지 자기를 매일 하늘에 데려가기만 하면 아무에게도 말하지 않겠다고 했지. 개는 그러마고 했어. 달리 무슨 수가 있었겠니? 한편 남생이는 하늘에서 많이 먹으면 먹을수록 더 탐욕스러워져서 결국 하루는 저 혼자 하늘에 올라가 개 몫까지 먹어 치우기로 결심했단다. 녀석은 마른 덤불 근처에 가서 개 목소리를 흉내 내어 노래 부르기 시작했어. 밧줄이 한창 내려오는데 마침 개가 지나가다 그 광경을 목격했지. 화가 머리끝까지 치솟은 개는 큰 소리로 노래하기 시작했어. '은네, 은네, 어머니, 어머니.'"

"은제만제!" 사촌들이 합창했다.

"'은네, 은네, 지금 올라가는 건 어머니 아들이 아니에요.'"

"은제만제!"

"'은네, 은네, 줄을 잘라요. 지금 올라가는 건 어머니 아들이 아니에요. 교활한 남생이예요.'"

"은제만제!"

"개의 어미는 곧바로 줄을 잘랐고 이미 반쯤 올라갔던 남생이는 아래로 곤두박질쳤어. 이때 돌무더기에 떨어져서 등딱지가 깨지는 바람에 오늘날까지도 갈라져 있는 거란다."

치마가 깔깔댔다. "남생이는 등딱지가 갈라져 있대요!"

"그런데 애초에 왜 개의 엄마만 하늘에 올라갔는지가 궁금하지 않아?" 오비오라가 영어로 물었다.

"그리고 하늘에 있는 부자 친구들이 누군지도." 아마카가 말했다.

"개의 조상들이겠지 뭐." 오비오라가 말했다.

사촌들과 오빠가 웃자 파파은누쿠도 마치 영어를 알아들은 양 싱긋 웃다가 뒤로 기대어 눈을 감았다. 나는 그들을 쳐다보면서 나도 **은제만제!** 응창을 같이 했더라면 좋았을 걸 하고 생각했다.

파파은누쿠는 누구보다도 일찍 일어났다. 베란다에 앉아 아침 해를 보면서 식사하고 싶었기 때문이다. 그래서 이페오마 고모가 오비오라를 시켜 베란다에 깔개를 깔고 다 같이 둘러앉아 아침을 먹으며 파파은누쿠가 야자 수액 받는 마을 사내들 얘기 하는 것을 들었다. 해가 뜨고 난 뒤에는 수액에서 신맛이 나기 때문에 새벽에 야자수를 탄다는 것이었다. 할아버지가 마을을 그리워한다는 걸, 사내들이 자기 허리와 나무줄기에 라피아 끈을 걸쳐서 올라가는 야자수를 보고 싶어 한다는 걸 알 수 있었다.

우리의 아침밥은 빵과 **옥파**와 본비타였지만 이페오마 고모는 파파은누쿠의 알약을 집어넣기 위해 푸푸를 조금 만들었다. 고모는 그 말랑말랑한 공 모양의 관(棺)을 파파은누쿠가 삼키는 것을 유심히 지켜봤다. 얼굴의 먹구름은 이미 가시고 없었다.

"할아버지는 괜찮으실 거야." 고모가 영어로 말했다. "좀 있으면 마을로 돌아가고 싶다고 투덜거리기 시작하실 거다."

"그래도 한동안은 여기 계셔야 해." 아마카가 말했다. "아예 여기서 사셔야 할지도 몰라, 엄마. 그 치니엘루라는 애가 할아버지를 제대로 돌보는 것 같지 않아."

"이가시콰! 하지만 할아버지가 절대 여기서 살려고 하지 않으실걸."

"검사는 언제 하러 갈 거야?"

"내일. 은두오마 선생님이 네 가지 다 하지 말고 두 가지만 해도 된다고 하셨어. 시내 사설 검사소는 늘 비용을 완납하라고 하니까 은행부터 가야겠지. 은행에 늘어선 줄로 봐서는 오늘 안에 병원까지 갈 수 있을 것 같지가 않아."

그때 차 한 대가 들어왔고 아마카가 "아마디 신부님인가?"라고 말하기도 전에 나는 아마디 신부임을 알았다. 그 작은 토요타 해치백을 두 번밖에 본 적이 없는데도 어디서든 찾아낼 수 있었다. 손이 떨리기 시작했다.

"신부님이 파파은누쿠 보러 들르겠다고 하셨거든." 이페오마 고모가 말했다.

아마디 신부는 수단을 입고 있었다. 소매가 길고 품이 낙낙했으며 헐렁한 검은 끈이 허리에 비스듬히 걸쳐져 있었다. 사제다운 차림인데도 보폭이 크고 편안한 걸음걸이가 내 시선을 붙들었다. 나는 뒤돌아서 집 안으로 냅다 뛰어 들어갔다. 비늘판이 몇 개 빠진 아마카 방 창문에서 앞마당이 훤히 내다보였다. 나는 창문에, 방충망에 뚫린 작은 구멍에 얼굴을 바싹 갖다 댔다. 아마카는 밤에 전구 주위에서 파닥거리는 나방이 전부 그 구멍으로 들어온 거라고 말했었다. 아마디 신부가 창문 가까이 서 있어서 시냇물 물결처럼 구불거리는 고수머리가 보일 정도였다.

"아버지가 정말 빨리 좋아지셨어요, 신부님, **추쿠 알루카**." 이페오마 고모가 말했다.

"우리 하느님은 신실하시죠, 이페오마." 그가 파파은누쿠가 자기 친척인 양 기쁘게 말했다. 그리고 자신은 파푸아 뉴기니에서 선교 생활 중인 친구가 지금 막 귀국해서 이시에누에 만나러 가는 길이라고 하고는 오빠와 오비오라를 돌아보며 이렇게 말했다. "이따 저녁에 데리러 올 테니까 경기장에서 신학교 애들이랑 축구나 하자."

"알았어요, 신부님." 오빠가 강단 있는 목소리로 대답했다.

"캄빌리는 어디 있니?" 그가 물었다.

내 가슴을 내려다보니 심하게 들썩이고 있었다. 그가 내 이름을 말했다는 것, 내 이름을 기억한다는 것이 왠지 모르게 고마웠다.

"안에 있는 것 같아요." 이페오마 고모가 말했다.

"자자, 캄빌리한테 같이 가고 싶으면 같이 가자고 전해 줘."

그날 저녁 그가 다시 왔을 때 나는 낮잠 자는 척했다. 그리고 그의 차가 오빠와 오비오라를 태운 채 떠나는 소리가 나길 기다렸다가 거실로 나왔다. 분명 같이 가고 싶지 않았으면서도 막상 차 소리가 들리지 않게 되자 쫓아가고 싶었다.

아마카는 거실에서 파파은누쿠의 얼마 남지 않은 머리카락을 한 움큼씩 쥐고 바셀린을 천천히 바르고 있었다. 그 일을 마친 뒤에는 땀띠분을 할아버지의 얼굴과 가슴에 발랐다.

"캄빌리." 나를 보자 파파은누쿠가 말했다. "네 사촌은 그림을 잘 그린단다. 옛날이었으면 신당을 장식하는 사람으로 뽑혔을 거야." 할아버지의 목소리는 꿈꾸는 듯했다. 아마 약 속에 잠 오는 성분이 들어 있었을 것이다. 아마카는 나를 쳐다보지 않았다. 그 애는 할아버지의 머리카락을 마지막으로 한 번 더 토닥이고 나서 — 사실상 쓰다듬기에 더 가까웠다. — 할아버지 앞의 바닥에 앉았다. 나는 그 애의 손이 붓을 들고 팔레트와 종이 사이를 왔다 갔다 하는 재빠른 움직임을 눈으로 좇았다. 하도 빨리 그려서 종이 위가 엉망진창이 될 거라고 생각했지만 실제로 보니 또렷한 형체, 날씬하고 우아한 형태가 그려져 있었다. 지팡이를 짚은 교황의 사진이 들어 있는 벽시계가 똑딱이는 소리가 들려왔다. 미묘한 정적이었다. 이페오마 고모가 부엌에서 탄 냄비를 닦으면서 내는, 쇠숟가락이 바닥을 박박 긁는 소리가 귀에 거슬렸다. 가끔 아마카와 파파은누쿠가 대화할 때면 두 사람의 낮은 목소리가 서로 휘감겼다. 그들은 최소한의 단어만 사용하면서도 서로의 말을 이해했다. 두 사람을 보면서 내가 절대 가질 수 없을 뭔가를 향한 갈망을 느꼈다. 일어나서 나가고 싶었지만 내 다리가 내 것이 아닌 양 내가 시키는 대로 하지 않았다. 겨우겨우 몸을 일으켜 세워서 부엌으로 갔다. 파파은누쿠도 아마카도 내가 나가는 것을 눈치채지 못했다.

이페오마 고모는 낮은 민걸상에 앉아 뜨거운 코코얌[72]의 갈색 껍질을 벗기고 남은 끈적끈적하고 둥그스름한 뿌리줄기를 나무절구에 던져 넣은 다음 손을 식히기 위해 찬물에 담갔다.

"너 얼굴이 왜 그래, 오 기니?" 고모가 물었다.

---

72 마의 일종.

"제 얼굴이 어떤데요, 고모?"

"눈에 눈물이 맺혔잖니."

눈을 만져 보니 젖어 있었다. "눈에 뭐가 들어갔나 봐요."

이페오마 고모는 미심쩍은 표정을 지었다. "코코얌 까는 것 좀 도와줄래?" 한참 후에 고모가 말했다.

나는 낮은 민걸상을 고모 가까이로 끌어당겨 앉았다. 고모가 할 때는 껍질이 쉽게 벗겨지는 것처럼 보였는데 내가 뿌리줄기의 한끝을 눌렀을 때는 거친 갈색 껍질이 꼼짝도 안 했고 뜨거워서 손바닥이 아팠다.

"일단 손부터 물에 담가." 고모는 알맹이만 쏙 빠져나오게 하려면 어디를 어떻게 눌러야 하는지 시범을 보여 줬다. 나는 고모가 코코얌을 찧을 때 너무 많이 달라붙지 않도록 절굿공이를 자주 물에 담그는 것을 지켜봤다. 그렇게 해도 끈적끈적하고 하얀 물질이 공이에, 절구에, 이페오마 고모의 손에 들러붙었지만 고모는 외려 **오누그부** 수프가 되직해질 거라며 기뻐했다.

"파파은누쿠가 얼마나 좋아지셨는지 봤니?" 고모가 물었다. "아마카 그림 모델 해 준다고 저렇게 오래 앉아 계시잖아. 기적이야, 기적. 역시 성모님은 신실하셔."

"성모님이 어떻게 이교도를 위해 나서실 수가 있어요, 고모?"

이페오마 고모는 진득하게 찧은 코코얌을 말없이 국자로 떠서 수프 냄비에 부은 다음 눈을 들고는 파파은누쿠는 이교도가 아니라 전통주의자라고, 낯선 것이 익숙한 것만큼 좋을 때도 있다고, 파파은누쿠가 아침마다 하는 **이투은주** — 자신이 무죄함을 선언하는 의식 — 는 우리가 하는 묵주 기도와 같다고 말했다. 다른 이야기도 몇 가지 더 했지만 나는 제대로 듣고 있지 않았다. 거실에서 아마카와 파파은누쿠의 웃음소리가 들려왔기 때문이다. 그들이 왜 웃고 있는지, 내가 지금 거실에 들어가면 웃음이 뚝 끊길지 궁금했다.

이페오마 고모가 나를 깨웠을 때 방 안은 어두웠고 밤새 울던 귀뚜라미 소리가 잦아들고 있었다. 내 침대 위 창문으로 수탉의 꼬끼오 소리가 흘러들었다.

"은네." 고모가 내 어깨를 두드렸다. "파파은누쿠가 지금 베란다에 계시니까 가서 보렴."

눈꺼풀은 손가락으로 벌려야 했지만 정신은 또랑또랑했다. 이페오마 고모가 전날 했던, 파파은누쿠가 이교도가 아니라 전통주의자라는 말이 떠올랐다. 하지만 고모가 왜 나더러 베란다에 있는 할아버지를 보라고 하는지는 여전히 알지 못했다.

"은네, 조용히 해야 돼. 그냥 보기만 해." 이페오마 고모가 아마카를 깨우지 않으려고 속삭였다.

나는 분홍색과 흰색 꽃무늬 잠옷 위로 풀치마를 가슴에 묶고 소리 없이 방을 나왔다. 베란다로 나가는 문이 반쯤 열려 있어 이른 새벽의 보랏빛 여명이 거실로 가느다랗게 흘러들었다. 불을 켜면 파파은누쿠가 알아챌까 봐 문가에 서서 벽에 기댔다.

파파은누쿠는 낮은 나무 민걸상에 책상다리를 하고 앉아 있었다. 풀치마를 묶은 느슨한 매듭이 풀리면서 치마가 허리에서 흘러내려 민걸상을 덮고도 빛바랜 파란색 단이 바닥에 닿을 만큼 늘어졌다. 바로 옆에는 불꽃을 최대한 작게 줄인 등유 램프가 있었다. 깜빡이는 불빛이 좁은 베란다에, 파파은누쿠의 짧은 회색 가슴털에, 다리의 탄력 없는 흙색 피부에 황옥색 빛을 드리웠다. 할아버지가 허리를 숙여 손에 쥔 **은주**로 바닥에 선을 하나 그었다. 그리고 하얀 분필로 그은 그 선 ― 지금은 노란색으로 보이는 ― 에 대고 얘기하듯 고개를 숙이고 말하기 시작했다. 할아버지는 신들 혹은 조상들에게 말하고 있었다. 이페오마 고모가 그 둘은 서로 대체 가능하다고 말했던 것이 떠올랐다.

"**치네케**! 새 아침에 감사드립니다! 떠오르는 해에 감사드립니다." 파파은누쿠의 아랫입술이 떨렸다. 그래서 할아버지가 말하는 이보어 단어들이 서로 뒤섞였는지도 몰랐다. 그 말을 받아 적으면 기나긴 하나의 단어가 될 것만 같았다. 파파은누쿠는 허리를 숙이고 재빨리 선 하나를 더 그었다. 동작이 어찌나 단호했던지, 갈색 가죽 주머니처럼 낮게 늘어진 팔 살이 덜렁거렸다. "**치네케**! 저는 아무도 죽이지 않았고, 누구의 땅도 뺏지 않았으며, 불륜을 저지르지도 않았습니다." 그리고 허리를 숙여서 세 번째 선을 그었다. 의자에서 끼익 소리가 났다. "**치네케**! 저는 남들이 잘되길 빌어 왔고, 적으나마 형편껏 아껴서 저보다 없는 사람들을 도왔습니다."

수탉이 울고 있었다. 길게 빼는 구슬픈 소리가 아주아주 가깝게 들렸다.

"**치네케**! 저를 축복하소서. 제 배를 채울 음식을 구하게 하소서. 제 딸 이페오마를 축복하소서. 딸네 식구들에게 부족함이 없게 하소서." 할아버지가 자세를 고쳐 앉았다. 한때 볼록 튀어나왔던 배꼽이 지금은 쭈글쭈글한 보라색 가지처럼 늘어져 있었다.

"**치네케**! 제 아들 유진을 축복하소서. 아들의 사업이 계속 잘

되게 하소서. 아들이 받은 저주를 거둬 주소서." 파파은누쿠가 허리를 숙이고 선을 하나 더 그었다. 나는 할아버지가 자신과 이페오마 고모를 위해 기도할 때와 똑같은 열의로 아버지를 위해 기도한다는 데 놀랐다.

"**치네케**! 제 자식들의 자식들을 축복하소서. 그 아이들을 악에서 선으로 이끄소서." 파파은누쿠는 미소 띤 채 말하고 있었다. 몇개 안 남은 앞니가 빛을 받아 신선한 옥수수 낟알처럼 더 짙은 노란색으로 보였다. 넓은 잇새 부분의 잇몸에는 옅은 황갈색이 감돌았다. "**치네케**! 남이 잘되길 바라는 사람은 잘되게 하시고, 남이 안되길 바라는 사람은 안 되게 하소서." 그리고 할아버지가 과장된 동작으로 다른 선들보다 길게 마지막 선을 그었다. 의식이 끝난 것이었다.

파파은누쿠가 일어나 스트레칭을 하자 우리 집 마당의 옹이진 너도밤나무 줄기처럼 생긴 온몸의 수많은 골과 등성이가 램프 불빛을 받아 황금색 그림자를 드리웠다. 손발에 점점이 퍼진 검버섯까지도 빛을 발했다. 다른 사람의 벌거벗은 몸을 쳐다보는 것은 죄악이었지만 나는 시선을 돌리지 않았다. 배의 주름은 이제 그리 많아 보이지 않았고 배꼽은 여전히 겹겹의 살 속에 파묻혔는데도 아까보다 튀어나와 있었다. 다리 사이에는 다른 데보다 부드러워 보이는, 온몸에 모기장처럼 격자무늬를 수놓은 주름이 하나도 없는 흐물흐물한 번데기가 달려 있었다. 할아버지가 풀치마를 집어들고 몸에 두른 다음 허리에서 매듭지었다. 젖꼭지는 가슴의 성긴 회색 털 사이에 자리 잡은 까만 건포도 같았다. 내가 소리 없이 뒤돌아 방으로 되돌아갈 때도 파파은누쿠는 여전히 미소를 띠고 있었다. 나는 평소 집에서 묵주 기도를 마친 뒤에 웃었던 적이 한 번도 없었다. 우리 식구 중에 그런 사람은 아무도 없었다.

아침 식사 후에 파파은누쿠는 베란다로 돌아가 민걸상에 앉고, 아마카는 할아버지 발치에 놓인 플라스틱 깔개에 자리 잡았다. 그 애는 속돌로 할아버지의 발을 부드럽게 문지른 다음 플라스틱 대야에 든 물에 담갔다가 바셀린을 바르고 나서 다른 발로 넘어갔다. 파파은누쿠는 아마카 때문에 자기 발이 너무 말랑말랑해지겠다고, 이제는 딱딱하지 않은 돌에도 발바닥이 찔리겠다고 불평했다. 여기서는 이페오마 고모 때문에 어쩔 수 없이 샌들을 신지만 마을에서는 신지 않기 때문이었다. 하지만 아마카한테 그만두라고 하지는 않았다.

"여기 베란다에서, 그늘에서 할아버지를 그릴 거야. 살갗에 비친 햇빛을 포착하고 싶거든." 아마카가 베란다로 나오는 오비오라에게 말했다.

이페오마 고모가 파란 풀치마와 블라우스 차림으로 방에서 나왔다. 오비오라와 함께 시장에 갈 작정이었다. 고모 말에 따르면 오비오라는 계산기를 가진 상인보다도 거스름돈 계산이 빨랐다. "캄빌리, 오라 잎 다듬는 걸 네가 도와줬으면 좋겠구나. 내가 돌아오자마자 요리 시작할 수 있게." 고모가 말했다.

"오라요?" 내가 마른침을 삼키며 말했다.

"그래. 오라 다듬을 줄 모르니?"

나는 고개를 저었다. "몰라요, 고모."

"그럼 아마카가 할 거다." 이페오마 고모가 말했다. 고모는 풀치마를 풀었다가 다시 허리에 두른 다음 옆구리에서 매듭지었다.

"왜?" 아마카가 버럭 소리쳤다. "부자들은 집에서 **오라** 손질 안 하니까? 그럼 쟤는 **오라** 수프 안 먹을 거래?"

이페오마 고모의 표정이 굳어졌다. 그러나 고모는 아마카가 아니라 나를 쳐다보고 있었다. "오 기니디, 캄빌리, 너는 입이 없니? 쟤한테 뭐라고 한마디 해!"

나는 정원의 시든 아가판투스꽃이 줄기에서 떨어지는 것을 쳐다봤다. 늦은 아침 바람에 파두가 바스락거렸다. "소리 지를 필요 없어, 아마카." 마침내 내가 말했다. "난 **오라** 잎을 다듬을 줄 모르지만 네가 가르쳐 주면 되잖아." 그런 차분한 말이 어디서 나왔는지 몰랐다. 나는 아마카를 쳐다보고 싶지 않았고, 그 뱁새눈을 보고 싶지 않았고, 그 애를 자극해서 또 한 소리 듣고 싶지 않았다. 내가 더 이상 버틸 수 없음을 알았기 때문이다. 그때 킥킥대는 소리가 들리길래 내 귀를 의심했지만 아마카를 보니 역시나 그 애가 웃고 있었다.

"너도 그렇게 큰 소리로 말할 수도 있구나, 캄빌리." 아마카가 말했다.

그러고는 **오라** 손질법을 가르쳐 줬다. 그 미끌미끌한 연두색 잎에는 익혀도 연해지지 않는 질긴 줄기가 있어 조심스럽게 뜯어내야 했다. 나는 채소가 담긴 쟁반을 무릎 위에 놓고 일을 시작했다. 줄기를 뜯어낸 다음 잎은 발치에 둔 볼에 넣었다. 손질을 다 마친 한 시간쯤 후에 이페오마 고모의 차가 도착하더니 고모가 신문지로 부채질하면서 베란다로 올라와 민걸상에 털썩 주저앉았다. 얼굴 양옆으로 흘러내린 땀줄기에 파우더가 지워져 검은 평행선이 그려져 있었다. 고모는 오비오라와 함께 차에서 식료품을 내리고 있는 오빠에게 플랜틴 송이는 베란다에 놓고 가라고 말했다.

"아마카, 카? 이게 얼마일 것 같니?" 고모가 물었다.

아마카는 감정하듯 날카롭게 쳐다보다가 얼마라고 말했다. 그러자 이페오마 고모가 고개를 저으며 아마카가 말한 값보다 40나이라를 더 줬다고 했다.

"헤이! 이렇게 작은 게?" 아마카가 소리쳤다.

"상인들이 휘발유가 없어서 운반하기 힘들다고 운임을 추가했대, 오 디 에구." 고모가 말했다.

아마카는 플랜틴을 송이째 집어 들고 하나하나를 두 손가락으로 꾹꾹 눌렀다. 마치 그렇게 하면 왜 비싼지 알아낼 수 있는 것처럼. 그 애가 플랜틴을 가지고 안으로 들어갈 때 아마디 신부의 차가 나타나 집 앞에 멈췄다. 햇빛이 앞 유리창에 반사되어 번쩍였다. 그는 웨딩드레스 앞자락을 든 신부처럼 수단을 들어 올린 채 베란다 앞 계단을 뛰어올랐다. 그러고는 파파은누쿠에게 인사하고 나서 이페오마 고모와 포옹하고 남자애들과 악수를 했다. 나도 그와 악수할 수 있게끔 손을 내밀었다. 아랫입술이 떨리기 시작했다.

"캄빌리." 그가 남자애들보다 내 손을 좀 더 오래 잡은 채 말했다.

"어디 가시는 길인가 봐요, 신부님." 아마카가 베란다로 나오며 말했다. "그 수단 속은 푹푹 찌겠어요."

"친구한테 뭣 좀 전해 주러 가는 길이야. 파푸아 뉴기니에서 온 신부가 다음 주에 돌아가거든."

"파푸아 뉴기니라. 거기는 어떻대요?" 아마카가 물었다.

"카누 바로 밑에 악어들이 우글대는 강을 건넌 얘기를 해 주는데, 악어들이 이빨을 딱딱 부딪치는 소리를 들은 게 먼저인지 자기가 바지에 오줌 쌌다는 걸 깨달은 게 먼저인지 확실치 않다더라고."

"신부님은 그런 데로 보내지 말아야 할 텐데요." 이페오마 고모가 웃으며 말했다. 손으로는 계속 부채질하면서 유리잔의 물을 홀짝이고 있었다.

"신부님이 떠나신다는 생각조차 하기 싫어요." 아마카가 말했다. "언제 어디로 가는지 아직도 모르시죠, **오퀴아**?"

"그래. 아마 내년 중이겠지."

"누가 자네를 보내는데?" 파파은누쿠의 갑작스러운 질문에 나는 할아버지가 지금껏 우리 대화에 나온 이보어 단어를 빠짐없이 듣고 있었음을 깨달았다.

"아마디 신부님은 선교사 **은디**, 그러니까 사제 무리에 속하는데요, 그들은 사람들을 개종시키기 위해 여러 나라에 가요." 아마카가 말했다. 그 애는 파파은누쿠한테 말할 때 우리처럼 무심코 영어 단어를 섞어 쓰는 적이 거의 없었다.

"**에지 오쿠**?" 파파은누쿠가 고개를 들어 우윳빛 눈동자로 아마디 신부를 쳐다봤다. "그래? 우리 아들들이 이젠 백인의 땅에 가서 선교를 하는 거야?"

"백인 땅에도 가고 흑인 땅에도 갑니다, 어르신." 아마디 신부가 말했다. "사제가 필요한 곳이면 어디든 가죠."

"그거 잘됐군. 하지만 그 사람들한테 절대 거짓말하면 안 되

네. 자기 아버지를 무시하라고 가르쳐서도 안 되고." 파파은누쿠
가 고개를 절레절레 흔들며 시선을 돌렸다.

"들으셨어요, 신부님?" 아마카가 물었다. "가련하고 무지한 영
혼들에게 거짓말하시면 안 돼요."

"힘들겠지만 노력해 볼게." 아마디 신부가 영어로 말했다. 그
가 미소 짓자 눈꼬리에 주름이 잡혔다.

"있잖아요, 신부님, 그건 **옥파** 만드는 거랑 비슷해요." 오비오
라가 말했다. "밤바라땅콩 가루랑 야자유를 섞어서 몇 시간 동안
쪄요. 그런 다음에 거기서 밤바라땅콩 가루만 빼낼 수 있을 것 같
아요? 혹은 야자유만 빼낼 수 있을까요?"

"무슨 소리를 하는 거니?" 아마디 신부가 물었다.

"종교와 억압요." 오비오라가 말했다.

"벌거벗고 시장을 돌아다니는 사람만 미친 건 아니라는 속담
알지?" 아마디 신부가 물었다. "또 광증이 도져서 너를 괴롭히는구
나, **오쿼아?**"

오비오라도 웃었고 아마카도 웃었다. 아마카를 그렇게 큰 소
리로 웃게 만들 수 있는 사람은 오직 아마디 신부뿐인 듯했다.

"진정한 선교 사제처럼 말씀하시네요, 신부님." 아마카가 말했
다. "누가 이의를 제기하면 미치광이 딱지를 붙여 버리는 게 말이
에요."

"네 사촌은 가만히 앉아서 지켜보고 있잖니." 아마디 신부가
내 쪽을 가리키며 말했다. "영원히 안 끝날 말싸움을 시작하는 데
힘을 낭비하지 않는다고. 하지만 머릿속은 바쁘게 돌아가고 있을
거다. 보면 알아."

나는 그를 빤히 쳐다봤다. 겨드랑이 주위에 둥글고 축축한 땀 자국이 생겨서 하얀 수단의 색이 짙어졌다. 그의 시선이 내 얼굴에 닿자 나는 눈을 피했다. 그와 마주 보는 것은 너무 불편했다. 옆에 누가 있는지, 내가 어디 앉아 있는지, 내 치마가 무슨 색인지까지 잊어버렸다. "캄빌리, 지난번에는 우리랑 같이 가고 싶지 않아서 안 나온 거지?"

"저는…… 전…… 자고 있었어요."

"그래, 오늘은 나랑 같이 가자. 너랑 나 둘이서만." 아마디 신부가 말했다. "시내 갔다가 돌아오는 길에 데리러 올게. 경기장에 가서 축구를 하는 거야. 너는 같이 해도 되고 구경만 해도 돼."

아마카가 웃기 시작했다. "캄빌리가 완전히 겁먹은 것 같은데요." 그 애가 나를 보고 있었지만 익숙한 눈빛, 나도 모르는 내 잘못을 비난하는 눈빛이 아니었다. 그보다 부드럽고 낯선 눈빛이었다.

"겁낼 것 없어, 은네. 재밌을 거야." 이페오마 고모가 말했고 나는 여전히 멍한 눈빛으로 고모를 돌아봤다. 고모의 코는 뾰루지처럼 작은 땀방울로 뒤덮여 있었다. 너무나 행복하고 편안해 보이는 고모를 보고 어떻게 내 주위에 저런 기분인 사람이 있을 수 있을까 생각했다. 지금 내 속에서는 불길이 타오르는데, 공포와 희망이 뒤섞여 내 발목을 움켜잡는데.

아마디 신부가 떠난 후에 이페오마 고모가 말했다. "가서 준비해, 신부님이 와서 기다리시지 않게. 네가 축구를 안 하더라도 반바지 입는 게 좋겠다. 해 지기 전까지는 점점 더워질 테니까. 그리고 경기장 관람석에 지붕이 거의 없거든."

"그 경기장 짓는 데 걸린 십 년 동안 여러 사람 주머니로 돈이 들어가서 그래." 아마카가 툴툴거렸다.

"반바지가 없어요, 고모." 내가 말했다.

이페오마 고모는 왜냐고 묻지 않았다. 이미 알고 있었기 때문이리라. 고모는 아마카에게 반바지를 빌려주라고 했다. 아마카가 비웃을 줄 알았는데 그 애는 나한테 반바지가 없는 게 당연한 일인 양 노란 반바지를 빌려줬다. 반바지를 입는 데는 시간을 많이 들였지만 거울 앞에 아마카처럼 오래 서 있지는 않았다. 그랬다간 죄책감이 엄습할 것이었기 때문이다. 허영심은 죄악이었다. 오빠와 나는 단추가 제대로 잠겼는지 확인할 동안만 거울을 봤다.

잠시 후 토요타가 집 앞에 멈추는 소리가 들렸다. 서랍장 위에 있던 아마카의 립스틱을 집어 입술에 발랐다. 하지만 아마카처럼 매력적으로 보이는 게 아니라 이상해 보였다. 심지어 색깔도 반짝이는 구리색이 아니었다. 닦아 냈다. 입술이 창백하고 칙칙한 갈색으로 보였다. 다시 립스틱을 바르는데 손이 떨렸다.

"캄빌리! 아마디 신부님이 클랙슨 누르시잖니." 이페오마 고모가 외쳤다. 나는 손등으로 립스틱을 닦아 내고 방에서 나왔다.

아마디 신부의 자동차에서는 그의 냄새, 맑은 쪽빛 하늘을 연상시키는 산뜻한 냄새가 났다. 지난번에 그를 봤을 때는 반바지가 무릎 한참 아래까지 내려왔던 것 같은데 지금은 위로 당겨 올려져서 검은 털이 드문드문 난 근육질 넓적다리가 드러났다. 그와 나 사이의 공간이 너무 좁고 너무 밭았다. 이제껏 신부에게 그렇게 가까이 앉았던 건 고해 성사 하는 회개자였을 때뿐이었다. 하지만 아마디 신부의 향수가 폐부 깊숙이 들어와 있는 지금은 회개하는 마음을 갖기가 어려웠다. 오히려 죄책감을 느꼈다. 내 죄악에 집중할 수 없어서, 그가 얼마나 가까운지 외엔 아무 생각도 할 수 없어서. "저는 할아버지랑 한방에서 자요. 할아버지는 이교도예요." 내가 불쑥 말했다.

그가 잠시 나를 돌아봤다가 다시 시선을 돌렸다. 그의 눈에서 보인 반짝임이 흥미였나 생각했다. "왜 그런 말을 하니?"

"죄악이니까요."

"그게 왜 죄악인데?"

나는 그를 빤히 쳐다봤다. 그가 대사 하나를 빠뜨렸다고 생각했다. "모르겠어요."

"너희 아버지가 그렇게 말씀하셨구나."

나는 눈을 돌려 창밖을 내다봤다. 명백히 반대 입장인 아마디 신부에게 그 생각이 아버지에게서 나온 거라고 밝힐 생각은 없었다.

"오빠가 지난번에 아버지 얘기를 조금 했단다, 캄빌리."

나는 아랫입술을 깨물었다. 오빠가 뭐라고 한 거지? 아니, 무슨 얘기가 됐든 오빠 머리가 어떻게 된 건가? 아마디 신부는 그 후로 아무 말 없이 운전만 하다가 경기장에 도착하자 육상 트랙을 뛰는 몇 명을 빠르게 훑어봤다. 아이들이 아직 오지 않아서 축구장은 비어 있었다. 우리는 지붕이 있는 관람석 두 군데 중 한 곳의 계단에 앉았다.

"애들 올 때까지 공놀이나 할까?" 그가 물었다.

"할 줄 몰라요."

"핸드볼은 할 줄 아니?"

"아뇨."

"배구는?"

나는 그를 쳐다봤다가 시선을 돌렸다. 아마카가 언젠가 그도 그럴까, 도자기 같은 피부나 나를 쳐다볼 때 살짝 올라가는 곧은 눈썹을 포착할까 생각했다. "1학년 때 배구를 했었어요." 내가 말했다. "하지만 그만뒀어요. 왜냐하면…… 썩 잘하지 못해서 아무도 저를 팀원으로 뽑으려 하지 않았거든요." 나는 페인트칠하지 않은 황량한 관람석에 시선을 고정한 채 말했다. 방치된 지 너무 오래돼서 갈라진 시멘트 틈으로 작은 식물의 녹색 새싹이 자라나 있었다.

"예수님을 사랑하니?" 아마디 신부가 벌떡 일어나며 물었다.

나는 깜짝 놀랐다. "네. 네, 예수님 사랑하죠."

"그럼 보여 줘 봐. 나를 붙잡아서 네가 예수님을 사랑한다는 걸 보여 줘."

그는 말이 채 끝나기도 전에 냅다 뛰기 시작했고 나는 그의 파란 러닝셔츠가 번개처럼 사라지는 것을 봤다. 그리고 생각할 겨를도 없이 일어나 그를 뒤쫓기 시작했다. 바람이 내 얼굴로, 눈 속으로, 귀 옆으로 불어닥쳤다. 아마디 신부는 파란 바람과도 같아 붙잡을 수가 없었다. 나는 그가 축구 골대 근처에서 멈출 때까지 따라잡지 못했다. "넌 예수님을 사랑하지 않는구나." 그가 놀려 댔다.

"신부님이 너무 빨리 뛰시니까 그렇죠." 내가 헐떡이며 말했다.

"지금은 일단 쉬고 다시 한번 기회를 줄 테니까 주님을 사랑한다는 걸 증명해 봐."

우리는 네 번을 더 뛰었지만 나는 그를 붙잡지 못했다. 마침내 우리가 풀밭에 주저앉자 그가 내 손에 물병을 쥐여 줬다. "네 다리는 달리기에 딱 맞아. 연습을 더 해야겠구나." 그가 말했다.

나는 시선을 피했다. 그런 말은 한 번도 들어 본 적이 없었다. 그의 시선이 내 다리든 내 몸 어디든 닿는 것은 너무 가까운, 너무 친밀한 행위처럼 느껴졌다.

"너는 웃을 줄 모르니?" 그가 물었다.

"네?"

그가 두 팔을 뻗어 내 양쪽 입꼬리를 살짝 밀어 올렸다. "웃어 봐."

나는 웃고 싶었지만 그럴 수 없었다. 내 입술과 뺨은 코 옆을 흘러내리는 땀에 얼어붙어 굳어 있었다. 그가 나를 보고 있다는 사실을 지나치게 인식했다.

"손에 있는 붉은 얼룩은 뭐야?" 그가 물었다.

손을 내려다보니 급하게 닦아 내어 번진 립스틱이 땀투성이 손등에 아직도 남아 있었다. 내가 얼마나 많이 발랐는지 알아차리지 못했던 것이다. "이건…… 얼룩이에요." 내가 스스로도 바보 같다 느끼며 말했다.

"립스틱이야?"

나는 고개를 끄덕였다.

"너 립스틱 바르니? 전에도 발라 본 적 있어?"

"아뇨." 내가 말했다. 그리고 미소가 입술과 뺨을 끌어당기면서 내 얼굴에 스멀스멀 퍼져 나가는 것을 느꼈다. 당황스러우면서도 재밌어하는 미소. 그는 내가 오늘 처음으로 립스틱을 바르려 했던 것을 알게 됐다. 나는 웃었다. 그리고 또 웃었다.

"안녕하세요, 신부님!" 사방에서 메아리치는 소리가 들리더니 남자애 여덟 명이 우리에게 들이닥쳤다. 전부 내 또래였다. 반바지는 해어져 구멍이 뚫렸고, 셔츠는 너무 여러 번 빨아서 원래 색을 알 수 없었으며, 다리에는 하나같이 벌레에 물려 생긴 딱딱한 부분이 있었다. 아마디 신부는 러닝셔츠를 벗어 내 무릎 위에 던지고는 아이들과 함께 축구장으로 갔다. 상의를 벗은 어깨가 넓고 각졌다. 나는 무릎에 놓인 셔츠를 내려다보지 않은 채 아주아주 천천히 손을 그쪽으로 슬금슬금 가져갔다. 내 눈은 축구장에, 아마디 신부의 달리는 다리에, 날아다니는 흰색과 검은색의 축구공에, 남자애들의 다 똑같아 보이는 수많은 다리에 머물렀다. 하지만 내 손은 이미 무릎에 올라가서 셔츠가 살아 숨 쉬는 존재인 양, 아마디 신부의 일부인 양 머뭇머뭇 어루만지고 있었다. 그때 그가 휴식 시간을 알리는 휘슬을 불더니 차에 가서, 껍질 벗긴 오렌지랑 팽팽한 원뿔형으로 묶은 비닐봉지에 담긴 물을 가져왔다. 그들은 다 같이 풀밭에 앉아 오렌지를 먹었고 나는 아마디 신부가 누운 상태에서 상체만 일으켜 세운 채 고개를 뒤젖히며 너털웃음 터뜨리는 것을 쳐다봤다. 그 애들도 나처럼 아마디 신부가 자기만 보고 있다고 생각하는지 궁금했다.

나는 나머지 경기를 지켜보는 동안에도 그의 러닝셔츠를 쥐고 있었다. 아까부터 불기 시작한 시원한 바람이 몸에 맺힌 땀을 식혔을 때쯤 아마디 신부가 휘슬을 처음 두 번은 짧게, 세 번째는 길게 불어 경기 종료를 알렸다. 아이들은 그의 주위에 모여들어서 그가 기도하는 동안 고개를 숙이고 있었다. 아마디 신부가 나를 향해 걸어올 때 "안녕히 가세요, 신부님!"이라는 외침이 주위에서 메아리쳤다. 그의 걸음걸이에는 온 동네 암탉을 거느린 수탉과도 같은 당당함이 있었다.

차 속에서 그가 테이프를 틀었다. 합창단이 부른 이보어 찬송가였다. 첫 노래는 오빠랑 내가 성적표를 집에 가져갈 때 어머니가 가끔 불러서 아는 곡이었다. 아마디 신부가 따라 부르는데 테이프 속 주창자보다 목소리가 부드러웠다. 첫 곡이 끝나자 그가 볼륨을 줄이며 물었다. "경기 재밌었니?"

"네."

"나는 그 애들 얼굴에서 예수님을 본단다."

나는 그를 쳐다봤다. 성 아네스 성당의 광택 나는 십자가에 매달린 금발 예수와 아까 그 애들의 벌레 물린 흉터로 뒤덮인 다리를 겹쳐 볼 수 없었기 때문이다.

"걔들은 우구오바에 살아. 대부분 학비가 없어서 학교를 그만뒀지. 에쿠에메는…… 빨간 셔츠 입은 애 기억나니?"

기억나지 않았지만 고개를 끄덕였다. 나한테는 모든 셔츠가 비슷비슷하고 무색으로 보였었다.

"그 애 아버지는 여기 대학교 운전기사였어. 하지만 해고당하면서 에쿠에메가 은수카 고등학교를 자퇴해야 했지. 그래서 지금은 버스 차장으로 일하는데 아주 잘하고 있단다. 걔들을 보면 나도 막 의욕이 샘솟아." 아마디 신부가 말을 멈추고 찬송가를 따라 불렀다. "이 나아시 음 에소나 야! 이 나아시 음 에소나 야!"

나는 박자에 맞춰 고개를 까딱였다. 사실 우리에게는 음악이 필요 없었다. 아마디 신부의 목소리만으로도 충분했다. 내가 오래전부터 있었어야 할 곳에 있는 것처럼 편안한 느낌이 들었다. 그가 한동안 노래를 부르다가 다시 볼륨을 아주 작게 줄였다. "너는 나한테 아무것도 묻지 않는구나." 그가 말했다.

"뭘 물어야 할지 모르겠어요."

"질문하는 기술을 아마카한테 배웠어야 했는데 그랬네. 왜 나무의 싹은 위로 올라가고 뿌리는 밑으로 내려가요? 하늘은 왜 있는 거예요? 생명이 뭐예요? 대체 왜 그러는 거예요?"

나는 웃었다. 마치 모르는 사람의 웃음소리를 녹음한 것처럼 이상하게 들렸다. 내 웃음소리를 스스로 들어 본 적이 있는지 확신이 안 섰다.

"왜 사제가 되셨어요?" 불쑥 말하고 나서는 묻지 말 걸 그랬다고, 내 목구멍 속의 공기 방울이 그 말을 내보내지 말았어야 했다고 생각했다. 물론 그는 부름을 받았다. 우리 학교의 모든 수녀들이 우리가 기도할 때마다 혹시 들리지 않나 귀 기울이라고 시키는 바로 그 부름을. 나는 때때로 하느님이 낮게 울리는 목소리로 영국식 악센트를 사용해 나를 부르는 것을 상상했다. 하느님은 내 이름을 맞게 발음하지 않을 것이다. 베네딕트 신부처럼, 첫 번째 음절이 아니라 두 번째 음절에 강세를 둘 것이다.

"처음에는 의사가 되고 싶었어. 그런데 어느 날 교회에 갔다가 신부님 말씀을 듣고 인생이 완전히 바뀌었지." 아마디 신부가 말했다.

"아."

"농담이야." 아마디 신부가 나를 곁눈질했다. 내가 농담이라는 걸 알아차리지 못해서 놀란 듯했다. "그보다는 훨씬 복잡해, 캄빌리. 어렸을 때 마음속에 의문이 많았는데 사제가 되는 게 해답에 가장 가까웠어."

그 의문이 무엇인지, 베네딕트 신부도 같은 의문을 가졌을지 궁금했다. 그러고 나서 아마디 신부의 매끈한 피부를 물려받는 자식이 없으리라는 것, 그의 각진 어깨가 천장 팬을 만지고 싶어 하는 아들의 다리를 받치는 일이 없으리라는 것을 생각하자 터무니없지만 강렬한 슬픔이 느껴졌다.

"에워, 사목 평의회에 늦었네." 그가 시계를 보며 말했다. "너 내려 주기만 하고 바로 가 봐야겠다."

"죄송해요."

"네가 왜 죄송해? 오늘 낮에 얼마나 즐거웠는데. 너는 꼭 나랑 경기장에 또 가야 돼. 안 되면 네 손발을 묶어서라도 데려갈 테니까." 그가 소리 내어 웃었다.

나는 계기판을, 거기에 붙은 파란색과 금색의 레지오 마리에[73] 스티커를 쳐다봤다. 아마디 신부는 모르나? 그가 영원히 떠나지 않길 내가 바란다는 걸? 경기장이든 어디든 그와 함께라면 같이 가자고 나를 설득할 필요가 없다는 걸? 집 앞에 도착해 차에서 내리는 나의 머릿속에서 그날 오후가 다시 재생되었다. 나는 미소 짓고, 달리고, 웃었다. 가슴 속이 비누 거품 같은 것으로 가득 찼다. 가벼웠다. 그 가벼움의 달콤함이 혀끝에서 느껴졌다. 샛노랗게 농익은 캐슈 열매의 단맛이었다.

베란다에서 이페오마 고모가 파파은누쿠 뒤에 서서 할아버지 어깨를 주무르고 있었다. 나는 할아버지에게 인사했다.

---

73 가톨릭 평신도 사도직 단체. '성모 마리아의 군단'이라는 뜻이다.

"캄빌리, 은노." 파파은누쿠가 말했다. 할아버지는 피곤해 보였다. 눈빛이 멍했다.

"재밌었니?" 이페오마 고모가 미소 지으며 물었다.

"네, 고모."

"낮에 너희 아버지한테서 전화 왔었어." 고모가 영어로 말했다.

나는 고모를 쳐다보면서, 입술 위의 까만 점을 빤히 보면서, 고모가 특유의 칼칼한 소리로 크게 웃으며 농담이라고 말하길 바랐다. 아버지는 절대 낮에 전화하는 법이 없었다. 게다가 오늘 아침 출근하기 전에 전화했는데 뭐 하러 또 전화를 한단 말인가? 뭔가가 잘못된 것이 분명했다.

"어떤 고향 사람이 — 먼 친척일 거야. — 아버지한테 내가 마을에 와서 할아버지를 모셔 갔다고 말했대." 이페오마 고모는 파파은누쿠가 알아들을 수 없도록 계속 영어로 말했다. "내가 자기한테 미리 말했어야 했다고, 자기는 할아버지가 여기 은수카에 있다는 걸 알 권리가 있다더라. 그러고는 자기 자식들과 이교도를 한집에 두는 것에 대해 주절주절 늘어놓더구나." 고모는 아버지의 그런 반응이 별나지만 사소한 일일 뿐이라는 듯 고개를 흔들었다. 하지만 그렇지 않았다. 아버지는 아침에 전화했을 때 오빠도 나도 그 얘기를 하지 않았다는 이유로 불같이 화를 낼 게 틀림없었다. 머릿속에 피 혹은 물 혹은 땀이 빠르게 차올랐다. 무엇이 됐든 머리가 가득 차면 내가 기절하리란 걸 알았다.

"당장 내일 와서 너희를 데려간다길래 일단 진정시켰어. 모레 내가 너랑 자자를 데려다주겠다고 했더니 받아들인 것 같아. 부디 우리가 기름을 구하길 바라자꾸나." 이페오마 고모가 말했다.

"알았어요, 고모." 나는 현기증을 느끼며 돌아서서 안으로 향했다.

"참, 편집장을 감옥에서 빼냈대." 고모가 말했다. 하지만 나는 제대로 듣지 못했다.

아마카가 나를 흔들었을 때 나는 이미 그 애의 기척에 깨어 있었다. 잠과 깸을 나누는 경계를 넘나들면서 아버지가 직접 우리를 데리러 오는 것을, 그 불그레한 눈에 담긴 분노를, 입에서 터져 나오는 이보어를 상상했다.

"가서 물 떠 오자. 자자 오빠랑 오비오라는 벌써 나갔어." 아마카가 스트레칭을 하며 말했다. 그 애는 이제 아침마다 그 말을 했고 물통 하나는 내가 들고 들어가게 시키기도 했다.

"네콰, 파파은누쿠가 아직 주무시네. 약 때문에 늦잠 자서 일출 못 본 걸 알면 언짢아하실 텐데." 아마카가 허리를 숙여 할아버지를 살살 흔들었다.

"파파은누쿠, 파파은누쿠, **쿠니에**." 하지만 할아버지가 미동도 않자 천천히 할아버지를 뒤집었다. 파파은누쿠의 풀치마가 풀려 있어 허리 고무줄이 해어진 하얀 팬티가 드러났다. "엄마! 엄마!" 아마카가 외쳤다. 그리고 파파은누쿠의 가슴에 손을 얹고 미친 듯이 심장 박동을 찾았다. "엄마!"

이페오마 고모가 허겁지겁 방으로 들어왔다. 잠옷 위에 풀치마를 걸치지 않아 얇은 천 밑의 처진 가슴 선과 살짝 나온 배가 보였다. 고모는 털퍼덕 무릎을 꿇더니 파파은누쿠의 몸을 부여잡고 흔들었다.

"은나 아니! 은나 아니!" 고모의 목소리는 크고 필사적이었다. 목소리를 높이면 파파은누쿠가 더 잘 듣고 대답하기라도 할 것처럼. "은나 아니!" 고모가 입을 다물고 파파은누쿠의 손목을 잡은 채 가슴에 머리를 얹었을 때 정적을 깬 것은 옆집 수탉의 울음소리뿐이었다. 나는 숨을 죽였다. 불현듯 내 숨소리 때문에 이페오마 고모가 파파은누쿠의 심장 박동을 못 들을 것만 같아서였다.

"에우우, 할아버지는 잠드신 거야. 그냥 잠만 드신 거야." 한참 후에 이페오마 고모가 말했다. 그리고 파파은누쿠를 끌어안고 어깨에 얼굴을 묻은 채 상체를 앞뒤로 흔들기 시작했다.

아마카가 자기 엄마를 잡아당겼다. "그만해, 엄마. 할아버지한테 인공호흡을 해! 그만하라고!"

이페오마 고모가 상체를 흔드는 동안 한순간, 파파은누쿠의 몸도 같이 앞으로 움직였기 때문에, 고모가 착각한 거고 파파은누쿠는 정말로 자고 있는 게 아닌가 생각도 했다.

"은나 음 오! 아버지!" 이페오마 고모의 목소리가 너무 맑고 높게 울려서 마치 천장에서 내려오는 것만 같았다. 아바에서 때때로 영정을 든 장례 행렬이 소리를 지르고 춤을 추면서 우리 집 앞을 지날 때 들었던 것과 똑같은 음조, 똑같은 날카로움이었다.

"은나 음 오!" 이페오마 고모가 여전히 파파은누쿠를 꽉 잡은 채 외쳤다. 아마카가 제 엄마를 떼어 내려 했지만 역부족이었다. 오비오라와 오빠가 방 안으로 뛰어 들어왔다. 나는 백 년 전의 선조들, 파파은누쿠가 아침마다 기도를 올렸던 조상들이 마을을 지키기 위해 적에게 돌진했다가 장대에 축 늘어진 머리를 꽂은 채 돌아오는 것을 상상했다.

"무슨 일이야, 엄마?" 오비오라가 물었다. 수돗물이 튀어 젖은 바짓단이 다리에 달라붙어 있었다.

"파파은누쿠는 살아 계셔." 오빠가 근엄하게 영어로 말했다. 그렇게 말하면 자기 말이 실현되기라도 할 것처럼. 하느님이 "빛이 있으라."라고 말했을 때도 분명 그런 어조였을 것이다. 오빠는 잠옷 바지만 입고 있었는데 오비오라와 마찬가지로 군데군데 젖어 있었다. 나는 난생처음 오빠 가슴에 드문드문 난 털을 봤다.

"은나 음 오!" 이페오마 고모는 계속 파파은누쿠를 꽉 잡고 있었다.

오비오라가 시끄럽고 거친 소리로 숨 쉬기 시작하더니 허리를 굽혀 이페오마 고모를 붙잡고 천천히 파파은누쿠의 시신에서 떼어 냈다. "오 주고, 그만해, 엄마. 할아버지는 조상님 곁으로 가셨어." 그 애의 목소리가 낯선 음색을 띠었다. 오비오라는 고모를 부축해 침대에 앉혔다. 아마카도 고모와 똑같이 멍한 눈빛을 한 채 옆에 서서 파파은누쿠의 형체를 내려다보고 있었다.

"내가 은두오마 선생님한테 전화할게." 오비오라가 말했다.

오빠는 허리를 숙여 풀치마로 파파은누쿠의 시신을 덮었지만 풀치마가 충분히 긴데도 얼굴은 덮지 않았다. 나는 다가가서 파파은누쿠를 만지고 싶었다. 아마카가 기름칠한 하얀 머리칼을 만지고 쭈글쭈글한 가슴살을 펴고 싶었다. 하지만 그러지 않았다. 아버지가 대로할 게 뻔했기 때문이다. 나는 눈을 감았다. 오빠가 이교도의 몸에 손대는 것 — 파파은누쿠의 시신을 만지는 것은 더 심각한 일일 듯했다. — 을 봤냐고 아버지가 물을 때 아니라고 대답해도 거짓말이 안 되게 하기 위해서였다. 오빠가 한 행동을 하나도 보지 못했으니까. 내 눈이 감겨 있었던 만큼이나 한참 동안 귀도 닫혀 있었던 것 같다. 목소리가 들리긴 했지만 무슨 말인지 알아듣지는 못했기 때문이다. 마침내 눈을 떴을 때 오빠는 바닥에, 천으로 덮인 파파은누쿠의 윤곽 옆에 앉아 있었다. 오비오라와 나란히 침대에 앉은 이페오마 고모가 말했다. "치마 깨워라. 안치소 사람들 오기 전에 얘기하게."

오빠가 일어나서 치마를 깨우러 갔다. 가면서 뺨에 흐르는 눈물을 닦았다.

"**오주**가 있던 자리는 내가 이따 닦을게, 엄마." 오비오라가 말했다. 목구멍 깊숙이 울음을 누르고 있어 가끔 끅끅 소리를 냈다. 그 애가 큰 소리로 울지 않는 이유는 이 집의 **느워케**, 가장으로서 이페오마 고모 곁에 있어야 하기 때문임을 알았다.

"아니야." 이페오마 고모가 말했다. "내가 할게." 다음 순간 고모가 일어나서 오비오라를 끌어안았고 두 사람은 한참 그렇게 서로를 껴안고 있었다. 화장실로 가는 동안 **오주**라는 단어가 내 귓가를 맴돌았다. 파파은누쿠는 이제 **오주**, 시신이었던 것이다.

화장실 문을 열려고 했더니 안 열려서 정말 잠겼는지 확인하기 위해 더 세게 밀어 봤다. 나무가 팽창했다 수축했다 하는 탓에 가끔 문이 낄 때가 있었기 때문이다. 그때 아마카의 흐느낌이 들렸다. 크고 칼칼한 소리였다. 웃을 때랑 울 때가 똑같았다. 그 애는 소리 없이 우는 기술을 배우지 못했다. 그럴 필요가 없었던 것이다. 나는 돌아서서 가고 싶었다. 그 애가 홀로 슬퍼하도록 놔두고 싶었다. 하지만 속옷은 이미 축축했고 소변을 참기 위해 무게 중심을 이 다리에서 저 다리로 자꾸 옮겨야 했다.

"아마카, 미안한데 나 화장실 써야 돼." 나는 속삭였고 대답이 없자 큰 소리로 한 번 더 말했다. 문을 두드리고 싶진 않았다. 두드리는 것은 너무 무작스러운 방해 같았다. 마침내 아마카가 잠금장치를 돌리고 문을 열었다. 나는 최대한 빨리 소변을 봤다. 아마카가 문밖에 서 있음을, 도로 들어가서 잠긴 문 뒤에서 흐느끼려고 기다리고 있음을 알았기 때문이다.

은두오마 선생과 함께 온 두 남자가 뻣뻣해져 가는 파파은누쿠의 시신을 손으로 들어서 날랐다. 한 명은 겨드랑이를 잡고 한 명은 발목을 잡았다. 보건소 행정 직원들도 파업 중이라 들것을 가져오지 못했기 때문이다. 은두오마 선생은 우리 모두에게 "**은도**."라고 말할 때도 여전히 얼굴에 미소를 띠고 있었다. 오비오라는 **오주**와 함께 안치소까지 가고 싶다고 말했다. **오주**를 냉장고에 넣는 것을 보고 싶다는 거였다. 하지만 이페오마 고모가, 아니라고, 네가 파파은누쿠를 냉장고에 집어넣는 것까지 볼 필요는 없다고 말했다. 냉장고라는 단어가 뇌리를 맴돌았다. 안치소에서 시체를 넣는 곳은 다른 종류의 냉장고임을 알면서도 파파은누쿠의 시신이 우리 집 부엌에 있는 것 같은 가정용 냉장고에 욱여넣어지는 광경을 상상했다.

오비오라는 안치소까지 가지 않는 데는 동의했지만 두 사내를 따라가 **오주**를 스테이션왜건 구급차에 싣는 것을 유심히 지켜봤다. 차 뒤 유리를 통해 **오주**를 놓을 깔개가 있는지, 녹슨 바닥에 그냥 놓는 건 아닌지 확인했다.

구급차가 떠나고 은두오마 선생도 뒤따라 떠난 후 나는 이페오마 고모를 도와 파파은누쿠의 매트리스를 베란다로 옮겼다. 고모는 오모 세제와 아마카가 욕조 닦을 때 쓰는 솔로 매트리스를 꼼꼼하게 박박 문질렀다.

"돌아가신 후에 파파은누쿠 얼굴 봤니, 캄빌리?" 이페오마 고모가 이제 깨끗해진 매트리스가 마르게끔 금속 난간에 기대어 놓으며 물었다.

나는 고개를 저었다. 할아버지 얼굴을 보지 않았기 때문이다.

"웃고 계셨어." 고모가 말했다. "웃고 계셨다고."

나는 이페오마 고모가 내 얼굴에 흐르는 눈물을 보지 못하도록, 내가 고모의 눈물을 보지 못하도록 시선을 돌렸다. 집 안에서는 대화가 별로 없었다. 무겁고 우울한 침묵이 흘렀다. 치마조차 거의 오전 내내 구석에 웅크리고 앉아 조용히 그림만 그렸다. 이페오마 고모가 얇게 저민 참마를 좀 삶아서 다 같이 빨간 피망 조각이 둥둥 떠다니는 야자유에 찍어 먹었다. 우리가 식사를 마친 지 몇 시간 뒤에 아마카가 화장실에서 나왔다. 눈은 퉁퉁 붓고 목은 쉬어 있었다.

"아마카, 가서 밥 먹어. 참마 삶아 놨다." 이페오마 고모가 말했다.

"할아버지를 다 못 그렸어. 오늘 끝내자고 하셨는데."

"가서 밥 먹어, **이누고.**" 고모가 똑같은 말을 반복했다.

"보건소가 파업 안 했으면 안 돌아가셨을 거야." 아마카가 말했다.

"때가 됐던 거야." 이페오마 고모가 말했다. "내 말 들었니? 그냥 때가 됐던 거라고."

아마카는 이페오마 고모를 빤히 쳐다보다가 돌아서서 가 버렸다. 나는 그 애를 껴안고 "에베지 나."라고 말하며 눈물을 닦아 주고 싶었다. 아마카 앞에서, 아마카와 함께 큰 소리로 울고 싶었다. 하지만 그 애가 화낼 수도 있음을 알았다. 아마카는 이미 충분히 화나 있었다. 게다가 나는 그 애와 함께 파파은누쿠를 추모할 자격이 없었다. 할아버지는 나의 파파은누쿠라기보다는 그 애의 파파은누쿠였다. 그 애가 할아버지 머리카락에 기름칠을 하는 동안 나는 멀리 떨어져서 아버지가 알면 뭐라고 할까만 생각했다. 오빠가 아마카의 어깨에 팔을 두르며 부엌으로 이끌었다. 그러자 아마카가 자신에겐 도움이 필요치 않음을 증명하려는 듯 오빠를 떨쳐냈지만 그러고 나서는 오빠에게 바짝 붙어서 걸었다. 나는 그들의 뒷모습을 눈으로 좇으며 오빠 대신 내가 저렇게 했으면 얼마나 좋았을까 생각했다.

"집 앞에 웬 차가 와서 섰어." 오비오라가 말했다. 우느라 벗었던 안경을 다시 집어 쓰고는 밖을 내다보려고 일어나며 콧등에서 밀어 올렸다.

"누구니?" 이페오마 고모가 피곤한 목소리로 물었다. 누구인지 전혀 관심 없는 말투였다.

"삼촌."

나는 앉은자리에서 그대로 얼어붙었고 팔의 피부가 등의자의 팔걸이와 뒤섞여 하나가 되는 것을 느꼈다. 아까까지만 해도 파파은누쿠의 죽음이 모든 것에 그림자를 드리운 탓에 내 머릿속 애매한 곳에 처박혀 있었던 아버지의 얼굴이 지금 막 되살아났다. 그것은 문가에서 오비오라를 내려다보고 있었다. 숱 많은 눈썹도 낮설었고 갈색 낯빛 역시 마찬가지였다. 오비오라가 "삼촌."이라고 부르지 않았다면 그 사람이 아버지임을, 잘 재단된 하얀 튜닉 차림의 키 큰 낯선 사람이 아버지임을 몰랐을지도 모른다.

"안녕하셨어요, 아버지." 내가 기계적으로 말했다.

"너도 잘 있었니, 캄빌리? 자자는 어디 있냐?"

그때 오빠가 부엌에서 나오다가 멈춰 서서 아버지를 빤히 쳐다봤다. "안녕하셨어요, 아버지." 한참 뒤에 오빠가 말했다.

"오지 말랬잖아, 오빠." 고모가 아까와 똑같이 피곤한, 정말 관심 없는 사람의 말투로 말했다. "내가 내일 데려다준댔잖아."

"하루 더 있게 둘 수가 없더라고." 아버지가 거실을 한 바퀴 둘러보고는 부엌 쪽을 쳐다봤다가 복도로 시선을 옮기며 말했다. 마치 파파은누쿠가 이교도의 연기(煙氣) 속에서 등장하길 기다리기라도 하는 사람 같았다.

오비오라가 치마의 손을 잡고 베란다로 나갔다.

"오빠, 아버지가 영원히 잠드셨어." 이페오마 고모가 말했다.

아버지가 고모를 한동안 쳐다봤다. 아주 쉽게 핏발이 서는 작은 눈이 놀라움으로 커다래졌다. "언제?"

"오늘 아침에. 주무시다가. 몇 시간 전에 안치소로 모셔 갔어."

아버지가 의자에 앉더니 천천히 고개를 숙이며 양손으로 머리를 감싸길래 아버지가 우는 건가, 그럼 나도 울어도 되나 생각했다. 하지만 다시 고개를 든 아버지의 눈에서는 눈물의 흔적이 보이지 않았다. "신부님 불러서 병자 성사 했니?" 아버지가 물었다.

이페오마 고모는 아버지의 말을 못 들은 체하고 자기 무릎 위의 깍지 낀 손만 계속 쳐다봤다.

"이페오마, 신부님 불렀냐니까." 아버지가 물었다.

"할 말이 그것뿐이야, 오빠? 그거 말고는 없어, **그보**? 아버지가 돌아가셨어! 오빠 머리가 돈 거 아냐? 아버지 장례 치르는 거 안 도울 거야?"

"이교 장례식에는 참석 못하지만 여기 교구 사제랑 상의해서 가톨릭 장례식을 준비할 수는 있겠지."

이페오마 고모가 벌떡 일어나 소리를 지르기 시작했다. 목소리가 떨렸다. "아버지 장례를 가톨릭식으로 치르느니 차라리 죽은 남편 무덤을 팔겠어, 오빠. 내 말 들었어? 차라리 이페디오라의 무덤을 팔겠다고! 아버지가 가톨릭이었어? 내가 묻잖아, 오빠, 아버지가 가톨릭이었냐고! **우추 그바 기!**" 고모가 아버지를 향해 손가락을 튀겼다. 저주하는 동작이었다. 눈물이 뺨을 흘러내렸다. 고모는 끅끅 소리를 내며 돌아서서 안방으로 들어갔다.

"캄빌리, 자자, 이리 와라." 아버지가 일어나며 말했다. 그리고 우리 둘을 동시에 꽉 끌어안았다. 아버지가 우리 정수리에 입을 맞추고 말했다. "가서 짐 싸라."

방 안에 들어가 보니 내 옷은 대부분 이미 가방에 들어 있었다. 나는 비늘판 몇 개가 빠지고 방충망이 찢어진 창문을 쳐다보며 저 작은 구멍을 더 찢어서 그리로 빠져나가면 어떻게 될까 생각했다.

"은네." 소리 없이 방에 들어온 이페오마 고모가 내 콘로를 어루만졌다. 그러고는 여전히 빳빳하게 4분의 1로 접혀 있는 내 일과표를 건네줬다.

"아마디 신부님한테 제가 떠났다고, 우리가 떠났다고, 저 대신 인사 전해 주세요." 내가 돌아서며 말했다. 눈물을 닦은 고모는 다시 예전처럼 용감무쌍해 보였다.

"그러마." 고모가 말했다.

우리가 현관까지 걸어 나가는 동안 고모는 두 손으로 내 손을 감싸고 있었다. 밖에서는 하마탄 바람이 앞마당을 가로지르면서 원형 정원의 식물을 흐트러뜨리고, 나무의 의지와 가지를 구부리고, 주차된 차들을 더 많은 먼지로 뒤덮었다. 오비오라가 케빈이 트렁크를 연 채 기다리고 있는 벤츠로 우리 가방을 날랐다. 치마가 울기 시작했다. 오빠가 떠나는 게 싫어서임을 나는 알았다.

"치마, **오 주고**. 자자 형 금방 다시 만날 거야. 형이랑 누나 또 올 거야." 이페오마 고모가 치마를 꼭 끌어안으며 말했다. 아버지는 '맞아.'라고 고모의 말을 뒷받침해 주지 않았다. 그 대신 치마기분 나아지라고 "**오 주고**, 그만 뚝."이라고 하고는 그 애를 안아 주고 나서 작은 나이라 지폐 뭉치를 이페오마 고모의 손에 쥐여 주며 치마 선물 사 주라고 말했다. 그러자 치마가 웃었다. 아마카는 작별 인사를 할 때 눈을 빠르게 깜빡였는데 모래바람 때문이었는지 눈물을 참느라 그랬는지 알 수 없었다. 속눈썹을 덮은 먼지가 코코아색 마스카라처럼 멋져 보였다. 그 애는 검은 비닐로 싼 뭔가를 내 손에 욱여넣고는 뒤돌아서 집 안으로 뛰어 들어갔다. 포장을 통해 내용물이 비쳐 보였다. 파파은누쿠의 미완성 초상화였다. 얼른 가방 안에 숨기고 차에 올라탔다.

우리 차가 마당에 들어설 때 어머니는 현관에 나와 있었다. 얼굴이 부어 있었고 오른눈 주위가 너무 익은 아보카도 같은 검보라색을 띠었다. 어머니는 웃고 있었다. "**우무 음**, 어서 와라. 어서 와."
어머니는 우리 둘을 동시에 끌어안고 얼굴을 오빠 목덜미에 묻었
다가 내 목덜미에 묻었다. "너무 오래된 것 같아. 열흘보다 훨씬 더
된 것 같구나."

"이페오마는 이교도를 돌보느라 바빴더군." 아버지가 시시가
탁자에 가져다 둔 병에서 물을 따르며 말했다. "애들 데리고 아옥
페 참배를 가지도 않았더라고."

"파파은누쿠가 돌아가셨어요." 오빠가 말했다.

어머니가 한 손을 가슴에 얹었다. "**치 음!** 언제?"

"오늘 아침에요." 오빠가 말했다. "주무시다 돌아가셨어요."

어머니가 양팔로 자신을 감쌌다. "**에우우**, 그래, 저세상으로 가
셨구나, 에우우."

"심판받으러 간 거지." 아버지가 물컵을 내려놓으며 말했다.
"이페오마가 생각이 짧아서 죽기 전에 신부를 부르질 않았어. 죽
기 전에 개종했을지도 모르는데."

"개종을 원치 않으셨을 수도 있죠." 오빠가 말했다.

"부디 편히 잠드시길." 어머니가 재빨리 말했다.

아버지가 오빠를 쳐다봤다. "너 지금 뭐라고 했냐? 이교도랑
한집에 살면서 배운 거야?"

"아뇨." 오빠가 말했다.

아버지는 오빠를 보다가 나를 보고는 우리의 낯빛이 변하기
라도 한 양 천천히 고개를 가로저었다. "가서 씻고 내려와서 저녁
먹어라." 아버지가 말했다.

위층으로 올라갈 때 오빠가 앞서서 걸었는데 나는 정확하게

오빠의 발이 닿았던 자리를 디디려 애썼다. 아버지의 식전 기도는 평소보다 길었다. 아버지는 하느님에게 자기 자식들을 정화해 달라고, 이교도와 한집에 있다는 사실을 자신에게 숨기게 만든 것이 어떤 사악한 영이든 없애 달라고 부탁했다. "이는 태만 죄입니다, 주님." 하느님이 모른다는 듯 아버지가 말했다. 나는 큰 소리로 "아멘."이라고 외쳤다. 저녁은 콩과 쌀밥과 닭고기였다. 먹으면서 내 접시의 닭고기 한 덩이가 고모네 집에서는 세 조각으로 나뉘었으리라는 생각을 했다.

"아버지, 제 방 열쇠 좀 주실래요?" 오빠가 포크를 내려놓으며 말했다. 저녁을 반쯤 먹었을 때였다. 나는 숨을 깊이 들이마시고 참았다. 우리 방 열쇠는 원래 아버지가 관리했다.

"뭐?" 아버지가 물었다.

"제 방 열쇠요. 제가 보관하고 싶어요. **마카나**, 사생활을 좀 갖고 싶어서요."

아버지의 눈동자가 흰자위 속에서 심하게 요동쳤다. "뭐? 네가 사생활이 왜 필요해? 몸에다 못된 짓 하려고? 그게 하고 싶은 거냐, 자위?"

"아니에요." 오빠가 대답했다. 그러고는 손을 움직여서 자기 물컵을 넘어뜨렸다.

"제 자식들에게 무슨 일이 일어났는지 보이십니까?" 아버지가 천장을 향해 물었다. "애들이 이교도랑 같이 있더니 변한 게, 사악을 배운 게 보이세요?"

우리는 말없이 식사를 마쳤다. 그리고 오빠는 아버지를 따라 위층으로 올라갔다. 나는 어머니와 함께 거실에 앉아 오빠가 왜 열쇠를 달라고 했을까 궁리했다. 아버지가 열쇠를 줄 리 없었고 오빠도 그 사실을 알았다. 아버지가 절대 우리 방문을 잠그게 두지 않으리란 걸 알고 있었다. 나는 잠시 아버지 말이 옳은가, 파파 은누쿠랑 같이 있어서 오빠가, 우리가 사악해졌나 생각했다.

"집 떠나 있다 돌아오니까 달라 보이지, 오쿼아?" 어머니가 물었다. 어머니는 새 커튼 색을 고르느라 천 견본을 넘겨 보고 있었다. 우리는 매년 하마탄 철이 끝날 무렵 커튼을 바꿨다. 케빈이 어머니한테 견본을 가져다주면 어머니가 몇 개 골라 아버지에게 보여 주고 아버지가 최종 결정을 내렸다. 아버지는 대개 어머니가 제일 좋아하는 것을 골랐다. 작년에는 어두운 베이지, 재작년에는 모래 베이지였다.

나는 돌아오니까 달라 보인다고, 우리 집 거실에는 빈 공간이 너무 많다고, 시시가 매매 닦아서 반짝이기만 할 뿐 아무것도 놓여 있지 않아 낭비되는 대리석 바닥이 너무 많다고 어머니에게 말하고 싶었다. 천장은 너무 높았고 가구에는 생명이 없었다. 유리 탁자는 하마탄에도 껍질이 벗어져 돌돌 말리는 법이 없었고, 가죽 소파는 축축하고 차가운 인사를 건넸으며, 페르시아 양탄자는 감정을 갖기엔 지나치게 사치스러웠다. 하지만 나는 이렇게 말했다. "유리 장식장 닦으셨네요."

"응."

"언제 닦으셨어요?"

"어제."

나는 어머니의 눈을 쳐다봤다. 지금은 떠져 있는 것처럼 보이지만 어제는 부어서 완전히 감겨 있었을 것이다.

"캄빌리!" 아버지 목소리가 위층에서 또렷하게 들려왔다. 나는 숨을 멈추고 가만히 앉아 있었다. "캄빌리!"

"은네, 어서 가." 어머니가 말했다.

나는 천천히 위층으로 올라갔다. 아버지는 욕실에, 문을 약간 열어 놓고 있었다. 나는 열린 문을 두드리고 옆에 서서, 아버지가 왜 욕실에서 나를 불렀을까 생각했다. "들어와." 아버지가 말했다. 아버지는 욕조 옆에 서 있었다. "욕조 안으로 들어가."

나는 아버지를 쳐다봤다. 아버지는 왜 나더러 욕조 안에 들어가라고 하는 걸까? 욕실 바닥을 둘러봤다. 회초리는 아무 데도 없었다. 어쩌면 아버지는 나한테 욕실에 있으라고 하고는 아래층으로 내려가 부엌을 통해 밖으로 나간 다음 뒷마당에서 나뭇가지 하나를 꺾을 작정인지도 몰랐다. 오빠랑 내가 어렸을 때, 초등학교 2학년 때부터 5학년 무렵까지는, 아버지는 우리한테 회초리를 가져오라고 시켰다. 우리는 늘 목마황 나무를 골랐다. 가지가 연해서 더 단단한 너도밤나무나 아보카도 나무만큼 아프지 않았기 때문이다. 그리고 오빠는 회초리를 찬물에 담그면서 이렇게 하면 몸에 닿을 때 덜 아프다고 말했다. 하지만 해가 갈수록 우리가 점점 더 작은 가지를 가져가자 결국은 아버지가 직접 회초리를 가지러 나가기 시작했다.

"욕조 안으로 들어가." 아버지가 다시 한번 말했다.

나는 욕조 안에 서서 아버지를 쳐다봤다. 아버지가 회초리를 가지러 나갈 기미가 보이지 않자 찌릿하고 본능적인 공포가 방광과 귀에 차오르는 것을 느꼈다. 아버지가 나에게 무슨 짓을 할지 짐작이 가지 않았다. 눈앞에 회초리가 있을 때가 더 쉬웠다. 손바닥을 맞비비며 종아리에 미리 힘줄 수 있었기 때문이다. 아버지는 이제껏 한 번도 나에게 욕조 안에 서라고 한 적이 없었다. 그때 바닥에, 아버지 발 가까이에 놓인 주전자를 봤다. 시시가 가리 익힐 물이나 찻물을 끓이는 녹색 주전자, 물이 끓기 시작하면 휘파람 소리가 나는 주전자였다. 아버지가 그것을 집어 들었다. "너 할아버지가 은수카에 오는 거 알고 있었지?" 아버지가 이보어로 물었다.

"네, 아버지."

"그런데 나한테 전화해서 그 사실을 알려 줬던가, **그보**?"

"아뇨."

"이교도와 한집에서 자게 될 것도 알았지?"

"네, 아버지."

"그러니까 죄악을 똑똑히 보고도 걸어 들어갔단 말이냐?"

나는 고개를 끄덕였다. "네, 아버지."

"캄빌리, 너는 귀한 아이야." 장례식에서 추도사를 하는 사람처럼 감정이 북받친 아버지의 목소리가 떨리기 시작했다. "너는 맹렬하게 완벽을 추구해야 한다. 죄악을 보고도 걸어 들어가선 안 돼." 아버지가 주전자를 욕조 안으로 가져오더니 내 발을 향해 기울였다. 그러고는 마치 실험을 하면서 어떤 결과가 나오는지 보고 싶어 하는 사람처럼 내 발에 뜨거운 물을 천천히 부었다. 아버지는 이제 울고 있었다. 눈물이 얼굴을 줄줄 흘러내렸다. 나는 수증기를 먼저 보고 그다음에 물을 봤다. 주전자에서 나온 물이 거의 슬로 모션으로 포물선을 그리며 내 발을 향해 흐르는 것을 지켜봤다. 닿았을 때의 통증이 너무나 순연한 극열이라 일순간 아무것도 느끼지 못했다. 그리고 다음 순간 비명을 질렀다.

"이게 네가 죄악으로 걸어 들어갈 때 스스로에게 하는 짓이다. 발을 데는 거야." 아버지가 말했다.

아버지의 말이 옳았기 때문에 "네, 아버지."라고 말하고 싶었지만 발의 열기가 순식간에 여러 갈래의 극심한 고통이 되어 머리와 입술과 눈으로 올라왔다. 아버지는 넓적한 한 손으로 나를 안은 채 다른 손으로 조심스럽게 물을 부었다. 흐느끼는 목소리 —"잘못했어요! 잘못했어요!"— 가 내 목소리인 줄 몰랐다가 물이 멈추고 나서야 내 입이 움직이고 있고 말이 아직도 나오고 있음을 깨달았다. 아버지가 주전자를 내려놓고 자신의 눈물을 닦았다. 나는 뜨거운 욕조 안에 그대로 서 있었다. 움직이기가 두려웠다. 욕조 밖으로 나가려 하면 살갗이 벗겨질 것 같았다.

아버지가 내 겨드랑이 밑에 손을 넣어 들어 올리려 할 때 어머니가 "제가 할게요."라고 말하는 소리가 들렸다. 나는 어머니가 욕실에 들어온 줄도 몰랐다. 눈물이 어머니 얼굴을 흘러내렸고 콧물도 흘렀다. 어머니가 과연 콧물이 입에 닿기 전에, 그것을 맛볼 수밖에 없게 되기 전에 닦을까 생각했다. 어머니는 소금과 찬물을 섞은 까끌까끌한 혼합물을 내 발에 살살 발랐다. 그러고 나서 내가 욕조에서 나오도록 부축한 다음 업어서 방까지 가려 했지만 내가 고개를 저었다. 어머니가 너무 왜소해서 같이 넘어질 수도 있었다. 어머니는 내 방에 도착할 때까지 아무 말이 없었다. "너 파나돌 먹어야겠다." 어머니가 말했다.

나는 고개를 끄덕이고 어머니가 주는 알약을 받았지만 내 발에는 거의 효과가 없으리란 걸 알았다. 이제는 타는 듯이 뜨거운 일정한 박자에 맞춰 욱신거렸다. "오빠 방에는 가 보셨어요?" 내가 묻자 어머니가 고개를 끄덕였다. 하지만 어머니는 오빠 얘기를 하지 않았고 나도 더 묻지 않았다.

"내일 되면 피부가 부풀어 오를 텐데." 내가 말했다.

"개학 전에는 나을 거야." 어머니가 말했다.

어머니가 나가고 나서 닫힌 문을, 그 매끈한 표면을 쳐다보며 은수카 집의 문들과 거기서 벗어지던 파란 페인트를 생각했다. 아마디 신부의 노래하는 듯한 목소리와 아마카가 웃을 때 잇새로 보이던 넓은 틈과 이페오마 고모가 등유 화로 위의 스튜를 젓는 모습을 생각했다. 오비오라가 콧등에 얹힌 안경을 추켜올리는 모습과 치마가 소파에 웅크려 곤히 잠든 모습을 생각했다. 침대에서 일어나 비척거리며 가방에서 파파은누쿠의 초상화를 꺼내러 갔다. 여전히 까만 비닐에 싸여 있었다. 잘 안 보이는 옆 주머니에 들어 있는데도 포장을 벗기기가 겁났다. 아버지는 어떻게든 알아차릴 것이다. 자기 집 안에 있는 그림 냄새를 맡을 것이다. 나는 한 손가락으로 비닐 포장을, 그 밑의 살짝 울퉁불퉁하게 칠해진 물감을 어루만졌다. 그 물감이 서로 뒤섞여 파파은누쿠의 야윈 몸이, 느슨하게 팔짱 낀 팔이, 앞으로 뻗은 길쭉한 두 다리가 됐다.

내가 막 침대에 돌아왔을 때 아버지가 문을 열고 들어왔다. 아는 게 분명했다. 나는 침대 위에서 몸을 움직여 자세를 바로잡고 싶었다. 그렇게 하면 방금 한 짓이 숨겨지기라도 할 것처럼. 아버지가 무엇을 아는지, 그림에 대해서는 어떻게 알았는지 눈을 들여다보고 알아내고 싶었다. 하지만 그러지 않았다, 그러지 못했다. 공포 때문이었다. 공포라는 감정은 익숙했지만 매번 (다른 맛과 색깔을 띠는 것처럼) 전과는 다른 공포를 느꼈다.

"내가 너한테 하는 일은 전부 너를 위한 거야." 아버지가 말했다. "알고 있니?"

"네, 아버지." 아버지가 그림에 대해 아는지 여전히 확신이 서지 않았다.

아버지가 침대에 걸터앉아 내 손을 잡았다. "나도 내 몸에 죄를 지은 적이 한 번 있다." 아버지가 말했다. "그런데 훌륭한 신부님이, 내가 성 그레고리오 중등학교에 다닐 때 같이 살았던 분이 방에 들어오다 나를 보셨어. 신부님은 나한테 찻물을 끓이라고 하셨지. 그리고 그 물을 대야에 붓고 내 손을 담그셨다." 아버지는 내 눈을 똑바로 바라봤다. 아버지가 죄악을 범한 적이 있을 줄은, 죄를 짓기도 하는 사람이었을 줄은 몰랐다. "그 후로 다시는 내 몸에 죄를 짓지 않았어. 훌륭한 신부님은 나를 위해 그러신 거야." 아버지가 말했다.

아버지가 방에서 나간 후 나는 뜨거운 찻물에 잠긴 아버지의 손도, 벗어지는 살갗도, 고통으로 한껏 찌푸린 얼굴도 생각하지 않았다. 가방에 든 파파은누쿠 그림을 생각했다.

다음 날, 토요일 공부 시간에 오빠가 내 방에 왔을 때에야 비로소 오빠한테 그림 얘기를 할 기회가 생겼다. 오빠는 두꺼운 양말을 신고 나처럼 한 발 한 발을 조심조심 디뎠다. 하지만 우리 둘 다 두툼하게 싼 발에 대해서는 언급하지 않았다. 오빠는 그림을 한 손가락으로 만져 본 후에 자기도 나한테 보여 줄 게 있다고 했다. 우리는 아래층 부엌으로 갔다. 마찬가지로 까만 비닐에 싸인 그것은 냉장고 안에, 환타 병 밑에 끼워져 있었다. 오빠는 어리둥절한 내 표정을 보더니 막대기가 아니라 보라색 히비스커스 줄기라고 말했다. 정원사에게 줄 작정이었다. 아직 하마탄 철이라 땅이 건조하지만 이페오마 고모는 물만 규칙적으로 주면 뿌리를 내려 잘 자랄 거라고, 히비스커스는 물이 너무 많은 것도 적은 것도 싫어한다고 말했다.

히비스커스 얘기를 할 때, 나에게 차갑고 축축한 줄기를 만져 보라고 내밀 때 오빠의 눈은 반짝반짝 빛났다. 그런데 아버지에게 이미 얘기한 뒤인데도 아버지 오는 소리가 들리자 줄기를 얼른 냉장고 안에 도로 집어넣었다.

식탁에 다다르기도 전부터 점심 메뉴인 마 죽 냄새가 온 집 안에 진동했다. 맛있는 냄새였다. 건어물 조각이 떠다니는 노란 소스 옆에 녹색 채소와 깍둑썰기 한 참마가 놓였다. 기도가 끝나고 어머니가 음식을 뜰 때 아버지가 말했다. "이교 장례식은 돈이 많이 들어. 어떤 물신 숭배 무리는 소를 달라고 하고, 주술사는 무슨 석신(石神)에게 바칠 염소를 달라고 하고, 마을에서도 소 한 마리, **우무아다도 소 한 마리**를 달라고 하지. 왜 그 신이라는 것들은 제물을 먹지 않고 탐욕스러운 인간들끼리 고기를 나눠 먹는지 궁금해하는 사람은 아무도 없어. 이교도들에게 사람의 죽음은 잔치를 위한 핑계일 뿐이야."

나는 아버지가 왜 이 이야기를 하는 걸까, 무엇이 아버지를 자극했을까 생각했다. 우리는 어머니가 음식을 다 뜰 때까지 아무 말도 하지 않았다.

"이페오마한테 장례식 비용 보냈어. 필요하다는 건 다 줬어."

아버지가 말했다. 그러고는 잠시 침묵 뒤에 이렇게 덧붙였다. "은
나 아니의 장례식에 말이야."

"하느님께 감사를." 어머니가 말하고 나서 오빠랑 나도 따라
했다.

그렇게 식사를 하고 있는데 시시가 들어와서 아데 코커와 또
한 명이 대문에서 기다린다고 아버지에게 말했다. 문지기 아다무
가 대문에서 기다리라고 한 것이었다. 주말 식사 시간에 찾아온
사람에게는 늘 그렇게 말했다. 나는 아버지가 식사 끝날 때까지
테라스에서 기다리라고 할 줄 알았는데 오히려 대문에서 들여보
내고 현관문도 열어 주라고 말했다. 그런 다음 아직 접시에 음식
이 남은 상태에서 식후 기도부터 하고는 우리한테 계속 먹으라고,
자신은 좀 이따 돌아오겠다며 식당을 나갔다.

손님들이 들어와서 거실에 앉았다. 내 자리에서 보이지는 않
았지만 밥 먹는 동안 그들이 하는 말을 들으려 애썼다. 오빠도 귀
기울이고 있음을 알 수 있었다. 고개가 한쪽으로 살짝 기울고 눈이
자기 앞의 허공을 보고 있었기 때문이다. 그들은 낮은 목소리로 이
야기했지만, 특히 아데 코커가 말할 때는, 느완키티 오게치*라는
이름을 쉽게 알아들을 수 있었다. 아버지와 또 다른 사람만큼 목
소리를 낮추지 않았기 때문이다.

그가 말하길, '빅 오가'의 비서관이 — 아데 코커는 사설을 쓸

---

74 오고니족 환경 운동가 켄 사로위와(1941~1995)를 모델로 했다. 군사 정부는
그를 포함한 아홉 명에게 살인 누명을 씌워 교수한 후 시신에 산성 용액을 뿌
리고 매장했다. 이 사건으로 나이지리아는 사 년 동안 영연방 회원국 자격을
정지당했다.

때도 국가 원수를 빅 오가라고 칭했다. ─ 그에게 전화해서 빅 오가의 독점 인터뷰를 시켜 주겠다고 했다. "그 대신 느완키티 오게치에 대한 기사를 취소하라는 거죠. 그 멍청한 작자가 말하는 걸 상상해 보세요. 자기들은 제가 어떤 하찮은 인간들에게서 들은 이야기를 기사에 쓰려고 한다는 걸, 그 이야기가 거짓말이라는 걸 알고 있다고……."

그때 아버지가 낮은 목소리로 끼어들었고 이어서 또 다른 사내가 영연방 회의가 곧 열리기 때문에 아부자의 거물들이 그런 기사가 보도되는 것을 원하지 않는다는 식의 이야기를 덧붙였다.

"이게 뭘 의미하는지 아세요? 제가 입수한 정보가 사실이라는 겁니다. 놈들이 정말로 느완키티 오게치를 없애 버린 거예요." 아데 코커가 말했다. "지난번에 오게치에 관한 기사를 썼을 때는 왜 신경 쓰지 않았을까요? 왜 지금은 신경 쓰는 걸까요?"

나는 아데가 말하는 기사가 뭔지 알았다. 느완키티 오게치가 흔적도 없이 사라졌을 무렵인 육 주 전의 《스탠더드》 기사였기 때문이다. "느완키티는 어디에 있나?"라는 캡션 위의 커다란 검은색 물음표를 기억했다. 그리고 그 기사가 오게치의 가족과 동료들의 걱정스러운 발언으로 가득했던 것을 기억했다. 그것은 내가 읽은, 그에 관한 첫 《스탠더드》 기사와는 전혀 달랐다. "우리 가운데 있는 성자"라는 제목의 그 기사는 그의 정치 활동과 수룰레레의 경기장을 가득 채웠던 민주화 시위에 초점을 맞췄다.

"저는 아데가 더 기다려야 한다고 생각합니다." 또 다른 손님이 말했다. "빅 오가와 인터뷰를 하라고 하세요. 느완키티 오게치 기사는 나중에 실어도 돼요."

"안 됩니다!" 아데가 버럭 외쳤다. 그의 목소리가 원래 약간 허스키하다는 사실을 몰랐다면 둥글둥글하게 생기고 잘 웃는 아데 코커가 그렇게 성난 목소리 내는 것을 상상하기 어려웠을 것이다. "놈들은 지금 느완키티 오게치가 화제가 되는 것을 원치 않아요. 그게 답니다! 그 말이 무슨 뜻인지 아시죠? 놈들이 오게치를 없앴다는 거예요! 아니면 뭣 때문에 빅 오가가 저를 인터뷰로 매수하려고 하겠어요? 좀 물어봅시다, 네? 뭣 때문이겠냐고요!"

아버지가 아데의 말허리를 끊고 이야기하기 시작했지만 아버지의 말은 거의 알아들을 수가 없었다. 아데를 진정시키려고 달래는 듯한 낮은 목소리로 말했기 때문이다. 다음으로 내가 들은 것은 "자, 서재로 가세. 애들이 밥 먹고 있으니까."였다.

그들은 위층으로 가는 길에 식당 앞을 지나갔다. 아데는 미소 지으며 우리에게 인사했지만 딱딱한 미소였다. "내가 가서 대신 먹어 줄까?" 그가 내 접시에 달려드는 시늉을 하며 농을 던졌다.

점심 식사 후에 내 방에 앉아 공부하면서 아버지와 아데 코커가 서재에서 하는 얘기를 들으려 애썼다. 하지만 들리지 않았다. 오빠가 서재 앞을 몇 번 왔다 갔다 했지만 나와 눈이 마주치자 고개를 저었다. 오빠도 닫힌 문 너머의 소리를 들을 수 없었던 것이다.

정부의 하수인들이 온 것은 그날 저녁, 식사 시간 전의 일이었다. 떠나면서 히비스커스를 홱 잡아당기고 간, 검은 옷 차림의 사내들. 트럭 가득 든 달러로 아버지를 매수하러 온 거라고 오빠가 말했던 자들. 우리 집에서 당장 나가라고 아버지가 말했던 남자들.

《스탠더드》다음 호가 배달됐을 때 나는 1면에 느완키티 오게치가 있으리라고 예상했다. 기사는 자세했고 성난 어조였으며 "소식통"이라는 사람의 말로 가득했다. 군인들이 민나의 수풀 속에서 느완키티 오게치를 쏴 죽였다. 그리고 시신에 산성 용액을 부어서 살은 다 녹이고 뼈만 남겼다. 이미 죽은 사람을 또 죽인 것이다.

가족 시간에 아버지가 나를 상대로 체스를 이기고 있을 때 라디오에서 나이지리아가 오게치 살해 건 때문에 영연방 회원국 자격을 정지당했고 캐나다와 네덜란드는 항의하는 의미로 대사를 본국 소환 한다는 소식이 흘러나왔다. 아나운서가 일부 낭독한 캐나다 정부의 보도 자료는 느완키티 오게치를 "명예로운 사람"으로 칭했다.

아버지가 체스보드에서 시선을 들더니 말했다. "결국 이렇게 됐군. 이렇게 될 줄 알았어."

저녁 식사를 마친 후에 몇 명이 도착했고 나는 시시가 아버지에게 그들이 민주 연합에서 왔다고 전하는 것을 들었다. 그들은 아버지와 테라스에 머물렀는데 대화를 엿들으려 했지만 듣지 못했다. 다음 날은 저녁 식사 중에 더 많은 손님이 찾아왔고, 그다음 날은 한층 더 많은 손님이 왔다. 모두가 아버지에게 조심하라고 했다. 회사 차로 출근하지 마세요. 공공장소에 가지 마세요. 인권 변호사가 여행할 때 공항에서 있었던 폭발을 기억하세요. 민주화 집회 때 경기장에서 있었던 폭발을 기억하세요. 문을 잠그세요. 자기 집 침실에서 검은 복면 쓴 자들에게 총 맞은 사람을 기억하세요.

이상은 어머니가 나랑 오빠한테 들려준 얘기다. 이 얘기를 하는 어머니가 겁에 질려 보여서 어머니의 어깨를 토닥이며 아버지는 괜찮을 거라고 말하고 싶었다. 아버지와 아데 코커가 진실을 다룬다는 것을 알았기에 아버지가 무사하리라는 걸 알았다.

"불신자들에게 지각(知覺)이라는 게 있다고 생각하니?" 아버지는 매일 저녁때마다, 대개 한참의 침묵 끝에 물었고 식사 중에 물을 많이 마시는 듯했다. 나는 아버지를 쳐다보면서 아버지의 손이 정말로 떨리는 걸까 아니면 내 눈이 이상한 걸까 생각했다.

오빠와 나는 우리 집을 찾아온 수많은 사람들에 대해 얘기하지 않았다. 나는 하고 싶었지만 내가 눈빛을 보내면 오빠가 시선을 피했고 내가 얘기를 꺼내면 오빠가 화제를 바꿨다. 거기에 대해 오빠가 한마디라도 한 것은 이페오마 고모가 아버지의 근황을 알고 싶어 전화했을 때뿐이었다. 《스탠더드》 기사가 불러일으킨 소동을 들었던 것이다. 아버지가 집에 없어서 고모는 어머니와 이야기했다. 그러고 나서 어머니가 오빠한테 수화기를 넘겼다.

"고모, 그자들이 아버지를 건드리진 않을 거예요." 나는 오빠가 말하는 것을 들었다. "아버지가 외국에 연줄이 많다는 걸 아니까요."

오빠가 계속해서 이페오마 고모에게 정원사가 히비스커스 줄기를 심었지만 살아남을지 단언하기에는 아직 이르다고 말하는 것을 들으면서 왜 오빠가 나한테는 한 번도 아버지에 대해 저런 말을 하지 않았을까 궁리했다.

내가 전화를 받았을 때 고모의 목소리가 하도 커서 바로 옆에 있는 것만 같았다. 인사를 주고받은 후에 심호흡을 하고 말했다. "아마디 신부님한테 안부 전해 주세요."

"신부님이 항상 너랑 자자 소식을 물으셔." 이페오마 고모가 말했다. "잠깐만, 은네, 아마카 왔다."

"캄빌리, 케 콰누?" 전화로 들으니 아마카의 목소리가 다르게 들렸다. 쾌활했다. 덜 시비조였고, 덜 조롱하는 듯했다. 거기서 조롱해 봤자 나한테 안 보이기 때문이었는진 모르지만.

"잘 있어." 내가 말했다. "물어봐 줘서 고마워. 그림도 고맙고."

"네가 갖고 싶어 할 것 같았거든." 파파은누쿠 얘기를 할 때는 여전히 쉰 목소리였다.

"고마워." 내가 속삭였다. 아마카가 내 생각을 했음을, 내가 '무엇을' 원했고 그것을 '원했다'는 사실을 그 애가 알았음을 나는 전혀 몰랐었다.

"파파은누쿠 아쾀 오주가 다음 주인 거 알지?"

"응."

"우리는 흰옷을 입을 거야. 검은색은 너무 우울해. 특히 사람들이 상복에 쓰는 색깔은 탄 나무 같아. 내가 손주들을 이끌고 춤을 출 거야." 아마카의 목소리에서 자부심이 느껴졌다.

"할아버지는 편히 잠드실 거야." 내가 말했다. 나도 흰옷을 입고 싶고 손주들의 춤을 추고 싶다는 걸 아마카가 알까 생각했다.

"그래, 맞아." 잠시 침묵이 흘렀다. "삼촌 덕분에."

나는 뭐라고 말해야 할지 몰랐다. 마치 아이가 땀띠분을 쏟아 놓은 바닥에서 미끄러져 넘어지지 않기 위해 조심조심 걸어야 하는 사람이 된 듯한 기분이었다.

"생전에 파파은누쿠는 제대로 된 장례식을 할 수 있을까 굉장히 걱정하셨어." 아마카가 말했다. "이제는 편히 쉬시겠지. 삼촌이 엄마한테 돈을 너무 많이 주셔서 장례식에 쓸 소를 일곱 마리나 살 거거든."

"잘됐네." 웅얼거림.

"너랑 자자 오빠가 부활절에 오면 좋을 텐데. 아직 성모 발현이 계속되고 있으니까 이번에는 아옥페 참배를 갈 수도 있을 거야, 그래야 삼촌이 허락하신다면. 그리고 부활 주일에 내가 견진 성사를 받으니까 너랑 자자 오빠가 그때 있었으면 좋겠어."

"나도 가고 싶어." 나는 미소 지었다. 내가 방금 한 말, 아마카와 나눈 대화 전체가 꿈만 같았기 때문이다. 작년에 내가 성 아네스 성당에서 견진 성사 받았을 때를 생각했다. 아버지가 사 준, 겹겹의 부드러운 베일과 하얀 레이스 드레스를 입었는데 미사가 끝나자 어머니의 기도 모임 회원들이 나를 에워싸고 서서 만지작거렸다. 주교는 내 얼굴에서 베일을 걷지 못해 버벅거리다가 마침내 내 이마에 십자가를 그으며 말했다. "룻, 성령 특은의 날인을 받으시오." 룻. 아버지가 고른 내 견진명이었다.

"견진명은 골랐어?" 내가 물었다.

"아니." 아마카가 말했다. "**응과누**, 엄마가 숙모한테 할 말 있대."

"치마랑 오비오라한테 안부 전해 줘." 그리고 나는 어머니에게 수화기를 넘겼다.

방에 돌아온 후 눈으로는 교과서를 보면서 머릿속으로는 아마디 신부가 정말로 우리 안부를 물었을까 아니면 이페오마 고모가, 우리가 그를 기억하는 것처럼 그도 우리를 기억하는 것으로 하려고 예의상 그렇게 말한 걸까 궁리했다. 하지만 이페오마 고모는 그런 사람이 아니었다. 아마디 신부가 묻지 않았는데 그렇게 말하지는 않았을 것이다. 나는 그가 오빠랑 내 안부를, 쌍을 이루는 둘에 대해 묻듯 동시에 물었을까 생각했다. 옥수수와 **우베**, 쌀밥과 스튜, 참마와 야자유처럼. 아니면 우리 둘을 분리해서 나에 대해 물은 다음 오빠에 대해 물어봤을까. 퇴근한 아버지가 집에 들어오는 소리를 듣고 정신이 퍼뜩 들어 책을 봤다. 그 전까지는 종이에 낙서를 하고 있었다. 동그라미와 작대기로 사람을 그리고 "아마디 신부님"을 쓰고 또 썼다. 그 종이는 찢어 버렸다.

그 후로 몇 주 동안 더 많은 종이를 찢었다. 모든 종이에 "아마디 신부님"이 수없이 적혀 있었다. 몇 장에는 음표를 사용해서 그의 목소리를 표현하려 했다. 다른 몇 장에는 로마 숫자를 사용해서 그의 이름 모양을 만들었다. 하지만 그를 보기 위해 이름을 쓸 필요는 없었다. 나는 정원사의 걸음걸이에서 보폭이 넓고 당당한 그의 걸음걸이를 언뜻 보았다. 케빈에게서는 그의 날씬한 근육질 체형을, 개학한 후에는 심지어 루시 수녀에게서 그의 미소를 설핏 보았다. 개학 이튿날 다른 애들과 함께 배구장에 서게 됐다. 나에게는 "재수탱이"라는 속삭임도 비웃음 소리도 들리지 않았다. 그들이 서로 꼬집으며 장난치는 것도 눈치채지 못했다. 나는 양손을 맞잡고 내가 뽑힐 때까지 기다렸다. 내 눈에는 아마디 신부의 점토색 얼굴만 보였고, 귀에는 "네 다리는 달리기에 딱 맞아."라는 말만 들렸다.

아데 코커[75]가 죽던 날에는 비가 심하게 내렸다. 메마른 하마탄 철 한가운데에 내린 이상한 폭우였다. 배달원이 소포를 가져왔을 때 아데 코커는 가족과 함께 아침 식사 중이었다. 초등학교 교복 차림의 딸은 식탁 맞은편에 앉고, 아기는 옆쪽의 하이 체어에 앉았다. 아내는 아기의 입에 쎄레락 이유식을 떠 넣고 있었다. 아데 코커는 소포를 뜯음과 동시에 폭발했다. 그가 봉투를 보고 "대통령 관저 직인이 찍혀 있는데."라고 말한 뒤에 소포를 뜯었다는 증언을 아내 예완데가 하지 않았더라도 보낸 이가 국가 원수임을 모르는 사람은 없었을 것이다.

학교에서 돌아왔을 때 오빠랑 나는 차에서 현관까지 가는 사

---

75 《뉴스위치》 잡지의 창간인이자 편집장이었던 델레 기와(1947~1986)를 모델로 했다. 소포 폭탄의 배후에는 바방기다 정권이 있을 것으로 추정되나 법정에서도 진실을 밝히지는 못했다.

이에 홀딱 젖었다. 빗줄기가 너무 세서 히비스커스 덤불 옆에 작은 웅덩이가 파여 있었다. 젖은 가죽 샌들 속 발이 가려웠다. 아버지가 거실 소파에 웅크린 채 울고 있는데 너무 작아 보였다. 키가 커서 문을 지나갈 때 고개를 숙이기도 하고 바지를 맞출 때는 항상 남들보다 천을 더 써야 하는 아버지가 지금은 자그마해 보였다. 꼭 구겨진 천 두루마리 같았다.

"아데가 그 기사를 못 내게 했어야 했어." 아버지가 말하고 있었다. "내가 보호했어야 했어. 그 기사를 막았어야 했다고."

그러자 어머니가 아버지를 끌어안으면서 그 얼굴을 자기 가슴에 얹었다. "아니에요." 어머니가 말했다. "오 주고. 그만해요."

오빠와 나는 가만히 서서 보고 있었다. 나는 아데 코커의 안경을 생각했다. 그 두껍고 푸르스름한 렌즈가 산산조각 나는 것을, 하얀 테가 녹아서 끈적한 액체가 되는 것을 상상했다. 무슨 일이 어떻게 일어났는지 어머니에게서 듣고 나서 오빠가 "하느님의 뜻이에요, 아버지."라고 말하자 아버지는 미소 지으며 오빠의 등을 부드럽게 토닥였다.

아버지는 아데 코커의 장례식을 준비하고, 예완데 코커와 아이들을 위한 신탁 기금도 만들고, 새집도 사 줬다. 《스탠더드》 직원들에게는 거금의 보너스를 주고 모두 장기 휴가를 보냈다. 몇 주 동안 아버지의 눈 밑은 누가 그 연한 부분을 기계로 빨아내서 눈알이 안으로 쑥 들어가기라도 한 것처럼 움푹 꺼져 있었다.

그리고 이때부터 내 악몽이 시작되었다. 악몽 속에서 나는 아데 코커의 새까맣게 탄 유해가 식탁에, 딸의 교복에, 아기의 밥그릇에, 달걀 요리가 담긴 접시에 튀는 것을 보았다. 어떤 날에는 딸은 나였고 새까맣게 탄 유해는 아버지였다.

아데 코커가 죽고 몇 주가 지난 후에도 아버지의 눈 밑은 계속
움푹 꺼져 있었고 마치 다리가 너무 무거워서 못 들고 손이 너무
무거워서 못 흔드는 사람처럼 동작이 굼떴다. 말을 걸었을 때 대
답하는 것도, 음식을 씹는 것도, 심지어 성경 구절을 찾아 읽는 것
도 예전보다 오래 걸렸다. 하지만 기도는 예전보다 훨씬 많이 했
다. 가끔 내가 밤에 자다가 오줌이 마려워서 깨어 보면 앞마당이
내려다보이는 발코니에서 아버지가 뭐라고 외치는 소리가 들렸
다. 하지만 변기에 앉아 아무리 귀 기울여 봐도 무슨 말인지 알아
들은 적은 한 번도 없었다. 이 얘기를 듣자 오빠는 어깨를 으쓱하
며 아버지가 방언을 한 모양이라고 말했지만 우리 둘 다 아버지가
방언 하는 사람을 인정하지 않는다는 걸 알고 있었다. 우후죽순으
로 생겨나는 오순절교회의 가짜 목회자들이 그랬기 때문이다.

어머니는 아버지가 너무 심한 스트레스를 받고 있으니 우리
가 곁에 있다는 걸 알게끔 더 꼭 안아 드리는 걸 잊지 말라고 오빠
와 나에게 자주 말했다. 하루는 군인들이 죽은 쥐가 가득 든 상자
를 들고 아버지의 공장 하나에 들이닥쳐서는 여기서 발견된 이 쥐
들이 웨이퍼와 비스킷을 통해 질병을 퍼뜨릴 수 있다며 공장을 폐
쇄했다. 아버지는 다른 공장에도 예전만큼 자주 가지 않게 되었
다. 어떤 날에는 베네딕트 신부가 오빠랑 내가 학교 가기 전에 와
서 우리가 집에 돌아올 때까지도 아버지 서재에 있곤 했다. 어머
니는 두 사람이 특별 구 일 기도를 하는 거라고 말했다. 그런 날에
는 아버지가 오빠랑 내가 일과표를 제대로 지키고 있는지 확인하

러 나오지도 않았기 때문에 오빠가 내 방에 와서 얘기하거나 내가 공부하는 동안 침대에 가만히 앉아 있다가 자기 방으로 돌아가곤 했다.

오빠가 내 방에 들어와서 문을 닫고 이렇게 물은 것도 그런 날 중 하루였다. "파파은누쿠 그림 좀 봐도 돼?"

내 시선은 한동안 문에 머물렀다. 아버지가 집에 있을 때는 한 번도 그림을 꺼내 본 적이 없었기 때문이다.

"아버지는 베네딕트 신부님이랑 같이 계셔." 오빠가 말했다. "이 방엔 안 오실 거야."

나는 가방에서 그림을 꺼내 포장을 벗겼다. 오빠는 그림을 빤히 쳐다보면서 뒤틀린 손가락, 감각이 거의 없는 손가락으로 물감을 어루만졌다.

"나는 팔이 파파은누쿠를 닮았어." 오빠가 말했다. "알아보겠어? 파파은누쿠랑 내가 팔이 똑같이 생겼다고." 오빠는 무아지경에 빠진 사람처럼 말했다. 자기가 지금 어디에 있고 누구인지 잊은 사람, 손가락에 감각이 거의 없음을 잊은 사람 같았다.

나는 오빠한테 그만하라고 하지도, 지금 그림을 만지고 있는 것이 뒤틀린 손가락임을 지적하지도 않았다. 그림을 바로 집어넣지도 않았다. 그 대신 오빠에게 다가가 둘이 말없이, 아주 오랫동안 그림을 바라봤다. 베네딕트 신부가 돌아갈 시간이 지날 만큼 오래 바라봤다. 나는 아버지가 잘 자라는 인사를 하러, 내 이마에 입맞추러 오리란 걸 알고 있었다. 아버지의 눈동자에 열은 붉은빛을 더해 주는 포도주색 잠옷을 입으리란 걸 알고 있었다. 그리고 오빠가 그림을 다시 가방에 넣을 시간이 없으리란 걸, 그것을 한번 본 아버지가 눈을 가늘게 뜨고 볼을 덜익은 **우달라** 열매처럼 불룩 내밀 채 입에서 이보어 단어들을 쏟아 내리란 걸 알고 있었다.

그리고 그 일이 실제로 일어났다. 그것은 어쩌면 우리가, 오빠와 내가 무의식중에 일어나길 바란 일일지도 몰랐다. 어쩌면 우리 모두가 — 심지어는 아버지까지도 — 은수카에 다녀온 이후로 변했고 모든 것이 예전과 달라질, 원래 상태로 돌아가지 않을 운명이었는지도 몰랐다.

"그게 뭐냐? 너희 둘 다 이교로 개종한 거야? 그 그림으로 뭘하고 있었던 거냐? 대체 어디서 난 그림이야?" 아버지가 물었다.

"오 은켐. 제 거예요." 오빠가 말하면서 그림을 두 팔로 품에 안았다.

"제 거예요." 내가 말했다.

아버지가 마치 안수를 받은 후에 위압감 있는 사제의 발치에 쓰러지려는 사람처럼 살짝 옆으로 휘청했다. 아버지가 휘청이는 일은 잘 없었지만 그것은 콜라 병 흔들기와 같았다. 뚜껑을 열면 격렬한 거품을 내뿜었다.

"누가 이 집에 저 그림을 들였냐?"

"저요." 내가 말했다.

"저요." 오빠가 말했다.

오빠가 내 쪽을 보기만 했어도 오빠한테 자책하지 말라고 했을 것이다. 다음 순간 아버지가 오빠한테서 그림을 낚아챘다. 아버지의 두 손이 신속하고 조화롭게 움직였다. 그리고 그림이 사라졌다. 원래 그것은 잃어버린 무언가, 내가 가져 본 적도 없고 영원히 가질 수도 없을 무언가를 상징했다. 그런데 이제는 그 상징마

저 사라지고 아버지의 발치에 더운색 줄무늬가 그려진 종잇조각만 놓여 있었다. 아주 꼼꼼히 찢어서 조각이 아주 작았다. 나는 갑자기 미친 사람처럼 파파은누쿠의 몸이 그렇게 작은 조각으로 잘려서 냉장고에 보관되는 것을 상상했다.

"안 돼!" 내가 날카롭게 외치며 바닥의 종잇조각을 향해 달려들었다. 그것을 구하려는 듯이, 그것을 구하면 파파은누쿠를 구할 수 있다는 듯이. 나는 바닥에 쓰러지면서 종잇조각 위에 엎드렸다.

"이게 무슨 짓이냐?" 아버지가 물었다. "너, 머리가 어떻게 된 거야?"

나는 바닥에 엎드려 『중학 통합 과학』 교과서에 나오는, 자궁 속 태아 그림처럼 몸을 단단히 웅크렸다.

"일어나! 그림 위에서 비켜!"

나는 거기 엎드린 채 꼼짝하지 않았다.

"일어나!" 아버지가 다시 한번 말했다. 하지만 나는 여전히 움직이지 않았다. 아버지가 나를 발로 차기 시작했다. 슬리퍼에 달린 금속 버클에 맞자 대왕 모기에 물린 것처럼 따끔했다. 아버지는 정신 나간 사람처럼 쉼 없이 떠들었다. 부드러운 고기와 뾰족한 뼈처럼 이보어와 영어를 섞어 말했다. 불신자. 이교 숭배. 지옥불. 발길질의 박자가 빨라지자 아마카의 음악을 떠올렸다. 때로는 차분한 색소폰으로 시작했다가 갑자기 생기 넘치는 가수의 노래로 휘몰아쳐 들어가는, 문화적 자의식이 있는 음악을. 그림 조각을 그러안으며 더욱더 단단히 웅크렸다. 조각들은 부드러운 깃털 같았고 아직도 아마카의 팔레트에서 나던 첫내가 났다. 이제는 따끔함이 직접 느껴져서 벌레 물림에 한층 더 가까워졌다. 금속이 내 옆구리와 등과 다리의 맨살에 닿았기 때문이다. 발길질. 발길질. 발길질. 지금 나를 때리는 것은 벨트일지도 몰랐다. 금속 버클도 너무 무겁게 느껴졌고 공기를 휙휙 가르는 소리가 들렸기 때문이다. 낮은 목소리가 말했다. "제발, 비코, 제발 그만하세요." 계속되는 따끔함. 계속되는 후려침. 짭짤한 액체로 입안이 따뜻해졌다. 눈을 감고 고요 속으로 빠져들었다.

눈을 뜬 순간 내 침대가 아님을 알았다. 매트리스가 더 단단했다. 일어나려 했으나 짧지만 강렬한 통증이 연속으로 전신을 훑고 지나갔다. 다시 뒤로 쓰러졌다.

"은네, 캄빌리. 하느님 감사합니다!" 어머니가 일어나서 내 이마에 손을 얹었다가 얼굴을 내 얼굴에 맞댔다. "하느님 감사합니다. 네가 깨어나 다행이구나."

어머니의 얼굴은 눈물로 축축했다. 살짝만 닿았는데도 바늘로 찌르는 듯한 통증이 머리부터 전신으로 퍼져 나갔다. 전신이 뜨겁다는 점만 빼면 아버지가 내 발에 뜨거운 물을 부었을 때와 같았다. 무슨 동작을 하면 아픈지 생각할 수도 없을 만큼 모든 동작이 고통스러웠다.

"온몸이 불타는 것 같아요." 내가 말했다.

"쉬잇." 어머니가 말했다. "그냥 쉬어. 네가 깨어나 다행이구나."

나는 깨어나고 싶지 않았다. 숨 쉴 때마다 옆구리에서 통증을 느끼고 싶지 않았다. 대형 망치가 머리를 때리는 걸 느끼고 싶지 않았다. 숨 쉬는 것도 고통이었다. 흰옷 입은 의사가 방 안에, 침대 발치에 서 있었다. 아는 목소리였다. 성당 봉독자였던 것이다. 그가 성당에서 첫 번째, 두 번째 봉독을 할 때처럼 천천히 또박또박 말했지만 다 알아듣지는 못했다. 갈비뼈 골절. 잘 낫는 중. 내출혈. 그가 다가와 내 소매를 천천히 걷었다. 나는 원래 주사를 무서워했다. 말라리아에 걸릴 때마다 클로로퀸 주사 대신 노발긴을 알약으로 먹게 해 달라고 기도했다. 하지만 지금은 따끔한 바늘 정도는 아무것도 아니었다. 내 몸의 통증을 없애기 위해서라면 매일 주사를 맞을 수도 있었다. 아버지 얼굴이 내 얼굴 가까이에 있었다. 너무 가까워서 아버지 코가 내 코에 닿을 지경이었지만 그 눈빛이 다정하고 아버지가 말하는 동시에 울고 있음을 알 수 있었다. "소중한 내 딸아. 너한테는 아무 일도 없을 거다. 소중한 내 딸아." 꿈인지 생시인지 확신이 안 섰다. 눈을 감았다.

다시 눈을 떴을 때 베네딕트 신부가 침대 앞에 서 있었다. 내 발에 성유로 십자가를 긋고 있었다. 기름에서 양파 냄새가 났고 그의 손이 살짝만 닿아도 아팠다. 아버지도 바로 옆에 있었다. 내 옆구리에 두 손을 가만히 얹은 채 기도를 중얼거리고 있었다. 나는 눈을 감았다.

"아무 의미도 없어. 병자 성사는 중환자 누구한테나 하는 거야." 아버지와 베네딕트 신부가 나간 후에 어머니가 속삭였다.

나는 어머니 입술의 움직임을 쳐다봤다. 나는 중환자가 아니었고 어머니도 그걸 알았다. 그런데 왜 나를 중환자라고 부르나? 나는 왜 성 아녜스 병원에 있는 건가?

"어머니, 이페오마 고모를 불러 주세요." 내가 말했다.

어머니가 시선을 피했다. "은네, 너는 쉬어야 해."

"이페오마 고모를 불러 주세요. 제발요."

어머니가 팔을 뻗어 내 손을 잡았다. 어머니의 얼굴은 울어서 퉁퉁 부었고 입술은 갈라져서 허옇게 일어나 있었다. 한편으로는 일어앉아 어머니를 안아 주고 싶으면서도, 다른 한편으로는 밀어 버리고 싶었다. 아주 세게 밀쳐서 의자에서 굴러떨어지게 만들고 싶었다.

눈을 떴을 때 아마디 신부의 얼굴이 나를 내려다보고 있었다. 내 꿈이고 상상이었지만, 얼굴만 아프지 않았어도 미소 지어 보였을 텐데 하고 생각했다.

"처음에는 간호사가 혈관을 못 찾아서 너무 무서웠어요." 어머니 목소리였다. 내 옆에서 실제로 났다. 꿈이 아니었다.

"캄빌리. 캄빌리. 정신이 드니?" 아마디 신부의 목소리는 꿈속에서보다 더 깊고 덜 노래 같았다.

"은네, 캄빌리, 은네." 이페오마 고모 목소리였다. 고모 얼굴이 아마디 신부 얼굴 옆에 나타났다. 땋은 머리를 틀어 올려 커다랗게 쪽 찐 모습이 꼭 머리에 라피아 바구니를 얹은 것 같았다. 미소를 지어 보려 했지만 어지러웠다. 뭔가가 내게서 빠져나가 사라져 가는데, 내 힘과 정신을 빼앗아 가는데 막을 수가 없었다.

"약 때문에 몽롱한가 봐요." 어머니가 말했다.

"은네, 네 사촌들이 안부 전해 달래. 학교 수업만 없었으면 걔들도 왔을 텐데. 아마디 신부님이 같이 오셨어. 은네……." 이페오마 고모가 내 손을 그러쥐는데 내가 움찔하며 빼냈다. 빼내려는 시도만으로도 아팠다. 나는 눈을 계속 뜨고 있고 싶었다. 아마디 신부를 보고, 향수 냄새를 맡고, 목소리를 듣고 싶었다. 하지만 눈 꺼풀이 저절로 감겼다.

"계속 이렇게 살 수는 없어요, **누니에 음**." 이페오마 고모가 말했다. "집에 불이 나면 지붕이 머리 위로 무너지기 전에 뛰쳐나와야 하는 거예요."

"전에는 한 번도 이런 적 없었어요. 이런 식으로 벌준 적 없었다고요." 어머니가 말했다.

"캄빌리는 퇴원하면 은수카로 갈 거예요."

"오빠가 찬성 안 할걸요."

"제가 얘기할게요. 아버지가 돌아가셨으니 이제 우리 집에 위협적인 이교도도 없잖아요. 캄빌리랑 자자가 적어도 부활절까지는 우리 집에 있었으면 좋겠어요. 언니도 짐 싸서 은수카로 오세요. 집에 아무도 없을 때 떠나는 게 더 쉬울 거예요."

"전에는 한 번도 이런 적 없었어요."

"방금 제가 한 말 안 들었어요, **그보**?" 이페오마 고모가 언성을 높이며 말했다.

"들었어요."

그리고 목소리가 점차 멀어져 갔다. 마치 어머니랑 고모가 탄 배가 빠르게 바다로 흘러가면서 파도가 두 사람의 목소리를 집어삼킨 것만 같았다. 목소리가 완전히 안 들리게 되기 전에 나는 아마디 신부는 어디 간 걸까 생각했다. 몇 시간 뒤 눈을 떴다. 바깥은 어두웠고 전깃불도 꺼져 있었다. 닫힌 문 밑으로 흘러드는 복도의 어슴푸레한 빛 덕분에 벽에 걸린 십자고상과 침대 발치의 의자에 앉은 어머니의 형체가 보였다.

"케두? 밤새도록 있을 거니까 어서 자. 쉬어." 어머니가 말했다. 어머니는 일어나서 침대 위에 앉더니 내 베개를 어루만졌다. 나를 만지면 아파할까 봐 두려워하고 있음을 알 수 있었다. "아버지가 사흘 동안 밤마다 네 침대 옆을 지키셨단다. 한숨도 안 주무셨어."

고개를 돌리기가 힘들었지만 그래도 억지로 돌려서 시선을 피했다.

그다음 주에는 가정 교사가 왔다. 어머니는 아버지가 열 명이나 면접을 본 끝에 이 사람을 뽑았다고 말했다. 그녀는 아직 종신 서원은 하지 않은 젊은 수녀였다. 하늘색 수녀복 허리에 묵주를 꼬아 둘렀는데 움직일 때마다 구슬이 바스락거렸고 숱 없는 금발이 두건 밑으로 살짝 보였다. 그녀가 내 손을 잡고 "케에 카 이메?"라고 물어서 깜짝 놀랐다. 백인이 이보어로 말하는 것을, 심지어 그렇게 잘하는 것을 들어 본 적이 한 번도 없었기 때문이다. 그녀는 수업 중에는 영어로 부드럽게 말했고 그 외에는 ― 자주는 아니었지만 ― 이보어로 말했다. 내가 지문을 읽는 동안에는 자기만의 정적을 만들고 그 안에 들어앉아 묵주를 돌렸다. 하지만 그녀가 많은 것을 알고 있음을 그 깊은 녹갈색 눈동자 속에서 볼 수 있었다. 예를 들면 내가 의사한테 말한 것보다 많은 곳을 움직일 수 있다는 걸 알았다. 물론 본인은 아무 말도 안 했지만. 사실 그때쯤에는 불타는 듯하던 옆구리 통증도 미지근해지고 머리가 지끈거리던 것도 약해져 있었다. 하지만 나는 계속 똑같이 아프다고 하면서 의사가 옆구리를 촉진하려 하면 비명을 질렀다. 병원을 떠나고 싶지 않았다. 집으로 돌아가고 싶지 않았다.

나는 병상에서 시험을 봤다. 루시 수녀가 시험지를 직접 가져와서 시험 보는 동안 어머니 옆에 앉아 기다렸다. 과목별로 추가 시간이 주어졌지만 제한 시간이 되기도 전에 다 풀었다. 며칠 후 그녀가 내 성적표를 가져왔다. 1등이었다. 하지만 어머니는 이보어 찬송가를 부르지 않았다. "하느님께 감사를."이라고만 말했다.

그날 오후에 반 아이들이 문병을 왔다. 다들 감탄으로 휘둥그레진 눈을 하고 있었다. 내가 사고에서 살아남았다고 들었기 때문이었다. 그들은 자기들이 삐뚤빼뚤한 글씨로 서명할 수 있게 내가 깁스를 하고 학교에 나오길 바랐다. 친웨 지데제는 "빨리 나아. 특별한 아이에게."라고 쓴 커다란 카드를 주더니 침대 옆에 앉아 나한테만 들리게 귓속말을 속삭였다. 마치 우리가 원래부터 친한 친구였던 것처럼. 심지어 나한테 자기 성적표도 보여 줬다. 2등이었다. 애들이 돌아가기 전에 에진네가 물었다. "이제는 학교 끝나도 뛰어가지 않을 거지?"

그날 저녁 어머니가 이틀 후에 퇴원하게 됐다고 말했다. 하지만 집으로 가지 않고 은수카에 일주일 동안 있을 것이며 오빠도 같이 간다는 거였다. 어머니는 이페오마 고모가 어떻게 아버지를 설득했는지 몰랐지만 어쨌든 아버지는 은수카 공기가 나한테, 그러니까 요양에 좋을 거라는 데 동의했다.

햇볕이 쨍쨍해서 이페오마 고모네 거실 문밖을 내다보려면 눈을 가늘게 떠야 할 정도였는데도 베란다 바닥에 비가 후두둑 떨어졌다. 이럴 때 어머니는 오빠와 나에게 하느님이 비를 보낼지 해를 보낼지 결정을 못 한 거라고 말했다. 그러면 우리는 각자 자기 방에 앉아서 햇빛을 받아 반짝이는 빗방울을 바라보며 하느님이 결정하길 기다리곤 했다.

"누나, 망고 먹을래?" 오비오라가 등 뒤에서 물었다.

오늘 오후에 우리가 도착했을 때 오비오라는 차에서부터 집 안까지 나를 부축하고 싶어 했고 치마는 내 가방을 들겠다고 우겼다. 마치 내 몸 어딘가에 병이 아직 남아 있는데 내가 힘을 쓰면 튀어나올까 봐 두려워하는 것 같았다. 이페오마 고모가 애들한테 내가 중병에 걸려서 거의 죽을 뻔했다고 말했기 때문이었다.

"이따가 먹을게." 내가 돌아보며 말했다.

오비오라는 노란 망고를 거실 벽에 치고 있었다. 망고 속이 완전히 뭉그러질 때까지 그럴 것이다. 그런 다음 한끝을 물어뜯어 만든 작은 구멍으로 속살을 빨아 먹어서 씨앗이, 자기 몸에 너무 큰 옷을 입은 사람처럼, 껍질 안을 휘휘 돌아다니게 만들 것이다. 아마카와 이페오마 고모도 망고를 먹고 있었지만 그들은 씨앗에 붙은 단단한 주황색 살을 칼로 베어 먹었다.

나는 베란다로 나가 젖은 금속 난간 앞에 서서, 빗줄기가 가늘어져 보슬비가 되었다가 마침내 그치는 것을 지켜봤다. 하느님이 햇빛으로 정한 것이다. 공기에서 상쾌한 냄새가 났다. 잔뜩 달궈진 흙이 처음 비를 맞았을 때 내뿜는 먹음직스러운 냄새. 나는 상상했다. 내가 정원으로 나가 오빠 옆에 같이 무릎 꿇고 앉아서 손으로 진흙 한 덩어리를 파내어 먹는 모습을.

"아쿠 나에페! 아쿠가 날고 있어!" 윗집 아이가 외쳤다.

공기가 파닥거리는 물색 날개들로 가득 찼다. 아이들은 접은 신문지나 빈 본비타 통을 들고 집에서 뛰어나왔다. 날아다니는 아쿠를 신문지로 때려잡은 다음 땅바닥에서 주워 깡통에 집어넣었다. 어떤 애들은 뛰어다니면서 재미로 아쿠를 후려치기만 했다. 또 어떤 애들은 날개 떨어진 아쿠가 기어가는 것을 도두앉아 지켜보다가 녀석들이 꼬리에 꼬리를 물고 까만 끈처럼, 움직이는 목걸이처럼 이동하는 모습을 눈으로 좇았다.

"사람들이 아쿠를 먹는다는 게 재밌지 않아? 그런데 날개 없는 흰개미를 먹으라고 하면 그건 또 완전히 다른 얘기라고들 하지. 사실 날개 없는 흰개미는 아쿠가 되기 한두 단계 전일 뿐인데 말이야." 오비오라가 말했다.

이페오마 고모가 웃었다. "아이고 그러니, 오비오라? 몇 년 전만 해도 너는 1등으로 **아쿠**를 쫓아다니는 애였단다.”

“그리고 애들을 그렇게 무시하면 안 되지.” 아마카가 놀렸다. “따지고 보면 너도 그런 ‘애들’ 중 하나잖아.”

“나는 애였던 적이 없어.” 오비오라가 현관으로 향하며 말했다.

“어디 가?” 아마카가 물었다. “**아쿠** 쫓으러?”

“쫓아다니지는 않고 보기만 할 거야.” 오비오라가 말했다. “관찰할 거라고.”

아마카가 웃자 고모도 똑같은 소리로 웃었다.

“나도 가도 돼, 엄마?” 치마가 이미 문을 향해 가면서 물었다.

“그래. 하지만 우리 집에서는 안 튀길 거다.”

“내가 잡은 건 우고추쿠한테 줄 거야. 걔네 집에서는 **아쿠**를 튀기니까.” 치마가 말했다.

“귀에 안 들어가게 조심해, **이누고**? 안 그러면 귀먹는다!” 이페오마 고모가 밖으로 뛰쳐나가는 치마의 등 뒤에 대고 외쳤다.

고모가 할 얘기가 있다며 슬리퍼를 신고 윗집에 올라가자 나랑 아마카 단둘이 남았다. 우리는 난간 앞에 나란히 서 있었는데 아마카가 앞으로 나와 난간에 몸을 기대자 어깨가 내 어깨에 닿았다. 예전의 불편함은 사라지고 없었다.

“너, 아마디 신부님의 귀염둥이가 됐더라.” 그 애가 말했다. 오비오라한테 말할 때랑 똑같은, 가벼운 어조였다. 아마카는 내 심장이 얼마나 고통스럽게 요동치는지 절대 알지 못할 것이다. “네가 아팠을 때 정말 걱정하셨어. 네 얘기를 얼마나 많이 하셨다고. 그리고, **아맘**, 사제로서만 걱정하신 건 아니었어.”

“뭐라고 하셨는데?”

아마카가 고개를 돌려 내 간절한 얼굴을 찬찬히 뜯어봤다. "너 신부님한테 반했구나, 그렇지?"

'반했다'는 말로는 부족했다. 지금의 내 감정, 내 기분에는 한참 못 미쳤지만 나는 "응."이라고 답했다.

"이 캠퍼스의 모든 여자애들처럼 말이지."

나는 난간에 얹은 손을 꼭 쥐었다. 내가 캐묻지 않는 이상 아마카가 더 얘기해 주지 않으리란 걸 알았다. 그 애는 결국 내가 더 털어놓길 원했던 것이다. "그게 무슨 말이야?" 내가 물었다.

"아, 우리 성당 애들은 전부 신부님한테 반했어. 유부녀도 몇 명 있고. 원래 사람들은 항상 신부한테 반하는 법이야. 경쟁자로 하느님을 상대해야 된다니 짜릿하잖아." 아마카가 한 손으로 난간을 쭉 훑어서 거기 맺혀 있던 작은 물방울들을 부서뜨렸다. "하지만 넌 달라. 신부님이 누구에 대해 그런 식으로 얘기하시는 건 처음 봤어. 네가 절대 안 웃는다고 하시더라. 네 머릿속이 얼마나 바쁘게 돌아가는지 아는데 그렇게 부끄러워한다고. 우리 엄마가 너 보러 에누구 갈 때도 자기가 태워다 주겠다고 고집을 부리셨어. 그래서 꼭 아내가 아픈 남편 같다고 내가 놀렸지."

"신부님이 병원에 와 주셔서 기뻤어." 내가 말했다. 그 말을 하는 것이, 그 단어들을 혀에서 굴려 떨어뜨리는 것이 쉽게 느껴졌다. 아마카의 눈이 여전히 나를 뚫어져라 쳐다봤다.

"삼촌이 그런 거지, 오퀴아?" 그 애가 물었다.

나는 난간을 잡고 있던 손을 놨다. 갑자기 화장실에 가고 싶었다. 이제껏 아무도, 병원 주치의나 베네딕트 신부조차 묻지 않았던 질문이었다. 나는 아버지가 그들에게 뭐라고 했는지 몰랐다.

아니, 무슨 말을 하기는 했는지조차 몰랐다. "이페오마 고모한테 들었어?" 내가 물었다.

"아니, 그냥 내 추측이야."

"그래. 아버지가 그랬어." 말하고 나서 화장실로 향했다. 아마카를 돌아보지는 않았다.

그날 저녁 해가 지기 직전에 정전이 됐다. 냉장고가 덜덜거리다가 부르르 떨더니 잠잠해졌다. 냉장고가 멈추고 나서야 지금껏 쉼 없이 윙윙대던 소리가 얼마나 컸는지 깨달았다. 오비오라가 등유 램프 여러 개를 베란다로 가지고 나왔고 우리는 그 주위에 둘러앉아서 노란 불빛을 무턱대고 따라와 등피에 부딪히는 작은 벌레들을 때려잡았다. 몇 시간 후에 아마디 신부가 구운 옥수수와 **우베**를 날짜 지난 신문에 싸서 가져왔다.

"신부님이 최고예요! 옥수수랑 **우베**, 딱 제가 생각하고 있던 거거든요." 아마카가 말했다.

"오늘은 네가 말싸움 안 건다는 조건으로 가져온 거야." 아마디 신부가 말했다. "캄빌리가 잘 있는지 보고 싶었을 뿐이니까."

아마카가 웃으면서 꾸러미를 들고 접시를 가지러 안으로 들어갔다.

"기운 차린 걸 보니 좋구나." 아마디 신부가 마치 내가 온전히 다 있는지 확인하려는 것처럼 훑어보며 말했다. 내가 미소 짓자 그가 포옹하게 일어나라는 손짓을 했다. 그의 몸이 내 몸에 닿는 것이 긴장되면서도 기분 좋았다. 다시 몸을 떼면서 치마와 오빠와 오비오라와 이페오마 고모와 아마카가 잠시 사라졌으면 좋겠다고 생각했다. 아마디 신부와 단둘이 있고 싶었다. 그가 여기 있어서 마음이 따뜻하다고, 내가 제일 좋아하는 색깔이 그의 피부색과 똑같은 구운 점토 색으로 바뀌었다는 말을 그에게 할 수 있었으면 좋겠다고 생각했다.

그때 이웃이 현관문을 두드리더니 **아쿠**와 **아나라** 잎과 빨간 피망이 담긴 플라스틱 통을 들고 들어왔다. 이페오마 고모가 나는 속에 탈이 날지도 모르니 먹지 않는 게 좋겠다고 말했다. 나는 오비오라가 손바닥 위에 **아나라** 잎을 펼쳐 놓는 것을 쳐다봤다. 그 애가 바삭한 꽈배기처럼 튀겨진 **아쿠**와 피망을 잎 위에 뿌리고 돌돌 말았다. 돌돌 만 잎을 입에 욱여넣자 속이 밖으로 삐져나왔다.

"우리 부족 속담에 **아쿠**는 날아올라도 결국 두꺼비 입속에 떨어진다는 말이 있지." 아마디 신부가 말하더니 **아쿠**가 담긴 그릇에 손을 넣고 몇 마리 집어서 자기 입을 향해 던졌다. "나도 어렸을 때는 **아쿠** 쫓아다니는 걸 좋아했어. 사실 그냥 장난이었지. 정말로 잡고 싶으면 녀석들이 날개를 떨구고 땅바닥에 떨어지는 저녁때까지 기다려야 하거든." 추억에 잠긴 목소리였다.

나는 눈을 감고 그의 목소리가 나를 감싸안게 두었다. 내가 그를 아직 어깨가 떡 벌어지기 전인, 방금 내린 비로 폭신해진 흙 위에서 **아쿠**를 쫓아다니던 아이의 모습으로 상상하도록 내버려 두었다.

이페오마 고모는 내가 충분히 좋아졌다고 자기가 확신할 때까지는 아침에 물 뜨러 가는 것을 돕지 말라고 했다. 그래서 나는 누구보다도 늦게, 햇살이 방 안으로 계속 쏟아져 들어와 거울을 반짝이게 만들 때 일어났다. 밖으로 나와 보니 아마카는 거실 창가에 서 있었다. 그쪽으로 가서 그 애 옆에 섰다. 아마카가 보고 있는 베란다에서는 이페오마 고모가 민걸상에 앉아 이야기를 나누고 있었다. 고모 옆에 앉은 여자는 날카롭고 학구적인 눈빛과 웃음기 없는 입술에, 화장 안 한 맨얼굴이었다.

"가만히 앉아서 보고만 있을 순 없어, 음바. 간부 교수가 한 명밖에 없는 대학교를 또 어디서 들어 봤니?" 이페오마 고모가 민걸상에서 몸을 앞으로 기울이며 말했다. 고모가 입술을 오므리자 구리색 립스틱이 잘게 갈라졌다. "교수회가 부총장을 선출하는 게 이 학교가 설립 이래 해 온 방식이야. 원래 그렇게 해야 한다고, 오부리아?"

여자는 먼 곳을 보면서 사람들이 적당한 말을 찾을 때 그러듯 연신 고개를 끄덕였다. 그러다 마침내 입을 떼고는 고집스러운 아이를 타이르는 사람처럼 천천히 말했다. "학교에 충성하지 않는 교수 명단이 돌고 있대, 이페오마. 해고될지도 모른다더라. 네 이름도 거기 있어."

"나는 학교에 충성하라고 월급 받는 게 아니야. 내가 진실을 말하는 게 결과적으로 불충이 된 거지."

"이페오마, 진실을 아는 사람이 너 하나라고 생각해? 우리 모두가 진실을 모른다고 생각하냐고. 그런데 과케넴, 진실이 네 자식들 밥 먹여 주니? 진실이 걔들 학비 내 주고 옷 사 줘?"

"그럼 언제 말할 건데? 군인들이 배치되면 교수들과 학생들은 머리에 총구가 겨눠진 채로 수업에 참석할 거야? 언제 말할 거냐고!" 이페오마 고모의 언성이 높아졌다. 하지만 그 눈의 번득임은 여자를 향해 있지 않았다. 고모는 자기 앞의 여자보다 큰 무언가에 화나 있었다.

여자가 자리에서 일어나 노란색과 파란색이 섞인 **아바다**[76] 치마의 매무새를 가다듬었다. 그 밑으로 갈색 슬리퍼가 언뜻언뜻 보였다. "이제 가야 돼. 네 수업은 몇 시야?"

"2시."

"기름 있어?"

"**에베콰누**? 아니."

"내가 태워다 줄게. 나는 조금 있으니까."

나는 이페오마 고모와 여자가 방금 자신들이 한 말과 하지 않은 말에 짓눌린 듯 천천히 대문을 향해 걸어가는 모습을 지켜봤다. 아마카는 고모가 문을 닫을 때까지 기다렸다가 창가를 떠나 의자에 가서 앉았다.

"엄마가 너 진통제 잊지 말고 꼭 먹으래, 캄빌리." 그 애가 말했다.

"고모랑 친구분이 무슨 얘기 하고 계셨던 거야?" 내가 물었다. 예전 같았으면 내가 묻지 않았을 것임을 알고 있었다. 궁금했겠지만 그래도 묻지 않았을 것이다.

"유일한 간부 교수." 그렇게 말하면 마치 그들이 무슨 얘기를 하고 있었는지 내가 즉시 알아차릴 것처럼 아마카가 퉁명스럽게 대답했다. 그리고 자꾸만 등의자를 쓸어내렸다.

"대학교에서 국가 원수에 해당하는 사람." 오비오라가 말했다.

---

76   아프리카의 수지 가공 면직물. 다채로운 무늬가 돋아 나오게 짠 브로케이드다.

"대학교가 이 나라의 축소판이 되는 거지." 나는 그 애가 거기 있는 줄, 마룻바닥에서 책을 읽고 있었는 줄 몰랐다. 그리고 누가 축소판이라는 말을 쓰는 것도 처음 들었다.

"엄마더러 입 다물라는 거야." 아마카가 말했다. "직장 잃고 싶지 않으면 입 다물어라. 안 그랬다가는 **피암**! 해고될 수 있다." 아마카가 손가락을 튀겨서 이페오마 고모가 얼마나 빨리 해고될 수 있는지 보여 줬다.

"엄마가 해고돼야 해. 그래야 우리가 미국에 가지." 오비오라가 말했다.

"**메치에 오누.**" 아마카가 말했다. 시끄러워.

"미국?" 내가 아마카와 오비오라를 번갈아 쳐다봤다.

"필리파 이모가 계속 엄마한테 건너오래. 적어도 거기서는 월급이 나와야 할 때 나오니까." 아마카가 마치 누군가의 죄를 고발하듯 씁쓸하게 말했다.

"그리고 미국에서는 말도 안 되는 학내 정치 없이 엄마 성과를 인정받을 거야." 오비오라가 고개를 끄덕이며 말했다. 아무도 동의하지 않을 경우에 대비해 스스로 자기 말에 동의하는 것이었다.

"엄마가 너한테 어딘가 갈 거라고 말했어, **그보**?" 아마카는 이제 빠른 동작으로 의자를 쿡쿡 찌르고 있었다.

"그놈들이 엄마 파일을 얼마나 오랫동안 깔고 앉아 있었는지 알아?" 오비오라가 물었다. "엄마는 벌써 몇 년 전에 부교수가 됐어야 했다고."

"고모가 그러셔?" 내가 멍청하게, 무슨 말을 하는지도 모르면서 물었다. 달리 할 말이 생각나지 않았기 때문에, 이제 고모네 식구와 은수카가 없는 삶은 상상할 수 없었기 때문이다.

　오비오라도 아마카도 대답하지 않았다. 그들은 말없이 서로 노려봤고 나는 그들이 지금껏 나에게 얘기하고 있었던 게 아님을 느꼈다. 밖으로 나가 베란다 난간 앞에 섰다. 어제 밤새도록 비가 내렸는데 오빠는 지금 정원에 무릎 꿇고 잡초를 뽑고 있었다. 하늘이 물을 줬기 때문에 물을 줄 필요는 없었다. 비 때문에 부드러워진 마당의 붉은 흙에 개미탑들이 성 모형처럼 솟아 있었다. 나는 비에 깨끗하게 씻긴 녹색 잎 냄새를 음미하기 위해 숨을 깊이 들이마시고 꾹 참았다. 흡연자가 마지막 한 개비를 음미할 때 그럴 거라고 생각했다. 정원 가장자리를 따라 자란 알라만다 덤불에 대롱 모양의 노란 꽃이 흐드러지게 피었는데 치마가 꽃을 아래로 잡아당겨서 그 안에 손가락을 하나씩 넣어 보고 있었다. 나는 그 애가 새끼손가락에 딱 맞는 꽃송이를 찾으려고 하나하나 살피는 모습을 쳐다봤다.

　그날 저녁 아마디 신부가 경기장 가는 길에 들렀다. 그는 우리를 다 데려가고 싶어 했다. 요즘은 주 정부 주최 높이뛰기 선수권 대회에 출전하는 우구아기디 지역의 남자애들을 지도해 주고 있다고 했다. 오비오라랑 치마는 오비오라가 윗집에서 빌려 온 비디오 게임을 하느라 거실 텔레비전 앞에 모여 있었다. 게임을 곧 돌려줘야 해서 경기장에는 가고 싶어 하지 않았다.

　그리고 아마카는 아마디 신부가 같이 가자고 하자 웃었다. "그러실 것 없어요, 신부님. 사실은 귀염둥이랑 단둘이 있고 싶으시잖아요." 그 애가 말했다. 아마디 신부는 말없이 웃기만 했다.

결국 나 혼자 그를 따라갔다. 경기장까지 가는 동안 내 입은 쑥스러움으로 굳어 있었다. 그가 아마카의 발언에 대해 아무 말도 하지 않는 것이, 그 대신 단내가 나는 비에 관해 얘기하고 카세트에서 흘러나오는 우렁찬 이보어 합창곡을 따라 부르는 것이 고마웠다. 경기장에 도착해 보니 우구아기디 아이들은 이미 와 있었다. 지난번에 본 애들의 더 크고 나이 먹은 버전이었다. 구멍 숭숭 뚫린 반바지도 지난번만큼 낡았고 빛바랜 셔츠도 그만큼 해어졌다. 아마디 신부는 목소리를 높여 — 그럴 때는 목소리에서 가락이 거의 사라졌다. — 아이들을 격려하고 약점을 지적했다. 아이들이 딴 데 볼 때 그가 막대를 한 칸 올리고 나서 "한 번 더. 준비, 출발!" 하고 외치면 그들은 차례로 막대를 뛰어넘었다. 그렇게 몇 번 더 올리다가 결국 아이들이 그 광경을 목격했다. "아! 아! 화더!" 그는 웃으면서, 나는 너희가 스스로 생각하는 것보다 더 높이 뛸 수 있으리라 믿었다고 말했다. 그리고 방금 너희가 내 생각이 맞았음을 증명하지 않았냐고 했다.

그때 나는 이페오마 고모도 사촌들에게 똑같이 해 왔음을 깨달았다. 엄마가 자식한테 어떤 식으로 말하고, 무엇을 기대하는가를 통해 그 애들이 뛰어넘어야 할 목표를 점점 더 높였다. 아이들이 반드시 막대를 넘으리라 믿으면서 항상 그랬다. 그리고 실제로 그렇게 됐다. 오빠와 내 경우는 달랐다. 우리는 스스로 막대를 넘을 수 있다고 믿어서 넘은 게 아니라 넘지 못할까 봐 두려워서 넘었다.

"표정이 왜 그러니?" 아마디 신부가 내 옆에 앉으며 물었다. 그의 어깨가 내 어깨에 닿았다. 새로 나기 시작한 땀내와 아까부터 나던 향수 냄새가 내 콧구멍을 채웠다.

"아무것도 아니에요."

"그럼 그 아무것도 아닌 거에 대해서 얘기해 봐."

"신부님은 저 애들의 가능성을 믿으시네요." 내가 불쑥 내뱉었다.

"맞아." 그가 나를 계속 쳐다보며 말했다. "그리고 그 믿음은 그 애들보다 나한테 더 필요해."

"왜요?"

"내가 절대 의문을 품지 않을 뭔가에 대한 믿음이 필요하거든." 그가 물병을 집어서 벌컥벌컥 마셨다. 나는 물이 그의 목구멍으로 들어가면서 일으키는 거품을 쳐다봤다. 내가 저 물이라면, 그의 안으로 들어가서 그와 함께 있을 수 있다면, 그와 하나가 된다면 얼마나 좋을까 생각했다. 그때만큼 물을 부러워해 본 적이 없었다. 그 순간 아마디 신부와 눈이 마주치자 나는 얼른 시선을 피했다. 그가 내 눈 속의 갈망을 본 건 아닐까 생각했다.

"너 머리 다시 땋아야겠다." 그가 말했다.

"제 머리요?"

"그래. 내가 시장에서 네 고모 머리 땋아 주는 사람한테 데려다줄게."

그러더니 그가 손을 뻗어서 내 머리카락을 만졌다. 병원에 입원했을 때 어머니가 머리를 땋아 줬지만 두통이 너무 심했던 터라 머리카락을 바짝 잡아당기지 않았다. 그래서 슬슬 삐져나오기 시작했는데 아마디 신부가 부드럽게 매만지는 동작으로 헐거워진 부분을 쓰다듬었다. 그는 내 눈을 똑바로 들여다봤다. 너무 가까웠다. 그의 손길이 닿는 듯 마는 듯해서 내 머리를 들이밀고 싶었다, 그의 손길을 느끼고 싶었다. 그의 품에 쓰러지고 싶었다. 그의 손을 내 머리에, 배에 꾹 눌러서 내 몸속을 빠르게 도는 열기를 그가 느끼길 바랐다.

다음 순간 그가 내 머리에서 손을 뗐고 나는 그가 일어나서 운동장의 아이들에게 돌아가는 뒷모습을 바라봤다.

다음 날 아침 아마카의 기척에 내가 잠이 깼을 때는 너무 이른 시간이었다. 아직 보랏빛 여명조차 방 안에 들지 않은 상태였다. 나는 집 밖의 보안등이 비추는 희미한 빛 속에서 아마카가 가슴에 풀치마를 묶는 것을 봤다. 뭔가가 잘못됐다. 아마카는 고작 화장실에 가기 위해 풀치마를 묶는 애가 아니었다.

"아마카, 오 기니?"

"들어 봐." 아마카가 말했다.

베란다에서 들려오는 목소리가 이페오마 고모임을 알 수 있었다. 이렇게 일찍부터 고모가 뭘 하는 걸까 궁금했다. 그때 노랫소리가 들렸다. 수많은 사람의 무리가 침착하게 부르는 노래 소리가 창문을 통해 들어오고 있었다.

"학생들이 폭동을 일으켰어." 아마카가 말했다.

나는 일어나서 아마카를 따라 거실로 갔다. 학생들이 폭동을 일으켰다니, 그게 무슨 소리지? 우리도 위험한 건가? 오빠랑 오비오라는 고모와 함께 베란다에 나와 있었다. 맨팔에 닿은 서늘한 공기가 마치 떨어지기를 주저하는 빗방울을 머금은 것처럼 무겁게 느껴졌다.

"보안등 꺼라." 고모가 말했다. "쟤들이 지나가다 불빛을 보면 여기로 돌 던질지도 몰라."

아마카가 보안등을 껐다. 이제 노랫소리는 아까보다 선명하게, 크고 낭랑하게 들렸다. 적어도 500명은 되는 게 분명했다. "유일한 간부 교수는 물러나라. 그자는 빤쓰도 안 입는다! 국가 원수는 물러나라. 그자는 빤쓰도 안 입는다! 수돗물은 왜 끊겼나? 전기는 왜 끊겼나? 휘발유는 왜 없나?"

"노랫소리가 너무 커서 우리 집 앞에 있는 줄 알았어." 이페오마 고모가 말했다.

"여기로 올까요?" 내가 물었다.

고모가 한 팔을 내 어깨에 둘러서 끌어당겼다. 고모한테서 땀 띠분 냄새가 났다. "아니야, 은네, 우린 괜찮을 거야. 걱정해야 할 사람들은 부총장 집 근처에 사는 사람들이지. 지난번에는 학생들이 연구 전문 교수의 차에 불을 질렀거든."

노랫소리가 더 커졌지만 가까워지지는 않았다. 학생들의 사기가 충전된 듯했다. 앞이 안 보일 만큼 두꺼운 연기가 솟아올라 별들로 가득한 하늘과 뒤섞였다. 노랫소리 사이로 간간이 유리 깨지는 소리가 들렸다.

"우리의 요구는 오직 한 가지다! 유일한 간부 교수는 물러나야 한다! 그렇지 않나? 물론 그렇다!"

노랫소리와 함께 고성과 고함도 들렸다. 한 사람이 큰 소리로 외치자 군중이 환호했다. 한 블록 떨어진 곳에서 우렁찬 목소리가 말하는 피진 잉글리시[77]의 또렷한 파편들이 탄내를 담뿍 머금은 서

---

77   이보어, 하우사어와 같은 그 나라 토착어와 영어가 혼합된 언어.

늘한 밤바람에 실려 왔다.

"위대한 사자(獅子)들이여! 우리는 깨끗한 속옷을 입는 사람을 원한다, 그렇지 않은가? 아비, 국가 원수는 깨끗한 속옷은 고사하고, 세프, 평범한 속옷이라도 입나? 아니다!"

"저기 봐 봐." 오비오라가 목소리를 낮추며 말했다. 마치 천천히 뛰어서 지나가는 사십여 명의 학생 무리가 자기 말을 들을 수 있기라도 한 것처럼. 손전등과 횃불을 밝혀 든 그들은 빠르게 흐르는 검은 냇물처럼 보였다.

"캠퍼스 남쪽에서 올라오는 무리와 합류하려는 건지도 몰라." 학생들이 지나간 후에 아마카가 말했다.

우리는 조금 더 밖에서 귀를 기울이다가, 이제 그만 자자는 고모의 말에 안으로 들어갔다.

그날 오후 이페오마 고모가 폭동 소식을 가지고 돌아왔다. 몇 년 전부터 빈번해지긴 했지만 이번 폭동은 그중에서도 최악이었다. 학생들이 유일한 간부 교수의 집에 불을 질러서 그 뒤에 있는 사랑채까지 주저앉았다. 학교 차량 여섯 대도 불탔다. "부총장이랑 부인은 낡은 푸조 404 트렁크에 숨어서 빠져나갔다나 봐, 오 디 에구." 이페오마 고모가 전단 쥔 손을 흔들며 말했다. 나는 전단을 읽고, 느끼한 아카라를 먹었을 때처럼 가슴이 답답해졌다. 교무과장이 작성한 그 전단은 학교 자산 손실 및 불온한 분위기 때문에 추후 고지가 있을 때까지 휴교한다는 내용이었다. 나는 그 말이 무슨 뜻일까, 이페오마 고모가 곧 떠난다는 뜻일까, 우리가 더 이상 은수카에 올 수 없다는 뜻일까 생각했다.

계속 자다 깨다를 반복하며 낮잠을 자는 동안 유일한 간부 교수가 우리 에누구 집 욕조에서 이페오마 고모의 발에 뜨거운 물을 붓는 꿈을 꿨다. 욕조 밖으로 뛰어오른 고모가 착지한 곳은 꿈답게 미국이었다. 가지 말라고 내가 부르는데도 뒤돌아보지 않았다.

그날 저녁 다 같이 거실에 앉아 텔레비전을 보는 동안에도 나는 계속 꿈 생각을 하고 있었다. 그때 집 앞에 주차하는 소리가 들리자 아마디 신부라 확신하고 떨리는 두 손을 깍지 꼈다. 하지만 문을 두드리는 소리가 그답지 않았다. 시끄럽고 무례하고 거슬렸다.

이페오마 고모가 의자에서 벌떡 일어났다. "오니에지? 누가 우리 집 현관문을 부수려고 하는 거야, 응?"

고모는 문을 빠끔 열었지만 넓적한 손 두 개가 쑥 들어와 문을 벌컥 열어젖혔다. 집 안으로 밀려든 네 남자는 머리가 문틀에 닿을 만큼 키가 컸다. 갑자기 집이 갑갑하게 느껴졌다. 그들이 입은 파란 제복과 어울리는 색 모자, 그들에게 딸려 들어온, 담배 연기와 땀에 전 냄새, 소매가 터질 듯이 울룩불룩한 근육을 담기에는 집이 너무 좁았다.

"뭐예요? 당신들 누구예요?" 이페오마 고모가 물었다.

"당신 집을 수색하러 왔소. 학교의 평화를 어지럽힐 목적으로 작성된 문서를 찾고 있지. 당신이 폭동을 주도한 급진파 학생들과 협력하고 있다는 정보를 입수했거든……." 그의 목소리는 기계적이었다. 남이 써 준 것을 그대로 외는 사람의 목소리였다. 사내의 한 뺨은 부족을 상징하는 문신으로 뒤덮여 있었다. 문신이 없는 피부는 한구석도 없는 것 같았다. 그가 말하는 동안 나머지 세 명은 재빨리 집 안으로 들어갔다. 한 명은 부엌 찬장 서랍을 하나하나 열기만 하고 닫지는 않았다. 두 명은 방으로 들어갔다.

"누가 보냈어요?" 이페오마 고모가 물었다.

"포트하커트 시의 특별 보안 팀에서 나왔소."

"나한테 보여 줄 서류 있어요? 이런 식으로 내 집에 함부로 들어올 수는 없어요."

"하, 이 예예한 여자 좀 보게! 특별 보안 팀에서 나왔다고 했잖아!" 사내가 인상을 쓰며 고모를 옆으로 밀칠 때 문신이 한층 더 꿀렁거렸다.

"어떻게 이런 식으로 들이닥칠 수가 있어요? 웨틴 비 디스?" 오비오라가 벌떡 일어나며 말했지만 그 눈에 담긴 공포는 그의 피진 잉글리시에 담긴 뻔뻔한 남자다움으로도 거의 가려지지 않았다.

"오비오라, **노두 아니.**" 이페오마 고모가 조용히 말하자 오비오라가 얼른 앉았다. 앉으라는 말을 듣고 안심한 듯했다. 고모는 우리 모두에게 앉아 있으라고, 한마디도 하지 말라고 작은 소리로 말하고는 남자들이 있는 방으로 들어갔다. 그들은 서랍을 홱 잡아당겨 열기만 하고 안을 들여다보진 않았다. 그저 안에 있던 옷가지 등을 바닥에 집어 던질 뿐이었다. 안방에 있던 모든 상자와 여행 가방을 뒤집어엎었지만 내용물을 뒤지지는 않았다. 어지르기만 하지, 찾지는 않았다. 그들이 떠날 때 문신한 남자가 손톱이 구부러진 뭉툭한 손가락으로 고모의 얼굴을 향해 삿대질하며 말했다. "조심해, 조심하는 게 좋을 거야."

차가 떠나가는 소리가 희미해질 때까지 우리는 말이 없었다.

"경찰서에 가야 해." 오비오라가 말했다.

이페오마 고모가 미소 지었다. 하지만 입이 웃고 있어도 얼굴이 환해지지는 않았다. "저자들이 거기서 온 거야. 다 한통속이란다."

"왜 고모가 폭동을 부추겼다고 하는 거예요?" 오빠가 물었다.

"다 개소리야. 나를 겁주려는 거지. 언제부터 학생들이 남의 지시 받고 폭동을 일으켰니?"

"방금 저자들이 우리 집에 무단 침입 해서 뒤집어엎고 갔다는 걸 믿을 수가 없어." 아마카가 말했다. "믿어지지가 않아."

"치마가 자고 있어서 다행이구나." 이페오마 고모가 말했다.

"떠나야 돼." 오비오라가 말했다. "엄마, 여길 떠나야 돼. 그 사이에 필리파 이모랑 얘기한 적 있어?"

이페오마 고모가 고개를 가로저었다. 고모는 찬장 서랍에서 나온 식탁 깔개와 책을 제자리에 되돌려 놓고 있었다. 오빠가 도우러 갔다.

"떠나다니, 그게 무슨 소리야? 왜 우리가 우리 나라에서 도망쳐야 해? 왜 고칠 수는 없는 거야?" 아마카가 물었다.

"뭘 고칠 건데?" 오비오라가 일부러 비웃는 표정을 지었다.

"그래서 도망쳐야 한다고? 그게 해답이야? 도망치는 게?" 아마카가 새된 목소리로 물었다.

"도망치는 게 아니라 현실적으로 행동하는 거지. 우리가 대학에 갈 때쯤엔 훌륭한 교수들은 이 말도 안 되는 상황에 질려서 다 외국으로 가 버리고 없을 거야."

"둘 다 시끄러워. 와서 여기나 치워!" 이페오마 고모가 쏘아붙였다. 고모가 사촌들의 언쟁을 자랑스러운 표정으로 감상하지 않은 것은 그때가 처음이었다.

아침에 샤워하러 욕실에 들어가 보니 욕조 안의 배수구 근처를 지렁이 한 마리가 꾸물꾸물 기어가고 있었다. 자갈색 몸뚱이가 욕조의 하얀색과 대비됐다. 예전에 아마카가 자기 집 하수관이 오래돼서 우기마다 욕조에서 지렁이가 나온다는 말을 한 적이 있었다. 이페오마 고모가 하수관을 고쳐 달라는 편지를 관리 부서에 보냈지만 늘 그렇듯 아무리 시간이 흘러도 아무런 조치도 취해지지 않았다. 오비오라는 지렁이를 연구하고 싶다고 말했다. 소금을 뿌렸을 때만 죽는다는 사실을 발견했다는 것이었다. 몸뚱이를 둘로 자르면 죽지 않고 각각 자라나 두 마리의 성체가 됐다.

나는 욕조에 들어가기 전에 빗자루에서 부러져 나온 길쭉한 나뭇조각으로 그 노끈 같은 몸뚱이를 집어서 변기에 던져 넣었다. 물을 내릴 만한 게 없어서, 그러면 물이 낭비될 터라 물을 내리지는 못했다. 남자애들은 변기 속에 둥둥 떠 있는 지렁이를 보면서 오줌을 눠야 할 것이었다.

목욕을 마치고 나와 보니 이페오마 고모가 나 먹으라고 따라 놓은 우유 한 잔이 있었다. **옥파**도 미리 썰어 두었는데 노란 빵 조각에 박힌 빨간 피망 덩어리가 도드라져 보였다. "오늘은 기분이 어떠니, **은네?**" 고모가 물었다.

"좋아요, 고모." 내가 다시는 눈이 떠지지 않길 바랐던 적이 있다는 것도, 몸속에 불이 살았던 적이 있다는 것도 기억나지 않았다. 나는 유리잔을 집어 들고, 수상쩍은 베이지를 띠고 건더기가 둥둥 떠다니는 우유를 들여다봤다.

"집에서 만든 두유란다." 이페오마 고모가 말했다. "영양가가 아주 높은 거야. 우리 농대 교수가 파는 거거든."

"분필 가루 탄 물 같은 맛이야." 아마카가 말했다.

"네가 어떻게 알아, 분필 탄 물 먹어 봤어?" 이페오마 고모가 물었다. 고모는 웃었지만 나는 고모의 입가에서 거미 다리처럼 가는 주름을, 고모의 눈 속에서 먼 데를 보는 듯한 눈빛을 봤다. "더이상 분유 살 돈이 없어." 고모가 피곤한 목소리로 덧붙였다. "분 윳값이 누가 뒤에서 쫓아오기라도 하는 것처럼 매일 오른다는 걸 너희가 알아야 돼."

초인종이 울렸다. 아마디 신부는 대개 조용히 문을 두드린다는 걸 아는데도 그 소리를 들을 때마다 배 속이 들썩거리곤 했다.

방문객은 딱 붙는 청바지를 입은, 이페오마 고모의 제자였다. 그녀는 얼굴이 하얬는데 원래 피부색이 아니라 미백 크림을 발라서 그런 것이었다. 손은 우유를 섞지 않은 본비타처럼 짙은 갈색이었기 때문이다. 그녀는 커다란 회색 닭을 들고 있었다. 이건 제 결혼을 교수님께 정식으로 알린다는 상징이에요, 그녀가 말했다. 그녀의 약혼자는 학교가 또 휴교했다는 사실을 알자 더 이상 그녀가 졸업할 때까지 기다릴 수 없다고 했다. 언제 학교가 정상화될지 아무도 몰랐기 때문이다. 결혼식은 다음 달에 올릴 예정이었다. 그녀는 적황색으로 염색한 땋은 머리를 뒤로 넘기면서 마치 상이라도 탄 사람처럼 으스대는 말투로, 약혼자를 이름으로 안 부르고 "딤", '내 남편'이라고 불렀다.

"학교가 정상화돼도 제가 돌아올지 모르겠어요. 저는 애부터 낳고 싶거든요. 딤이 저랑 결혼해서 썰렁한 가정을 갖게 됐다고 생각하지 않았으면 좋겠어요." 그녀가 어린애처럼 높은 소리로 웃으며 말했다. 그리고 나중에 청첩장을 보낼 수 있게끔 이페오마 고모의 주소를 베껴 갔다.

고모는 그녀가 떠난 뒤에도 문을 쳐다보고 서 있었다. "특별히 똑똑한 애는 아니었으니까 슬퍼하면 안 되겠지." 고모가 생각에 잠겨 중얼거리자 아마카가 웃으며 말했다. "엄마!"

닭이 꼬꼬댁거렸다. 다리를 묶어 놔서 옆으로 누워 있었다.

"오비오라, 닭한테 먹이로 줄 게 없으니까 살 빠지기 전에 잡아서 냉동실에 넣어라." 이페오마 고모가 말했다.

"지난주에 정전이 너무 잦았어서 오늘 다 먹는 게 좋을 것 같아." 오비오라가 말했다.

"반은 오늘 먹고 반은 냉동실에 넣은 다음에 나이지리아 전력 공사가 전력 공급을 재개해서 닭고기가 상하지 않길 기도하는 건 어때." 아마카가 말했다.

"그래." 이페오마 고모가 말했다.

"제가 잡을게요." 오빠의 말에 모두가 오빠를 돌아봤다.

"은나 음, 너 닭 한 번도 잡아 본 적 없잖니." 이페오마 고모가 물었다.

"네, 하지만 할 수 있어요."

"그래." 이페오마 고모가 말하자 나는 고모가 너무 선선히 대답한 데 놀라 고모를 돌아봤다. 아까 왔던 학생 생각에 정신이 팔려 있나? 고모는 정말로 오빠가 닭을 잡을 수 있다고 생각하는 건가?

나는 오빠를 따라 뒷마당으로 나가서 오빠가 한 발로 닭의 양 날개를 밟는 것을 쳐다봤다. 오빠가 닭 목을 뒤젖혔다. 칼날에 햇빛이 반사되어 번뜩였다. 닭은 더 이상 꼬꼬댁거리지 않았다. 피할 수 없는 일을 받아들이기로 했는지도 몰랐다. 나는 오빠가 깃털로 덮인 닭 목을 그을 때는 보지 않았지만 닭이 죽음의 노래에 맞춰 광란의 춤을 추는 것은 지켜봤다. 녀석은 붉은 진흙 속에서 회색 날개를 퍼덕거리며 몸을 뒤틀고 뒹굴었다. 그러다 마침내 불룩하고 더러운 깃털 덩어리가 되었다. 오빠는 닭을 집어 들어 아마카가 가져온 대야에 담긴 뜨거운 물에 던져 넣었다. 오빠한테는 어떤 정확성, 차갑고 냉정한 외곬인 면이 있었다. 오빠는 빠르게 깃털을 뽑기 시작했고 닭이 백황색 껍질로 덮인 홀쭉한 형태로 줄어들 때까지 한마디도 하지 않았다. 나는 깃털이 다 뽑힌 닭을 보고서야 닭 목이 그렇게 길다는 걸 알게 되었다.

"고모가 미국으로 떠나게 되면 나도 따라가고 싶어." 오빠가 말했다.

나는 아무 말도 하지 않았다. 하고 싶은 말과 하고 싶지 않은 말이 너무 많았다. 독수리 두 마리가 머리 위를 맴돌다 땅에 내려앉았다. 내가 잽싸게 덤비면 잡을 수 있을 만큼 가까웠다. 깃털 없는 목이 이른 아침 햇빛을 받아 반짝였다.

"독수리가 얼마나 가까이 왔는지 보여?" 오비오라가 물었다. 오비오라랑 아마카는 아까부터 와서 뒷문에 서 있었다. "녀석들은 점점 더 굶주려 가고 있어. 요즘은 닭 잡는 사람이 아무도 없어서 독수리가 먹을 내장도 줄었거든." 그러고는 돌을 집어서 독수리들을 향해 던졌다. 그러자 녀석들은 잠깐 날아올라 조금 떨어진 망고 나무 가지에 앉았다.

"파파은누쿠는 독수리가 옛 위세를 잃었다고 말씀하시곤 했어." 아마카가 말했다. "옛날에는 독수리가 내려와서 제물로 바친 짐승의 내장을 먹으면 신이 만족한다는 뜻이었기 때문에 사람들이 독수리를 좋아했거든."

"그런데 요즘은 독수리도 우리가 닭 잡는 걸 마칠 때까지 기다렸다가 내려올 줄 아는 눈치가 있어야 해."오비오라가 말했다.

아마디 신부가 도착한 것은 오빠가 닭을 토막 내서 아마카가반 마리를 비닐봉지에 담아 냉동실에 넣은 후였다. 그가 나를 머리 땋는 곳에 데려다주겠다고 하자 이페오마 고모가 미소 지었다. "제 일을 저 대신 해 주시네요, 신부님, 고맙습니다." 고모가말했다. "마마 조한테 전해 주세요. 저도 부활절 전에 머리 땋으러간다고요."

오기게 시장에 있는 마마 조의 가게는 그녀가 앉은 높은 민걸상과 그 앞의 작은 민걸상이 겨우 들어갈 만큼 좁았다. 나는 작은민걸상에 앉았다. 아마디 신부는 떡 벌어진 어깨 때문에 가게 안에 들어올 수 없어서 바깥에, 지나가는 외바퀴 손수레와 돼지와사람과 닭 옆에 서 있었다. 마마 조는 블라우스 소매 밑이 땀에 절어 누렇게 얼룩졌는데도 털모자를 썼다. 이웃 가게들에서도 여자들과 아이들이 가발을 꿰매거나 머리카락을 꼬거나 실과 함께 땋으며 일했다. 각각의 가게 앞에는 문구를 비뚤게 쓴 나무판자가망가진 의자에 기대서 있었다. 그중에서 제일 가까운 것이 "특별미용사 마마 치네두"와 "국제적인 헤어스타일 마마 봄보이"였다.여자들과 아이들은 지나가는 모든 여자에게 소리쳤다. "머리 땋아드릴게요!" "예쁘게 만들어 드릴게요!" "잘해 드릴게요!" 하지만대부분의 여자들은 자신을 잡아당기는 손을 뿌리치고 계속 걸어갔다.

마마 조는 흡사 평생 동안 내 머리를 땋아 온 사람처럼 나를 반겼다. 이페오마 고모의 조카라면 특별하다는 것이었다. 그녀는 이페오마 고모가 어떻게 지내는지 알고 싶어 했다. "그 좋은 사람을 못 본 지 거의 한 달이 됐네. 네 고모가 아니었으면 나는 벌거숭이였을 거야. 네 고모가 늘 헌 옷을 가져다주거든. 그이도 넉넉한 형편은 아니라는 걸 내가 아는데. 애들 잘 키우려고 그렇게 열심이고. 크파우! 강한 여자야." 마마 조가 말했다. 그녀의 이보어 사투리는 발음이 이상하고 단어가 군데군데 빠져 있어 알아듣기가 힘들었다. 그녀가 아마디 신부에게 한 시간이면 끝날 거라고 말하자 그는 콜라 한 병을 사서 내 민걸상 옆에 놓고 갔다.

"오빠니?" 마마 조가 아마디 신부의 뒷모습을 눈으로 좇으며 물었다.

"아뇨. 신부님이에요." 나는 내 꿈을 지배하는 목소리의 주인이 바로 저 사람이라고 덧붙이고 싶었다.

"저 사람이 화더라고?"

"네."

"진짜 가톨릭 화더?"

"네." 나는 가짜 가톨릭 신부도 있나 생각했다.

"아이고 아까워라." 그녀가 내 굵은 머리카락을 부드럽게 빗으며 말했다. 빗으로 빗어 내리다가 끄트머리가 엉킨 곳은 손가락으로 풀었다. 기분이 이상했다. 내 머리는 항상 어머니가 땋아 줬었기 때문이다. "저 사람이 널 어떤 눈빛으로 쳐다보는지 아니? 평범하진 않아, 내가 장담하마."

"아." 내가 말했다. 마마 조가 어떤 대답을 기대하는지 몰랐기 때문이다. 하지만 그녀는 이미 통로 맞은편의 마마 봄보이한테 뭐라고 외치고 있었다. 내 머리를 팽팽한 콘로로 땋는 동안 그녀는 쉴 새 없이 마마 봄보이와 마마 카로한테 수다를 떨었다. 마마 카로는 바로 옆집이 아니라 몇 집 건너여서 목소리는 들려도 얼굴은 안 보였다. 그때 마마 조의 가게 입구에 놓인 뚜껑 덮은 바구니가 움직였다. 갈색 소용돌이 모양 껍데기가 밑에서 기어 나왔다. 나는 펄쩍 뛰어오를 뻔했다. 그 바구니에 마마 조가 파는, 산 달팽이가 가득 든 줄 몰랐기 때문이다. 그녀는 일어나서 달팽이를 잡아 다시 바구니에 넣었다. "신이시여, 악마의 힘을 앗아 가소서." 그녀가 중얼거렸다. 마지막 콘로를 땋고 있을 때 한 여자가 가게로 와서 달팽이 좀 봐도 되냐고 물었다. 마마 조가 위에 덮어 놨던 바구니를 치웠다.

"아주 커요." 그녀가 말했다. "우리 조카들이 오늘 새벽에 아다다 호수 근처에서 잡은 거예요."

여자는 바구니를 들고 흔들었다. 큰 달팽이 사이에 숨은 작은 달팽이를 찾으려는 것이었다. 그러다가 결국은 별로 크지도 않다며 가 버렸다. 마마 조가 여자의 등 뒤에 대고 외쳤다. "자기 기분이 별로라고 남한테도 전염시키고 다니면 안 되지! 시장 어디를 가도 이만한 달팽이는 못 찾을걸!"

그녀는 열린 바구니에서 기어 나오고 있는 진취적인 달팽이를 잡아서 도로 바구니 안에 던져 넣으며 중얼거렸다. "신이시여, 악마의 힘을 앗아 가소서." 나는 아까 기어 나왔다가 도로 던져졌던 달팽이가 또다시 기어 나온 걸까 생각했다. 결연하네. 바구니에 담긴 달팽이를 몽땅 사서 그 한 마리만 풀어 주고 싶었다.

마마 조는 아마디 신부가 돌아오기 전에 내 머리를 끝내고는 깔끔하게 반으로 쪼개진 빨간 거울을 건네줬다. 새로운 머리 모양이 조각난 상(像)으로 보였다.

"감사합니다. 예쁘네요." 내가 말했다.

마마 조가 손을 뻗더니 매만질 필요가 없는 콘로를 매만졌다. "남자는 사랑하지도 않는 여자를 머리 손질 하라고 데려오지 않아. 내가 장담하마, 그런 일은 절대 없어." 그녀가 말했다. 나는 이번에도 뭐라고 해야 할지 몰라 고개만 끄덕였다.

"그런 일은 절대 없어." 마마 조가 마치 내가 수긍하지 않은 것처럼 반복했다. 그때 바퀴벌레 한 마리가 민걸상 뒤에서 뛰쳐나오자 그녀가 맨발로 밟아 죽였다. "신이시여, 악마의 힘을 앗아 가소서."

마마 조는 손바닥에 침을 뱉어 맞비비더니 바구니를 끌어당겨 달팽이를 재정리하기 시작했다. 나는 그녀가 내 머리를 땋기 전에도 손바닥에 침을 뱉었을까 생각했다. 아마디 신부가 나를 데리러 오기 직전에 파란 풀치마를 입고 겨드랑이에 가방을 낀 여자가 나타나 바구니에 든 달팽이를 다 샀다. 그녀는 전혀 미인이 아니었지만 마마 조는 그녀를 "느와니 오마"라고 불렀고 나는 그 달팽이들이 튀겨져서 여자의 수프 냄비 속을 둥둥 떠다니는, 바삭하고 뒤틀린 사체들이 되는 것을 상상했다.

"고맙습니다." 차를 향해 걸어갈 때 내가 아마디 신부에게 말했다. 그가 마마 조에게 지나치게 후한 값을 주자 그녀는 짐짓 사양하는 척하며 이페오마 고모의 조카 머리를 땋으면서 이렇게 많이 받으면 안 되는데 하고 말했다.

아마디 신부는 당연히 해야 할 일을 한 사람의 온화한 태도로 내 감사 인사에 손사래를 쳤다. "오 마카, 네 얼굴이 더 사네." 그가 나를 쳐다보며 말했다. "우리 연극에서 성모님 연기할 사람을 아직도 못 구했는데 한번 도전해 보지 그러니? 내가 신학교 다닐 때는 항상 수녀원 학교에서 제일 예쁜 애가 성모님 역을 했단다."

나는 심호흡을 하면서 말을 더듬지 않게 해 달라고 속으로 빌었다. "연기 못해요. 해 본 적 없어요."

"이제부터 해 보면 되지." 그가 말했다. 차 키를 꽂고 돌리자 끼기긱 소리와 함께 차가 부들부들 떨더니 시동이 걸렸다. 번잡한 시장 길로 접어들기 전에 그가 나를 보며 말했다. "네가 원하는 건 뭐든 할 수 있어, 캄빌리."

그가 운전하는 동안 우리는 이보어 찬송가를 불렀다. 내 목소리가 그의 목소리처럼 부드럽고 영롱해질 때까지 목청을 드높였다.

성당 밖 녹색 팻말은 하얀 조명으로 밝혀져 있었다. 아마카와 함께 향내 나는 성당 안으로 걸어 들어가면서 보니 "나이지리아 대학교 성 베드로 가톨릭 예배당"이라는 글귀가 반짝이는 것처럼 보였다. 우리는 첫째 줄에, 서로 다리가 맞닿게 붙어 앉았다. 이페오마 고모는 남자애들과 함께 아침 미사에 다녀가서 지금은 우리 둘뿐이었다.

성 베드로 예배당에는 성 아녜스 성당에 있는 것 같은 커다란 촛대나 화려하게 장식된 대리석 제단도 없었고, 여자들이 머리카락을 가능한 한 많이 가리게끔 두건을 묶지도 않았다. 봉헌 행렬을 위해 나올 때 보니 어떤 여자들은 속이 비치는 검은 베일을 머리에 쓰기만 했고 어떤 여자들은 바지를, 심지어 청바지를 입고 있었다. 아버지가 봤다면 노발대발했을 것이다. 여자가 하느님의 집에서 머리카락을 보이면 안 되지. 여자가 남자 옷을 입으면 안 되지, 특히 하느님의 집에서는! 아버지라면 그렇게 말했을 것이다.

나는 아마디 신부가 성체를 축성하기 위해 들어 올릴 때 제단 위에 걸린 아무 장식 없는 나무 십자고상이 앞으로 흔들리는 것을 상상했다. 아마디 신부가 눈을 감고 있었으므로 그가 더 이상 하얀 면포로 덮인 제단 뒤에 있지 않음을, 그와 하느님만 아는 어딘가에 있음을 알 수 있었다. 영성체를 하다가 그의 손가락이 내 혀에 스쳤을 때는 그의 발치에 쓰러지고 싶었다. 하지만 합창단의 우레 같은 노랫소리가 나를 일으키고 힘을 줘서 자리로 돌아가게 만들었다.

주기도문 암송을 마친 후에 아마디 신부가 "서로 평화의 인사를 나누십시오."라고 말하는 대신 갑자기 이보어 노래를 부르기 시작했다.

"에케네 은케 우도. 에지그보 느완네 음 니에 음 아카 기.""평화의 인사 시간입니다. 친애하는 형제자매 여러분, 손을 내미십시오."

사람들은 서로 악수하고 포옹했다. 아마카는 나랑 포옹한 다음 뒤돌아서 옆에 앉은 가족과도 짧게 포옹했다. 아마디 신부가 제단에서 나를 향해 미소 지으며 소리 없이 뭐라고 말했다. 무슨 말인지는 몰라도 내가 그것에 대해 계속 생각하리란 걸 알았다. 미사가 끝난 후에 아마디 신부가 아마카와 나를 집에 태워다 줄 때도 여전히 생각하고 있었다. 그가 한 말이 뭐였을까 궁리하면서.

그때 아마디 신부가 아마카에게, 그 애가 아직 견진명을 안 냈다고 말했다. 그는 내일, 그러니까 토요일까지 모든 이름을 취합해서 주임 신부가 보게끔 제출해야 했다. 아마카가 자기는 서양식 이름 고르는 데 관심이 없다고 하자 아마디 신부가 웃으면서, 아마카가 원한다면 이름 고르는 걸 도와주겠다고 말했다. 차가 달리는 동안 나는 창밖을 내다봤다. 정전이라 캠퍼스가 거대한 검푸른 색 담요에 덮인 것처럼 보였고, 우리가 지나가고 있는 거리는 양편에서 자라난 산울타리로 만들어진 컴컴한 터널 같았다. 등유 램프의 금황색 불빛이 집집의 창문 너머와 베란다에서 수백 개의 살쾡이 눈처럼 깜빡였다.

이페오마 고모는 베란다에 놓인 민걸상에 친구와 마주 보게 앉아 있었다. 오비오라는 바닥 깔개에, 등유 램프 두 개 사이에 앉아 있었다. 둘 다 불꽃이 작게 줄여져 있어 베란다가 그림자로 가득했다. 아마카와 나는 고모 친구에게 인사했다. 그녀는 홀치기염색 한 밝은색 부부를 입었고 파마로 펴지 않은 짧은 머리였다. 그녀가 미소 지으며 말했다. "케두?"

"아마디 신부님이 안부 전해 달래, 엄마. 사제관에 손님이 오기로 돼 있어서 우리만 내려 주고 가셨어." 아마카가 말하고는 등유 램프 하나를 집어 들려고 했다.

"램프는 놔둬. 자자랑 치마가 안에 촛불 켜 놨으니까. 벌레 따라 들어가지 않게 문 닫고." 이페오마 고모가 말했다.

나는 두건을 벗고 고모 옆에 앉아 램프 주위로 벌레가 꼬이는 것을 지켜봤다. 깜빡하고 날개를 제대로 접어 넣지 않은 것처럼 등에 뭔가가 튀어나온 작은 벌레가 많았다. 녀석들은 램프에서 내 눈 바로 앞까지 때때로 날아오곤 하는 작고 노란 날벌레만큼 활동적이진 않았다. 이페오마 고모는 보안 요원들이 집에 들이닥쳤을 때 이야기를 하고 있었다. 불빛이 어두워서 고모의 이목구비가 흐릿하게 보였다. 고모는 이야기에 극적인 긴박감을 더하기 위해 자주 말을 멈췄고 친구가 계속 "기니 메지아?" —— 그다음에 어떻게 됐어? — 라고 물어도 "쳴루 누." — 기다려 봐. — 라며 시간을 끌었다.

친구는 이페오마 고모가 이야기를 마친 후에도 한참 동안 말이 없었다. 그러자 마치 귀뚜라미들이 대화의 바통을 이어받은 것처럼 느껴졌다. 시끄러운 울음소리가 아주 가깝게 들렸지만 실제로는 아마 수 킬로미터 밖에 있었을 것이다.

"오카포르 교수네 아들 얘기 들었어?" 고모 친구가 마침내 물었다. 그녀는 영어보다 이보어를 더 많이 썼지만 한결같이 모든 영어 단어에 영국식 악센트를 넣어 발음했다. 아버지와는 달랐다. 아버지는 백인들하고 있을 때만 영국식 악센트로 말했고 때로는 몇 단어씩 건너뛰어서 문장의 반은 나이지리아식 악센트이고 나머지 반은 영국식 악센트일 때도 있었다.

"어느 오카포르?" 이페오마 고모가 물었다.

"풀턴로(路)에 사는 오카포르 말이야. 그 아들은 치디푸고."

"오비오라 친구 말이야?"

"그래, 그 치디푸. 걔가 제 아버지 시험지를 훔쳐서 제자들한테 팔았대."

"에쿠지나! 그 쪼그만 녀석이?"

"그래. 그런데 학교가 휴교하니까 학생들이 걔네 집에 와서 돈을 뜯어내려고 한 거지. 물론 돈은 이미 다 쓰고 없었지만. 어제 그 사실을 안 오카포르는 아들의 앞니를 부러뜨렸어. 하지만 이자는 우리 학교에서 무슨 비리가 일어나고 있는지 절대 말하지 않을, 아부자의 거물들한테 잘 보이기 위해 무슨 짓이든 할, 바로 그 오카포르지. 불충한 교수 명단을 만든 장본인이기도 하고 말이야.

그자가 너랑 내 이름도 포함시켰다더라."

"나도 들었어. 마나, 그게 치디푸랑 무슨 상관인데?"

"너 같으면 암 자체를 치료하겠니, 아니면 암 때문에 생긴 궤양을 치료하겠니? 우리는 지금 애들한테 용돈도 못 줘. 고기 살 돈도 없지. 빵 살 돈도 없고. 그러니 네 자식이 도둑질을 한들 네가 놀란 눈으로 그 애를 쳐다볼까? 궤양은 치료해 봤자 계속 재발하니까 암을 치료해야 하는 거야."

"음바, 치아쿠. 그렇다고 절도를 정당화하면 안 되지."

"정당화하는 게 아니야. 내 말은, 오카포르가 놀라서도 안 되고 회초리가 부러질 때까지 불쌍한 아들을 매질하느라 힘을 낭비하지도 말아야 한다는 거야. 뒤로 물러나 앉아서 독재자를 내버려 두면 이런 일이 생겨. 자기 자식이 갑자기 낯선 애가 되어 있는 거라고."

이페오마 고모는 깊은 한숨을 내쉬고 오비오라를 쳐다봤다. 오비오라도 자신에게 낯선 존재로 변할 수 있다는 생각을 하는지도 몰랐다. "얼마 전에 필리파랑 연락했어." 고모가 말했다.

"그래? 어떻게 지낸대? 오인보 나라의 대우가 어떻대?"

"잘 지낸대."

"미국에서 2등 시민으로 사는 건 어떻고?"

"치아쿠, 너 말이 지나치다."

"하지만 사실이잖아. 나는 케임브리지 시절 내내 사고하는 능력이 있는 원숭이였다고."

"요즘은 그 정도는 아니야."

"백인들이야 그렇게 말하겠지. 지금도 우리 나라 의사들은 매일 그 나라에 가서 **오인보**를 위해 접시나 닦아. **오인보**들이 우리가 의학을 제대로 공부한다고 생각하지 않기 때문이지. 변호사들은 거기 가서 택시를 몰아. **오인보**들이 우리가 학교에서 법을 배웠다고 믿지 않으니까."

이페오마 고모가 얼른 치고 들어오며 친구의 말허리를 끊었다. "필리파한테 내 이력서를 보냈어."

고모 친구는 부부의 양 끝자락을 가운데로 모아서 쭉 뻗은 다리 사이에 끼웠다. 그러고는 눈을 가늘게 뜨고 밤의 어둠 속을 들여다봤다. 생각에 잠겼는지도, 혹은 귀뚜라미가 정확히 얼마나 떨어진 곳에 있는지 계산해 보는 중인지도 몰랐다. "결국은 너도 가는구나, 이페오마." 그녀가 마침내 말했다.

"이건 내 문제가 아니야, 치아쿠." 이페오마 고모가 잠시 멈췄다 말을 이었다. "아마카랑 오비오라가 대학에 가면 누가 걔들을 가르치겠니?"

"고학력자들, 잘못된 것을 바로잡을 능력이 있는 사람들은 떠나. 약자들을 남겨 두고 가지. 독재자들은 계속 군림해. 약자들이 저항하지 못하니까. 너는 이게 순환 고리란 걸 모르니? 대체 누가 이 고리를 끊겠어?"

"그건 궐기 대회에서나 먹힐 비현실적인 얘기잖아요, 치아쿠 이모." 오비오라가 말했다.

나는 긴장감이 하늘에서 내려와 우리 모두를 뒤덮는 걸 봤다. 윗집 아이의 울음소리가 정적을 깨뜨렸다.

"안방에 가서 기다려, 오비오라." 이페오마 고모가 말했다.

오비오라는 일어나서 안으로 들어갔다. 자신이 무슨 짓을 했는지 이제 막 깨달은 사람처럼 심각한 얼굴이었다. 고모가 친구에게 사과했지만 분위기는 이미 달라져 있었다. (열네 살짜리) 아이의 모욕은 공기 중에 남아 그들의 혀를 천근만근으로 만들어서 말하는 것 자체가 고역이 됐다. 고모 친구는 곧 떠났고 이페오마 고모가 쿵쾅대며 안으로 걸어 들어가는 바람에 램프 하나가 넘어질 뻔했다. 철썩하고 따귀 때리는 소리에 뒤이어 고모의 격앙된 목소리가 들렸다. "네가 내 친구 말에 반대해서 야단치는 게 아니야. 반대한 방식 때문에 야단치는 거지. 나는 이 집에서 버르장머리 없는 자식을 키운 적이 없어, 알겠니? 학교에서 월반한 애는 너 하나가 아니야. 앞으로도 이런 되먹지 못한 짓은 그냥 넘기지 않을 줄 알아! 이 나아누?" 그리고 고모는 목소리를 낮췄다. 딸깍하고 방문 닫히는 소리가 들렸다.

"나는 항상 손바닥을 맞았어." 아마카가 내가 있는 베란다로 나오며 말했다. "오비오라는 엉덩이를 맞았지. 내 엉덩이를 때리면 어떤 식으로든 영향이 가서 가슴이 안 커지거나 할지도 모른다고 생각했나 봐. 뭐, 나도 따귀 맞는 것보다는 회초리가 나았어. 엄마 손은 강철 손이거든, **에지 오쿰**." 아마카가 웃었다. "맞고 나서는 몇 시간 동안 그 일에 대해 얘기하곤 했어. 정말 싫었지. 그냥 몇 대 맞고 나가게 해 달란 말이야. 하지만 아니, 엄마는 내가 왜 회초리를 맞았는지, 다음에 또 맞지 않으려면 어떻게 해야 하는지를 설명했어. 지금 오비오라랑 그걸 하고 있는 거야."

나는 시선을 돌렸다. 그러자 아마카가 두 손으로 내 손을 감쌌다. 말라리아에서 회복 중인 사람의 손처럼 따뜻했다. 아마카는 아무 말 않았지만 나는 우리가 같은 생각 — 오빠와 내 경우는 어떻게 다른지에 대해 — 을 하고 있다고 느꼈다.

내가 헛기침을 하고 말했다. "오비오라는 정말 나이지리아를 떠나고 싶나 봐."

"멍청해서 그래." 아마카가 말하고는 내 손을 꼭 쥐었다가 놓아 주었다.

이페오마 고모가 냉동실을 청소하고 있었다. 계속되는 정전으로 냉동실에서 냄새가 나기 시작했기 때문이었다. 고모는 마룻바닥으로 새어 나온 포도주색 구정물 웅덩이를 닦아 낸 다음 고기 봉지를 냉동실에서 꺼내 볼에 담았다. 잘게 썬 소고기 조각은 얼룩덜룩한 갈색으로, 오빠가 잡은 닭 고기 조각은 진한 노란색으로 변해 있었다.

"이 많은 고기를 버리네요." 내가 말했다.

이페오마 고모가 웃었다. "버린다고, 콰? 양념 넣고 잘 삶아서 안 상한 고기처럼 만들 거야."

"엄마, 캄빌리가 부잣집 딸처럼 말해." 아마카가 말했다. 그 애가 나를 조롱하지 않아서, 조롱하는 대신 자기 엄마와 똑같은 소리로 웃어 줘서 고마웠다.

우리는 베란다에 앉아 쌀에서 돌을 골라냈다. 비가 그친 뒤에 나오는 부드러운 아침 해를 느끼려고 그늘지지 않은 바닥에 깔개를 깔고 앉았다. 우리 앞에 놓인 에나멜 쟁반 위에서 더러운 쌀과 깨끗한 쌀이 조심히 쌓은 두 무더기로 나뉘었고 돌은 깔개 위에 놓였다. 아마카가 나중에 쌀을 소분해서 까부를 예정이었다.

"이렇게 싼 쌀의 문제점은 아무리 물을 적게 넣고 밥을 해도 곤죽이 된다는 거야. 내가 먹고 있는 게 가리인지 밥인지 헷갈리기 시작한다니까." 이페오마 고모가 가고 난 뒤에 아마카가 투덜거렸다. 나는 소리 없이 웃었다. 아마카 옆에 앉아서, 배터리를 사용하는 그 애의 작은 라디오 겸용 카세트로 펠라와 오니에카의 음악을 들으며 느낀 동지애는 이제껏 한 번도 느껴 본 적 없는 것이었다. (쌀알이 아주 작았고 때로는 투명한 돌처럼 보였기 때문에) 조심스럽게 쌀알을 골라낼 때 함께한 편안한 침묵은 이제껏 한 번도 느껴 본 적 없는 것이었다. 공기마저도 비가 그친 후에 서서히 잠에서 깨어나는 중이라 잠잠한 것처럼 느껴졌다. 구름이 서로 놓아주기를 주저하는 목화솜 뭉치처럼 막 걷히기 시작한 참이었다.

그때 집으로 다가오는 차 소리가 우리의 평화를 방해했다. 나는 그날 아침에 아마디 신부가 예배당에 있다는 것을 알면서도 내심 그이길 바랐다. 그가 미소 띤 얼굴로 짧은 계단을 뛰어오르기 위해 한 손으로 수단 자락을 잡고 베란다를 향해 걸어오는 모습을 상상했다.

그때 저쪽을 돌아본 아마카가 외쳤다. "비어트리스 숙모!"

나는 홱 고개를 돌렸다. 불안정해 보이는 노란 택시에서 어머니가 내리고 있었다. 어머니가 여기 왜 왔지? 무슨 일이 있었던 거지? 그 먼 에누구에서 왔는데 왜 고무 슬리퍼 바람인 거야? 어머니는 너무 헐렁해서 금방이라도 허리에서 풀어질 것 같은 풀치마를 꼭 쥔 채 천천히 걸었다. 블라우스도 다림질한 것처럼 보이지 않았다.

"어머니, 오 기니? 무슨 일 있어요?" 내가 어머니를 안았다가 얼른 몸을 떼며 물었다. 뒤로 물러나 어머니의 얼굴을 찬찬히 뜯어보기 위해서였다. 어머니의 손이 차가웠다.

아마카는 어머니와 포옹한 다음 핸드백을 받아 들었다. "숙모, 은노."

이페오마 고모가 양손을 반바지 앞에 문질러 닦으면서 서둘러 베란다로 뛰어나왔다. 고모는 어머니와 포옹을 나눈 후 절름발이 부축하듯 부축하며 거실로 안내했다.

"자자는 어디 있어요?" 어머니가 물었다.

"오비오라랑 나갔어요." 이페오마 고모가 말했다. "앉아요, 누니에 음. 아마카, 내 지갑에서 돈 꺼내서 숙모 드실 탄산음료 좀 사와라."

"그러지 마요. 물 마시면 돼요." 어머니가 말했다.

"계속 정전이어서 물이 안 시원할 거예요."

"상관없어요. 그냥 마실게요."

어머니는 등의자 끄트머리에 조심스럽게 걸터앉았다. 주위를 둘러보는 눈이 게슴츠레했다. 지금 어머니에게는 귀퉁이가 깨진 액자 속 사진도, 동양풍 꽃병에 꽂힌 싱싱한 아가판투스꽃도 보이지 않으리란 걸 알 수 있었다.

"내 머리가 정상인지 모르겠어요." 어머니가 열을 재듯 손등을 이마에 갖다 댔다. "오늘 병원에서 퇴원했거든요. 의사가 안정을 취하라고 했는데 오빠 돈을 몰래 챙겨서 케빈한테 공원에 데려다 달라고 했어요. 거기서 택시를 타고 여기로 왔고요."

"병원에 입원했었다고요? 무슨 일이 있었는데요?" 이페오마 고모가 조용히 물었다.

어머니는 거실을 한 바퀴 둘러보더니 초침이 부러진 벽시계를 한동안 쳐다보다가 나를 돌아봤다. "우리 가족 성경책 놓는 작은 탁자 알지, 은네? 아버지가 그거로 내 배를 내리쳤단다." 어머니는 남 얘기를 하는 것처럼, 그 탁자가 견고한 나무로 만들어지지 않은 것처럼 말했다. "아버지가 나를 성 아녜스 병원에 데려가기 전에 이미 바닥에 피를 다 쏟은 상황이라 의사도 구할 도리가 없었다더라." 어머니가 천천히 고개를 저었다. 가느다란 눈물 한 줄기가 겨우 눈을 비집고 나온 것처럼 뺨을 흘러내렸다.

"구해요?" 이페오마 고모가 속삭였다. "그게 무슨 말이에요?"

"임신 육 주째였거든요."

"에쿠지나! 말도 안 돼!" 고모의 눈이 휘둥그레졌다.

"정말이에요. 내가 말을 안 해서 오빠는 몰랐지만 사실이에요." 어머니가 의자에서 미끄러져 내려오더니 두 다리를 앞으로 쭉 뻗고 앉았다. 너무 품위 없는 자세였지만 나도 옆으로 가서 어머니와 어깨가 맞닿게 앉았다.

어머니는 한참을 울었다. 어머니가 감싸 쥔 내 손이 뻣뻣해질 때까지 울었다. 이페오마 고모가 상해 가는 고기로 끓인 매콤한 스튜가 완성될 때까지 울었다. 어머니가 의자 좌판에 머리를 기대고 잠들 때까지 울었다. 오빠가 잠든 어머니를 거실 바닥에 놓인 매트리스에 눕혔다.

그날 저녁 우리가 베란다에서 등유 램프 주위에 둘러앉아 있을 때 아버지에게서 전화가 왔다. 이페오마 고모가 방에서 전화를 받고 나와서 어머니에게 누구였는지 말해 줬다. "절대 언니는 안 바꿔 준다고 하고 끊었어요."

어머니가 민걸상에서 벌떡 일어났다. "왜? 왜요?"

"**누니에 음**, 어서 앉아요!" 고모가 쏘아붙였다.

하지만 어머니는 앉지 않았다. 어머니는 안방으로 들어가서 아버지에게 전화를 걸었다. 잠시 후 전화벨이 울렸고 아버지가 다시 걸었음을 알 수 있었다. 십오 분쯤 후에 어머니가 방에서 나왔다.

"우린 내일 떠날 거예요. 애들이랑 나랑요." 어머니가 누구와도 눈이 마주치지 않게 정면을 똑바로 보며 말했다.

"어디로 간다는 거예요?" 고모가 물었다.

"에누구요. 집으로 돌아갈 거예요."

"어디 머리에 나사 빠졌어요, **그보**? 가긴 어딜 간다는 거예요."

"오빠가 직접 우리를 데리러 온대요."

"제 말 잘 들어요." 이페오마 고모가 목소리를 부드럽게 바꿨다. 단호한 목소리로는 어머니의 얼굴에 붙박인 미소에 파고들 수 없음을 깨달은 게 분명했다. 어머니의 눈빛은 여전히 멍했지만 그날 아침 택시에서 내리던 여자와는 다른 사람처럼 보였다. 다른 종류의 마귀에 쒼 듯했다. "최소한 며칠은 더 있다 가요, **누니에 음**, 그렇게 금방 가지 말고요."

어머니가 고개를 저었다. 뻣뻣하게 당긴 입술을 제외하고는 무표정한 얼굴이었다. "오빠는 계속 몸이 안 좋았어요. 편두통과 고열에 시달렸다고요." 어머니가 말했다. "그이는 한 사람이 짊어질 수 없을 만큼 많은 걸 짊어지고 있어요. 아데가 죽어서 유진이 얼마나 충격받았는지 알아요? 한 사람이 감당하기에는 과해요."

"**기니디**, 무슨 말을 하는 거예요?" 이페오마 고모가 귓가를 날아다니는 벌레를 성마르게 쫓았다. "이페디오라가 살아 있었을 때, **누니에 음**, 학교에서 몇 달 동안 월급을 안 줬을 때가 있었어요. 이페디오라와 저는 빈털터리였지만 그이가 저한테 손을 올린 적은 한 번도 없었어요."

"오빠가 많게는 100명의 학비를 내 준다는 거 알아요? 오빠 때문에 살아 있는 사람이 얼마나 많은지 아냐고요."

"지금 그 얘기 하는 게 아니라는 거 언니도 알잖아요."

"내가 남편 집을 떠나면 어디로 가겠어요? 말해 봐요, 어디로 가겠어요?" 어머니는 이페오마 고모가 대답할 때까지 기다리지 않았다. "얼마나 많은 엄마들이 자기 딸을 그이한테 들이대는지 알기나 해요? 심지어 빙물도 안 줘도 되니까 임신시켜 달라는 여자도 얼마나 많은지 아냐고요."

"그래서요? 제가 언니한테 묻잖아요. 그래서요?" 고모는 이제 고함을 치고 있었다.

어머니가 바닥에 앉았다. 오비오라가 깔아 둔 깔개에 빈자리가 있는데도 시멘트 바닥에 앉아 난간에 머리를 기댔다. "또 유식한 소리네요, 이페오마." 어머니가 부드럽게 말하고는 고개를 돌려서 대화가 끝났음을 알렸다.

나는 이제껏 한 번도 어머니의 그런 모습을 본 적이 없었다. 그런 눈빛을 본 적이 없었다. 그렇게 짧은 시간에 그렇게 말을 많이 하는 것을 들어 본 적이 없었다.

어머니와 이페오마 고모가 잠자리에 들고 나서 한참 후까지도 나는 아마카랑 오비오라와 함께 베란다에 앉아서 왓 카드를 했다. 오비오라가 모든 카드놀이를 가르쳐 줬다.

"이제 한 장 남았다!" 아마카가 카드 한 장을 내려놓으며 의기양양하게 선언했다.

"숙모가 잘 주무셔야 할 텐데." 오비오라가 카드 한 장을 집어 들며 말했다. "매트리스를 가져가셨어야 했어. 깔개만으로는 딱딱하다고."

"괜찮으실 거야." 아마카가 말했다. 그러고는 나를 보며 다시 한번 말했다. "괜찮으실 거야."

오비오라가 손을 뻗어서 내 어깨를 토닥였다. 나는 어찌할 바를 몰라 "내 차례야?"라고, 알면서 물었다.

"삼촌이 나쁜 사람은 아니야." 아마카가 말했다. "문제없는 사람은 없어. 실수 안 하는 사람도 없고."

"흠." 오비오라가 안경을 추켜올렸다.

"내 말은, 어떤 사람들은 스트레스에 약해." 아마카가 오비오라가 무슨 말을 해 주길 기대하듯 쳐다보며 말했다. 하지만 오비오라는 코앞에 든 카드 한 장만 들여다볼 뿐 아무 말이 없었다.

아마카가 새 카드를 집어 들었다. "어쨌든 삼촌이 파파은누쿠 장례비도 내셨잖아." 그 애는 여전히 오비오라를 쳐다보고 있었지만 오비오라는 아무 대꾸도 하지 않았다. 그 대신 들고 있던 카드를 내려놓으며 말했다. "끝!" 또 오비오라가 이겼다.

그날 밤 침대에 누웠을 때 나는 에누구로 돌아가는 것에 대해 생각하지 않았다. 오늘 카드놀이에서 내가 몇 판이나 졌는지에 대해 생각했다.

아버지가 탄 벤츠가 도착하자 어머니는 직접 우리 짐을 싸서 차에 실었다. 아버지는 어머니를 포옹하며 꼭 끌어안았고 어머니는 아버지의 가슴팍에 머리를 기댔다. 아버지는 수척해져 있었다. 평소에는 어머니의 작은 손이 아버지 등까지도 닿지 않았는데 이번에는 어머니의 두 손이 아버지 엉치뼈 위에서 만났다. 나는 아버지와 포옹하기 위해 다가갔을 때에야 비로소 아버지 얼굴에 돋은 발진을 발견했다. 끝에 희끄무레한 고름이 찬 작은 여드름 같은 것이 얼굴 전체를, 눈꺼풀까지 뒤덮고 있었다. 아버지의 얼굴은 붓고 기름지고 칙칙해 보였다. 원래는 포옹한 다음 아버지가 내 이마에 입 맞추길 기다릴 생각이었는데 그러는 대신 가만히 서서 아버지 얼굴을 빤히 쳐다봤다.

"알레르기 때문에 그래." 아버지가 말했다. "심한 건 아니야."

아버지가 나를 안고 이마에 입 맞출 때 나는 눈을 감았다.

"금방 또 만날 거야." 작별의 포옹을 할 때 아마카가 속삭였다. 아마카는 나를 **느완네** 음 **느와니**, 내 자매라고 불렀다. 그리고 뒤 유리로 그 애가 더 이상 보이지 않을 때까지 집 밖에 서서 손을 흔들었다.

주차장을 벗어날 때 묵주 기도를 시작하는 아버지의 목소리는 전과 달리 피곤한 기색이 역력했다. 여드름으로 뒤덮이지 않은 아버지의 목덜미를 계속 쳐다보는데 거기도 예전과 달리 가늘어 보였고 살이 접힌 곳의 피부도 얇았다.

나는 오빠와 마주 보고 싶어 고개를 돌렸다. 내가 얼마나 부활절을 은수카에서 보내고 싶었는지, 얼마나 아마카의 견진 성사와 아마디 신부의 부활 성야 미사에 참석하고 싶었는지, 얼마나 목청 높여 노래 부를 작정이었는지를 눈으로 말하고 싶었다. 하지만 오빠는 창밖에 시선을 고정한 채, 기도를 중얼거릴 때를 제외하고는 에누구에 도착할 때까지 한마디도 하지 않았다.

아다무가 대문을 열자 과일 향이 코에 훅 끼쳤다. 익어 가는 캐슈 열매와 망고와 아보카도의 향기가 높은 담 안에 갇힌 것만 같았다. 속이 메슥거렸다.

"저기 봐, 보라색 히비스커스가 피려고 해." 차에서 내리며 오빠가 말했다. 어디 있는지 내가 이미 아는데도 굳이 손가락으로 가리켰다. 앞마당에서 힘없이 저녁 산들바람에 흔들리는 타원형 봉오리가 보였다.

다음 날은 성지 주일이었다. 오빠가 영성체를 하지 않은 날, 아버지가 집어 던진 무거운 미사 경본이 식당을 가로질러 날아가 도자기 인형들을 박살 낸 날이었다.

신들의 파편

성지 주일우

성지 주일 이후 모든 것이 무너져 내리기 시작했다. 성난 비를 동반한 울부짖는 바람이 앞마당의 플루메리아 나무들을 뽑아 잔디밭에 쓰러뜨려서 그 분홍색과 흰색 꽃은 잔디를 갉아 먹었고 뿌리는 공중에서 흙덩어리를 흔들었다. 차고 위의 위성 접시는 땅바닥으로 떨어져, 지구에 찾아온 외계인 우주선처럼 자동차 진입로 위에서 퍼졌다. 내 옷장 문짝은 완전히 떨어졌다. 시시는 어머니의 그릇 세트를 몽땅 깨뜨렸다.

집 안에 새로이 내려앉은 정적도 갑작스러웠다. 예전의 정적이 깨지면서 뾰족한 파편을 남기고 사라진 것만 같았다. 어머니는 도자기 인형 조각이 위험하게 어딘가에 남아 있지 않도록 거실 바닥을 쓸라고 시시에게 말할 때 목소리를 낮춰 속삭이지 않았다. 입가를 주름지게 하는 설핏한 미소를 숨기지도 않았다. 오빠 방에 음식을 가져다줄 때도 깨끗한 빨래처럼 보이게끔 천으로 싸서 감추기는커녕 하얀 쟁반과 어울리는 색의 접시에 담아 날랐다.

뭔가가 우리 모두의 머리 위에 드리워 있었다. 나는 때때로 이 모든 것 — 장식장을 향해 던져진 미사 경본, 산산조각 난 도자기 인형, 살얼음판 같은 분위기 — 이 꿈이길 바랐다. 너무 새롭고 낯설어서 뭘 어떻게 해야 할지 알 수가 없었다. 욕실과 부엌과 식당에 갈 때는 까치발로 걸었다. 저녁 식탁에서는 그랜드파더 사진, 외할아버지가 성 요한 기사단 망토를 입은 땅딸막한 초능력 영웅처럼 보이는 사진에 시선을 고정하고 있다가 기도 시간이 되면 눈을 감았다. 오빠는 아버지가 불러도 방에서 나오지 않았다. 처음 방에서 나오라고 했던 성지 주일 다음 날에는 오빠가 방문을 책상으로 막아 놔서 아버지가 열지 못했다.

"자자, 자자." 아버지가 문을 밀며 불렀다. "오늘 저녁은 식구들이랑 같이 먹어야 한다, 내 말 들리냐?"

하지만 오빠는 방에서 나오지 않았고 아버지는 식사하는 동안 그 일을 언급하지 않았다. 아버지는 음식에는 거의 손대지 않고 물만 많이 마시면서 어머니한테 "개"를 시켜서 물병을 더 가져오라고 말했다. 발진이 더 크고 평평하고 경계가 흐릿해져서 얼굴이 더 부어 보이는 듯했다.

식사 중에 예완데 코커가 딸을 데리고 찾아왔다. 나는 인사를 건네고 악수하는 동안 그녀의 얼굴과 몸을 찬찬히 뜯어보며 아데 코커가 죽은 후에 삶이 어떻게 달라졌는지를 보여 주는 흔적을 찾으려 했다. 하지만 그녀는 옷차림 — 검은 풀치마, 검은 블라우스, 머리카락을 완전히 가리고 이마까지 거의 다 가린 검은 두건 — 을 빼고는 예전과 똑같아 보였다. 예완데의 딸은 소파에 뻣뻣하게 앉아서 가늘게 땋은 자기 머리를 포니테일로 묶은 빨간 리본을 잡아당기고 있었다. 우리 어머니가 환타를 마시겠냐고 묻자 그 애는 여전히 리본을 당기면서 고개를 저었다.

"얘가 드디어 말을 했어요, 사장님." 예완데가 딸을 쳐다보며 말했다. "오늘 아침에 '엄마'라고 하더라고요. 얘가 드디어 말을 했다는 걸 알려 드리러 왔어요."

"하느님을 찬양하라!" 아버지 목소리가 너무 커서 내가 움찔했다.

"하느님께 감사를." 어머니가 말했다.

예완데가 자리에서 일어나 아버지 앞에 무릎 꿇었다. "고맙습니다, 사장님." 그녀가 말했다. "전부 감사드려요. 저희가 외국 병원에 가지 않았다면 제 딸이 어떻게 됐겠어요?"

"일어나요, 예완데." 아버지가 말했다. "다 하느님, 하느님이 주신 거예요."

그날 저녁 아버지가 서재에서 기도하는 동안 ── 아버지가 시편을 읽는 소리가 들렸다. ── 오빠 방에 가서 문을 밀자, 막고 있던 책상이 바닥에 끌리는 소리가 났다. 오빠한테 예완데가 왔었다는 이야기를 하니 고개를 끄덕이며 어머니한테 들었다고 했다. 아데 코커의 딸은 제 아빠가 죽은 뒤로 줄곧 말을 하지 않았다. 그래서 아버지는 그 애가 나이지리아와 외국에서 최고의 의사들과 심리 상담사들에게 치료받을 수 있도록 비용을 댔다.

"아저씨가 돌아가신 후로 걔가 계속 말을 안 했는 줄 몰랐어." 내가 말했다. "벌써 넉 달 가까이 됐잖아. 하느님께 감사를."

오빠는 한동안 말없이 나를 쳐다봤다. 그것은 예전에 아마카가 나를 쳐다보던 눈빛, 이유도 모른 채 죄책감을 느끼게 만들던 눈빛을 생각나게 했다.

"그 애는 절대 낫지 않을 거야." 오빠가 말했다. "말은 다시 하기 시작했을지 몰라도 절대 낫지는 않을 거야."

나는 오빠 방을 나오면서 책상을 살짝 옆으로 밀었다. 그리고 왜 지난번에는 아버지가 방문을 못 열었을까 생각했다. 책상이 그리 무겁지 않았기 때문이다.

나는 부활 주일이 두려웠다. 오빠가 또 영성체를 안 하면 무슨 일이 벌어질지가 두려웠다. 게다가 나는 오빠가 안 하리란 걸 알고 있었다. 오빠의 긴 침묵과 입술을 다문 모양과 보이지 않는 물체를 한참 쳐다보는 듯한 눈을 보고 알았다.

성금요일[78]에 이페오마 고모에게서 전화가 왔다. 아버지 계획대로 아침 기도에 갔더라면 못 받았을 것이다. 하지만 아침 식사 때 아버지가 손을 너무 심하게 떨더니 결국 차를 쏟았고 나는 액체가 유리 식탁 위를 스멀스멀 기어가는 것을 쳐다봤다. 식사 후에 아버지가 좀 쉬어야겠으니 저녁때 주님 수난 예식 — 대개 베네딕트 신부가 십자가 경배 전에 집전하는 — 에 가자고 말했다. 사실은 작년 성금요일에도 오전에는 아버지가 《스탠더드》와 관련된 뭔가로 바빠서 저녁 예식에 갔었다. 그때 오빠와 나는 십자가에 입 맞추기 위해 나란히 제단 앞까지 걸어갔다. 오빠가 먼저 입을 맞췄고 복사가 나무 십자가를 닦아서 내게 내밀었다. 입술에

---

78 부활절 직전의 금요일.

닿은 십자가는 차가웠다. 전율이 온몸으로 퍼져 나가면서 팔에 닭살이 돋았다. 나는 자리에 돌아와 울기 시작했다. 소리 없이 눈물만 뺨을 흘러내리는 울음이었다. 내 주위에도 십자가의 길[79] 때처럼 우는 사람이 많았다. 십자가의 길 동안 그들은 신음하며 "아, 주께서 나를 위해 이렇게까지."라거나 "이 미천한 나를 위해 돌아가시다니!"라고 말했다. 아버지는 내 눈물을 보고 흐뭇해했다. 아버지가 내 쪽으로 몸을 기울여 내 뺨을 어루만졌던 게 아직도 똑똑히 기억났다. 왜 눈물이 나는지, 내가 신도석 앞에 무릎 꿇은 사람들과 같은 이유로 우는 건지 아닌지도 몰랐지만 아버지가 그럴 만큼 감동하게 만들었다는 사실이 자랑스러웠다.

이런 생각을 하고 있을 때 이페오마 고모에게서 전화가 왔다. 아버지가 자고 있어 어머니가 받을 줄 알았는데 전화벨이 한참 울려도 아무도 받지 않길래 내가 서재에 가서 받았다.

고모의 목소리는 평소보다 몇 음이 낮았다. "학교에서 계약 해지 통보를 받았어." 고모가 말했다. "잘 지냈니?"라는 물음에 내가 대답할 새도 없었다. "불법 행위가 이유라더라. 계약 만료까지 한 달 남아서 미국 대사관에 가서 비자 신청을 했단다. 아마디 신부님도 통지를 받았어. 이달 말에 독일로 사역을 떠나신대."

2연타였다. 나는 휘청했다. 말린 콩 주머니가 종아리에 묶여 있는 듯했다. 이페오마 고모가 오빠를 바꿔 달라고 해서 오빠를 부르러 방으로 가다가 발이 걸려 넘어질 뻔했다. 오빠는 고모와

---

[79] 예수가 사형 선고를 받았을 때부터 죽어서 무덤에 묻힐 때까지의 열네 장면을 묵상하며 드리는 기도. 사순절에 속하는 매주 금요일에 한다.

통화한 후에 수화기를 내려놓으며 말했다. "우리는 오늘 은수카에 갈 거야. 은수카에서 부활절을 보낼 거야."

나는 그게 무슨 말이냐고, 아버지한테 허락은 어떻게 받을 거냐고 묻지 않았다. 그저 오빠가 안방 문을 두드리고 안으로 들어가는 것을 보고 있었다.

"우리는 은수카에 갈 거예요. 캄빌리랑 저랑요." 오빠의 말소리가 들렸다.

아버지가 하는 말은 들리지 않았지만 그다음에 오빠가 말하는 소리가 들렸다. "내일이 아니라 오늘 갈 거예요. 케빈이 데려다주지 않아도 상관없어요. 안 되면 걸어서라도 갈 테니까요."

나는 계단 앞에 가만히 서 있었다. 양손이 부들부들 떨렸지만 귀를 막을 생각도, 스물까지 셀 생각도 들지 않았다. 그 대신 내 방으로 가서 창가에 앉아 캐슈 나무를 내다봤다. 오빠가 내 방에 와서, 아버지가 케빈이 우리를 데려다주는 것을 허락했다고 말했다. 오빠가 손에 든 가방은 너무 급히 싸서 지퍼도 열린 채였다. 오빠는 내가 가방에 이것저것 던져 넣는 모습을 말없이 바라보며 성마르게 무게 중심을 이쪽 발에서 저쪽 발로 옮기길 반복했다.

"아버지는 아직 누워 계셔?" 내가 물었지만 오빠는 대답 없이 돌아서서 계단을 내려갔다.

나는 안방 문을 노크하고 열었다. 아버지는 침대에 앉아 있었다. 빨간 실크 잠옷의 매무새가 흐트러져 보였다. 어머니는 아버지에게 줄 물을 유리잔에 따르고 있었다.

"다녀올게요, 아버지." 내가 말했다.

아버지가 일어나서 나를 껴안았다. 아버지의 얼굴은 아침보다 훨씬 밝아 보였고 발진도 많이 들어간 듯했다.

"얼른 돌아오너라." 아버지가 내 이마에 입을 맞추며 말했다.

나는 어머니와 포옹하고 방에서 나왔다. 갑자기 계단이 위태위태해 보였다. 계단이 무너지면서 커다란 구멍이 생겨 내가 떠나지 못하게 막을 것만 같았다. 나는 아래층에 다다를 때까지 천천히 걸었다. 오빠가 계단 밑에서 나를 기다리고 있다가 가방을 달라며 손을 내밀었다.

밖으로 나가 보니 케빈이 차 옆에 서 있었다. "내가 가면 오늘 아버지는 누가 성당까지 모셔다 드리니?" 그가 우리를 의심스럽게 쳐다보며 물었다. "아버지는 오늘 편찮으셔서 운전 못 하셔."

한참이 지나도 묵묵부답인 것으로 보아 오빠가 케빈에게 대답하지 않을 작정임을 깨달은 내가 이렇게 말했다. "아버지가 아저씨한테 우리를 은수카에 데려다주라고 하셨어요."

케빈이 어깨를 으쓱하며 "이런 건 내일 가도 되지 않니?"라고 툴툴거리더니 시동을 걸었다. 그는 운전하는 내내 조용했고 나는 그의 눈이 자주 우리를, 특히 오빠를 백미러로 흘낏대는 것을 봤다.

땀이 얇은 막이 되어 투명한 제2의 피부처럼 내 온몸을 감쌌지만 목과 이마와 가슴 밑에서는 뚝뚝 방울져 떨어질 만큼 흥건했다. 그래서 파리가 윙윙대며 들어와, 끓인 지 좀 된 수프 냄비 위를 맴돌아도 고모네 부엌 뒷문을 활짝 열어 둘 수밖에 없었다. 파리냐 더 큰 더위냐의 선택인 거지, 아마카가 손으로 파리를 쫓으며 말했다.

오비오라는 웃통은 벗고 카키색 반바지 차림으로 등유 화로 위로 허리를 굽힌 채 심지에 불을 붙이려 애쓰고 있었다. 매연 때문에 눈 주위가 검댕투성이였다.

"이젠 심지가 너무 가늘어져서 불꽃을 유지하질 못해." 마침내 불이 버너를 한 바퀴 돌자 오비오라가 말했다. "어쨌거나 이제부터는 무조건 가스레인지를 써야겠어. 어차피 여기서 살 날도 얼마 안 남았는데 가스 아낄 필요 없잖아." 그 애가 구부렸던 상체를 펴자 갈비뼈 윤곽을 따라 맺힌 땀방울이 보였다. 오비오라는 지난 신문을 집어 들고 한동안 부채질을 하다가 파리를 향해 휘둘렀다.

"네콰! 내 냄비에 파리 빠뜨리지 마." 아마카가 말했다. 그 애는 밝은 적황색 야자유를 냄비에 붓고 있었다.

"더 이상 야자유를 표백하면 안 돼. 이러다간 마지막 몇 주 동안 야자유를 물 쓰듯 써야 할 거야." 오비오라가 계속 파리를 때려잡으며 말했다.

"넌 꼭 엄마가 벌써 비자를 받은 것처럼 말한다." 아마카가 쏘아붙이며 등유 화로 위에 냄비를 올려놓았다. 불꽃이 혀를 날름대며 냄비 옆면까지 올라왔다. 아직 완전히 안정되지 않아 깨끗한 파란색이 아닌 강렬한 주황색을 띤 채 매연을 내뿜었다.

"엄마는 비자를 받을 거야. 긍정적으로 생각해야지."

"미국 대사관 사람들이 나이지리아인을 어떻게 대하는지 못 들었어? 모욕하고 거짓말쟁이라고 부르고, 게다가 뭐더라, 비자를 안 주기도 한다고." 아마카가 말했다.

"엄마는 비자 받을 거야. 대학교가 보증인이잖아." 오비오라가 말했다.

"그래서? 대학교가 보증한 사람 중에 비자 못 받은 사람은 많아."

나는 기침하기 시작했다. 표백 중인 야자유에서 나는, 짙은 흰 연기가 부엌을 메웠고 숨 막히는 매연과 열기와 파리의 혼합물 속에서 정신이 어찔했다.

"캄빌리." 아마카가 말했다. "연기 빠질 때까지 베란다에 나가 있어."

"아냐, 아무렇지도 않아." 내가 말했다.

"어서 가, 비코."

나는 계속 기침하면서 베란다로 나갔다. 내가 야자유 표백에 익숙지 않고, 표백할 필요가 없는 식용유에 익숙함이 명백했지만 아마카는 화난 눈을 하지도, 비웃지도, 입술을 삐죽 내밀지도 않았다. 아마카가 나중에 나를 다시 불러들여서 수프에 넣을 **우구**[80] 잎을 썰어 달라고 했을 때 몹시 기뻤다. 나는 **우구** 잎을 썰기만 한 것이 아니라 가리도 만들었다. 아마카가 차분한 눈으로 지켜보고 있지 않았는데도 뜨거운 물을 너무 많이 붓는 실수를 저지르지 않아서 가리가 탱탱하면서도 부드럽게 나왔다. 납작한 접시에 내가 만든 가리를 국자로 퍼 담아 한쪽으로 민 다음 숟가락으로 그 옆에 수프를 담았다. 그리고 수프가 퍼져 나가는 것을, 가리 밑으로 스며드는 것을 바라봤다. 처음 해 보는 일이었다. 집에서 오빠랑 나는 항상 가리와 수프를 각각 다른 그릇에 담았기 때문이다.

베란다도 부엌만큼이나 더웠지만 우리는 베란다에서 식사를 했다. 난간이 끓는 냄비의 금속 손잡이처럼 느껴졌다.

---

[80] 나이지리아 호박.

"파파은누쿠는 우기에 이런 성난 태양이 뜨면 곧 비가 온다는 뜻이라고 말씀하시곤 했어. 태양이 우리한테 비가 온다는 경고를 하고 있는 거야." 우리가 음식을 들고 깔개 위에 자리 잡았을 때 아마카가 말했다.

우리는 더위 때문에, 수프에서도 땀 맛이 났기 때문에 빨리 식사를 마쳤다. 그러고는 꼭대기 층에 몰려가서 바람이 부나 보려고 베란다에 나가 섰다. 아마카와 나는 난간 앞에 서서 아래를 내려다봤다. 오비오라와 치마는 도두앉아서 다른 아이들이 바닥에서 플라스틱 류도 게임[81] 판 주위에 둘러앉아 주사위를 굴리며 노는 것을 쳐다봤다. 누가 베란다에 물 한 동이를 붓자 남자애들이 젖은 바닥에 등을 대고 드러누웠다.

나는 마거리트카트라이트로(路)를, 그 위를 지나가는 빨간 폭스바겐을 내다봤다. 그 차는 과속 방지 턱을 넘을 때 시끄럽게 부우웅 소리를 냈는데 내가 있는 베란다에서도 빨간색이 바래서 녹슨 주황색으로 변한 데가 보였다. 나는 폭스바겐이 길 저쪽으로 사라져 가는 것을 보며 일종의 그리움을 느꼈는데 이유는 알 수 없었다. 어쩌면 그 차의 부우웅 소리가 이페오마 고모의 차에서 가끔 나는 소리와 비슷했고, 그것이 내가 머지않아 고모도 고모의 차도 더 이상 볼 수 없게 되리라는 사실을 상기시켰기 때문인지도 몰랐다. 고모는 지금 증명서를 떼러 경찰서에 가고 없었다. 미국 대사관에 비자 인터뷰 하러 갈 때 고모한테 전과가 없음을 증명하기 위해 가져가야 하는 것이었다. 오빠도 거기 따라갔다.

---

81 보드게임의 일종. 주사위를 던져 말을 이동한다.

"미국에서는 아마 문에 철창을 덧대지 않아도 될 거야." 아마카가 내가 무슨 생각 하는지 아는 것처럼 말했다. 그 애는 접은 신문지로 힘차게 부채질하고 있었다.

"뭐라고?"

"예전에 엄마 제자들이 연구실에 침입해서 시험지를 훔쳐 간 적이 있었어. 엄마가 연구실 문과 창문에 철창을 달아 달라고 관리 부서에 말했더니 예산이 없다는 거야. 그래서 엄마가 어떡했는 줄 알아?"

아마카가 입가에 희미한 미소를 띤 채 나를 돌아봤다. 나는 고개를 저었다.

"엄마는 공사장에 가서 쇠막대를 공짜로 받아 왔어. 그러고는 오비오라랑 나한테 설치하는 걸 도와 달라고 했지. 우리는 드릴로 구멍을 뚫고 쇠막대를 끼운 다음 시멘트를 발라서 창문과 문에 철창을 쳤어."

"아." 내가 말했다. 손을 뻗어 아마카를 토닥이고 싶었다.

"그리고 엄마는 연구실 문에 '시험지는 은행에 있음.'이라고 써 붙였어." 아마카가 미소 짓더니 신문지를 접고 또 접기 시작했다. "난 미국에 가면 행복하지 않을 거야. 여기와는 다를 테니까."

"미국에 가면 병에 든 신선한 우유를 마시게 될 거야. 작은 깡통에 든 연유나 집에서 만든 두유를 더 이상 먹지 않아도 돼." 내가 말했다.

아마카가 웃었다. 벌어진 잇새가 보이는, 진심 어린 웃음이었다. "넌 참 재밌는 애야."

지금껏 한 번도 들어 본 적 없는 말이었다. 나는 그 말을 마음속에 저장했다. 내가 아마카를 웃겼음을, 내가 아마카를 웃길 수 있음을 나중에 곱씹고 또 곱씹기 위해.

그때 마당 너머의 차고가 안 보일 만큼 심하게 비가 퍼붓기 시작했다. 하늘과 비와 땅이 끝없이 이어지는 하나의 은색 필름이 된 것만 같았다. 우리는 1층으로 뛰어 내려가 빗물을 받을 양동이를 베란다에 내놓고 물이 빠르게 차오르는 것을 지켜봤다. 모든 아이들이 반바지 차림으로 마당에 뛰어나와 빙글빙글 돌며 춤을 췄다. 먼지가 섞이지 않은 깨끗한 비, 옷에 갈색 얼룩을 남기지 않는 비였기 때문이다. 내리기 시작할 때와 마찬가지로 갑자기 비가 그치자 낮잠 후에 하품하듯 온화하게 해가 다시 났다. 양동이가 모두 가득 차 있었다. 우리는 물 위에 뜬 잎과 가지를 건져 내고 양동이를 안으로 들였다.

다시 베란다로 나올 때 아마디 신부의 차가 이쪽으로 꺾어 들어오는 것을 봤다. 오비오라도 그것을 보더니 웃으며 물었다. "내가 이상한 거야, 아니면 신부님이 캄빌리 누나 있을 때 더 자주 오시는 거야?"

오비오라와 아마카는 아마디 신부가 짧은 계단을 올라올 때도 여전히 웃고 있었다. "아마카가 방금 내 얘기 한 거 다 알아." 그가 치마를 품에 안으며 말했다. 그는 석양을 등지고 섰다. 태양은 얼굴을 붉히듯 빨간빛을 띠었고 아마디 신부의 피부가 빛나는 것처럼 보이게 만들었다.

나는 치마가 그에게 매달리는 것을, 그를 올려다보는 아마카와 오비오라의 눈이 반짝이는 것을 쳐다봤다. 아마카가 아마디 신부에게 독일에서의 선교 활동에 대해 물었지만 거의 귀에 들어오지 않았다. 나는 듣고 있지 않았다. 너무 많은 것들이, 내 위장을 으르렁대며 빙빙 돌게 하는 감정들이 내 안에서 소용돌이치는 것을 느꼈다.

"지금 캄빌리가 너희처럼 날 괴롭히고 있니?" 아마디 신부가 아마카에게 물었다. 그는 나를 쳐다보고 있었고 나는 그가 나도 대화에 참여시키려고, 내 주의를 끌려고 그 말을 했음을 알았다.

"백인 선교사들은 우리한테 자기네 신을 가져왔죠." 아마카가 말했다. "자기들하고 피부색이 똑같고, 그들의 언어로 숭배하고, 그들이 만든 상자로 포장된 신을 말이에요. 이제 우리가 그들의 신을 다시 그들에게 소개하는 거니까 포장이라도 새로 해야 하지 않아요?"

아마디 신부가 의기양양하게 웃으며 말했다. "우리는 대부분 사제 수가 줄고 있는 유럽이나 미국으로 가게 될 거야. 그러니까 불행히도 교화해야 할 토착 문화는 없는 셈이지."

"신부님, 진지하게 대답해 주세요!" 아마카가 웃으며 말했다.

"네가 캄빌리처럼 나를 괴롭히지 않으면."

그때 전화벨이 울리기 시작하자 아마카는 아마디 신부에게 울상을 지어 보이고는 집 안으로 들어갔다.

아마디 신부가 내 옆에 와서 앉았다. "걱정이 있어 보이는구나." 그가 말했다. 그러고는 내가 무슨 말을 해야 할지 채 생각해 내기도 전에 손을 뻗어서 내 종아리를 찰싹 때렸다. 그가 손바닥을 펼쳐서 찌부러진 피투성이 모기를 보여 줬다. 내가 너무 아프지 않게 모기를 죽일 수 있도록 손바닥을 오목하게 만들어서 친 것이었다. "네 피를 너무 행복하게 빨아 먹고 있더라고." 그가 나를 쳐다보며 말했다.

"감사합니다." 내가 말했다.

그가 팔을 뻗어서 내 다리에 묻은 피를 손가락 하나로 닦아 냈다. 그의 손가락이 따듯하고 생생했다. 나는 그제야 사촌들이 사라졌음을 알아차렸다. 베란다가 너무 조용해서 나뭇잎에서 떨어지는 빗방울 소리마저 들릴 지경이었다.

"자, 이제 네가 무슨 생각을 하고 있었는지 말해 보렴." 그가 말했다.

"별거 아니에요."

"네가 무슨 생각을 하는지는 항상 나한테 중요하단다, 캄빌리."

나는 일어나서 정원으로 걸어 나갔다. 그리고 아직 젖어 있는 노란 알라만다꽃을 후드득 뜯어서 전에 치마가 했던 것처럼 하나하나 손가락에 끼웠다. 마치 향기로운 장갑을 낀 것만 같았다. "아버지 생각을 하고 있었어요. 집에 돌아가면 무슨 일이 일어날지 모르겠거든요."

"아버지가 전화하셨니?"

"네. 그런데 오빠는 받기 싫다고 했고 저도 안 받았어요."

"사실은 받고 싶었는데?" 그가 부드럽게 물었다. 그것은 내가 예상한 질문이 아니었다.

"네." 나는 오빠한테 들리지 않게끔 속삭였다. 사실 오빠는 이 근방에도 없었지만. 나는 아버지와 얘기하고 싶었다. 아버지 목소리를 듣고, 내가 먹은 음식과 내가 드린 기도에 대해 말해서 인정받고 싶었다. 아버지가 함박웃음을 지어 눈가에 주름이 지길 바랐다. 하지만 동시에 아버지와 얘기하고 싶지 않기도 했다. 아마디 신부나 이페오마 고모를 따라 떠나서 다시는 돌아오고 싶지 않았다. "이 주 후부터는 다시 등교해야 하는데 그때쯤 고모는 여기를 떠나고 없을 거예요." 내가 말했다. "어떡해야 할지 모르겠어요. 오빠는 내일 일도, 다음 주 일도 얘기하지 않거든요."

아마디 신부가 내게 다가와 섰다. 너무 가까워서 내가 배를 쑥 내밀면 그의 몸에 닿을 정도였다. 그는 내 손을 가져가 손가락에서 꽃 한 송이를 조심스럽게 빼더니 자기 손가락에 끼웠다. "고모는 너랑 자자가 기숙 학교에 가야 한다고 생각하셔. 다음 주에 내가 에누구에 가서 베네딕트 신부님한테 말씀드릴 거야. 너희 아버지가 신부님 말씀은 들으시니까. 베네딕트 신부님한테 너희 아버지를 설득해 달라고 부탁할 거야. 너랑 자자가 당장 다음 학기부터 기숙 학교에 다닐 수 있도록. 그러면 괜찮겠지, **이누고**?"

나는 고개를 끄덕이고 나서 시선을 돌렸다. 그의 말을, 괜찮을 거라는 말을 믿었다. 그가 그렇게 말했으니까. 그리고 교리 문답 수업을, 어떤 질문에 대한 답을 합창하는 것에 대해 생각했다. 그 답은 "왜냐하면 하느님이 그리 말씀하셨고 하느님의 말씀은 참이기 때문이니라."였다. 질문은 기억나지 않았다.

"이쪽 좀 봐 봐, 캄빌리."

나는 그의 따뜻한 갈색 눈을 들여다보기가 두려웠다. 내가 기절할까 봐, 그를 부둥켜안고 목 뒤에서 깍지를 낀 채 풀어 주지 않겠다고 고집부릴까 봐 두려웠다. 나는 돌아섰다.

"이거 먹을 수 있는 꽃이니? 달콤한 꿀이 나오는 거 말이야." 그가 물었다. 자기 손가락에서 알라만다꽃을 빼서 노란 꽃잎을 살펴보고 있었다.

나는 미소 지었다. "아뇨, 빨아 먹는 건 익소라꽃이에요."

그가 꽃을 던져 버리면서 씁쓸한 표정을 지었다. "아."

나는 웃었다. 알라만다꽃이 그토록 샛노란 색이라 웃었다. 아마디 신부가 정말로 꽃을 빨아 먹었다면 하얀 즙이 얼마나 썼을까 상상하며 웃었다. 아마디 신부의 눈이 너무 짙은 갈색이라 그 속에 비친 내 모습을 볼 수 있어서 웃었다.

나는 그날 밤 빗물 반 동이로 목욕할 때 왼손을, 아마디 신부가 부드럽게 잡고 손가락에서 꽃을 빼냈던 손을 씻지 않았다. 물을 데우지도 않았다. 뜨거운 코일을 넣으면 빗물에서 하늘 냄새가 사라질까 봐 겁이 났다. 목욕하면서 노래를 불렀다. 평소보다 욕조에 지렁이가 많았지만 내버려 뒀다. 녀석들이 물에 둥둥 떠서 하수구로 떠내려가는 것을 바라봤다.

비 그친 후의 산들바람이 너무 쌀쌀해서 나는 스웨터를 입고 이페오마 고모는 — 집에서는 대개 풀치마만 입고 돌아다니는 — 긴팔 셔츠를 입었다. 다 같이 베란다에 앉아 얘기를 나누고 있는데 아마디 신부의 차가 집 앞에 와서 멈춰 섰다.

"오늘 엄청 바쁠 거라고 하셨잖아요, 신부님." 오비오라가 말했다.

"밥값 하는 것처럼 보이려고 그렇게 말하는 거야." 아마디 신부가 말했다. 피곤해 보였다. 그는 아마카에게 종이 한 장을 내밀면서 자기가 적당히 진부한 이름을 몇 개 적었으니 그중에서 하나만 고르면 가겠다고 했다. 견진 성사 때 주교가 쓰고 난 뒤에는 아마카가 다시는 그 이름을 입에 담을 일이 없다는 말도 했다. 아마디 신부가 눈알을 굴리며 일부러 천천히 말했지만 아마카는 웃기만 할 뿐 종이를 받지는 않았다.

"전 서양식 이름 필요 없다고 했잖아요, 신부님." 그 애가 말했다.

"근데 내가 그 이유를 물었던가?"

"제가 왜 굳이 서양식 이름을 써야 해요?"

"그렇게 정해져 있으니까. 그게 옳은지 그른지는 잠시 잊자꾸나." 아마디 신부가 말했고 나는 그의 눈 밑에서 그늘을 발견했다.

"선교사들이 처음 왔을 때는 이보어 이름이 좋지 않다고 생각했죠. 그래서 사람들한테 세례를 받으려면 서양식 이름으로 바꾸라고 우긴 거고요. 이제는 거기서 한 걸음 더 나아가야 하지 않나요?"

"지금은 그때와 달라, 아마카. 사실을 왜곡하진 마라." 아마디 신부가 차분하게 말했다. "견진명을 일상생활에서도 쓸 필요는 없어. 날 보렴. 난 항상 이보어 이름을 써 왔지만 세례명은 미카엘이고 견진명은 빅토르야."

이페오마 고모가 서류를 훑어보다 눈을 들었다. "아마카, **응과**, 빨리 이름 하나 골라서 아마디 신부님 볼일 보러 가시게 해 드려."

"그럼 그게 무슨 의미가 있어요?" 아마카가 엄마 말을 못 들은 양 아마디 신부에게 말했다. "교회의 주장은 서양식 이름이 있어야만 견진 성사가 유효하다는 거잖아요. '치아마카'는 하느님이 아름다우시다는 뜻이에요. '치마'는 하느님이 제일 잘 아신다는 뜻이고요. '치에부카'는 하느님이 가장 훌륭하시다는 뜻이죠. 이 이름들이 '바오로'나 '베드로'나 '시몬'만큼 하느님을 찬미하지 않나요?"

이페오마 고모가 짜증이 나기 시작했음을 고모의 높아진 목소리와 딱딱거리는 말투에서 알 수 있었다. "**오 기니!** 네 무의미한 주장을 증명하려 들지 마! 그냥 하나 고르고 견진 성사 받아. 아무도 너한테 그 이름 쓰라고 강요하지 않으니까!"

하지만 아마카는 거절했다. 이페오마 고모에게 "에퀘롬."이라고, 나는 동의하지 않는다고 말했다. 그러고는 자기 방에 들어가서 음악을 아주 시끄럽게 틀었다. 이페오마 고모가 방문을 두드리면서 당장 소리 줄이지 않으면 따귀 맞고 싶다는 뜻인 것으로 알겠다고 외치고 나서야 비로소 음량을 줄였다. 아마디 신부는 얼굴에 어리둥절한 미소를 띤 채 떠났다.

그날 저녁에는 다들 화가 가라앉아서 식사를 같이 했지만 평소만큼 많이 웃지는 않았다. 다음 날인 부활 주일에 아마카는 온통 흰옷을 입고 촛농이 흘러내리지 않도록 신문지로 받친 촛불을 든 행렬에 참여하지 않았다. 그들이 하나같이 옷에 단 종잇조각에는 이름이 적혀 있었다. 바오로. 마리아. 야고보. 베로니카. 나는 신부처럼 보이는 어떤 소녀들을 보고 내 견진 성사를 떠올렸다. 아버지는 내가 신부라고, 예수님의 신부라고 말했고 나는 그때까지 교회가 예수님의 신부인 줄 알았기에 깜짝 놀랐다.

이페오마 고모는 아옥페에 참배를 가고 싶어 했다. 나도 왜 갑자기 가고 싶어졌는지 모르겠어 — 고모가 우리에게 말했다.— 아마 오랫동안 떠나 있을 것 같다는 생각 때문이겠지. 아마카와 나는 따라가겠다고 했다. 하지만 오빠는 가지 않겠다고 말한 뒤에 누구든 자신에게 이유를 물어보라고 도발하듯 싸늘한 침묵을 지켰다. 오비오라는 자기도 치마랑 집에 남겠다고 했다. 이페오마 고모는 개의치 않는 것 같았다. 고모는 웃으면서, 일행 중에 남자가 없으니 아마디 신부에게 같이 가겠냐고 물어보겠다고 했다.

"아마디 신부님이 간다고 하시면 내가 박쥐로 변할 거야." 아마카가 말했다.

하지만 그는 수락했다. 이페오마 고모가 아마디 신부와 통화를 끝내고 나서 함께 간다더라고 하자 아마카가 말했다. "캄빌리 때문이야. 캄빌리가 없었으면 절대 같이 안 가셨을걸."

이페오마 고모는 두 시간 정도 떨어진 허름한 마을로 우리를 데려갔다. 나는 뒷좌석에 아마디 신부와 함께 앉았는데 가운데의 빈 공간이 그와 나를 갈라 놓았다. 차가 달리는 동안 그와 아마카는 노래를 불렀다. 도로가 물결처럼 오르락내리락해서 차가 왼쪽 오른쪽으로 흔들리는 것을 나는 차가 춤춘다고 상상했다. 때로는 노래를 따라 불렀고, 때로는 가만히 듣기만 했다. 그러면서 내가 가까이 다가간다면, 우리 사이의 공간을 뛰어넘어 그의 어깨에 머리를 기댄다면 어떤 기분이 들까 생각했다.

마침내 "아옥페 발현지에 오신 것을 환영합니다."라고 손으로 쓴 팻말이 있는 비포장도로에 접어들었을 때 내가 처음 본 것은 혼돈이었다. 대부분 "참배 차량"이라고 휘갈겨 써 붙인 차 수백 대가, 이페오마 고모의 표현에 따르면 "이 마을 소녀가 성모의 환영을 보기 전에는 차 열 대도 지나간 적 없는" 작은 마을에 서로 들어가려고 악다구니를 썼다. 사람들이 너무 다닥다닥 붙어 있어서 자신의 체취만큼 타인의 체취에 익숙해졌다. 여자들은 털썩 무릎을 꿇었다. 남자들은 고래고래 소리치며 기도했다. 묵주가 바스락거렸다. 어떤 사람들은 손가락질하며 외쳤다. "봐, 저기, 나무 위에, 성모님이 계신다!" 또 어떤 사람들은 빛나는 태양을 가리켰다. "저기 계셔!"

우리는 커다란 화염목 밑에 섰다. 개화기라 굵은 가지에 꽃이 활짝 피었고 그 밑의 땅은 불꽃색 꽃잎으로 뒤덮여 있었다. 환영을 처음 본 소녀가 등장하자 화염목이 흔들리면서 꽃이 비 오듯 떨어졌다. 엄숙한 표정의 가냘픈 소녀는 흰옷 차림이었는데 건장해 보이는 사내들이 그 아이가 참배자들에게 밟히지 않도록 주위를 둘러쌌다. 소녀가 우리 앞을 채 완전히 지나치기도 전에 근처의 나무들이 누가 일부러 흔드는 것처럼 무서운 힘으로 떨리기 시작했다. 최초 발현 장소에 두른 차단선도 흔들렸다. 하지만 바람은 불지 않았다. 태양이 하얗게, 소녀의 색깔과 모양으로 변했다. 그리고 나는 성모를 보았다. 창백한 태양 안의 형상, 내 손등에 비친 빨간 빛, 나와 팔을 맞부딪으며 서 있는, 묵주로 주렁주렁 장식한 남자의 얼굴에 피어오른 미소. 성모는 모든 곳에 있었다.

나는 더 있고 싶었지만 이페오마 고모가, 대부분의 사람들이 떠날 때까지 기다렸다간 차가 마을을 빠져나가는 것이 불가능할 거라며 지금 가야 한다고 말했다. 고모는 차로 걸어가는 동안 행상인에게 묵주와 스카풀라[82]와 작은 유리병에 든 성수를 샀다.

"성모님이 나타났는지 안 나타났는지는 중요치 않아." 우리가 차에 도착했을 때 아마카가 말했다. "아옥페는 영원히 특별한 곳일 거야. 캄빌리랑 자자 오빠가 처음 은수카에 온 이유니까."

---

82   기독교 관련 글귀와 그림이 수놓인 네모난 천 조각(성의) 두 개를 끈으로 연결한 것. 두 가닥의 끈 사이에 머리를 넣어 성의 하나는 가슴에, 하나는 등에 오게끔 착용한다.

"너는 성모 발현을 안 믿는다는 뜻이니?" 아마디 신부가 놀리는 투로 물었다.

"아뇨, 그렇게 말하진 않았어요." 아마카가 말했다. "신부님은요? 믿으세요?"

아마디 신부는 아무 말도 하지 않았다. 그는 창문 손잡이를 돌려서 윙윙대는 파리를 차 밖으로 내보내는 데 집중한 것처럼 보였다.

"나는 거기서 성모님을 느꼈어. 정말로 느꼈다고." 내가 불쑥 말했다. 어떻게 그걸 보고도 믿지 않는 사람이 있을 수 있지? 아니면 나와 같은 것을 보지도, 느끼지도 못했다는 건가?

아마디 신부가 고개를 돌려 나를 뚫어져라 쳐다봤다. 나는 곁눈으로 그를 봤다. 그의 얼굴에 온화한 미소가 떠올라 있었다. 이페오마 고모는 몸을 틀어 나를 흘낏 봤다가 다시 정면을 향해 앉았다.

"캄빌리 말이 맞아." 고모가 말했다. "거기에는 하느님이 역사하고 계셨어."

나는 캠퍼스를 집집마다 돌며 작별 인사를 하는 아마디 신부를 따라다녔다. 수많은 교수 자녀들이 그에게 매달렸다. 그를 꼭 끌어안을수록 그가 자신들의 품에서 벗어나지 못해서 은수카를 떠날 확률이 낮아지기라도 하는 것처럼. 우리가 주고받은 대화는 별로 없었다. 우리는 그의 카세트에서 흘러나오는 이보어 찬송가를 따라 불렀다. 그 노래 중 한 곡 —— "**아붐 오니에 누와, 오니에 카 음부 누와.**" —— 덕분에 차에 탔을 때 말라붙었던 목구멍이 좀 나아진 내가 말했다. "사랑해요."

그는 지금껏 한 번도 보지 못한 표정으로 나를 돌아봤다. 눈은 거의 슬퍼 보일 정도였다. 그가 기어 위로 몸을 기울여서 자기 볼을 내 볼에 맞댔다. 나는 우리의 입술이 만나서 그대로 있길 바랐지만 그는 얼굴을 뗐다. "너는 이제 열여섯 살이 다 됐어, 캄빌리. 게다가 아름답지. 너는 평생 네게 필요한 것보다 더 많은 사랑을 받게 될 거야." 그가 말했다. 나는 웃어야 할지 울어야 할지 몰랐다. 그는 틀렸다. 완전히 틀렸다.

집을 향해 달리는 동안 열린 차창 밖을 스쳐 지나가는 집들을 쳐다봤다. 산울타리가 자라서 지난번에 뚫려 있었던 구멍들은 막혔고 양쪽에서 구불구불 뻗어 나온 녹색 가지들이 서로 만났다. 뒷마당이 보였더라면 좋았을 텐데, 그래서 빨래와 과일나무와 그네 너머의 삶을 상상하는 데 몰두할 수 있었더라면 좋았을 텐데 하고 생각했다. 내가 더 이상 아무것도 느끼지 않도록 뭐가 됐든 뭔가에 대해 생각할 수 있게 되길 바랐다. 눈을 깜빡이면 눈 속의 액체가 사라지길 바랐다.

집에 도착하자 이페오마 고모가 괜찮냐고, 무슨 일 있냐고 물었다.

"괜찮아요, 고모." 내가 말했다.

고모는 내가 괜찮지 않음을 아는 것처럼 나를 쳐다봤다. "정말이니, 은네?"

"네, 고모."

"기운 내, **이누고**? 그리고 내 비자 인터뷰가 잘되길 기도해 줘. 내일 라고스에 갈 거야."

"아." 나는 새로운 먹먹한 슬픔이 밀려드는 것을 느꼈다. "그

럴게요, 고모." 하지만 내가 고모가 비자를 받게 해 달라고 기도
하지 않을 것임을, 기도할 수 없음을 알았다. 그게 고모의 바람이
라는 것, 다른 선택의 여지가 많지 않다는 건 알고 있었다. 어쩌면
아예 없을지도 몰랐다. 하지만 나는 고모가 비자를 받게 해 달라
고 기도하지는 않을 것이다. 내가 원치 않는 것을 위해 기도할 순
없었다.

아마카는 자기 방에서 침대에 누워 카세트를 귀 옆에 놓고 음
악을 듣고 있었다. 나는 그 애가 아마디 신부와 보낸 하루가 어땠
냐고 묻지 않기만을 바라며 침대에 앉았다. 아마카는 말없이 음악
에 맞춰 고개만 까딱였다.

"너 따라 부르네." 잠시 후에 그 애가 말했다.

"응?"

"네가 방금 펠라 노래를 따라 불렀다고."

"그래?" 나는 아마카를 쳐다보며 그 애가 상상한 게 아닐까 생
각했다.

"내가 미국에서 펠라 테이프를 어떻게 구하겠니, 응? 어떻게
구하겠냐고."

나는 아마카한테 미국에서도 틀림없이 펠라 테이프를, 혹은
그 애가 원하는 테이프는 무엇이든 찾을 수 있을 거라고 말하고
싶었지만 그러지 않았다. 그렇게 말하면 이페오마 고모가 비자를
받을 거라고 간주하는 셈이 되었기 때문이다. 게다가 그게 아마카
가 듣고 싶은 말인지도 확신이 서지 않았다.

내 뱃속은 이페오마 고모가 라고스에서 돌아올 때까지 계속

편치 않았다. 전기가 들어와서 안에서 텔레비전을 볼 수도 있었지만 우리는 베란다에서 고모를 기다렸다. 벌레들도 우리 주위에서 앵앵대지 않았다. 등유 램프를 켜지 않았기 때문에, 혹은 벌레들도 긴장된 분위기를 느꼈기 때문인지도 몰랐다. 그 대신 녀석들은 문 위의 전구 주위를 왔다 갔다 하며 전구에 부딪힐 때마다 퍽하고 놀라는 소리를 냈다. 아마카가 선풍기를 베란다에 꺼내 놔서 선풍기가 빙빙 도는 소리와 집 안의 냉장고가 윙윙대는 소리가 화음을 이뤘다. 그때 차 한 대가 집 앞에 멈춰 서자 오비오라가 벌떡 일어나 뛰어나갔다.

"엄마, 어떻게 됐어? 비자 받았어?"

"받았어." 이페오마 고모가 베란다로 올라오며 말했다.

"비자 받았구나!" 오비오라가 외치자 치마가 냉큼 제 형의 말을 따라 하며 뛰어가서 엄마를 끌어안았다. 아마카와 오빠와 나는 일어나지 않았다. 우리는 이페오마 고모한테 인사만 하고 고모가 옷 갈아입으러 안으로 들어가는 것을 가만히 보고 있었다. 고모는 풀치마를 가슴에 대충 묶고 금방 나왔다. 고모한테는 종아리까지밖에 안 오는 그 풀치마가 보통 키인 여자한테는 발목까지 왔을 것이다. 고모는 앉으면서 오비오라한테 물 한 잔 떠 오라고 말했다.

"기뻐 보이시지 않네요, 고모." 오빠가 말했다.

"아, 은나 음, 기뻐. 얼마나 많은 사람이 비자를 거절당하는 줄 아니? 내 옆의 여자는 어찌나 울던지 피눈물이 뺨 위로 흘러내릴 것 같더라. 그 사람은 물었어. '어떻게 비자를 거절할 수가 있어요? 은행에 돈 있는 거 보여 줬잖아요. 어떻게 내가 돌아오지 않을 거라고 할 수가 있어요? 나는 여기에 재산이 있어요. 재산이 있다고요.' 그러고는 '나는 재산이 있어요.'라는 말을 반복했어. 아마 미국에서 언니 결혼식에 참석하려고 했던 것 같아."

"왜 거절한 거야?" 오비오라가 물었다.

"나도 몰라. 자기들 기분이 좋으면 주고, 안 그러면 거절하는 거지. 네가 어떤 사람 눈에 쓸모없는 인간으로 보이면 일어나는 일이란다. 우리는 어느 방향이든 그들이 원하는 대로 걷어차도 되는 축구공 같은 거야."

"우리 언제 떠나?" 아마카가 피곤한 말투로 물었다. 그 애가 지금 당장은 피눈물을 흘리다시피 한 여자에 대해서도, 이리저리 걷어차이는 나이지리아인들에 대해서도, 혹은 그 무엇에 대해서도 관심이 없음을 알 수 있었다.

이페오마 고모가 물 한 잔을 다 들이켜고 나서 말했다. "이 주 안에 이 집에서 나가야 돼. 학교 측에서 수위들을 보내 내 물건을 길바닥에 내던지려고 이 주가 지나기만을 기다리고 있으니까."

"그럼 우리가 이 주 안에 나이지리아를 떠난다는 얘기야?" 아마카가 새된 소리로 물었다.

"내가 무슨 마술사니?" 이페오마 고모가 받아쳤다. 목소리에 웃음기가 없었다. 사실 고모의 목소리에서 특기할 만한 건 피로감밖에 없었다. "우선 비행기표 값부터 마련해야 해. 한두 푼이 아니니까. 삼촌한테 도와 달라고 부탁해야 하니 다음 주쯤에 캄빌리랑 자자랑 같이 에누구에 갈 거야. 떠날 준비가 될 때까지 에누구에 있을 거니까 캄빌리랑 자자를 기숙 학교에 보내는 얘기를 삼촌한테 할 기회도 있겠지." 이페오마 고모가 오빠와 나를 돌아봤다. "내가 무슨 수를 써서든 아버지를 설득할게. 아마디 신부님도 너희 아버지한테 얘기 좀 해 달라고 베네딕트 신부님한테 부탁하겠다고 하셨어. 내 생각에 지금 너희 둘한테 최선은 집에서 먼 학교에 가는 거야."

나는 고개를 끄덕였다. 오빠는 일어나서 집 안으로 들어갔다. 무거우면서도 공허한 최후통첩이 허공에 떠 있었다.

아마디 신부의 마지막 날은 성큼 내게 다가왔다. 그는 그가 없을 때도 내가 맡을 수 있게 된 남자 향수 냄새를 풍기며 아침에 찾아왔다. 평소와 같은 소년의 미소를 띠고, 평소와 같은 수단을 입고 있었다.

오비오라가 그를 올려다보며 읊조렸다. "이제 검은 대륙 아프리카로부터 서구를 다시 개종시킬 선교사들이 당도하도다."

아마디 신부가 웃기 시작했다. "오비오라, 너한테 그런 이단 서적을 주는 게 누군지 몰라도 그만두는 게 좋겠다."

그의 웃음소리도 평소와 같았다. 그는 아무것도 달라진 게 없어 보였지만 나의 새롭고도 위약한 삶은 산산조각 나려 하고 있었다. 갑자기 내 안에 분노가 차오르면서 기도를 조이고 콧구멍을 막았다. 분노는 낯설면서도 신선했다. 나는 아마디 신부가 이페오마 고모랑 사촌들과 얘기하는 동안 그의 입술 윤곽을, 나팔 모양의 코를 눈으로 훑으면서 계속 내 안의 분노를 다스렸다. 마침내 그가 나에게 자기 차까지 데려다 달라고 했다.

"지금은 사목 평의회 분들과 점심 식사 하러 가야 해. 날 위해 식사를 준비 중이시거든. 이따가 마지막으로 예배당 사무실 청소할 때 한두 시간 같이 있자꾸나." 그가 말했다.

"싫어요."

그가 걸음을 멈추고 나를 빤히 쳐다봤다. "왜?"

"싫어요. 그러고 싶지 않아요."

나는 그의 차를 등지고 서 있었다. 그가 나에게 다가와서 내 앞에 섰다. "캄빌리." 그가 불렀다.

나는 그에게 내 이름을 다른 방식으로 부르라고 하고 싶었다. 그에게는 내 이름을 예전처럼 부를 권리가 없었다. 이제 전과 같아야 하는 것은, 전과 같은 것은 아무것도 없었다. 그는 떠날 것이다. 나는 이제 입으로 숨을 쉬었다. "저를 경기장에 처음 데려가셨던 날, 이페오마 고모가 그렇게 해 달라고 부탁하셨어요?" 내가 물었다.

"고모는 널 걱정하셨어. 네가 윗집 애들하고도 대화를 제대로 못한다고. 하지만 너를 데려가 달라고 부탁하시진 않았어." 그가 손을 뻗어서 내 셔츠 소매를 매만졌다. "내가 너를 데려가고 싶었어. 그리고 첫날 이후부터는 매일 너를 데리고 다니고 싶었지."

나는 허리를 굽혀서 녹색 바늘처럼 가느다란 풀대를 집었다.

"캄빌리." 그가 말했다. "날 봐."

하지만 나는 그를 보지 않았다. 손안의 풀에 시선을 고정했다. 마치 그 안에 내가 집중해서 쳐다보면 해독할 수 있는 암호가 담긴 것처럼. 그 풀이, 그가 첫날에도 나를 데려가고 싶지 않았다고 말해서 내가 더욱더 화날 이유가 생기길, 그래서 울고 또 울고 싶은 이 충동이 사라지길 바란 이유를 설명해 줄 수 있는 것처럼.

그가 차에 올라타 시동을 걸었다. "저녁에 다시 올 테니까 그때 보자."

나는 그의 차가 이케지아니로(路)로 이어지는 경사지를 넘어 사라지는 것을 바라봤다. 아마카가 나에게 걸어왔을 때도 여전히 보고 있었다. 그 애가 내 어깨에 살짝 팔을 올렸다.

"오비오라가 그러는데 네가 아마디 신부님과 섹스를 하고 있거나 섹스에 가까운 걸 하고 있는 게 분명하대. 아마디 신부님의 눈이 그렇게 반짝이는 걸 본 적이 없거든." 아마카는 웃고 있었다.

아마카의 말이 진담인지 농담인지 알 수 없었다. 내가 아마디 신부와 섹스를 했는지 안 했는지에 대해 얘기하는 것이 얼마나 이상한가에 대해서는 생각하고 싶지 않았다.

"대학에 가면 너도 나랑 같이, 사제들에게 정결 서원 선택권을 주자는 운동 할래?" 아마카가 물었다. "아니면 모든 사제에게 간음을 때때로 허용해야 한다는 건 어때. 이를테면 한 달에 한 번?"

"아마카, 제발 그만해." 나는 돌아서서 베란다를 향해 걷기 시작했다.

"너는 신부님이 환속했으면 좋겠어?" 아까보다는 진지한 목소리였다.

"신부님은 절대 환속하지 않을 거야."

아마카가 생각에 잠겨 고개를 한쪽으로 기울였다가 미소 지었다. "그건 모르는 일이지." 그러고는 거실로 들어갔다.

나는 아마디 신부의 독일 주소를 공책에 베끼고 또 베꼈다. 쓰는 방식을 계속 달리해 가며 또 베끼고 있을 때 그가 돌아왔다. 그는 내게서 공책을 빼앗아 덮어 버렸다. 나는 "보고 싶을 거예요."라고 말하고 싶었지만 그 대신 "편지할게요."라고 말했다.

"내가 먼저 보낼게." 그가 말했다.

눈물이 뺨을 흘러내린 줄 몰랐다가 아마디 신부가 팔을 뻗어 손바닥으로 내 얼굴을 문질러서 닦아 줬을 때에야 알았다. 그리고 그는 나를 두 팔로 감싸 꼭 끌어안았다.

이페오마 고모가 아마디 신부를 위해 저녁을 요리해서 우리 모두 식탁에서 쌀밥과 콩 요리를 먹었다. 많이들 웃었다는 것, 경기장과 추억에 대한 이야기가 많이 오갔다는 건 알았지만 내가 그 대화에 참여했다고 느끼진 못했다. 나는 나의 작은 부분들을 걸어 잠그느라 바빴다. 아마디 신부가 여기 없다면 필요 없어질 것들이었기 때문이다.

그날 밤은 잠을 설쳤다. 너무 자주 뒤척여서 아마카가 잠에서 깼다. 나는 아마카에게 방금 꾼 꿈 얘기를 하고 싶었다. 꿈에서 한 남자가 뭉그러진 알라만다 나뭇잎으로 지저분한 돌길을 따라 나를 쫓아왔다. 처음에 그 남자는 수단 자락을 뒤로 펄럭이는 아마디 신부였는데 잠시 후에는 바닥까지 내려오는 회색 가운 — 재의 수요일에 재를 나눠 줄 때 입는 — 차림의 아버지였다. 하지만 나는 아마카에게 말하지 않았다. 내가 잠들 때까지 아마카가 나를 어린애처럼 안고 달래게 내버려 뒀다. 잠에서 깨니 기분이 좋았다. 창문을 통해 흘러드는 네모난 아침이 잘 익은 오렌지 색깔로 일렁이는 것을 보니 기분이 좋았다.

이삿짐 싸기가 끝났다. 책꽂이가 없으니 복도가 이상하게 넓어 보였다. 안방 바닥에는 물건 몇 개만 남아 있었다. 우리가 에누구로 떠날 때까지 쓸 것들이었다. 쌀 한 포대, 분유 한 통, 본비타

한 통. 나머지 식료품과 상자와 책은 이삿짐에 싸 버리거나 남에게 줬다. 이페오마 고모가 이웃들에게 옷 몇 벌을 나눠 줄 때 윗집 여자가 말했다. "흠, 당신이 성당 갈 때 입는 파란 원피스는 왜 안 줘요? 어차피 미국 가면 옷 많을 거 아니에요!"

이페오마 고모는 짜증이 나서 눈을 가늘게 떴다. 그게 여자가 원피스를 달라고 했기 때문인지 미국을 언급했기 때문인지는 확실치 않았다. 하지만 고모는 그 여자한테 파란 원피스를 주지 않았다.

지금은 뭔가 어수선했다. 우리가 짐을 너무 빨리, 너무 잘 싸 버려서 또 다른 일을 해야만 할 것 같은 분위기였다.

"기름이 있으니 드라이브를 가자." 이페오마 고모가 말했다.

"은수카 작별 여행이네." 아마카가 씁쓸한 미소를 띠며 말했다.

우리는 우르르 차에 올라탔다. 이페오마 고모가 공대 교수들의 집이 있는 블록으로 꺾을 때 차가 휘청하자 나는 차가 이대로 배수로에 처박혀서 고모가 제값 — 시내에서 어떤 남자가 제시했다는 — 을 못 받게 되는 건 아닐까 생각했다. 고모는 찻값으로 받을 돈이 치마의 비행기표 값밖에 안 된다는 말도 했다. 그것은 성인 표의 반값이었다.

어젯밤 꿈 이후로 뭔가 큰일이 일어나리라는 예감이 들었다. 아마디 신부가 돌아오는 것, 그것이어야만 했다. 어쩌면 출발일을 잘못 알았을지도 몰랐다. 어쩌면 출발을 늦췄을지도 몰랐다. 그래서 이페오마 고모가 운전하는 동안 나는 길 위의 차들을 보면서 아마디 신부를, 그의 작은 파스텔색 토요타를 찾아 헤맸다.

이페오마 고모가 오딤 언덕 밑에 차를 대고 말했다. "꼭대기까지 올라가자."

나는 놀랐다. 이페오마 고모가 처음부터 우리한테 언덕을 올라가라고 시킬 계획이었는지는 확실치 않았다. 충동적으로 말한 것처럼 들렸다. 그때 오비오라가 언덕 위에서 간식을 먹자고 제안했고 이페오마 고모가 그거 좋은 생각이라고 말했다. 우리는 차를 몰고 시내에 가서 **모이모이**를 사고 이스턴 숍에서 라이비나[83] 몇 병을 사서 언덕으로 돌아왔다. 지그재그로 난 길이 많아서 올라가긴 쉬웠다. 공기에서 상쾌한 냄새가 났고 길 가장자리에 자란 긴 풀에서 가끔 와작 소리가 들렸다.

"메뚜기가 날개로 내는 소리야." 오비오라가 말했다. 그 애는 거대한 개밋둑 옆에 멈춰 섰다. 마치 일부러 그런 것처럼 등성이가 붉은 진흙을 가로지르고 있었다. "누나는 이런 걸 그려야 돼." 오비오라가 말했지만 아마카는 대꾸하지 않았다. 그 대신 언덕을 뛰어 올라가기 시작했다. 치마가 그 뒤를 따랐다. 오빠도 동참했다. 이페오마 고모가 나를 쳐다보며 물었다. "뭘 기다리니?" 고모는 풀치마를 거의 무릎 위까지 걷어 올리더니 오빠를 뒤따라 뛰기 시작했다. 나도 바람이 귀를 스치는 것을 느끼며 출발했다. 달리기를 하니 아마디 신부가, 그의 시선이 내 맨다리에 머물던 것이 떠올랐다. 나는 이페오마 고모를 제치고, 오빠와 치마를 제치고, 아마카와 거의 동시에 언덕 꼭대기에 다다랐다.

"헤이!" 아마카가 나를 쳐다보며 말했다. "너 단거리 선수 해야

---

83 영국의 글락소스미스클라인 사(현재는 일본 산토리)에서 생산하는 과일 맛 음료.

겠다." 그리고 풀밭에 털퍼덕 앉아서 숨을 가쁘게 몰아쉬었다. 나는 그 옆에 앉아 내 다리에 붙은 작은 거미를 떨어냈다. 이페오마 고모는 꼭대기에 도착하기 전에 달리기를 멈췄다. "은네." 고모가 말했다. "내가 코치를 찾아 줄게, 응? 운동 하면 큰돈 벌 수 있단다."

나는 웃었다. 이제는 웃는 것이 너무 쉽게 느껴졌다. 너무 많은 것이 이젠 쉽게 느껴졌다. 오빠도 웃었고 아마카도 웃었고 우리는 모두 풀밭에 앉아 오비오라가 올라오길 기다렸다. 그 애가 천천히 걸어오면서 손에 들고 있던 것은 메뚜기였다. "힘이 엄청 세." 오비오라가 말했다. "날개가 미는 힘이 느껴져." 그 애는 손바닥을 펴고 메뚜기가 날아가는 것을 바라봤다.

우리는 음식을 가지고 언덕 반대편에 처박혀 있는 부서진 건물 안으로 들어갔다. 한때는 창고였는지 몰라도 수년 전 내전 때 날아간 지붕과 문이 그 상태 그대로 남아 있었다. 오비오라는 사람들이 항상 그 그을린 바닥에 깔개를 깔고 음식을 먹는다고 말했지만 으스스해 보여서 거기서 먹고 싶지 않았다. 오비오라는 건물 벽에 적힌 낙서를 살펴보면서 몇 개를 소리 내어 읽었다. "오빈나는 은넨나를 영원히 사랑한다." "에메카랑 우노마는 여기서 했다." "침심디♡오비."

이페오마 고모가 우리는 깔개가 없으니 바깥 풀밭에서 먹자고 해서 안심했다. **모이모이**를 먹고 라이비나를 마시는 동안 나는 작은 차 한 대가 언덕 주위를 느릿느릿 도는 것을 지켜봤다. 거리가 너무 먼데도 차 안에 누가 탔나 보려고 눈의 초점을 맞추려 애썼다. 두상이 아마디 신부와 비슷해 보였다. 나는 얼른 음식을 먹고 손등으로 입을 닦은 다음 머리를 매만졌다. 아마디 신부가 나타났을 때 지저분해 보이고 싶지 않았다.

치마는 길이 많지 않은 언덕 반대편을 뛰어서 내려가고 싶어 했지만 이페오마 고모가 너무 가파르다고 말했다. 그러자 치마는 땅바닥에 앉아 엉덩이를 밀면서 내려가기 시작했다. 이페오마 고모가 외쳤다. "네 반바지는 네 손으로 직접 빠는 거다, 알겠니?"

예전 같았으면 아마 치마를 좀 더 야단쳐서 못 하게 했을 것이다. 우리는 가만히 앉아서 상쾌한 바람에 눈물을 흘리며 치마가 언덕을 미끄러져 내려가는 것을 바라봤다.

해가 빨갛게 변해서 넘어가려 할 때 이페오마 고모가 이제 가자고 말했다. 언덕을 터덜터덜 걸어 내려가는 동안 나는 아마디 신부가 나타날 거라는 희망을 버렸다.

그날 저녁 다 같이 거실에서 카드놀이를 하고 있는데 전화벨이 울렸다.

"아마카, 전화 좀 받아라." 문에서 제일 가까운 곳에 앉은 이페오마 고모가 말했다.

"내가 장담하는데 저건 엄마한테 온 전화야." 아마카가 자기 카드에 집중한 채 말했다. "우리 집 접시나 냄비나 우리가 입은 속옷까지 자기들한테 버려 주길 바라는 사람 중 한 명일 거라고."

이페오마 고모가 웃으면서 일어나 전화기로 달려갔다. 텔레비전은 꺼져 있고 우리는 말없이 카드에 몰두해 있어서 고모의 비명이 선명하게 들렸다. 짧고 목멘 비명. 나는 미국 대사관에서 고모의 비자를 취소했길 잠시 빌었다가 곧바로 자책하고는 하느님께 내 기도를 무시해 달라고 부탁했다. 우리는 방으로 뛰어갔다.

"헤이, 치 음 오! 누니에 음! 헤이!" 이페오마 고모는 탁자 옆에 서 있었다. 수화기를 들지 않은 손은 충격받은 사람들이 으레 하듯 머리를 짚고 있었다. 어머니한테 무슨 일이 있는 거지? 고모는 수화기를 내밀고 있었다. 오빠에게 줄 생각이었겠지만 더 가까이 있던 내가 낚아챘다. 손이 너무 떨려서 수화기가 귀에서 관자놀이로 미끄러졌다.

어머니의 낮은 목소리가 전화선을 타고 흘러나오자 손 떨림이 순식간에 가라앉았다. "캄빌리, 네 아버지 말인데, 공장에서 전화가 왔어. 아버지가 책상에 죽어 있는 걸 발견했대."

나는 수화기를 귀에 대고 더 꽉 눌렀다. "네?"

"네 아버지 말인데, 공장에서 전화가 왔어. 아버지가 책상에 죽어 있는 걸 발견했대." 마치 녹음된 소리 같았다. 나는 어머니가 오빠한테 똑같은 투로 똑같은 말을 하는 것을 상상했다. 귓속이 액체로 가득 찼다. 어머니의 말을 똑똑히 들었지만, 아버지가 사무실 책상에서 죽은 채로 발견됐다는 말을 들었지만 다시 물었다. "아버지가 소포 폭탄을 받은 거예요? 소포 폭탄이었어요?"

오빠가 수화기를 잡았다. 이페오마 고모는 나를 침대로 데려갔다. 나는 침대에 앉아서 벽에 기댄 쌀자루를 쳐다봤다. 그리고 내가 그 쌀자루를, 그 갈색 마대를, 거기에 적힌 "아다다 쌀가게"라는 문구를, 그 포대가 탁자 옆 벽에 널브러져 있던 모습을 영원히 기억하리란 걸 알았다. 아버지가 언젠가 죽을 거라는, 죽을 수도 있다는 가능성은 이제껏 한 번도 생각해 본 적이 없었다. 아버지는 아데 코커나, 놈들이 죽인 다른 모든 사람과 달랐다. 아버지는 불멸의 존재 같았던 것이다.

나는 오빠와 함께 우리 집 거실에 앉아 유리 장식장이 있었던 공간, 발레 무용수 인형들이 있었던 공간을 바라봤다. 어머니는 위층에서 아버지 물건을 싸고 있었다. 아까 도우러 올라가 보니 어머니는 플러시[84] 깔개 위에 무릎을 꿇은 채 아버지의 빨간 실크 잠옷에 얼굴을 파묻고 있었다. 내가 방에 들어가자 어머니는 올려다보지도 않고 말했다. "가, 은네, 가서 오빠랑 같이 있어라." 실크에 입을 대고 말해서 목소리가 둔하게 들렸다.

밖에서는 비스듬하게 내리는 비가 닫힌 창문을 성난 듯한 박자로 때렸다. 이제 캐슈 열매와 망고가 나무에서 떨어져 특유의 새콤달콤한 향기를 풍기며 축축한 땅에서 썩어 가기 시작할 터였다.

마당의 대문은 잠겨 있었다. 어머니는 아다무에게 **음그발루**, 조의를 표하기 위해 몰려든 모든 사람에게 대문을 열어 주지 말라

84　명주실이나 무명실로 짠 옷감. 벨벳과 비슷하나 두께가 더 두껍고 털이 더 길다.

고 했다. 아바에서 온 우리 **우문나** 친척들도 돌려보냈다. 아다무는 이렇게 조문객을 돌려보내는 경우는 듣도 보도 못했다고 말했다. 하지만 어머니는 그에게 우리는 조용히 애도하고 싶다고, 그 사람들은 아버지 영혼의 안식을 위해 미사를 드리러 가면 된다고 말했다. 나는 어머니가 아다무에게 그런 식으로 말하는 걸 들어 본 적이 없었다. 어머니가 아다무에게 말하는 것 자체를 들어 본 적이 없었다.

"사모님이 본비타 마시라고 하셨어." 시시가 거실로 들어오며 말했다. 시시가 든 쟁반에는 아버지가 차를 마실 때 항상 사용하던 잔이 담겨 있었다. 시시에게서 그녀의 몸에 밴 백리향과 카레 냄새가 났다. 목욕을 해도 사라지지 않는 냄새였다. 우리 집에서 운 사람은 시시뿐이었다. 큰 소리로 흐느끼다가 당황한 우리의 침묵을 마주하고는 순식간에 그쳤다.

시시가 나간 후에 나는 오빠와 마주 보고 눈으로 말하려 했다. 하지만 오빠의 눈은 덧문을 닫은 창문처럼 텅 비어 있었다.

"본비타 안 마실래?" 마침내 내가 물었다.

오빠가 고개를 저었다. "저 잔으로는 안 마셔." 오빠가 자세를 고쳐 앉으며 덧붙였다. "내가 어머니를 돌봤어야 했어. 오비오라가 고모네 식구들을 뒤에서 딱 받치고 있는 거 봤어? 심지어 나보다 어린데도 말이야. 내가 어머니를 돌봤어야 했어."

"하느님이 제일 잘 아시지." 내가 말했다. "하느님은 신비한 방법으로 역사하셔." 그리고 내가 그 말을 했다는 사실을 아버지가 자랑스러워할 거라고, 흡족해할 거라고 생각했다.

오빠가 웃었다. 여러 번의 코웃음을 한데 묶은 것처럼 들렸다.

"당연히 그러시겠지. 하느님이 충실한 종 욥에게, 심지어 자기 아들한테까지 한 짓을 봐. 그런데 넌 그 이유를 생각해 본 적 있어? 왜 하느님은 우리를 구원하기 위해 아들을 죽여야만 했을까? 왜 직접 우리를 구원하지 않았을까?"

나는 슬리퍼를 벗었다. 차가운 대리석 바닥이 발바닥의 온기를 앗아 갔다. 오빠한테 말하고 싶었다. 흘리지 않은 눈물 때문에 눈이 따끔거린다고, 나는 아직도 계단을 올라오는 아버지의 발소리를 찾고 있다고, 듣고 싶다고. 내 안에 고통스럽게 산산이 부서진 조각들이 있는데 그것들이 원래 있던 자리가 사라져 버려서 영원히 되돌려 놓을 수 없다고. 하지만 그러는 대신 이렇게 말했다. "아버지 장례 미사 때 성 아녜스 성당이 꽉 차겠다."

오빠는 대꾸하지 않았다.

전화벨이 울리기 시작했다. 한참 동안 울렸다. 그 후에 몇 번 울린 것도 같은 사람임이 분명했다. 마침내 어머니가 전화를 받더니 잠시 후 거실로 들어왔다. 가슴에 대충 묶은 풀치마가 아래로 처져서 왼쪽 가슴 위에 있는 모반, 작고 검은 사마귀가 드러났다.

"부검을 했는데." 어머니가 말했다. "아버지 몸속에서 독극물을 발견했대." 어머니는 아버지 몸속의 독극물이 마치 우리 모두가 알고 있던 것, (책에서 백인들이 부활절 달걀을 아이들이 찾기 쉽게 숨기듯) 발견되라고 일부러 거기 넣은 것인 양 말했다.

"독극물요?" 내가 말했다.

어머니는 풀치마를 다시 졸라매고는 창가로 갔다. 커튼을 걷고 비가 집 안으로 들이치지 않도록 비늘판이 제대로 닫혀 있는지 확인했다. 어머니의 동작은 차분하고 느릿했고, 말할 때 목소리도 마찬가지로 차분하고 느릿했다. "내가 은수카에 가기 전부터 아버지가 마시는 차에 독을 타기 시작했단다. 시시가 날 위해 구해다 줬지. 시시네 삼촌이 용한 주술사거든."

긴 침묵의 순간 동안 나는 아무 생각도 할 수 없었다. 머릿속이 멍했고 나도 멍했다. 그때 아버지의 차를 한 모금씩 마시던 것이, 사랑의 한 모금이, 아버지의 사랑을 내 혀에 새겨 주던 뜨거운 액체가 떠올랐다. "왜 그걸 차에 탔어요?" 내가 일어나면서 어머니에게 물었다. 목소리가 컸다. 거의 비명을 지르고 있었다. "왜 차에 탔냐고요!"

하지만 어머니는 대답하지 않았다. 어머니의 어깨를 잡고 흔드는 나를 오빠가 떼어 놓았을 때에도. 오빠가 나를 끌어안았다가 어머니까지 같이 안으려 돌아서자 오빠를 밀쳐 냈을 때에도.

몇 시간 후에 경찰이 왔다. 묻고 싶은 게 몇 가지 있다고 했다. 성 아녜스 병원의 누군가가 경찰에 연락을 해서 자기들이 검안서 사본을 가지고 있다고 말했다. 오빠는 그들이 질문할 때까지 기다리지 않았다. 자기가 쥐약을 사용했다고, 아버지의 차에 탔다고 말했다. 그들은 연행하기 전에 오빠가 셔츠 갈아입는 것을 허락했다.

다른 침묵

원제

교도소로 가는 길은 익숙하다. 나는 거기 있는 집들과 가게들을 안다. 교도소 부지로 이어지는, 파인 자국으로 가득한 도로로 접어들기 직전에 오렌지와 바나나를 파는 여자들의 얼굴을 안다.

"오렌지 사고 싶니, 캄빌리?" 행상인들이 손을 흔들며 호객하기 시작하자 셀러스틴이 속도를 최대한 늦추며 묻는다. 그의 목소리는 부드럽다. 어머니는 케빈을 해고한 후에 셀러스틴을 고용한 이유가 그것 때문이라고 말한다. 그것과 목에 단도 모양 흉터가 없다는 점.

"트렁크에 있는 거로 충분해야 할 텐데." 내가 말한다. 그리고 어머니를 돌아본다. "여기서 뭔가 샀으면 좋겠어요?"

어머니가 고개를 젓자 두건이 벗겨지기 시작한다. 어머니는 손을 뻗어 두건을 아까만큼 헐렁하게 다시 묶는다. 풀치마도 두건만큼이나 헐렁하게 허리에 묶은 탓에 자주 묶고 또 묶길 반복해서 오그베테 시장의 칠칠찮은 여자들 같은 인상을 준다. 그 여자들은 늘 풀치마가 풀어지도록 내버려 둬서 안에 입은 구멍 숭숭 뚫린 속옷이 다 보인다.

어머니는 자신이 이렇게 보인다는 사실에 신경 쓰지 않는 듯하다. 심지어 그 사실을 알지도 못하는 것 같다. 어머니는 달라졌다. 오빠가 감옥에 간 뒤로, 어머니가 아버지는 자기가 죽였다고, 차에 독을 탔다고 사람들에게 말하고 다니기 시작한 후로. 심지어 신문사에 편지도 보냈다. 하지만 아무도 귀담아 듣지 않았다. 지금도 듣지 않는다. 그들은 슬픔과 현실 부정이 — 남편이 죽었다는 사실과 아들이 감옥에 있다는 사실에 대한 — 어머니를, 보는 사람이 고통스러울 정도로 마른 몸과 수박씨만 한 검은 여드름으로 뒤덮인 피부의 소유자로 바꿔 놓았다고 생각한다. 그리고 그렇기 때문에 어머니가 일 년 동안 상복(전부 검은 옷 또는 전부 흰옷)을 입지 않은 것을 용서하는지도 모른다. 그렇기 때문에 어머니가 1주기, 2주기 추모 미사에 참석하지 않은 것을, 머리를 자르지 않은 것을 아무도 비난하지 않는지도 모른다.

"두건을 좀 더 단단히 묶으려고 해 보세요, 어머니." 내가 어머니의 어깨에 손을 얹으려고 뻗으며 말한다.

어머니는 여전히 창밖을 바라보며 어깨를 으쓱한다. "단단히 묶었어."

셀러스틴이 백미러로 우리를 쳐다보고 있다. 그의 눈빛은 부드럽다. 그는 어머니를 자기 고향의 디비아, "이런 일"에 전문가인 사내에게 데려가는 게 어떠냐고 나에게 제안한 적이 있다. 셀러스틴이 말하는 "이런 일"이 뭔지, 어머니가 미쳤다는 말인지는 확실치 않았지만 나는 고맙다고, 하지만 어머니가 가고 싶어 하지 않을 거라고 말했다. 셀러스틴은 물론 좋은 뜻에서 한 말이다. 나는 그가 때때로 어머니를 쳐다보는 눈빛을, 차에서 내리는 어머니를 부축하는 방식을 봤고 그가 어머니를 온전하게 만들고 싶어 한다는 것을 안다.

어머니와 내가 같이 교도소에 가는 일은 드물다. 대개는 셀러스틴이 매주 나를 데려다주고 나서 하루나 이틀 후에 어머니를 데리고 간다. 어머니가 그 편을 더 좋아한다고 나는 생각한다. 하지만 오늘은 다르다. 특별하다. 마침내 오빠가 확실히 석방될 거라는 얘기를 들었기 때문이다.

몇 달 전 국가 원수가 세상을 떠난 뒤에 — 창녀의 배 위에서 입에 거품을 물고 경련하다 죽었다고 한다. — 우리는 오빠가 곧 석방될 거라고, 변호사들이 금방 뭔가를 해낼 거라고 생각했다. 특히 민주화 단체들이 정부한테 아버지의 죽음을 재조사하라고, 전 정권이 죽인 게 틀림없다고 주장하며 시위했기 때문에 더 그랬다. 하지만 몇 주가 지나서야 임시 문민정부가 모든 양심수를 석방한다고 발표했고, 그로부터 또 몇 주가 지나서야 우리 변호사들이 석방자 명단에 오빠를 올렸다. 오빠 이름은 200명이 넘는 명단에 네 번째로 올라 있다. 오빠는 다음 주에 나올 것이다.

마지막으로 교체된 변호사들 중 두 명이 어제 우리에게 알려줬다. 두 사람 다 이름 뒤에 나이지리아 선임 변호사[85]를 뜻하는,

---

85 대법관, 법무 장관, 고등 법원 판사, 선임 변호사 등으로 구성된 위원회가 경력 십 년 이상의 변호사 중 뛰어난 활약을 보인 인물을 골라 임명한다. 영국의 Queen's Counsel에 해당한다.

영예로운 SAN이 붙어 있다. 그들은 그 소식과 분홍 리본을 묶은 샴페인 병을 가지고 우리 집에 찾아왔다. 그들이 떠난 후 어머니와 나는 그에 대해 이야기하지 않았다. 우리는 처음으로 구체화된 새로운 평화와 희망을 공유하지 않고 각자 품고 돌아다녔다.

어머니와 내가 이야기하지 않는 것은 이외에도 많다. 판사와 경찰과 교도관에게 뇌물 주기 위해 쓴 거액의 수표에 대해 이야기하지 않는다. 아버지 재산의 반이 성 아녜스 성당과 그곳의 선교 사업 후원으로 사라진 후에도 수중에 돈이 얼마나 남았는지에 대해 이야기하지 않는다. 아버지가 소아 병원과 편부 가정과 내전에서 장애를 입은 퇴역 군인에게 익명으로 기부했었다는 사실을 발견한 것에 대해서도 한 번도 얘기한 적이 없다. 우리가 소리 내어 말하지 않는, 말로 표현하지 않는 것은 아직도 많다.

"펠라 테이프 좀 틀어 주세요, 아저씨." 내가 뒤로 기대앉으며 말한다. 자신만만한 목소리가 곧 차 안을 채운다. 어머니가 싫어하나 하고 돌아보지만 어머니는 정면의 앞좌석 뒤만 보고 있다. 나는 어머니가 소리를 들을 수 있나 의심한다. 대부분의 경우 어머니의 대답은 고개를 끄덕이거나 내젓는 것이라 어머니가 정말로 들었는지 궁금하다. 예전에는 시시에게 어머니와 대화해 보라고 부탁하곤 했다. 어머니가 시시와 함께 거실에 몇 시간씩 앉아 있곤 했기 때문이다. 하지만 시시가 말하길 어머니는 자기 말에 대답은 하지 않고 빤히 쳐다만 본다고 했다. 작년에 시시가 결혼했을 때 어머니가 도자기 그릇을 몇 상자나 주자 시시는 부엌 바닥에 앉아 엉엉 울었고 어머니는 그 모습을 가만히 바라봤다. 시시는 이제 가끔 들러서 새로 온 집사 오콘을 가르치거나 어머니에게 뭐 필요한 거 없냐고 물어본다. 그러면 어머니는 대개 아무 말 없이 몸을 앞뒤로 끄덕이며 고개를 가로젓기만 한다.

지난달에 내가 은수카에 다녀오겠다고 했을 때도 어머니는 아무 말도 안 했고, 이제는 은수카에 내가 아는 사람이 아무도 없음에도, 왜 가냐고 물어보지도 않았다. 그저 고개만 끄덕였다. 셀러스틴이 나를 데려다줬는데 우리는 정오 무렵, 태양이 정확하게 (내가 오래전부터 골수의 수분을 다 말려 버릴 수 있을 거라고 상상해 온) 이글거리는 태양으로 바뀔 때쯤에 도착했다. 캠퍼스 잔디가 대부분 웃자라서 긴 풀이 녹색 화살처럼 곧추서 있다. 뽐내는 사자상은 더 이상 반짝이지 않는다.

이페오마 고모네 집에 살고 있는 가족에게 들어가도 되냐고 묻자 그들은 나를 수상쩍게 쳐다봤지만 들어오라고 하고는 물 한 잔을 줬다. 미지근할 거예요 — 그들이 말했다. — 정전이라서. 천장 팬의 날개가 털 뭉치 같은 먼지로 덮여 있는 것을 보니 정전된 지가 꽤 오래됐음을 알 수 있었다. 안 그랬으면 팬이 돌 때 먼지가 날아가서 없었을 테니까. 나는 양 옆면에 고르지 않게 구멍이 뚫린 소파에 앉아 물을 다 마셨다. 그리고 그들에게 나인스마일에서 산 과일을 주면서 사과했다. 트렁크 안이 뜨거워서 바나나가 검게 변했기 때문이다.

에누구로 돌아올 때 나는 펠라의 긴박한 노랫소리보다 더 크게 웃었다. 나는 웃었다. 은수카의 비포장도로가 하마탄 철에는 차에 먼지를 입히고, 우기에는 끈적한 진흙을 입히기 때문에. 포장도로는 파인 곳을 깜짝 선물처럼 불쑥 내놓고, 공기는 언덕과 역사의 냄새를 풍기며, 햇빛은 모래를 흩뿌려서 황금색 먼지로 바

뭐 놓기 때문에. 은수카가 해방시킨 배 속 깊은 곳의 무언가가 목구멍으로 올라와서 자유의 노래가, 웃음이 되어 나오기 때문에.

"다 왔다." 셀러스틴이 말한다.

우리는 교도소 마당에 있다. 창백한 벽 군데군데에 보기 흉한 청록색 곰팡이가 피어 있다. 오빠가 돌려보내진 예전 감방은 사람이 너무 많아서 누군가가 누우려면 누군가는 일어서야만 한다. 변기는 검은 비닐봉지 한 개인데 매일 오후마다 누가 버리러 나갈 것인가를 두고 싸운다. 그 사람은 잠시나마 햇볕을 쬘 수 있기 때문이다. 죄수들이 늘 비닐봉지를 쓰는 수고를 하지는 않는다고, 특히 화가 나면 더 그런다고 오빠가 말한 적이 있다. 오빠는 쥐나 바퀴벌레와 같이 자는 것은 상관없지만 코앞에 남의 대변이 있는 것은 싫다. 지난달까지는 책도 있고 매트리스 하나를 혼자 다 쓰는 감방에 있었다. 우리 변호사들이 누구에게 뇌물을 줘야 할지를 알았기 때문이다. 그러나 오빠가 아무 이유 없이 교도관의 얼굴에 침을 뱉은 후에 그들은 오빠의 옷을 벗겨서 **코보코**로 마구 때린 다음 여기로 옮겼다. 오빠가 이유 없이 그런 일을 했을 거라고는 믿지 않지만 오빠가 그 얘기는 하지 않으려 해서 나도 다른 가설이 없다. 오빠는 등에 채찍 맞은 자국, 뇌물 받은 의사가 긴 소시지처럼 부어 있더라고 내게 말한 자국도 보여 주지 않았다. 하지만 오빠 몸의 다른 부위, 예를 들면 어깨처럼 내가 볼 필요 없는 부위는 저절로 보인다.

은수카에서 확 피어난, 떡 벌어지면서 유능해진 그 어깨는 오빠가 여기서 지낸 삼십일 개월 만에 축 처졌다. 삼 년 가까운 시간이다. 오빠가 처음 여기 왔을 때 누가 애를 낳았다면 그 애는 지금 말을 할 것이고 어린이집에 다닐 것이다. 때때로 내가 오빠를 쳐다보다 울음을 터뜨리면 오빠는 어깨를 으쓱하며 방장인 올라디푸포 — 감방에는 서열이 있다. — 는 팔 년째 재판을 기다리고 있다고 말한다. 오빠의 공식적인 상태는 그동안 내내 "계류 중"이었다.

아마카는 국가 원수에게, 심지어 주미 나이지리아 대사에게도 나이지리아 사법 체계의 열악한 상태에 대해 불평하는 편지를 쓰곤 했다. 그 편지를 누가 읽었다는 소식은 없지만 자기가 뭔가를 한다는 사실이 자기한테는 중요하다고 말했다. 그 애가 오빠한테 보내는 편지에는 이런 얘기가 하나도 없다. 나도 그 편지들을 읽는데 수다스러우면서도 사무적이다. 아버지를 언급하지도 않고 감옥도 거의 언급하지 않는다. 가장 최근 편지에서는 미국의 한 비(非)종교지에 아옥페에 관한 기사가 실렸는데 필자가 성모 발현 자체에 대해, 특히 그렇게 부패하고 더운 나라인 나이지리아에 성모가 나타날 수 있다는 사실에 회의적이었다고 말했다. 그리고 자신의 생각을 그들에게 알려 주기 위해 잡지사에 편지를 보냈다고 했다. 물론 나는 어련하겠냐고 생각했다.

아마카는 오빠가 왜 답장을 안 쓰는지 이해한다고 말한다. 무슨 말을 하겠는가? 이페오마 고모는 오빠한테 편지를 쓰는 대신 온 가족의 목소리를 녹음한 카세트테이프를 보낸다. 내가 면회를 가면 오빠는 때로는 그 테이프를 틀게 내버려 두고, 때로는 틀지 말라고 한다. 하지만 고모도 어머니와 나한테는 편지를 보낸다. 두 개의 직업, 전문대의 일자리와 약국 또는 (미국인들 표현에 따르면) 드럭스토어의 일자리에 대해 쓴다. 커다란 토마토와 값싼 빵에 대해 쓴다. 하지만 대개는 그리운 것과 희망하는 것에 대해 쓴다. 과거와 미래에 살기 위해 현재는 외면하는 사람처럼. 때로는 고모의 편지가 한도 끝도 없이 계속되다가 잉크가 번져서 무슨 말을 하는 건지 잘 모르겠을 때도 있다. 한번은 이렇게 썼다. 우리가 민주주의를 몇 번 시도했다가 실패했기 때문에 민주 정치를 못할 거라고 생각하는 자들이 있다. 마치 오늘날의 민주 국가들은 처음부터 잘했던 것처럼. 그것은 걸음마를 떼려다 엉덩방아를 찧는 아기에게 가만있으라고 하는 것과 같다. 마치 그 아기를 앞질러 가는 어른들은 기어 다녔던 시절이 없는 것처럼.

내가 고모가 쓴 내용에 관심이 있긴 했지만, 관심이 너무 많아서 거의 다 외웠을 정도지만, 고모가 왜 나한테 그런 편지를 보냈는지는 아직도 모른다.

아마카의 편지도 고모만큼 길 때가 많은데 매번 절대 빼먹지 않는 것은 온 식구가 살찌고 있고 치마는 하도 살이 쪄서 매달 새 옷을 사야 한다는 이야기다. 물론 여기서는 정전도 한 번도 없었고 온수가 수도꼭지에서 바로 나오지만 우리는 더 이상 웃지 않아 ─ 그 애가 말한다. ─ 웃을 시간이 없기 때문에, 서로 만날 일이 없기 때문에. 오비오라의 편지는 가장 밝고 가장 부정기적이다. 그 애는 장학금을 받고 사립 학교에 다니는데 그곳에서는, 오비오라의 말에 따르면, 선생님한테 대들어도 혼나는 게 아니라 칭찬을 받는다.

"내가 할게." 셀러스틴이 말한다. 그가 연 트렁크에서 내가 과일이 든 비닐봉지랑 음식과 접시가 든 천 가방을 꺼내려는 참이다.

"고마워요." 내가 비켜서며 말한다.

셀러스틴이 짐을 들고 앞장서서 교도소 건물 안으로 들어간

다. 어머니는 느릿느릿 뒤에서 따라온다. 안내대에 앉은 교도관은 입에 이쑤시개를 물고 있다. 황달기 있는 눈이 너무 노래서 마치 염색한 듯하다. 책상 위에는 까만 전화기, 두껍고 너덜너덜한 일지, 한구석에 처박아 쌓아 둔 손목시계와 손수건과 목걸이 더미 외에는 아무것도 없다.

"잘 지냈니?" 그가 나를 보고 얼굴을 빛내며 말하지만 시선은 셀러스틴의 손에 들린 짐에 꽂혀 있다. "아! 오늘은 사모님이랑 같이 왔니? 안녕하세요, 사모님."

나는 미소 짓고 어머니는 멍하니 고개를 끄덕인다. 셀러스틴이 교도관 앞의 카운터에 과일 봉지를 놓는다. 그 안의 잡지에 끼운 봉투 속에는 은행에서 새로 뽑은 빳빳한 나이라 지폐가 가득 들어 있다.

사내는 이쑤시개를 내려놓고 봉지를 집는다. 그것은 책상 밑으로 사라진다. 그리고 그는 어머니와 나를 낮은 탁자 양쪽에 장의자가 있는 답답한 방으로 안내한다. "한 시간이에요." 그가 웅얼거리곤 나간다.

우리는 탁자 한쪽에 나란히, 서로 닿지 않게 떨어져 앉는다. 오빠가 곧 오리란 걸 알기에 나는 마음의 준비를 한다. 그렇게 오랜 시간이 흘렀는데도 여기서 오빠를 보는 데는 익숙해지지 않는다. 오늘은 어머니가 옆에 있으니 더 힘들 것이다. 마침내 좋은 소식을 가져왔기에, 지금껏 참아 왔던 감정이 사라져 가고 새로운 감정이 솟아나고 있기에 가장 힘들 것이다. 나는 깊은숨을 들이마시고 숨을 참았다.

자자는 곧 집에 돌아올 거야. 아마디 신부는 마지막 편지에 그렇게 적었다. 그 편지는 지금 내 가방 안에 있다. 너는 그걸 믿어야 해. 그리고 나는 그걸 믿었다. 그를 믿었다. 그때까지는 변호사들로부터 들은 것도 없었고 확실치도 않았지만. 나는 아마디 신부가 말하는 것을 믿는다. 또박또박 쓴 그의 기울어진 필체를 믿는다. 왜냐하면 그가 그렇게 말했고 그의 말이 참이기 때문이다.

나는 새 편지가 오기 전까지 그가 가장 최근에 보낸 편지를 늘 가지고 다닌다. 이 얘기를 아마카에게 했더니 그 애는 답장에서 아마디 신부랑 알콩달콩이라고 놀리고는 그 옆에 웃는 얼굴을 그렸다. 하지만 나는 알콩달콩한 것 때문에 그의 편지를 지니고 다니는 것이 아니다. 애초에 알콩달콩한 내용은 거의 없다. 그의 맺음말은 "언제나처럼." 이상이었던 적이 없다. 내가 행복하냐고 물어도 절대 예/아니오로 대답하지 않는다. 그의 대답은, 주님이 보내는 곳으로 갈 뿐이라는 것이다. 새로운 생활에 대해서도 짧은 일화 외에는 거의 적지 않는다. 예를 들면 흑인을 사제로 인정할 수 없기 때문에 그와 악수하길 거부하는 독일인 노파라든가 자기랑 매일 밤 저녁 식사를 함께 하자고 고집부리는 돈 많은 과부 얘기 같은 것.

그의 편지는 내 마음속에 있다. 그것을 가지고 다니는 이유는 길고 자세하기 때문에, 내가 가치 있는 사람임을 상기시켜 주기 때문에, 내 감정을 자극하기 때문이다. 몇 달 전 그는 내가 이유를 찾으려 애쓰지 않았으면 좋겠다고 적었다. 세상에서 일어나는 일 중에는 이유를 찾을 수 없는 일, 그냥 이유가 존재하지 않거나 필요치 않은 일이 있기 때문이다. 아버지를 언급하지는 않았지만 ─ 그는 편지에서 아버지를 거의 언급하지 않는다. ─ 그가 무슨 말을 하는지 이해했다. 나 스스로는 무서워서 헤집을 수 없는 것을 그가 헤집고 있음을 알았다.

편지를 가지고 다니는 또 하나의 이유는 내게 은총을 주기 때문이다. 아마카는 사람들이 하느님과 경쟁하고 싶어서, 하느님의 경쟁자가 되고 싶어서 신부를 사랑한다고 말한다. 하지만 하느님과 나는 경쟁 관계가 아니다. 우리는 공유한다. 나는 나에게 아마디 신부를 사랑할 자격이 있는지 더 이상 고민하지 않는다. 그냥 거리낌 없이 사랑한다. 내가 성로 선교 신부회 앞으로 쓴 수표가 하느님에게 바치는 뇌물인지 더 이상 고민하지 않는다. 그냥 거리낌 없이 쓴다. 내가 에누구에서 다니는 성당을 성 안드레아 성당으로 옮긴 이유가 거기 신부가 아마디 신부와 같은 성로 선교 신부회 소속이기 때문인지 더 이상 고민하지 않는다. 그냥 간다.

"나이프 가져왔니?" 어머니가 묻는다. 목소리가 크다. 어머니는 졸로프 밥과 닭고기가 가득 든 보온 도시락을 꺼낸다. 그리고 시시가 하던 것처럼 정찬 식탁을 차리듯 예쁜 도자기 접시를 세팅한다.

"어머니, 오빠는 나이프 필요 없어요." 내가 말한다. 어머니는 오빠가 항상 통에서 바로 꺼내 먹는다는 걸 알면서도 매주 색깔과 무늬를 바꿔 가며 만찬용 접시를 가져온다.

"나이프를 가져왔어야 했는데. 그래야 자자가 고기를 썰지."

"오빠는 고기 안 썰고 그냥 먹어요." 나는 미소를 지어 보인 후 어머니 팔을 어루만져 진정시킨다. 어머니는 반짝이는 은 숟가락과 포크를 더께가 앉은 탁자 위에 놓고는 몸을 뒤로 기울여서 줄이 잘 맞는지 확인한다. 문이 열리고 오빠가 들어온다. 내가 이

주 전에 갖다준 새 셔츠인데 벌써 캐슈 즙 — 빨아도 절대 안 진 다. — 같은 갈색 얼룩이 생겼다. 어린 시절에는 캐슈 열매를 먹을 때 줄줄 흐르는 달콤한 즙이 옷에 묻지 않도록 몸을 앞으로 숙이 고 먹었다. 껑충하게 올라간 오빠의 반바지 아래로 넓적다리의 딱 지가 보이자 나는 시선을 돌린다. 오빠가 원치 않기 때문에 일어 나서 포옹을 하지도 않는다.

"어머니, 안녕하셨어요. 캄빌리, 케 콰누?" 오빠가 말한다. 오빠 는 도시락을 열고 먹기 시작한다. 옆에서 어머니가 떠는 것이 느 껴지자 어머니가 무너지지 않게끔 얼른 내가 입을 뗀다. 내 목소 리가 어머니의 눈물을 멈출 수 있을지도 모른다. "변호사들이 다 음 주에 오빠를 꺼내 줄 거야."

오빠가 어깨를 으쓱한다. 목을 뒤덮은 딱지는 말라붙은 것처 럼 보였는데 오빠가 긁자 밑에서 누런 고름이 새어 나온다. 어머 니가 지금껏 온갖 연고를 다 넣어 줬지만 아무것도 효과가 없는 듯하다.

"이 감방에는 흥미로운 인물이 많아." 오빠가 말한다. 오빠는 최대한 빨리 밥을 입에 떠 넣는다. 마치 덜익은 구아바를 통째로 입에 문 것처럼 볼이 불룩하다.

"감옥에서 꺼내 준다고. 다른 감방으로 옮기는 게 아니라." 내 가 말한다.

오빠가 씹던 턱을 멈추고 말없이 나를 쳐다본다. 오빠가 이곳 에 들어온 뒤 한 달이 지날 때마다 조금씩 굳어 갔던 그 눈은 이제 야자수 껍질처럼 딱딱해 보인다. 우리에게 **아수수 아냐**, 눈의 언어 가 정말 있었던 적이 있는지, 아니면 전부 내 상상이었는지 헷갈린다.

"다음 주에 여기서 나가게 될 거야." 내가 말한다. "다음 주에 집으로 돌아갈 거라고."

오빠 손을 잡고 싶지만 오빠가 뿌리칠 것임을 안다. 오빠의 눈은 너무 죄책감으로 가득해서 나를 제대로 보지 못한다. 내 눈에 비친 그의 모습은 나의 영웅, 항상 나를 보호하려고 최선을 다했던 오빠인데 그걸 보지 못한다. 오빠는 절대 자기가 한 것이 충분하다고 생각지 않을 테고, 내가 오빠의 노력이 부족했다고 생각지 않는다는 사실을 영원히 이해하지 못할 것이다.

"왜 안 먹니." 어머니가 말한다. 오빠가 숟가락을 들고 다시 게걸스럽게 밥을 먹기 시작한다. 우리의 머리 위에 침묵이 드리우지만 그것은 다른 종류의 침묵, 나를 숨 쉬게 하는 침묵이다. 내게 익숙한 침묵, 아버지가 살아 있었을 때의 침묵은 내 꿈에 나온다. 악몽 속에서 그것은 수치심과 슬픔과 이름 붙일 수 없는 수많은 것들과 뒤섞여 성령 강림 대축일처럼 내 머리 위에 머무는 파란 불꽃을 만들어 내고 나는 마침내 땀에 흠뻑 젖어 비명을 지르며 잠에서 깬다. 나는 오빠에게 들려주지 않았다. 내가 매주 일요일마다 아버지를 위해 미사 드린다는 얘기를, 꿈에서 아버지를 보고 싶다는 얘기를, 그 소망이 너무 강해서 때로는 비몽사몽 중에 꿈을 지어내기도 한다는 얘기를. 그 꿈에서 나는 아버지를 본다. 아버지가 나를 안으려고 팔을 뻗고 나도 팔을 뻗는다. 하지만 절대 서로 닿지 않는 와중에 뭔가가 나를 확 잡아당긴다. 나는 내가 지어낸 꿈조차 마음대로 할 수 없음을 깨닫는다. 오빠와 내가 서로에게 말하지 않은 것이 아직도 너무 많다. 시간이 흐르면 더 얘기하게 될지도, 아니면 영원히 다 말할 수 없을지도, 오랫동안 벌거벗은 상태였던 것에 언어라는 옷을 입히기란 불가능할지도 모른다.

"두건을 제대로 안 묶으셨네요." 오빠가 어머니에게 말한다.

나는 놀라서 빤히 쳐다본다. 이제껏 오빠가 남이 무슨 옷을 입었는지 알아차렸던 적이 없기 때문이다. 어머니는 다급하게 두건을 풀었다가 다시 묶는다. 이번에는 뒤통수에서 두 번을 매듭지어 단단히 묶는다.

"시간 다 됐습니다!" 교도관이 방에 들어온다. 오빠가 우리 중 누구와도 눈을 마주치지 않은 채 짧고 딱딱하게 "카 오 디."라고 말하고는 교도관을 따라 방을 나간다.

"오빠가 나오면 은수카에 가야겠어요." 방을 나오면서 내가 어머니에게 말한다. 이제는 미래에 대해 얘기할 수 있다.

어머니는 어깨만 으쓱하고 아무 말도 하지 않는다. 어머니는 천천히 걷고 있다. 절름거림이 한층 심해져서 한 걸음 내디딜 때마다 몸이 옆으로 기우뚱거린다. 차에 거의 다 왔을 때 어머니가 나를 돌아보며 "고맙다, 은네."라고 말한다. 지난 삼 년 동안 이렇게 어머니가 먼저 말을 건넨 경우는 몇 번 없었다. 나는 어머니가 왜 내게 고맙다고 하는지, 그 말이 무슨 뜻인지 생각하고 싶지 않다. 단지 갑자기 교도소 마당의 축축한 냄새와 소변 냄새가 더 이상 나지 않음을 알 뿐이다.

"일단 오빠를 은수카에 데려갔다가 이페오마 고모를 만나러 미국에 가는 거예요." 내가 말한다. "아바에 돌아가면 오렌지 나무도 새로 심고, 오빠가 보라색 히비스커스도 심고, 저는 익소라꽃을 심어서 나중에 꿀을 빨아 먹을 거예요." 나는 소리 내어 웃고 있다. 내가 팔을 뻗어 어머니 어깨에 두르자 어머니도 내게 몸을 기대며 미소 짓는다.

머리 위에 염색한 목화솜 같은 구름이 낮게 떠 있다. 너무 낮아서 손을 뻗으면 물기를 짜낼 수 있을 것만 같다. 이제 곧 새로운 비가 내릴 것이다.

감사의 말

내 남'동생'이자 단짝, 초고 독자이자 이야기 제보자인 케네추쿠 아디치에에게. 처음에 "별로"라고 말해 준 모든 부분에, 나를 웃게 해 준 데 감사한다.

토쿤보 오레물레, 치솜 소니아포에켈루, 아마카 소니아포에켈루, 치네둠 아디치에, 캄시욘나 아디치에, 아린제 마두카, 이제오마 마두카, 오빈나 마두카, 우체 아포에켈루, 소니 아포에켈루, 추쿤위케 아디치에, 티누케 아디치에, 오케추쿠 아디치에, 은네카 아디치에 오케케, 꿀벌과 말벌, 오디그웨가(家)의 모두, 아디치에가(家)의 모두에게. 정신적 지주가 되어 준 데, 지지해 준 데 감사한다. 친구 아닌 자매 우주 에고누, 우렌나 에고누에게. 물이 피만큼 진할 수 있음을 증명해 준 데, 항상 나를 이해해 준 데 감사한다.

찰스 메숏에게. 늘 한자리에 있어 준 데 감사한다.

아다 에체테부, 비냐방가 와이나이나, 아린제 우포에제, 오스틴 느워수, 이케추쿠 오코리에, 캐럴린 더크리스토퍼, 은나케 느웨케, 아마에치 아우룸, 에벨레 느왈라에게. 열렬히 성원해 준 데 감사한다.

앤토니아 퍼스코에게. 그토록 현명하고 따듯한 편집에, 나를 옆 돌기 할 뻔하게 만든 통화에 감사한다.

내 에이전트 자나 피어슨 모리스에게. 나를 믿어 준 데 감사한다.

2001년 여름 스톤코스트 작가 워크숍의 사람들과 정신에. 휘파람으로 마무리된, 우레와 같은 박수에 감사한다.

모든 친구들에게. 내가 전화를 안 받아도 이해하는 척해 준 데 감사한다.

감사합니다. **달루 누.**

옮긴이의 말

　　치마만다 응고지 아디치에의 소설 중에서 네 번째로 우리나라에 소개되는『보라색 히비스커스』는 사실 작가의 첫 책이자 첫 장편 소설이다. 아디치에는 여기서도 자신의 다른 모든 작품과 마찬가지로 실제와 허구를 버무려 사용하고 있는데 오해의 소지가 없도록 간단히 설명하고 넘어가겠다. 우선 아디치에는 어렸을 때부터 가톨릭교도로 자랐다. 그리고 2018년 11월에《보그》영국판에 기고한「가장 소중한 어린 시절 추억에 대하여」라는 수필을 보면 작품 속 고향 아바에서의 **이그바 크리스마스** 풍경과 상당 부분 겹친다. 그렇다면 아디치에의 아버지도 유진 아치케처럼 가정 폭력을 휘두르는 광신도였을까? 그렇지 않다.『숨통』에 수록된 단편「점핑 멍키 힐」을 보면 주인공의 아버지가 주인공이 어렸을 때 소설책도 사 주고, 침대 밑 양철통에 숨겨 둔 그녀의 습작을 읽고 "훌륭함! 진부함! 아주 좋음! 모호함!"이라는 평을 달아 주었다는 이야기가 나오는데 이 사람이 아디치에의 아버지를 모델로 한 인물이다. 작가는 어린 시절 자신이 "아빠의 귀염둥이"였다는 이야기를 인터뷰에서 여러 번 한 바 있다.

한편 작품의 시대 배경이 과연 언제일까 추측해 봤다. 작품이 발표된 2003년보다 훨씬 과거인 것은 확실하지만 여기서도 실제와 허구가 뒤섞여 있기에 어느 시기를 특정할 수 없다. 어떤 나이지리아인은 켄 사로위와나 델레 기와처럼 중요한 인물들을, 언급만 하고 넘어가는 정도로 가볍게 다뤘다며 아디치에를 비판한다. 작품 속에서 아데 코커는 느완키티 오게치의 의문스러운 죽음에 대한 기사를 썼다는 이유로 암살당한다. 하지만 (아데 코커의 모델인) 델레 기와가 살해당한 것(1986)은 바방기다 정권 때이고 (느완키티 오게치의 모델인) 켄 사로위와가 살해당한 것(1995)은 아바차 정권 때이다. 즉 아데 코커는 델레 기와가 아니고, 느완키티 오게치는 켄 사로위와가 아니며, 국가 원수는 바방기다일 수도 있고 아바차일 수도 있다. 한 가지 덧붙이면 작품 속 국가 원수의 죽음은 사니 아바차(1943~1998)에게서 가져왔다. 당시 정부는 공식 사인을 심장 마비로 발표했지만 보도된 바에 따르면 두 명의 매춘부가 술에 약을 타서 독살한 것으로 추정된다.

『보라색 히비스커스』는 가학적이고 통제적이고 광신적인 아버지 유진에게 오랫동안 학대당해 온 나머지 가족이 일련의 투쟁 끝에 그에게서 벗어나는 이야기다. 독실한 가톨릭교도임에도 유진이 가족에 대한 지배를 유지하는 수단은 스스로의 신격화다. 예를 들어 그의 칭호는 **오멜로라**(고장을 위해 일하는 자)로, 친척들을 자식처럼 먹여 살린다는 뜻이다. 말로는 다 하느님이 주는 거라고 하지만 실제로 음식과 돈을 나눠 주는 사람은 유진 자신이다. 그가 정말로 주목받길 원치 않았다면 익명으로 기부하거나 남을 시켰겠지만 그는 자기가 직접 주는 걸 좋아한다. 또 남편의 암살 후에 괴로워하는 예완데 코커에게 "그분을 믿는 자는 누구도 홀로 남겨지지 않으리라."라고 말할 때 "그분"이 가리키는 것이 하느님인지 자신인지 모호하다. 실제로 유가족을 돌본 사람은 그이기 때문이다. 이페오마 고모는 오빠가 어떤 사람인지 잘 파악하고 있다. "오빠는 하느님 행세를 그만둬야 해요. (중략) ……하느님이 벌하실 거라면 오빠가 아니라 하느님이 벌하시게 놔두란 말이에요."

그에게는 심지어 자기만의 영성체도 있다. 유진의 "사랑의 한 모금"과 주스 시음은 그가 지배하고 싶은 대상인 가족 안에서 행해지는 영성체를 나타낸다. 영성체 때 신도들이 예수의 성혈인 포도주를 마시듯 자식들은 유진의 차를 나눠 마신다. 캄빌리는 이 차를 마실 때마다 혀를 데지만 "아버지의 사랑이 내게 새겨진다는 것을 알"기에 개의치 않는다. 사랑의 한 모금은 사랑의 행위인 동시에 고행이기도 하다. 이를 통해 유진이 어떤 종류의 신인지 알 수 있다.

주위 사람들도 유진을 고귀한 존재처럼 대한다. "강론을 할 때 베네딕트 신부는 대개 교황님, 우리 아버지, 예수님을 (이 순서대로) 언급했다. 복음을 설명하기 위해 아버지를 예로 들었다." 베네딕트 신부는 유진을 예로 드는 데서 그치지 않고 예수보다 앞에 위치시키며, 신도들에게 유진의 업적에 대해 얘기하느라 바빠 예수의 업적에 대해서는 이야기하지 않는다. 유진의 가족도 그를 전지전능한 존재로 대한다. 캄빌리는 어머니가 아버지를 다른 사람과 비교하자 화를 낸다. "나는 어머니가 아버지를 에젠두 씨와, 혹은 다른 어느 누구와도 비교하지 않았으면 했다. 그것은 아버지를 격하하고, 아버지의 명예를 더럽히는 일이었기 때문이다." 심지어 유진이 죽었을 때는 아버지가 하느님처럼 "불멸의 존재 같았"기 때문에 아버지가 다른 평범한 사람들처럼 죽을 수 있다는 사실에 충격을 받는다.

그러나 자자와 캄빌리가 은수카에서 돌아왔을 때부터 유진의 지배력은 급속하게 무너지기 시작한다. 자자는 인생을 사는 데 아버지의 방식만 존재하는 것이 아니라는 사실을 깨닫고는 영성체를 하지 않음으로써 자신이 더 이상 아버지를 필요로 하지 않는다는 사실을 알린다. "그 웨이퍼 먹으면 입내 나서요."라는 말로 성체를 세속화하고 아버지의 감시에서 벗어나기 위해 자기 방 열쇠를 달라고 한다. 또한 캐슈 주스를 마시거나 평가하는 것을 거부함으로써 유진의 영성체에 참여하는 것을 거부한다. 하지만 유진은 자자를 벌하지 않는다. 아들이 자신의 전능함을 믿지 않는다면 자신에게 아무런 힘도 없음을 깨달았기 때문이다.

한편 캄빌리는 아마디 신부를 통해, 하느님을 믿는다는 것이 하느님을 두려워하는 것을 의미하지는 않음을 배운다. 아마디 신부에게 반함으로써 하느님을 사랑하는 것을 배운다. 동시에 아마디 신부를 하느님의 대리인으로 보기 시작한다.

자자는 곧 집에 돌아올 거야. 아마디 신부는 마지막 편지에 그렇게 적었다. 그 편지는 지금 내 가방 안에 있다. 너는 그걸 믿어야 해.

그리고 나는 그걸 믿었다. 그를 믿었다. 그때까지는 변호사들로부터 들은 것도 없었고 확실치도 않았지만. 나는 아마디 신부가 말하는 것을 믿는다. 또박또박 쓴 그의 기울어진 필체를 믿는다. 왜냐하면 그가 그렇게 말했고 그의 말이 참이기 때문이다.

캄빌리가 아마디 신부의 말을 믿는 데는 아무런 이유도 근거도 없다. 하느님 말씀을 믿듯 무조건 믿는 것이다. 마지막 문장은 교리 문답 수업 중에 나오는 "왜냐하면 하느님이 그리 말씀하셨고 하느님의 말씀은 참이기 때문이니라."와 똑같다. 즉 캄빌리의 마음속에서 아마디 신부는 하느님과 동격을 이룬다. 특히 아마디 신부가 독일에서 그녀에게 보내는 편지는 (사적인 이야기가 거의 담겨 있지 않다는 데서 드러나듯) 실존 인물에게서 오는 것이라기보다는 그녀의 기도에 대한 응답, 하느님의 계시와 같은 성질을 띤다.

캄빌리는 성당을 옮기고 나서도 여전히 아버지를 위해 기도하지만 아버지를 생각할 때마다 악몽을 꾼다. "내게 익숙한 침묵, 아버지가 살아 있었을 때의 침묵은 내 꿈에 나온다. 악몽 속에서 그것은 수치심과 슬픔과 이름 붙일 수 없는 수많은 것들과 뒤섞"인다. 캄빌리는 아버지를 그리워할 때 수치심을 느낀다. 이런 모순된 감정은 그녀가 본능적으로 아버지를 그리워하면서도 그런 감정이 옳지 않고 스스로에게도 해로움을 안다는 사실을 반영한다. 캄빌리에게 유진은 하느님에서 악마로 추락한 것이다. 캄빌리와 자자에게 있어 유진이 하느님에서 악마로 변했다는 사실은 아동기에서 성년기로의 종교적 성장을 나타낸다. 그들은 지금까지 자신의 인생에 의문을 품지 않은 채 침묵을 지키는 데 만족했었지만 이페오마 고모의 가족에게서 대안을 보게 되면서 자신이 믿는 대상과 그 믿음의 형식을 스스로 선택할 수 있음을 깨닫는다. 『보라색 히비스커스』는 기본적으로 성장 소설의 구조를 취하기 때문에 당연히 자자와 캄빌리의 신체적, 정신적 성장을 보여 준다. 그러나 자아 정체성을 찾기 위한 십 대 청소년의 방황과 갈등을 종교적 자아의 성장과 결합했다는 점에서 다른 성장 소설들과 차별성을 갖는다.

2019년 여름
황가한

옮긴이 황가한

서울대학교에서 불어불문학과 언론정보학을 복수전공한 후 출판사에서 편집자로 근무
하였으며 이화여자대학교 통역번역대학원에서 한영번역학으로 석사 학위를 받았다. 옮
긴 책으로 『엄마는 페미니스트』, 『아메리카나』, 『숨통』, 『제로 K』, 『사랑 항목을 참조하라』,
『순수한 인생』, 『울지 마, 아이야』 등이 있다.

보라색 히비스커스

1판 1쇄 펴냄   2019년 6월 18일
1판 6쇄 펴냄   2023년 5월 30일

지은이   치마만다 응고지 아디치에
옮긴이   황가한
발행인   박근섭·박상준
펴낸곳   (주)민음사

출판등록   1966. 5. 19. 제16-490호
주소   (06027) 서울시 강남구 도산대로 1길 62(신사동)
              강남출판문화센터 5층
대표전화   02-515-2000 | 팩시밀리 02-515-2007
홈페이지   www.minumsa.com

한국어 판 © (주)민음사, 2019. Printed in Seoul, Korea

ISBN   978-89-374-4131-8 (03840)